Laura Doermer erzählt – ausgehend von Fotografien – die Geschichte einer Familie und entwirft eine Reihe Frauenporträts von Müttern und Töchtern. Sie hoffen auf ein besseres Leben, und doch geschieht immer wieder, was sie eigentlich zu vermeiden suchen: Kinder kommen zur Welt, bevor eine »ordentliche« Familie gegründet ist, die Männer erweisen sich als zögerlich, schon verheiratet oder als Tyrannen. Die heile Familie bleibt ein trügerischer Wunschtraum. Aus der Armut scheint es kein Entkommen zu geben.

Vom München der siebziger Jahre des neunzehnten Jahrhunderts bis in die Gegenwart spannt sich der Erzählbogen des Romans, beginnend mit der Kammerjungfer Marie, die mit dem aus dem Badischen kommenden Schreiner Adam Fassbender »in die Schande fällt«. Immerhin kann sie ihm vier Jahre nach der Geburt des Kindes die Heirat abtrotzen. Ihrer Enkeltochter Lieselotte, die 1916 geboren in der Mitte der Generationenkette steht, gelingt es, die Kinder und sich selbst durch die dunklen Jahre des Nationalsozialismus und der Nachkriegszeit zu bringen. Im Wirtschaftswunderland scheint das Leben für die vierte Generation besser zu werden, auch wenn die Nachkommen am Beginn des einundzwanzigsten Jahrhunderts vor ganz neuen Problemen stehen …

Laura Doermer, geboren 1935, lebt in Törwang bei München. 1996 erschien ›Vergehendes Blau‹, ihr von Elke Heidenreich hochgelobtes Debüt, 2001 der Roman einer afrikanischen Hochzeitsreise ›Verwehte Braut‹. Sie ist Autorin des in vielen Auflagen gedruckten Buches über das Leben ihres schwer epilepsiekranken Kindes ›Moritz min Sohn‹. 2003 wurde sie mit dem Rosenheimer Literaturpreis ausgezeichnet.

Unsere Adresse im Internet: www.fischerverlage.de

Laura Doermer

Trappentreu

Roman einer Familie

Fischer Taschenbuch Verlag

Veröffentlicht im Fischer Taschenbuch Verlag,
einem Unternehmen der S. Fischer Verlag GmbH,
Frankfurt am Main, Oktober 2009

Lizenzausgabe mit freundlicher Genehmigung
des Wallstein Verlages, Göttingen

Druck und Bindung: CPI – Clausen & Bosse, Leck
Printed in Germany
ISBN 978-3-596-18057-8

Für Bichette, meine Mutter

CARL HOLZER
MÜNCHEN.

ADAM 1875

Der junge Mann blickt gehorsam nach links, an der Kamera vorbei, so wie es ihm der Fotograf gesagt hat. Er ist sichtlich beeindruckt von der Prozedur, auf die er sich eingelassen hat. Fotograf Carl Holzer aus der Münchner Schommerstraße 17a hat das oval ausgeschnittene Konterfei auf einen dafür vorgesehenen rechteckigen Karton geklebt und auf der Rückseite vermerkt, Nachbestellungen könnten billiger angefertigt werden. Eine fein gezeichnete, ehemals goldene Zierlinie umgibt das Oval und findet sich noch einmal zwei Millimeter innerhalb des äußeren Randes.

Obwohl das Brustbild unter dem fünften Messingknopf endet, kann man ahnen, dass es sich um einen hoch aufgeschossenen, schmächtigen jungen Mann handelt. Seine Schultern sind schmal, sein Gesichtsausdruck wirkt sehr kindlich, ein Eindruck, der durch den spärlichen Flaum auf der Oberlippe noch unterstrichen wird. In seiner unteren Hälfte mutet dieses Gesicht fast aristokratisch an, auf jeden Fall aber hochmütig, wegen des langen Abstandes zwischen dem feinen, wohlgeformten Kinn und der etwas zu kurz geratenen Nase. Der Eindruck wird zunichte gemacht durch den einfältigen Blick aus kaum bewimperten Augen, die man sich wacher und entschlossener gewünscht hätte, und die lächerliche Frisur, die das ohnehin lange Gesicht optisch noch weiter in die Länge zieht.

Der zweiundzwanzigjährige Adam Fassbender hat sich einen Mittelscheitel gezogen und das blonde Haar unter Zuhilfenahme von reichlich Brillantine seitlich aus dem Gesicht und nach oben gekämmt, wobei er nicht versäumt hat, mit Hilfe seiner Handkanten eine markante Welle zu formen. Das gibt ihm ein strizzihaftes Aussehen, das ihm zu gefallen scheint, und vermutlich auch den Mädchen.

Die Uniform, in der er steckt, ist nichts weiter als eine Art Fastnachtskostüm, das die meiste Zeit im Schrank hängen wird. Denn Adam ist nie in den Krieg gezogen. Zu Beginn des Ersten Weltkrieges wird er bereits zu alt sein, Gott sei Dank, denn die einfachen Füsiliere waren nichts weiter als Kanonenfutter, und Adam mit seinen 1 Meter 90 und seinem verschlafenen Blick wäre vermutlich ein ideales Ziel gewesen.

Vor einem Jahr war er in Oberlustadt, seinem Geburtsort, aufgebrochen, hatte sich bei Germersheim über den Rhein setzen lassen und war die fast 400 Kilometer über Stuttgart, Ulm und Augsburg bis München zu Fuß gewandert. In seiner Heimat war kein Platz mehr für ihn. Das kleine Weingut, das seine Vorfahren über Generationen bewirtschaftet hatten, ernährte immer nur einen, den Ältesten. Die anderen mussten, wenn der Tod sie nicht vorzeitig von der Liste strich, weggehen, heiraten, auswandern. Das war seit Jahrhunderten Gesetz.

Es hatte Streit zwischen seinem Vater Daniel und dessen Bruder Elias gegeben, Streit ums Erbe. Ein streng protestantischer Glaube und die Tatsache, dass alle in der Familie alttestamentarische Namen trugen, hatte sie nicht davor bewahrt, sich bis aufs Blut zu entzweien. Daniel und seine Frau Barbara wanderten nach Amerika aus und ließen Adam auf dem alten Kontinent zurück, denn das Geld für die Überfahrt reichte nur für zwei.

Adam zog es nach München. Er hatte gehört, dass in München Arbeitskräfte gesucht würden, denn die Stadt wuchs rasch, und überall da, wo die Städte rasch wuchsen, fanden Handwerker ihr Auskommen. In seinem Ranzen befand sich neben ein paar Mark Zehrgeld ein Zeugnis über eine abgeschlossene Lehre als Schreiner. Da es Herbst war und er durch fruchtbare Gegenden kam, konnte er sich von Obst und auf dem offenen Feuer gebratenen Erdäpfeln ernähren. Er schlief in Heuschobern und bekam auch hin und wieder ein Stück Brot mit Speck geschenkt. Als er nach drei Wochen in München ankam, waren zwar seine Sohlen durchgelaufen, aber er war am Ziel seiner Wünsche.

Sein Leben in München begann er im Winter 1874 als frierender Zimmerherr in der Schleißheimer Straße Nummer 34, zufällig im gleichen Haus, in dem Adolf Hitler vier Jahrzehnte später sein Münchner Abenteuer beginnen würde.

Er fand rasch Arbeit als Schreinergeselle bei der Königlich Bayerischen Bahn. Nachdem 1840 die Strecke nach Augsburg fertiggestellt worden war, sollte nun auch der Osten durch eine eingleisige Bahnlinie erschlossen werden. Die Bauarbeiten waren in vollem Gang, als Adam seine Arbeit antrat. Die neue Linie verließ die Stadt zunächst in Richtung Westen, zweigte dann von der Augsburger Linie ab und umfuhr die Stadt in einem südlichen Bogen. In dem engen Winkel zwischen der westlichen und der östlichen Bahnlinie lag das Westend.

Um einen langen Arbeitsweg zu vermeiden, gab er das Zimmer in der Schleißheimer Straße auf und mietete sich am Marsfeldweg ein, dort, wo fünfundsiebzig Jahre zuvor noch ein Galgen gestanden hatte, an dem die Hingerichteten zur Abschreckung der Bevölkerung tagelang zu sehen gewesen waren. Es war ein übel beleumdeter Ort, so wie das ganze Westend nicht den allerbesten Ruf hatte. Niemand wohnte gerne am Marsfeld, deshalb waren die Zimmer billiger als anderswo. Er wohnte in der Nähe der Stelle, wo das aus Brettern erbaute Bahnhofsprovisorium gestanden hatte, das 1847 ein Raub der Flammen wurde, sehr zur Erleichterung der Münchner, die sich über den primitiven Bau lustig gemacht hatten. Jetzt wuchsen dort Brennnesseln und Berge von Unrat. Doch es wurde auf dem Gelände der alten Königlichen Schießstätte schon an einem neuen Bahnhof gebaut, der sich bald zu einem der größten Bahnhöfe Deutschlands ausweiten sollte.

Während in vielen Großstädten das Westend wegen des dort frisch vom Land kommenden Windes ein Viertel der Wohlhabenden war, wurde das Münchner Westend aufgrund des Eisenbahnbaus innerhalb weniger Jahrzehnte zu einem dichtbesiedelten Arbeiterviertel. Auch eine Reihe von Fabriken und Kleinbetrieben, nicht zu vergessen die großen Brauereien, boten reichlich Arbeitsplätze. Das sprach sich herum. Aus ganz Deutschland, vor allem aus ländlichen Gebieten, strömten die Menschen herbei. Sie nahmen auch schwere, minderwertige Tätigkeiten an, für die sich die Münchner zu fein waren. Die schlechte Luft, es dürfte die schlechteste in ganz München gewesen sein, nahmen sie wohl oder übel in Kauf. Es stank abwechselnd nach Schwefelsäure, Leim oder Teer.

Die Landarbeiter blieben oft über lange Zeit Fremde in der Stadt. Sie hatten den falschen Glauben oder sprachen den falschen Dialekt, wie auch Adam, der in München das große Glück suchte und nicht fand.

Er hobelte Eichenbalken für die Bahnschwellen und schälte Rundstämme für die Signalpfosten. Sein Platz war neben den Gleisen, auf denen sich die nahenden Züge ankündigten wie ein Donnergrollen. Wenn die Lokomotiven ihr Tempo drosselten, um langsam in die Stadt einzufahren, schnaubten sie noch einmal wie erschöpfte Rösser. Eingehüllt von einer Wasserwolke, atmete er den fremden Geruch von Ferne, die zu dieser Zeit noch Augsburg oder Holzkirchen hieß.

In der kleinen Holzhütte, in der er zusammen mit den anderen Arbeitern sein Pausenbrot verzehrte, herrschte babylonisches Dialektgewirr. Münchnerisch sprachen die wenigsten. Viele seiner Kollegen kamen aus Franken, manche aus Hessen oder gar aus Böhmen. Ob einer in der neuen Heimat schon eine Frau gefunden hatte, war daran zu erkennen, dass sein Brot mit Wurst belegt und liebevoll in ein Schnupftuch verpackt war. Adam musste sich seine Brotzeit bei einem Metzger in der Arnulfstraße holen. Im Winter hatten die anderen warmen Tee dabei, aber im Sommer tranken sie Bier. Auch Adam, der in seiner Heimat ab und zu ein Gläschen Wein getrunken hatte, trank jetzt Bier.

»Hast noch immer kein Weibsbild gefunden, Adam?« neckten ihn die Kollegen.

»Zum Unglücklichwerden hab i noch Zeit«, erwiderte er und hob abwehrend die Hände.

Er tat so, als ob ihn die Frauen nicht interessierten, in Wahrheit aber saugte er begierig jedes Wort auf, das sich um Frauen drehte, und in der kleinen Hütte drehten sich die meisten Gespräche um Frauen. Er hörte, während die Gesichter seiner Kollegen hinter Pfeifenqualm verschwanden, von den Kokotten am Gärtnerplatz, die mit dem Schlüsselbund klirrten, sobald sich ihnen ein Mann näherte, und dem berüchtigten Winkelbordell am Sebastiansplatz, wo die Mädchen es ›auf französisch‹ trieben.

Mit der Liebe hatte er noch keine Erfahrung gemacht. Sein Verdienst reichte kaum aus, um Essen und Unterkunft zu zahlen, wie sollte er sich da eine Frau leisten können? Frauen waren teuer. Sie wollten ausgeführt werden – zum Tanzen, in den Biergarten, ins Café. Außerdem waren sie auf Geschenke erpicht – Kopftücher, Seidenstrümpfe, Konfekt und weiß der Teufel was noch alles. Wenn er ehrlich war, und an manch einsamem Tag war er ehrlich zu sich selbst, dann musste er sich eingestehen, dass er überdies zu schüchtern war, um eine Frau anzusprechen. Noch immer fühlte er sich als Fremder in der Stadt. Wenn er den Mund aufmachte und die Einheimischen seinen badensischen Dialekt hörten, fragten sie nicht selten: »Wos moanst?«

Aber dann siegte eines Tages die Neugier über seinen Geldbeutel, seine Schüchternheit und alle moralischen Bedenken. Am Karsamstag wusch er sich von Kopf bis Fuß in der Waschschüssel, schmierte sich Brillantine ins Haar und bürstete seine Augenbrauen. Er steckte fünf Mark in die Rocktasche seines Sonntagsanzugs und machte sich auf zum Sebastiansplatz. Am Karsamstag liegt Jesus Christus im Grab, und Gott hat die Augen verschleiert vor Tränen. Er wird seinen Blick nicht auf die Sünder richten. Obwohl Adam es mit seinem Glauben nicht so genau nahm wie diese stockkatholischen Münchner, empfand er doch Skrupel, ein stadtbekanntes Bordell aufzusuchen, wo sie es ›auf französisch‹ machten.

In Nummer 4 stieg er klopfenden Herzens eine abgetretene Treppe zum ersten Stock hinauf. Auf sein zaghaftes Klopfen öffnete eine Frau mit blonden Haaren, die sie mit einer rosaroten

Schleife zu einem Turm hochgebunden hatte. Rosarot waren auch ihre Wangen und die Spitzen ihres Morgenrocks. Sie stand da wie in einem rosaroten Heiligenschein, und das kam von den rosaroten Vorhängen, durch die das nachmittägliche Sonnenlicht schien. Es roch nach Rosenöl und süßem Gebäck.

»Da schau her, so ein feiner junger Herr«, sagte sie und bat ihn in die Wohnung.

Hinter ihr wurden noch fünf Mädchen sichtbar, die um einen Kaffeetisch versammelt waren. Auf dem Tisch stand ein angeschnittener Napfkuchen. Anscheinend war am Tag vor der Auferstehung des Herrn kaum mit Besuch zu rechnen, weshalb die Mädchen aus lauter Langeweile einen Kuchen gebacken hatten. Er musste sich dazusetzen und bekam Kaffee eingeschenkt.

»So ein schöner, schlanker Herr«, begann diejenige, die er für die Chefin hielt, von neuem. »Bist wohl noch fremd in der Stadt. Bist am End gar ein Student?«

Er brachte vor Aufregung kein Wort hervor. Die Mädchen in ihren bonbonfarbenen Kleidern schienen sich nicht um ihn kümmern zu wollen. Sie zupften sich gegenseitig die Augenbrauen aus, manikürten sich die Fingernägel oder stopften Strümpfe. Er wusste nicht, wie er sein Anliegen vorbringen sollte. Am Ende hatten ihm die Kollegen einen Bären aufgebunden und es handelte sich hier um eine höchst ehrenwerte Gesellschaft von Damen.

Während er noch seinen Gedanken nachhing, sagte die Frau im rosa Morgenrock: »Für einen so großen Herrn müssen wir ein großes Fräulein aussuchen. Die großen Herren haben meistens einen langen Stammbaum.«

»Wer lang hat, lässt lang hängen«, sagte eines der Mädchen, und alle fingen zu kichern an.

Er wagte kaum, sie anzuschauen. Wenn er sich eine aussuchen müsste, er wüsste nicht, welche er nehmen sollte. Deshalb war er froh, dass ihm die Chefin die Entscheidung abnahm.

»Eva, geh du mit dem Herrn. In Nummer 6 is' frisch auf'bett.«

Eva zog kurz eine Schnute, bevor sie den Faden an ihrem Nähzeug abbiss und es weglegte. Sie erhob sich mit der Trägheit einer eben erwachten Hauskatze, lockerte sich, indem sie ihre Hände zum Plafond streckte, und bedeutete Adam mit einer geschäftsmäßigen Kopfbewegung, ihr zu folgen.

Als er hinter ihr herging, bemerkte er, dass sie sehr groß war, wenn auch nicht so groß wie er, und dass ihr relativ schmaler Oberkörper in einen breiten Hintern mündete.

In Nummer 6 angekommen, fragte sie ihn nach seinem Namen, und nachdem er ihn stotternd hervorgebracht hatte, bekam sie einen Lachanfall.

»Adam und Eva. Adam und Eva im Paradies. Was sagst denn dazu?«

Seine Kehle war wie zugeschnürt, er konnte nicht antworten, und als sie sagte »Z'erst das G'schäftliche. Was bin ich dir wert?«, fasste er in seine Rocktasche und reichte ihr die fünf Mark.

Inzwischen hatte er auf dem durchgelegenen Bett Platz genommen. Er konnte den Blick nicht von ihr abwenden. Ihr Hintern erinnerte ihn an die voluminösen Kürbisse, die im Herbst auf den Komposthaufen reiften. Die fünf Mark wären für die Zimmermiete gewesen. Aber was bedeutete schon ein Zimmer gegen ein Mädchen?

Eva rückte ihrem strengen Körpergeruch zu Leibe, indem sie mittels eines Parfumzerstäubers Maiglöckchenduft in ihre Achselhöhlen sprühte. Dabei summte sie unbekümmert vor sich hin. Sie schälte sich aus ihrem Mieder, ließ die lange Rüschenunterhose über ihre Hüften gleiten und rollte die Strümpfe bis zu den Fersen. Plötzlich verzog sie das Gesicht und ging mit einem Handspiegel zum Fenster. Sie schien Zahnschmerzen zu haben, denn sie fischte eine Haarnadel aus ihrer Hochfrisur und stocherte damit in ihrem Mund herum.

Als sie sich umdrehte und sich dem Bett näherte, wippten ihre kleinen Brüste auf und ab. Breitbeinig vor ihm stehend, fragte sie ihn nach seinen Vorlieben. Er murmelte etwas von »französisch«, ohne zu wissen, was das genau bedeutete.

»Da hab' i mi ganz umasunst auszog'n. Französisch kost' no amoi a Mark extra.«

»Später, später«, stieß er hervor.

Sie kniete vor ihm nieder und knöpfte seine Hose auf. Das Glied, aus seinem Gefängnis befreit, schoss hervor, ihren geschminkten Lippen entgegen und wurde sofort von ihren warmen, erfahrenen Händen umklammert. Vergleiche fielen ihm in diesem Moment ein. Wie eine Monstranz. Wie eine Posaune. Wie ein Glas warme Milch. Ihr intensiver Schweißgeruch und das Maiglöckchenparfum, ihre makellosen Schultern, die im Kontrast zu dem vor Sünde triefenden Bett standen, waren zu viel für seine aufgestaute Erwartung. Noch bevor der erste Akt begann, schoss sein Samen hervor und traf ihr Kinn. Ein kurzer schleimiger Faden zog sich herunter und tropfte auf ihre Brust.

»Ui jegerl. G'hörst wohl zu de Kavallerieschütz'n!«

Sie schien nicht weiter verärgert zu sein, sondern wischte sich in aller Ruhe die Bescherung vom Kinn. Er hatte das Gefühl, dass sie wegen ihrer Zahnschmerzen über die schnelle Abwicklung sogar erleichtert war. Er brauchte auch die Mark Aufschlag nicht zu zahlen.

Als sie zu der kleinen Napfkuchen-Gesellschaft zurückkamen, zwinkerten sich die Mädchen vielsagend zu. Eva machte ein Zeichen, das die andern zu verstehen schienen. Für diese Handbewegung hätte er sie am liebsten geohrfeigt. Die Chefin zwitscherte: »Sind der Herr zufrieden gewesen?«

Er murmelte etwas Unverständliches und bemühte sich, den neugierigen Blicken auszuweichen. Mit einem Mal kam ihm alles sehr schäbig vor. Die Sonne hatte sich hinter den Wolken versteckt. Was noch vor einer Viertelstunde rosa gewesen war, war jetzt in einem schmutzigen Nebel versunken, weil eine vermutlich von einem Kunden zurückgelassene Tabakspfeife die Runde machte. Die Kleider wirkten schmuddelig. Aus dem rosa Pantoffel der Chefin schaute durch ein Loch ein lackierter großer Zeh. Der Kaffeetisch wurde abgeräumt, die Tischdecke mit den Kuchenbröseln durch das geöffnete Fenster ausgeschüttelt.

Eines der Mädchen wippte ungeduldig mit dem Fuß auf und ab, während es rasch eine Illustrierte durchblätterte. Eva faltete das Tischtuch zusammen und wischte sich mit einem Zipfel verstohlen noch einmal übers Kinn. Durch den Flur kam ein weißer Bauernspitz gelaufen, kläffte den Besucher an und sprang aufs Kanapee. Die Chefin klirrte mit einem Schlüsselbund, als könnte sie es nicht erwarten, den Kunden loszuwerden.

»Kommen S' bald wieder«, flötete sie, während Eva ihm eine in seinen Augen flüchtige, nichtssagende Kusshand zuwarf.

Wieder auf der Straße, gab er einem im Rinnstein liegenden Holzscheit mit dem Fuß einen Tritt. Das Holz flog in scharfem Tempo auf die andere Straßenseite, prallte am Bordstein ab und kullerte zur Straßenmitte. Mit fünf weiteren Stößen beförderte er es zum Oberanger. In seiner Hosentasche klimperten noch ein paar Münzen. Er kehrte in eine Wirtschaft ein und trank eine halbe Maß Bier. Als er wieder auf die Straße trat, lag das Holz noch vor der Eingangstür. Es erinnerte ihn an die erlittene Demütigung. Es erinnerte ihn auch an die Prügel, die er als Kind vom Vater bezogen hatte, und daran, dass er es nur zum einfachen Schreiner gebracht hatte. Er beschloss, sich auf dem Nachhauseweg nicht mehr von ihm zu trennen. Jeder Fußtritt eine Heimzahlung. Der Prügel schoss, von seinem Fuß angetrieben, völlig unberechenbar übers Kopfsteinpflaster. Manchmal blieb er in einem Gully hängen oder schlug an eine Hauswand. Die Leute schimpften hinter ihm her. Allmählich gewöhnte er sich an die klebrigen Verhältnisse in seiner Unterhose. Er trieb seinen Begleiter gnadenlos voran, über den Marienplatz und durch die vornehme Theatinerstraße.

Am Karolinenplatz spazierte eine schlanke, gut gewachsene Frauensperson in einem weinroten Kostüm vor ihm her. Sie hatte eine rosa Federboa um den Hals geschlungen und führte einen Foxterrier an der Leine. Die rosa Farbe entfachte seine Wut aufs Neue. Das Holzscheit flog, von einem kräftigen Schuss angetrieben, haarscharf am Hund vorbei, prallte an einem Hydranten ab und änderte seine Richtung. Der vom Jagdfieber ergriffene Terrier sprang ihm kläffend nach und wickelte bei seinen Versuchen, der Beute habhaft zu werden, seine Leine um die Röcke der Dame. Er zog sie praktisch hinter sich her. Sie ruderte mit den Armen, um das Gleichgewicht zu halten und einen Sturz zu vermeiden. Plötzlich lag sie auf dem Boden, während der Hund den Prügel apportierte und neben ihr fallen ließ, wobei er sichtlich auf ein Lob wartete.

Adam hatte die Szene beklommen beobachtet, ohne dass er Gelegenheit gehabt hätte, den Unfall zu verhindern. Als er sich bemühte, der Dame auf die Beine zu helfen, fühlte er eine kühle, schmale Hand in der seinen. Aus einem blassen Gesicht feuerten zwei graue Augen vorwurfsvolle Pfeile auf ihn ab.

»Pass doch auf, du Dodl«, hörte er in unverwechselbarem Fränkisch.

Sie strich sich die Röcke glatt, ohne ihn noch eines Blickes zu würdigen, und marschierte davon. Da sich der Weg, den sie einschlug, mit seinem Nachhauseweg deckte, konnte er sie unauffällig verfolgen. Aus einigem Abstand beobachtete er, wie sie in der Nymphenburger Straße ein Gartentor aufsperrte und in einer ansehnlichen Villa verschwand. Auf einem kleinen, sorgfältig geputzten Messingschild las er den Namen »von Lanzinger«. Mit dem geschulten Auge des Handwerkers entdeckte er ein reich verziertes Spalierholz, an dem sich Rosen emporrankten, einen Marmorspringbrunnen und einen sich drehenden, vergoldeten Wetterhahn auf dem Dach.

Er konnte das Fräulein nicht vergessen. Diesen Blick aus grauer Iris, von dem er nicht hätte sagen können, ob er verzweifelt oder belustigt gewesen war – auf keinen Fall aber völlig abweisend. Ein Funken Bereitschaft, bildete er sich ein, sei da zu erkennen gewesen.

»Du Dodl«, hatte sie gesagt. Er fragte einen Hausbewohner aus Franken, was das Wort bedeute. »Depp«, antwortete dieser.

Adam überlegte, wie er es anstellen sollte, sie noch einmal zu sehen. Schließlich lieh er sich von einem Kollegen eine Mark und kaufte einen Blumenstrauß. Eine Entschuldigung war ein guter Grund, sich ihr noch einmal zu nähern. Die Miete musste er ohnehin schuldig bleiben, da spielte eine Mark wahrlich keine Rolle mehr.

Am nächsten Sonntag stellte er sich vor der Villa auf, die eine Woche lang Inhalt seiner Träume gewesen war. Punkt zwei öffnete sich die Tür. Dreimal in der Woche führte Marie Heim, so hieß die junge Frau, den Foxterrier von zwei bis fünf spazieren. Marie mit der Betonung auf der zweiten Silbe, so wie das in Herrschaftshäusern üblich war. Nicht so, wie die Münchner den Namen aussprachen, der dann, wenn man den ordinären Ton außer Acht ließ, wie das italienische »mare« klang.

Marie trug eine himmelblaue Robe mit weißen Taftblenden und schützte ihr Gesicht mit einem En-tout-cas vor der Frühlingssonne. Sie schien Adam auf den ersten Blick wiederzuerkennen und nahm den Blumenstrauß mit einem huldvollen Nicken ihres Kopfes entgegen. Während sie ins Haus zurückging, um ihn mit frischem Wasser zu versorgen, musste er Sonnenschirm und Hundeleine halten. Das erschien ihm wie ein vielversprechender Beginn, als ein untrügliches Zeichen von Vertrautheit. Sie hatte auch nichts dagegen, dass er sie auf ihrem Spaziergang in den Hirschgarten begleitete.

Unterwegs erfuhr er, dass sie im Lanzingerschen Haushalt als eine Art Kammerzofe arbeitete. Eigentlich sei sie an Lichtmess vor drei Jahren als Stubenmädchen eingestellt worden und habe sich eine Art Vertrauensstelle bei der gnädigen Frau erarbeitet. Damit fand sich auch eine Erklärung für ihre elegante Garderobe, die ausnahmslos aus abgelegten Stücken ihrer Dienstherrin bestand. Auf diese angesprochen, legte sich ein Zug von Nachdenklichkeit über das Gesicht seiner Begleiterin, so wie überhaupt die ganze junge Person ständig zwischen Schalk und Traurigkeit zu schwanken schien. So fragte sie ihn zum Beispiel, ob er seinen Prügel dieses Mal nicht dabeihabe. Ihr linkes Knie wolle sich ebenfalls einen blauen Flecken holen. Mit diesen Worten zog sie ihre Röcke hoch und zeigte ihm völlig ungeniert ihr lädiertes rechtes Knie, wobei Tränen in ihre Augen traten.

Adam war hingerissen von ihr. Er konnte es nicht verstehen, dass sie einem Kerl wie ihm erlaubte, sie zu begleiten. Dass er neben einer Frau auf der Straße spazieren ging, erschien ihm wie ein Wunder. Sie tranken zusammen eine Waldmeisterbowle, und als er in seiner Hosentasche nach den letzten Münzen suchte, griff sie blitzschnell in ihr Handtäschchen und bestand darauf, dass er ihr Gast sei. Das nächste Mal dürfe er bezahlen.

»Das nächste Mal?« fragte er, und sein Herz begann wild zu schlagen. Mit ihren grauen Augen schaute sie ihn kurz an. »Oder wollen's mi nimma sehn?«

Die ganze Woche über dachte er an sie. Keine Sekunde lang ging sie ihm aus dem Sinn. Er war in die Modellschreinerei der Zentralwerkstätte versetzt worden und arbeitete nun im ersten Stock des Mittelbaus der riesigen Werksanlage. Es war ein moderner, lichter Raum mit Gaslampen an den Wänden, direkt neben dem neuen Eisenbahnmuseum. Tag für Tag sägte, hobelte und schmirgelte er das Material, mit dem er von Kind auf durch die Tätigkeit des Vaters vertraut war: Holz. Unter seinen Händen entstanden die Modelle, nach denen die Schlosser ihre Radnaben, Speichen und Achsen gossen. Er wünschte, sie könnte ihn sehen, wie er so tüchtig seinen Mann stand. Sein Gehalt wurde um 1 Mark 35 aufgebessert, ein Zeichen dafür, dass es mit ihm bergauf ging. Das Zimmer, in dem er schlief, war hingegen ein einziges Chaos, und er wusste nicht, wovon er die Miete bezahlen sollte. Er lieh sich noch einmal Geld von einem Kollegen und kaufte einen geblümten Überwurf für sein Bett. Es könnte ja sein, dass sie einmal zu Besuch käme.

Es spielte sich so ein, dass er nun jeden Sonntag um zwei Uhr vor ihrer Tür stand und sie nichts dagegen hatte, wenn er sie auf ihrem Spaziergang begleitete. Zu zweit sei es nicht so langweilig, sagte sie. Sie betonte aber, dass sie sich nicht binden wolle und er sich folglich, was ein Verhältnis mit ihr beträfe, keine Hoffnungen machen dürfe.

Der Frühling schritt voran. Wenn sie im Hirschgarten unter den Kastanien saßen, leuchteten ihnen weiße Blütenkerzen und fielen ihnen schwerfällige Maikäfer in den Schoß. Sie erzählte, dass sie im Juni neunzehn Jahre alt werde und sich allmählich nach einem Mann umsehen müsse. Ihre Schwester Vroni habe ihren ehemaligen Dienstherrn geehelicht, nachdem er Witwer geworden war. Und statt weiterhin Kindermädchen für dessen drei Kinder zu sein, verfüge sie nun selber über Dienstpersonal und sei die gnädige Frau Bankdirektor Fürholzer. Ihrer Schwester Vroni wolle sie, Marie, um keinen Deut nachstehen.

Ihm schnitten solche Reden ins Herz. Er ahnte, nein, er war sich sicher, dass er nie genug Geld besitzen würde, um es mit einem Bankdirektor Fürholzer aufzunehmen. Voller Verzagtheit legte er seine Hand auf die ihre. Sie zog sie rasch weg und stieß hervor: »Allmächt, die Leut könnten reden.«

Das Jahr ging dahin mit diesen harmlosen Spaziergängen, bei denen er unentwegt überlegte, wie er sie zu einem Besuch in seinem Zimmer überreden könnte. Er hatte sich in der Frankschen Buchhandlung in Würzburg für sechzig Pfennige in Briefmarken das Buch »Vollständige Beseitigung männlicher Schwäche« von Dr. Xavier besorgt und dessen Ratschläge befolgt. Diese bestanden im Wesentlichen aus Wechsel-Sitzbädern, für die er seine armselige Waschschüssel benutzte, und dem täglichen Verspeisen eines hartgekochten, mit Pfeffer bestreuten Hühnereis. Außerdem riet Dr. Xavier zu einer Teemischung aus Wiesenbocksbart und Frauenmantel.

Schließlich fühlte Adam sich in jeder Hinsicht gerüstet. Allein, das Fräulein alberte mit ihm herum, ließ sich auch ab und zu einen flüchtigen Kuss rauben, war aber im Übrigen auf seine Jungfräulichkeit bedacht. Es meinte, Verehrer seien noch lange keine Begehrer. Sie würde sich erst dann einem Mann hingeben, wenn sie einen Trauring am Finger trüge, das habe sie ihren Eltern versprochen. Es gebe genug ledige Mütter in der Stadt, die ihre Bankerte alleine aufziehen müssten.

Er wusste nicht, was er von ihr halten sollte. Einerseits kam er mit ihr keinen Schritt weiter, andererseits glaubte er in ihren Reden Signale erkennen zu können, die ihn ermutigten. So zum

Beispiel, wenn sie von ihrem Heimatort Allersberg erzählte und ihn fragte, ob er nicht einmal ihre Eltern kennenlernen wolle.

Mittlerweile war es wieder April geworden, und es wäre wohl noch eine Weile so weitergegangen, hätte ihm nicht eines Tages der Foxterrier bei einer übermütigen Balgerei im Nymphenburger Schlosspark einen Triangel in die Hose gerissen. Marie schlug die Hände über dem Kopf zusammen und meinte, so könne er nicht herumlaufen und ob er zu Hause Nähzeug habe, sie würde ihm die Hose flicken.

Nein, wo denke sie hin, Nähzeug habe er natürlich nicht. Aber er könne seine Vermieterin fragen.

Sein unaufgeräumtes Zimmer versetzte sie in helle Aufregung. Er hatte sich allerhand erwartet von ihrem Besuch, hatte ihn monatelang herbeigesehnt, und nun lag er mit einem Triangel in der Hose auf seinem Bett und schaute zu, wie sie erst einmal Ordnung machte. Schwaden von Staub stiegen auf, als sie den Teppich aus dem Fenster schüttelte. Sie trug seine Waschschüssel zum Ausguss im Flur und leerte sie aus. Dann bückte sie sich, wobei sie das Volant ihres Rockes raffte, und kehrte mit einem Handbesen die Asche vor seinem Öfchen auf eine Schaufel. Dabei sagte sie ein ums andere Mal: »Wie kann man nur in einem solchen Saustall hausen, Adam? I tät mi schämen.«

Schließlich griff sie zu Nadel und Zwirn und beugte sich über ihn. Aus Scham behielt er seine Hose an. Er spürte ihre Hantierungen auf dem derben Stoff wie Liebkosungen, die ihm die Augen zufallen ließen. Sie tat sehr geschäftig, aber er merkte, dass sie verlegen war. Als ihr Blick auf die Ausbuchtung in seinem Schritt fiel, wurde sie knallrot. Wie im Traum umfasste er ihren Kopf, zog sie zu sich herunter und knöpfte ihr Kleid auf. Sie leistete kaum Widerstand, oder nur so viel Widerstand, wie es die Sitte gebot. Sie weiter langsam entkleidend, wurde ihm plötzlich bewusst, dass auch sie auf diesen Augenblick gewartet haben musste. Warum gerade er es war, den sie an sich heranließ, war ihm immer noch ein Rätsel. Aber er wollte nicht weiter darüber nachdenken, nicht in diesem Moment. Aus ihrer Wäsche stieg ein leichter Duft nach Kernseife. Es war eine feine, wenn auch aus zweiter Hand stammende Unterwäsche aus weißem Linnen. Ein jungfräulicher Busen fiel ihm entgegen, als er mit ungeschickten Händen ihr Mieder aufschnürte. Endlich bekam er seine Geliebte zu fassen. An seinem Ohr vernahm er ein gehauchtes »Lass mi doch erst dei Hos'n fertig nähen«. Aber es klang halbherzig.

Als er in sie drang, auf die Kraft von Wiesenbocksbart und Frauenmantel vertrauend, gab sie einen leisen Wehlaut von sich. Der Akt war kurz und endete mit einem Seufzer aus seinem Mund, einem erleichterten Seufzer, so als hätte sich eine unbezwingbare Aufgabe endlich von selbst erledigt. Er wunderte sich, dass sie so still geblieben war. Ihm schien, als hätte sie seine Ekstase nicht geteilt. Was macht man mit einer Frau, die wie leblos unter einem liegt? Er wusste es nicht. In seiner Hilflosigkeit fragte er: »Bin ich dir zu schwer gewesen?« Er war verlegen und ratlos, und als sie sich unter ihm hervorwand und neben dem Ofen betend auf die Knie fiel, da glaubte er, etwas falsch gemacht zu haben. »Heilige Maria, Mutter Gottes, bitt für mich arme Sünderin, jetzt und in der Stunde meines Todes. Amen«, betete seine Geliebte. Sie tat gut daran, ihre Schutzherrin anzuflehen, denn sie war, was sie nicht ahnen konnte, von diesem ersten Sündenfall schwanger geworden.

Sie trafen sich nun jeden Sonntagnachmittag in Adams unaufgeräumtem Zimmer. Den Fox banden sie im Treppenhaus an. Die Besucherin sagte, sie fühle sich von ihm beobachtet. Sie beklagte sich jedes Mal über die Unordnung und räumte auf. Sie sagte, sie könne es nicht mit ihm treiben in solch einer Schlamperei. Adam wartete voller Ungeduld, bis er sie aus den Röcken schälen konnte. Es war ihm einfach unbegreiflich, dass sie gerade ihn als Geliebten ausgesucht hatte. Es gab ansehnlichere Burschen in der Stadt. Sein halbblinder Spiegel über der Waschschüssel hielt ihm ein längliches Gesicht entgegen, über dessen Bedeutsamkeit er sich keine Illusionen machte. Außerdem hatte Marie den in seinen Augen größten Charakterfehler noch nie zu spüren bekommen: seinen Jähzorn. Ja, seine Friedfertigkeit, die auf dem Boden einer simplen Bequemlichkeit gewachsen war, konnte unversehens maßlosem Zorn Platz machen. Er brauchte nur an die Angelegenheit mit dem vom Sebastiansplatz zum Karolinenplatz gejagten Holzscheit zu denken. Dass er Marie am Ende dieser Zornesstrecke kennengelernt hatte, erschien ihm Glücksfall und böses Omen zugleich.

Als sie ihm nach drei Monaten eröffnete, dass sie guter Hoffnung sei, überkam ihn neben dem Stolz, ein Kind gezeugt zu haben, der Schock der Verantwortung. Wie sollte er, dem das Geld unter den Händen zerrann, Frau und Kind ernähren? Er trieb ständig einen kleinen Schuldenberg vor sich her. Da er bei seinen Kollegen wegen seiner Großzügigkeit und jugendlichen Unbekümmertheit wohlgelitten war, fand er immer wieder Leute, die ihm kleinere Beträge liehen, mit denen er die alten Löcher stopfte. Es hatte sich herumgesprochen, dass er seit neuestem ein Weibsbild ausführen musste. Ihn quälte die düstere Vision, dass er nie in der Lage sein würde, die Schulden zu tilgen, dass er nie aus seiner verfluchten Behausung herauskommen, dass er es nie im Leben zu etwas bringen würde. Deshalb nahm er die Nachricht nicht mit der Begeisterung auf, die Marie von ihm erwartet hatte. Ihre grauen Augen füllten sich mit Tränen, als sie hervorstieß, es bliebe ihr wohl nichts anderes mehr übrig als ins Wasser zu gehen, jetzt, da sie entehrt sei und einen Bankert am Hals habe. Sie habe von ihm erwartet, dass er sie in solch einer Situation nicht im Stich lasse.

Er fühlte sich in die Enge getrieben. Wenn sie sonntags zu ihm kam und er hilflos zusehen musste, wie sie erst einmal das Mittagessen in seine Waschschüssel erbrach, wurde er von Mitgefühl übermannt. Aber wenn sie dann weinend am Fenster saß und ihm vorwarf, er sei ein Schuft, er sei um keinen Deut besser als andere Männer, dann packte ihn oft der Zorn, und er sagte Dinge, die er lieber nicht gesagt hätte. Er hatte nicht aufgehört, sie auf seine ungeschickte Art zu lieben, aber er hasste solche Szenen. Wo war sie geblieben, die unbeschwerte Zeit? Der

Schalk in den Augen seiner Geliebten? Ihr Liebreiz? Das Kind, so unsichtbar es auch war, hatte sie verändert. Manchmal erinnerte sie ihn an einen weiblichen Drachen, der mit Feuer und Schwefel seine Brut verteidigt. Sie wollte ein Nest, wollte Sicherheit. Er hingegen liebte diese sonntäglichen Nachmittage. Er begehrte die Frau, aber nicht das Kind. Das Kind war in ihrem Leib eingenistet, nicht in seinem. Das hatte die Natur so gewollt. Er fühlte sich zu jung zum Heiraten. Aber er war kein Schurke und wollte sich nicht aus der Verantwortung stehlen. Bei ihm daheim, sagte er, würde erst geheiratet, wenn der Mann der Frau ein Zuhause bieten könne. In diesem Zimmer könnten sie unmöglich zu dritt leben. Sie solle ihm bitte Zeit lassen.

Einige Monate später fuhr Marie nach Allersberg zu ihren Eltern und brachte dort nach zwei Wochen einen Sohn, Georg, zur Welt. Sie ließ ihn gegen ein Kostgeld von zehn Mark monatlich bei den Großeltern und kehrte blass und schlank zu ihrer Herrschaft zurück. Sie bildete sich ein, dass ihre Schwangerschaft beim Hausherrn und dem Personal unentdeckt geblieben war. Sie dachte darüber nach, wie sie den Druck auf den Kindsvater verstärken könne. Sie wollte eine Heirat. Eine katholische Hochzeit in Weiß. Ordentliche Verhältnisse.

Die Heirat ließ vier Jahre auf sich warten. Der Bräutigam war achtundzwanzig und die Braut fünfundzwanzig Jahre alt, als sie von einem evangelischen Pfarrer in der Matthäuskirche getraut wurden. Adam trug einen geliehenen schwarzen Anzug, dessen Ärmel und Hosenbeine zu kurz für ihn waren. Sein Gesicht zeigte einen Anflug entschlossener Männlichkeit, was nicht zuletzt einem sorgfältig gebürsteten und an den Enden nach oben gezwirbelten Schnurrbart zu verdanken war. In der linken Hand hielt er einen Zylinder, den er keine Sekunde lang aufsetzte.

Marie war in das letzte Geschenk ihrer Dienstherrin gekleidet, ein schwarzes Taftkleid mit Puffärmeln, das sie drei Wochen später ins Pfandhaus bringen würde. Ein weißer Tüllschleier, mit Hilfe eines künstlichen Maiglöckchensträußes im Haar befestigt, reichte bis zum Boden. Ihren Dienst in der Nymphenburger Straße hatte sie quittiert. Ein großer Teil ihrer Ersparnisse war bei einer dubiosen amerikanischen Anleihe verlorengegangen, zu der sie eine Zufallsbekanntschaft überredet hatte.

Bis zuletzt hatte sie sich gegen eine protestantische Trauung gewehrt. In ihrer Familie sei man von jeher katholisch, nicht umsonst trage sie den Namen der Jungfrau Maria. Auch wenn sie dem Namen mit ihrer verlorenen Jungfernschaft keine Ehre gemacht habe, fühle sie sich doch ihrem Glauben verpflichtet, überdies seien ihr die Matthäuskirche und erst recht der Pastor in seinem schwarzen Talar auf deprimierende Weise fremd.

Adam entgegnete, er könne mit diesem Jungfrauenschwindel nichts anfangen. Ginge es nach ihm, so würden sie nur standesamtlich heiraten. Wenn sie aber auf einer kirchlichen Trauung bestehe, dann komme für ihn nur eine protestantische in Frage. Die Reformation vor dreihundert Jahren sei schließlich aus gutem Grund erfolgt.

Sie rächte sich für solche Reden, indem sie oft stundenlang kein Wort mit ihm sprach. In den Jahren, in denen sie auf sein Jawort gewartet hatte, hatten sich ihre Positionen gewandelt. Ihre anfänglich starke Rolle als Hüterin des großen, unbekannten Arsenals weiblicher Geheimnisse, in das einzudringen sein Ziel gewesen war, war durch die Gewohnheit geschwächt, war durch die Mutterschaft abgebröckelt. Er hingegen war in der Verweigerung gewachsen. Sie kam kaum mehr gegen ihn an. Am Ende erwies er sich immer als der Stärkere. Nicht nur, dass sie in der Matthäuskirche landeten, er setzte auch durch, dass der kleine Georg eine protestantische Taufe erhielt.

Ihre erste gemeinsame Wohnung befand sich im dritten Stock der Maillingerstraße Nummer 5. Adam wollte im Westend bleiben, um sich einen langen Arbeitsweg zu ersparen. Wenn sie die Fenster geöffnet hatten, konnten sie die Züge in den Hauptbahnhof einfahren hören. Obwohl das Haus von außen einen ansehnlichen Eindruck machte, waren die Wohnverhältnisse entwürdigend. Das junge Paar, das den Sohn zu sich geholt hatte, teilte sich mit zwei anderen Parteien eine Wohnung. Die Familie verfügte über eine Wohnküche und eine Schlafkammer und teilte sich die Wasserstelle und das Klo im Zwischenstock mit den Leuten aus dem gleichen Stockwerk.

Georg holte sich in dem noch feuchten Neubau einen hartnäckigen Husten. Der Arzt meinte, er sei überhaupt schwach auf der Lunge. Georg weinte seinen Großeltern in Allersberg nach, die er für seine wahren Eltern hielt. Marie war ihm lange Zeit fremd, und erst recht dieser große Vater, dessen Kopf oben am Plafond zu hängen schien und aus dessen Mund manchmal zornige Worte drangen. Georgs Welt war der Küchenboden aus hölzernen Dielen, die die Mutter einmal in der Woche mit Bohnerwachs einrieb. Unter dem hölzernen Firmament des Küchentischs liegend, reihte er die von seinem Vater aus der Schreinerei mitgebrachten Klötzchen zu einer Eisenbahn aneinander. Oder er ließ sie in der Waschschüssel schwimmen. Sie waren dann Schiffe, die im Sturm kenterten, wobei die aus Reißnägeln bestehende Mannschaft, deren Kapitän sein Vater Adam war, gnadenlos unterging.

Wenn die Eltern am Tisch saßen und leise über irgendetwas redeten, das er nicht verstehen sollte, nahm Georg diese fremde Erwachsenenwelt einzig über die raschelnden Röcke seiner Mutter und die mit feinem Sägemehl bestäubten Schuhe seines Vaters wahr. Er fürchtete den Moment, da ihn der Vater am Schlafittchen hochziehen und fragen würde, was er denn den ganzen Tag getrieben habe.

Die Zeit der Kindheit verging nur langsam. Die Spuren, die sie auf ihrem Weg zurückließ, waren für Georg kaum wahrnehmbar. Erst allmählich summierten sich die Zeichen. Ein zuerst kaum erkennbarer Kratzer im weißen Lack des Tischbeins füllte sich mit Küchenruß. Farbe blätterte ab, Holz dunkelte nach. Die Fugen im Küchenboden wurden breiter und füllten sich mit dem Dreck, der dem Besen entwischt war. Die Röcke der Mutter fransten aus. Die durchgelaufenen Schuhe des Vaters wurden durch neue ersetzt. Die abendlichen Reden der Eltern über dem Tisch wurden heftiger. Meistens ging es ums Geld, das irgendwo auf rätselhafte Weise verschwunden war. Der Vater sagte, die Mutter könne nicht haushalten. Die Mutter erwiderte voller Bitterkeit, er würde es zum Fenster rauswerfen.

Eines Tages fischte sich Marie ihren Sohn unter dem Tisch hervor und sagte, er sei nun sechs Jahre alt und müsse zur Schule. Bei Tanzmaier kaufte sie ihm eine kurze graue Wollhose, gestrickte Wollstrümpfe und eine beige Jacke mit weißem Bubikragen zum Zuknöpfen. Dazu schwarze Winterstiefelchen mit einer Reihe glänzender Knöpfe. Sie schnitt seine Nägel und wusch das Haar. Ihr Kind sollte sich nicht schämen müssen.

Ein paar Wochen später hielt Adam ein Foto in Händen, auf dem fünfzig offenbar für diesen Anlass besonders herausgeputzte männliche Erstklässler mit ihrem Lehrer Donaubauer zu sehen sind. Dieser hat eine geballte Faust auf den Oberschenkel seines angewinkelten rechten Beines gelegt. Das Bild wird von eiserner Disziplin beherrscht. Erschrockene, ernste Vorstadtkinderaugen sind auf den Fotografen gerichtet, der unter einer schwarzen Decke hinter seinem Apparat verschwunden ist.

Einige der Knaben, die man gewöhnlich barfuß und in schadhafter, ärmlicher Kleidung auf den Straßen herumtollen sieht, haben ein Tüchlein um den Hals gebunden oder tragen wie Georg über dem Kragen ihrer Wolljacke einen weißen Bubikragen. Ein harmonisches Bild, das das denkwürdige Ereignis festhalten sollte, wenn die Erinnerungen längst verblasst, wenn die Kinder ihrer kleinen Anzüge entwachsen und Herr Donaubauer zu Grabe getragen sein würden.

Georg steht an prominenter Stelle in der Mitte der obersten Reihe und blickt mit einem auf Gehorsam programmierten Augenpaar ins Objektiv. Er fällt unter den fünfzig Knaben dadurch auf, dass sein weißer Kragen wegen eines fehlenden Knopfes zwischen Schultern und Kinn auf eine hilflose Art in der Luft zu schweben scheint. Es ist, so wirkt es, dem kleinen Georg buchstäblich der Kragen geplatzt.

Als Adam das Foto in die Hand bekam, legte er seinen Sohn übers Knie, zog die Hose straff und verabreichte ihm eine Tracht

Prügel. Zwanzig Pfennige hat diese Fotografiererei gekostet, fast zehn Mark die neue Schulkleidung, und was ist zu sehen? Ein geplatzter Kragen. Die Strafe musste sein. Seine eigene Schwäche, die Unfähigkeit, in seiner Umgebung Ordnung zu halten, wollte er nicht in seinem Sohn fortgesetzt sehen. Hinterher tat es ihm leid, den Kleinen geschlagen zu haben. Er ging ins Wirtshaus, um die Erinnerung an den kleinen Hintern, der sich so zerbrechlich angefühlt hatte, mit einer Maß Bier wegzuschwemmen.

Er ging jetzt manchmal ins Wirtshaus, weil Marie die kleine Küche in eine Bügelstube verwandelt hatte. Einmal in der Woche wusch sie, um das Haushaltsgeld aufzubessern, im Waschhaus die Wäsche der Hausbesitzerin und bügelte sie auf dem Küchentisch. Beim Anblick ihrer rissigen, früher so feinen Hände wurde er jedes Mal von schlechtem Gewissen übermannt. Das Bügeleisen, gefüllt mit glühenden Kohlen, fuhr wie eine fauchende Lokomotive über das mit Wasser besprengte Leinen. Auf den Stühlen türmten sich Tischtücher, Bettlaken und gestärkte Herrenhemden, die ganze Küche roch nach dem Dampf fremder Wäsche. Er konnte den Anblick seiner für fremde Menschen arbeitenden Frau nicht ertragen. Nie wurde er das Gefühl los, dass sie eigentlich für ein besseres Leben bestimmt war und allein er die Schuld daran trug, dass dieses bessere Leben in immer weitere Ferne rückte.

Die Unzufriedenheit mit sich selbst ließ ihn ungerecht gegen Marie werden, die sich in seinen Augen immer mehr in eine duldsame Tyrannin verwandelte. An den Tagen, an denen die Küche von ihrem demonstrativen Leiden erfüllt war, machte er nicht selten kehrt und ging ins Wirtshaus, wobei er zwischen den Zähnen hervorstieß: »Kohlen fürs Bügeleisen statt für eine warme Suppe!« Spät in der Nacht kehrte er reumütig und schwankenden Schritts zurück, in der Hand ein blumiges Zeichen der Versöhnung: einen aus einem Vorgarten geklauten Jasmin- oder Fliederzweig.

Sie kamen, so sehr sie sich auch abstrampelten, auf keinen grünen Zweig. Adams Lohn – er wusste nicht, wo er blieb.

Georgs schwache Lunge verschlang viel Geld. Einmal mussten sie den Buben für ein Vierteljahr in die Berge schicken, aber er kam um keinen Deut gesünder zurück.

Manchmal sah Adam seine Frau am Fenster stehen und in Richtung Nymphenburger Straße blicken. Er wusste dann, dass sie an das Haus mit dem vergoldeten Wetterhahn dachte, und er ahnte, dass diese Ehe eine Enttäuschung für sie war. Warum nur? Es gab Arbeiterfrauen im selben Haus, die mit ihrem Leben nicht unzufrieden waren. Einzig Marie ging mit diesem stummen Vorwurf herum, der sich aus ihren grauen Augen wie ein Bannstrahl auf ihn richtete. Stumm? Ja, sie sprachen kaum mehr miteinander, die unausgesprochenen Worte hingen wie Bleigewichte vom Plafond und berührten von Zeit zu Zeit ihre Köpfe: Dong Dong Dong.

Längst waren die Träume verflogen, das Westend zu verlassen und in ein besseres Viertel zu ziehen. Aus der Wohnung in der Maillingerstraße, die als ein Provisorium nur zum ›Trockenwohnen‹ gedacht war, konnten sie nicht einmal dann in eine größere ziehen, als Marie erneut schwanger wurde und eine Tochter zur Welt brachte, die sie Therese nannten. Im Schlafzimmer wurde es eng. Das Bettchen stand neben den schwarzen Ehebetten, der Vater konnte wegen des Geschreis seiner Tochter nachts nicht schlafen und torkelte am Morgen todmüde zur Arbeit. Er fand, dass der Nachwuchs nicht nötig gewesen wäre. Marie blieb vom Wäschespülen im kalten Wasser die Milch weg. Man schrieb den Dezember 1887. Therese wurde von einem Gemisch aus verdünnter Milch und Haferschleim ernährt. Das erste Bild, das sie von der Außenwelt wahrnahm, waren Eisblumen am Fenster. Dreimal zog die Familie in den nächsten Jahren innerhalb der Maillingerstraße um, von einer gedrittelten Wohnung in die nächste. Das letzte Mal, als die kleine Emma geboren wurde, die nur achtundzwanzig Tage auf der Welt blieb.

1894, im selben Jahr, in dem Therese eingeschult wurde, zeichnete Prinzregent Luitpold von Bayern den alten Josef Weinberger von der Modellschreinerei mit einer Bronzemedaille des

Michael-Ordens aus, für lange, treue Betriebszugehörigkeit. Im Eisenbahnmuseum der Zentralwerkstätte half Adam beim Anbringen einer metallenen Gedenktafel, die an den hohen Besuch erinnern sollte. Die Tafel fiel mit ihrem ganzen Gewicht auf seine linke Hand und schnitt Ringfinger und kleinen Finger haarscharf von der Mittelhand ab.

Obwohl er seine Arbeit nach einigem Umlernen auch mit drei Fingern ausführen und seine Stelle behalten konnte, fühlte er sich von diesem Tag an minderwertig, als Krüppel. Er hatte das Gefühl, dass alle nur auf seine linke Hand schauten, auch Marie, auch die Kinder. Er wurde unleidlich, hielt es zu Hause nicht mehr aus. Die einzigen, in deren Gegenwart er sich wohlfühlte, waren seine Saufkumpane und die Prostituierten vom Sebastiansplatz. Es waren längst nicht mehr dieselben wie damals, als er sich so blamiert hatte. Die Mädchen trugen jetzt türkische Pluderhosen und rauchten Zigaretten, deren Asche sie mit eleganter Gebärde in eine Blumenvase schnipsten. Manchmal kam ihm Eva in den Sinn und er fragte sich, wo sie wohl gelandet sein mochte. Er besuchte das Bordell weniger aus Gründen der Lust, sondern weil er an alte Zeiten anknüpfen und sich mit den Mädchen unterhalten wollte.

1902 zog die kleine Familie in ein neu erbautes Haus in der Trappentreustraße. Die Wohnung bestand zwar auch nur aus einem Zimmer und einer Wohnküche, aber sie hatte ein eigenes Klo und einen Ausguss im Flur. Auch diese Wohnung musste erst ›trockengewohnt‹ werden, bevor sich ein Gefühl von Erleichterung, ein Gefühl von Luxus einstellen konnte.

Die Trappentreustraße war benannt nach Johann Baptist Trappentreu, dem Braumeister vom Sternecker Bräu im Tal, der im Jahr 1878 für das Westend 9000 Gulden, 100 000 Ziegelsteine, drei Glocken sowie Kupfer fürs Dach der Schrenkkirche gestiftet hatte. Als Adam und Marie dort wohnten, gab es auf der kurzen Strecke zwischen Heimeranplatz und Westendstraße elf Wirtshäuser, angefangen beim »Gasthaus zur neuen Unterfahrt« bis zum »Burenstübl«. Die Wirtshäuser waren noch vor allem anderen dagewesen, vor den Kirchen, den Postämtern, den Schulen und den Geschäften. Es hatte den Anschein, als wollten die großen Brauereien sich das Geld, das sie ihren Arbeitern zahlten, wieder zurückholen, indem sie sich um eine satte Versorgung mit Bier bemühten, von dem es ohnehin hieß, es sei das Brot des armen Mannes.

Die Wirtschaften waren aufgestellt wie Fallgruben, in die die Männer nach der Arbeit fallen sollten, dunkle, süße, klebrige Fallgruben. Halb betäubt vom Dunst dahinschmorenden Sauerkrauts, würzigen Schweinsbratens und polnischer Würste, eingehüllt in den Qualm ihrer Pfeifen, saßen die Männer hinter den grauen Maßkrügen, die mit einem Zinndeckel gekrönt waren, und tranken Karten spielend und laute Reden führend das schäumende Bier. Das Bier machte sie friedlich oder rauflustig, je nach Temperament, aber es vereinte sie in Glückseligkeit. Das Bier ließ sie ihre Dialekte vergessen und mit schweren Zungen Bayrisch daherreden. Es verwischte auch ihre Herkunft, ihre Kümmernisse und die Gedanken an zu Hause, wo die Frau aufs Wirtschaftsgeld wartete. Zu Hause konnte keine Gemütlichkeit aufkommen. Wie denn?

Inmitten der bierseligen Gesellschaft saß auch Adam mit den drei Fingern. Sein Schnurrbart war aufgezwirbelt, denn er hielt auf sich, und die Augen waren vom Rauch gerötet. Nicht, dass er ein dem Alkohol Verfallener gewesen wäre! Er war sich durchaus seiner Pflichten bewusst. Von Zeit zu Zeit zog er seine Taschenuhr aus der Weste, ließ die versilberte Kette durch die Finger gleiten und sagte: »I muaß hoam!«

»A geh, Adam, oa Spui noch.«

Sie spielten Schafkopf oder Skat, und Adam war wohlgelitten, weil er, im Gegensatz zu daheim, ein verträglicher Mensch war, der ab und zu eine Runde Bier zahlte. Wenn er ins Wirtshaus kam, zog er vor jedem Tisch den Hut und sagte: »Habe die Ehre! Habe die Ehre! Habe die Ehre!«

Adam war eine Art Gentleman unter den Wirtshausbrüdern. Für einen Gentleman gehörte es sich, dass er Geld springen ließ.

»Liesl, bring fünf Wurstsupp'n für die Herren!«

Oft waren es seine Kollegen von der Bahn, die er einlud – Hilfsbremser, Heizer, Rangiergehilfen, Wechselwärter –, oder zufällig anwesende, wildfremde Menschen. Er trug die Münzen in seiner Hosentasche, nicht im Geldbeutel wie die anderen, und genoss das Ansehen, das es ihm eintrug, wenn er sie locker über den Tisch schleuderte. Adam und seine Stammtischbrüder schimpften über die schlechten Zeiten, denn der Ärger über die schlechten Zeiten war neben dem Bier das, was sie miteinander verband. Noch immer gab es nur ein Postprovisorium in der Schrenkstraße und keine Kirche für die Evangelischen. Kein Wunder, dass die Kinder rotzfrech würden, gerade er könne ein Lied davon singen mit der Theres. Die Pferdebahn war zu teuer, und der Gestank der Metzeler Fabrik nach verbranntem Gummi war noch an der Zentralwerkstätte zu riechen. Dabei zahle er Steuern wie jeder anständige Bürger. 2 Mark 90 seien es noch im letzten Jahr gewesen, und jetzt zahle er schon 5 Mark 30.

»Aber die hohen Herren, die wo die Politik machen, die wohnen am anderen Ende der Stadt, im Osten, und mir, mir ham den Fabrikgestank vor der Nas'n.«

»Net die hohen Herren«, erwiderte sein Gegenüber, »sondern die Juden san's, die uns bis aufs Mark aussaug'n.«

Er holte ein Beitrittsformular für die Münchner Ortsgruppe des Alldeutschen Verbandes hervor und schob es Adam über den Tisch.

»Magst net Mitglied werden, Adam? Mir müss'n uns solidarisieren gegen das internationale Judentum.«

»Wer einen so biblischen Namen hat wie ich, der hat im Alldeutschen Bund nichts zu suchen«, erwiderte Adam. »Außerdem muass ma unterscheid'. Es gibt solche Juden und solche Juden. Die polnischen sind eine Heimsuchung, aber die kommen meistens aus Wien. Die Juden, die mir g'habt ham, im Badischen, das waren feine Leut'. Mein Onkel hat bei einem g'arbeit'. Er hat g'sagt, nirgendwo hätt er's besser g'habt. Die war'n wie der neue Adel.«

Er schwadronierte gern, dieser dreifingrige Schreiner Adam, der auf die Fünfzig zuging und dessen Kräfte nicht mehr so frisch wie früher waren, vom vielen Heben der rohen Holzbalken, vom Hobeln und Sägen, vom unermüdlichen Bohren und Hämmern, alles von Hand, und vom Ausbessern der Ledergurte unter den Fenstern der Königlich Bayerischen Staatsbahnen, die die Reisenden abgeschnitten hatten, sei es aus Not, sei es aus Übermut. Vom Einatmen des Bahnrußes und der kleinen Eisenpartikel, die von den Schienen aufgewirbelt wurden, und vom Einatmen des Lacks, mit dem er die Herzen überstrich, die Liebespaare widerrechtlich in die hölzernen Bänke der Abteile geschnitzt hatten. Der tägliche Marsch zur Arbeit und zurück hatte seinen Schritt ermüden lassen, und je müder er war, desto länger saß er im »Trompeter von Säckingen«.

Wenn sich nach Mitternacht die Wirtsstube allmählich leerte, dann begab er sich auf den Heimweg. Mit schweren Beinen stieg er die Stufen in der Trappentreu 46 hoch, seine Schritte dröhnten bis in den vierten Stock hinauf. Die Leute drehten sich im Schlaf um und dachten: Der Fassbender vom zweiten Stock kommt aus dem Wirtshaus. Man kann's sogar durch die Tür riechen.

Der späte Heimkehrer hatte Angst vor seiner Frau, die in den Wechseljahren war und ihn, ungerechterweise, wie er fand, mit ihren Launen tyrannisierte. Sie erwartete ihn im Nachthemd, mit aufgelöstem Haar, das die ersten grauen Fäden zeigte, und strafte ihn mit Verachtung.

»Bierdimpfl, elendiger. Du bist ja total b'suffn.«

»A Maß wird ja wohl noch verlaubt sein von der Gnädigen.«

Adam hatte im Wirtshaus leidlich Bayrisch gelernt, Marie hingegen, die kaum aus dem Haus ging, sich ihren fränkischen Dialekt bewahrt. Die Reue, die sich in Adam seit Verlassen des Wirtshauses breitgemacht hatte, verpuffte unter diesen Worten. In der Küche herrschte wie immer altfränkische Ordnung, nur ein Glas Milch stand neben dem Sofa, auf dem Therese lag und so tat, als ob sie schliefe.

»Was is mit der Milch? Warum steht die Milli no da?«

Therese fuhr hoch: »Da is a Haut drin, i mag koa Haut.«

»Die Milch werd trunk'n, sag i. Der Doktor hat g'sagt, du brauchst a Milch zweng deiner Bleichsucht. Die Milch hat Geld kost, und jetzt werd's trunk'n, sag i.«

Nun mischte sich Marie ein: »Dei Geld is des fei net. Des Geld is von meiner Schwester. Wenn's nach dir ganget, wär'n ma scho längst verhungert.«

»So so, a Almos'n von der Frau Schwester Bankdirektor. Hast ihr wieder was vorg'jammert? Hättst halt auch an Bankdirektor heirat'n müss'n.«

»I ha aber dich g'heirat, und wenn du des Geld net zum Fenster rausschmeiß'n tatst, dann tat's schon langa.«

»Wer schmeißt des Geld zum Fenster raus? Du oder i? Da werd a Milli kauft für nix und wieder nix. Die Milli werd jetzt trunk'n, sag i.«

Er zerrte seine Tochter aus dem Bett und setzte ihr das Glas an den Mund. Therese nahm widerstrebend einen Schluck, würgte und spuckte alles wieder aus. Auf Adams schwarzen Anzug rannen Bahnen von Milch und tropften auf den Fußboden. Er spannte ihren Kopf in seine Armbeuge und riss ihr den Mund auf wie einer Mastgans.

Seine Frau fiel ihm in den Arm. »Lass des Madla in Ruah. I hab a ka Haut meng, we i kla war.«

Adam war zu betrunken, um seiner Tochter die Milch in den Schlund zu gießen. Plötzlich war ihr Gesicht unter einem weißen See verborgen. Sie wehrte sich, trat ihn gegen's Schienbein. Das Glas entglitt seinen Händen und krachte auf den Fußboden. Er riss den Tisch fast um, an den er sich Halt suchend klammerte, fiel der Länge nach aufs Sofa und schlief sofort ein.

»Allmächtlana, steh uns bei. Is des a Elend«, sagte Marie und sammelte die Scherben ein. Sie nahm Therese in die Arme und bettete sie neben sich ins Ehebett. Weinend klammerten sie sich aneinander.

»Wenn i groß bin, dann ziag i aus«, sagte Therese.

MARIE 1877

Sieht sie nun elegant oder einfach nur komisch aus, diese zwanzigjährige Frau mit dem seltsamen Kopfputz, der auf ihrem Haupt thront, als würde er jeden Moment abheben und durch die Luft segeln? Was verbirgt sich unter dem weißen Satinhütchen mit der breiten Krempe und der Federapplikation, die wie eine schwarze Rauchfahne aufsteigt? Luft? Oder hat sie ihren langen blonden Zopf dort verstaut? Wenn der Hut seine Trägerin optisch verlängern soll, dann hat er seine Aufgabe erfüllt: Hut und Federn sind zusammen noch einmal so lang wie das schmale Gesichtchen der jungen Frau, die ernst und etwas skeptisch in die Kamera blickt. Ihre rechte, in einem hellen Lederhandschuh steckende Hand hat sie soeben aus dem Persianermuff gezogen, während die linke noch drinsteckt, weniger aufgrund der Kälte, denn im Fotoatelier dürfte eine zumutbare Temperatur geherrscht haben, sondern um der etwas steifen Zeremonie eine asymmetrische Natürlichkeit zu verleihen. Der dunkle Wintermantel ist auf Taille geschnitten, sein Revers und der hochgeschlagene Kragen sind mit Persianer besetzt.

Fein gezeichnete Augenbrauen über wachen, forschenden und gleichzeitig etwas illusionslosen Augen, eine lange, gerade Nase, unter der ein etwas verkniffener Mund den Strich zieht. Der Mund sieht aus, als wäre ihm gerade eine Bemerkung entschlüpft, eine unpassende Bemerkung, über ein drückendes Korsett etwa, und als habe der Fotograf ihr ein Zeichen gegeben, still zu sein.

Wie kommt die Dienstbotin Marie Heim zu einer solchen Aufmachung? Sie hat nicht nur Spaß an Verkleidungen, sondern tendiert auch in gewisser hochstaplerischer Weise dazu, sich als ›etwas Besseres‹ auszugeben, wobei ihr die herrschaftliche Umgebung, in der sie als eine Art Kammerzofe arbeitet, als Vorbild dient. Sie darf, da sie eine Vertrauensstelle innehat und dieselbe schlanke Figur besitzt, die abgelegten Kleider der gnädigen Frau auftragen.

Was jedoch den Persianermantel betrifft, ein ungewöhnlich kostbares und der Mode vorauseilendes Mitbringsel Herrn von Lanzingers für seine Gattin aus Paris, so hat Marie Heim einen kurzen Ausflug ihrer Herrschaft nach Augsburg dazu genutzt, sich den Mantel samt einem aus den Schränken der gnädigen Frau wahllos herausgegriffenen Hütchen »auszuleihen« und damit ein Fotoatelier aufzusuchen. Es war nicht leicht, diese verbotene Handlung vor den Augen des übrigen Hauspersonals zu verbergen. Sie packte Mantel, Hut, Muff und Handschuhe in eine große Reisetasche und sagte, sie habe von der gnädigen Frau den Auftrag erhalten, ein paar Stücke zur Schneiderin zu bringen. In einem wenig frequentierten Flur des Hofbräuhauses zog sie sich dann um, bevor sie den Mann traf, dessen nachlässig zugeknöpfter Umhang im Hintergrund des Bildes zu sehen ist.

Sie ist wieder gertenschlank, nachdem sie im Januar 1877 ein Kind zur Welt gebracht hat, den kleinen Georg, der jetzt in Allersberg von den Großeltern aufgezogen wird. Niemand hat etwas von ihrer Schwangerschaft bemerkt, denkt sie, hofft sie. Niemand außer der gnädigen Frau, die ihre Verbündete ist. Jetzt ist alles vorbei, Gott sei Dank, und das Kind gut versorgt. Der Vater des Kindes, der Schreinergeselle Adam Fassbender, lässt mit der Heirat auf sich warten. Sie weiß nicht, warum sie sich mit ihm eingelassen hat. Liebe war es nicht, eher Neugier. Jetzt hat sie kaum mehr Chancen bei anderen Männern. Kein Mann will sich mit einem fremden Bankert abmühen.

Der Mann im Hintergrund hat sie mit einer dubiosen Geldanlage um ihr Erspartes gebracht. An dem Tag, an dem das Foto entsteht, weiß sie noch nichts davon, aber später, wenn ihr das Ausmaß des Betruges bewusst wird, wird sie eine Schere nehmen und seinen Kopf vom Foto abtrennen.

Bei ihrem Begleiter handelt es sich um eine flüchtige Bekanntschaft. Sie hält ihn wegen seiner eleganten Aufmachung für ›etwas Besseres‹. Ihre flüchtige, erst einen Monat alte Bekanntschaft begann am Nymphenburger Kanal, wo er sie beim Entenfüttern beobachtet hat. Bei einigen gemeinsamen Spaziergängen erschlich er ihr Vertrauen, woraufhin sie ihm ihr ganzes Erspartes anvertraut hat, für eine ›todsichere Anlage‹, wie er sagte. Sie hat ihn in der Folge zu diesem Foto überredet, um den Schreinergesellen Adam Fassbender unter Druck zu setzen, dem sie mit diesem Foto beweisen will, dass sie auch Chancen bei anderen Männern hat. Sie will ihn eifersüchtig machen, um ihn zur Ehe zu bewegen. Denn sie möchte einen Ring am Finger tragen, um der Schande zu entgehen. Ihren eleganten Begleiter wird sie nur noch einmal sehen, im Hofgarten, und er wird ihr etwas verlegen mitteilen, dass die Gesellschaft, bei der er ihr Geld angelegt hat, in Konkurs gegangen ist.

Marie Heim mit dem feinen Gesichtchen und den grauen Augen gelang es nie, auf die Sonnenseite des Lebens zu kommen. Das fing schon mit ihrer Geburt an. Ihre Mutter, die Tagelöhnerin Lena Heim geborene Schroll, war mit einem Fuder Heu von Allersberg nach Asbach unterwegs, als die Wehen einsetzten. Zugleich zog ein Gewitter auf. Während sie versuchte, den Arbeitsochsen zu einer schnelleren Gangart zu bewegen, sprang der eiserne Reifen von der rechten Felge des Karrens ab, worauf das hölzerne Rad entzweibrach. Sturm peitschte übers Land, weit und breit war kein Unterschlupf zu finden. Sie hielt den Ochsen an und kroch unter den Wagen, um Schutz vor dem Regen zu finden. So lag sie etwa eine halbe Stunde lang, während die Wehen in kürzeren Abständen kamen und der Feldweg unter ihr immer mehr zu einem wütenden Bach wurde. Zu ihrem großen Glück kämpfte sich ein zweites Fahrzeug durchs Unwetter und blieb neben ihr stehen. Ein Mann und eine Frau sprangen herunter, hievten Lena auf den Kutschbock und leisteten dort Geburtshilfe. Da sie keine Erstgebärende, sondern bereits vierfache Mutter war, fiel ihnen das Kind geradezu entgegen und wurde sofort von einem Regenschauer übergossen. Sie reinigten es mit einem Büschel Heu von Schleim und

Blut, nicht anders als ein kleines Kälbchen, und da sie mit Geburten wenig Erfahrung hatten, legten sie Mutter, Kind und Nachgeburt auf ihr eigenes Fahrzeug und fuhren zurück nach Allersberg, wo die Hebamme Zerkübel die Nabelschnur durchtrennte und dafür sorgte, dass alles seinen normalen Verlauf nahm.

Die Mutter bat darum, man möge ihrem Ehemann, dem Tagelöhner und Fabrikarbeiter Josef Heim, das Geschlecht des Kindes vorerst noch verschweigen. Denn es war das fünfte Mädchen, und sie konnte sich die an Überdruss grenzende Enttäuschung auf seinem Gesicht ausmalen. Nicht dass ein Hoferbe erwartet worden wäre. Ein Tagelöhner hat gewöhnlich nichts zu vererben, am allerwenigsten Grund und Boden. Aber die Nachbarn zerrissen sich schon das Maul über ihn. Was war das für ein Mann, dem es nicht gelang, einen Sohn zu zeugen? Und der Name Heim, er würde erlöschen, wenn kein Stammhalter käme.

Die Hebamme brachte Mutter und Kind nach Hause und legte sie zur Ruhe. Eine Nachbarin kam mit einer Schüssel Kindsbettsuppe, um die Wöchnerin zu stärken. In der Suppe schwammen Leber- und Grießklößchen – ein seltener Festschmaus.

Die kleine Maria, denn auf diesen Namen wird sie getauft werden, war sorgfältig verpackt, wie ein Fatschenkind. Einen Tag lang spielte Lena die erschöpfte, unansprechbare Wöchnerin, die zu schwach zum Reden war. Als sie schlief, griff der ungeduldige Vater zur Selbsthilfe und wickelte das Marienbündel heimlich aus. Er hatte es schon geahnt. Wieder ein Mädchen, ein dünnes, schwächliches Geschöpf. Er fragte sich, womit er das verdient hatte. Leise vor sich hin fluchend, nahm er seinen Hut und ging in den »Schwarzen Adler«, um die Enttäuschung in Bier zu ersäufen.

Allersberg war um 1850, ein kleiner Marktflecken mit etwa 1400 Seelen. Tatsächlich spricht die Chronik von Seelen, nicht von Menschen. So, als wären deren Erdentage gezählt, als würden sie mit ihren Seelenflügelchen bereits im Jenseits schweben. Die Kirche sorgte dafür, dass sie diesen Gedanken nie aus dem Kopf verloren. Das Wort Seele sollte die Menschen an ihre Vergänglichkeit erinnern. Und vergänglich waren sie alle, sehr viel schneller spulte sich damals ihr Lebensfaden ab. Die winzigen Kindergräber neben der Kapelle von St. Sebastian zeugten davon. Marias ältere Schwester Sepha wird das sechste Lebensjahr noch nicht erreicht haben, wenn man ihren schmächtigen Leichnam dort beisetzen wird.

Allersberg war nicht nur Markt-, sondern auch eine kleine Industriestadt. Bereits Ende des 17. Jahrhunderts war dort ein Fabrikationszweig entstanden, der den Ort entscheidend prägte: der Leonische Drahtzug. Ein Großteil der Bevölkerung von Allersberg und Umgebung hatte in irgendeiner Weise mit dem Leonischen Drahtzug zu tun.

Marias Eltern waren Tagelöhner, so wie deren Eltern bereits Tagelöhner gewesen waren. Sie kannten nichts anderes und waren deshalb zufrieden. Der Wohlstand blieb ihnen versagt, und wahrscheinlich hätten sie mit Wohlstand gar nichts anfangen können, so verhaftet waren sie ihrem Arme-Leute-Leben. Sie wohnten mit den fünf Kindern zur Miete in einem winzigen Häuschen in der Vorstadt, aßen von einem Holztisch, in dessen Mitte eine Kuhle war für das tägliche Mus. Sie schliefen auf Strohsäcken, die jeden Spätsommer ausgeleert und mit frischem Stroh gefüllt wurden. Sie hatten ein Sonntags- und ein Werktagsgewand, waren gottesfürchtig, abergläubisch und obrigkeitshörig. Ihr Tagelöhnerleben lief neben den anderen Tagelöhnerleben dahin wie eine Ackerfurche neben der anderen. Keine Katastrophen säumten ihren Weg, abgesehen davon, dass sie früh zwei ihrer Kinder verlieren sollten, die fünfjährige Sepha an der Halsbräune und die achtjährige Walburga am Wechselfieber.

Eine Veränderung zum Besseren trat ein, als Vater Heim eine Arbeit in der Gilardischen Drahtzieherei fand. Er verließ jeden Morgen um halb sieben Uhr das Haus und begab sich zum

Fabrikgebäude am Zwischenmarkt. Zusammen mit anderen Kollegen musste er an einer großen Winde drehen, mittels derer ein Schubboden hin- und herbewegt wurde. Diese Bewegung ermöglichte es anderen Kollegen, die feuervergoldeten oder -versilberten Kupferstangen nacheinander durch immer kleiner werdende Löcher zu ziehen, bis sie etwa Strohhalmdicke erreichten.

Die Feinarbeit übernahmen dann die Stückwerker in Heimarbeit. Dabei wurde der Draht von einer Rolle abgespult, durch ein Zieheisen gezogen und wieder aufgewickelt. Oft musste der Draht bis zu seiner endgültigen Stärke durch 140 Löcher gezogen werden. Der so fertige feine Draht wurde dann auf kleine Spulen gesponnen, und das erledigten meistens die Frauen in Heimarbeit.

Lena war so eine Heimarbeiterin. Am Abend saß sie bei Talglicht in der Wohnstube und wickelte die feinen Fäden auf eine Spule. Die Kinder schauten ihr dabei zu, und es war in ihren Augen nicht anders, als würde die Königstochter aus »Rumpelstilzchen« Stroh zu Gold spinnen. Die Goldfäden blitzten in der dunklen Stube auf und erweckten den Eindruck, als habe der Reichtum Einzug gehalten.

Tatsächlich kam jetzt zu den Festtagen manchmal ein gefülltes Kalbswänstlein auf den Tisch. Es galt, sieben Mäuler zu stopfen. Sie hießen Lena, Josef, Cäcilie, Veronika, Walburga, Sepha und Maria.

Lena war eine gute Mutter, die von morgens bis abends um das Wohl ihrer Familie besorgt war. Gleich nach der Schneeschmelze arbeitete sie als Tagelöhnerin auf den Feldern. Da sie stark wie ein Mann war, wusste sie den Pflug zu führen und das Saatgut auszubringen. Die Mädchen liefen wie eine Schar Hühner hinter ihr her, immer auf der Suche nach Abenteuern, die ein Acker bot: eine alte Kartoffel, ein kreisrunder Kiesel, eine tote Maus. Um die Mittagszeit breitete Lena ein Sackleinen aus, und sie aßen ihr Brot und tranken aus einem Krug frisches Wasser. Dann schliefen die Kleinen, während die Großen am

Ackerrand Wegwarten einsammelten, aus deren Wurzeln die Mutter ihnen am Abend eine Art Konfekt zubereitete. Sie kochte sie weich, nahm zu einem Pfund Wegwarten ein Viertel Zucker, den sie mit einem Eiweiß läuterte, und ließ die Wegwarten darin sieden, bis die Masse dick wurde.

Maria saß oft auf dem Stubenboden und ließ die feinen Drähte durch ihre Finger gleiten. Die Drähte, das wusste sie schon früh, würden in die Gilardische Fabrik zurückkehren und von dort aus die Reise in die großen Städte antreten, wo die Näherinnen auf sie warteten, um mit ihnen die Gewänder der feinen Herren und Damen zu besticken. Sie würden die Mäntel der Bischöfe zieren, die kostbaren Altardecken und die Röcke der Prinzessinnen. Blumen, Glocken, Blätter und Vögel würden aus den Goldfäden entstehen.

Die fünf Schwestern bildeten, bevor der Tod zwei von ihnen hinwegraffte, zwei kleine Gemeinschaften. Für Cäcilie, Veronika und Walburga war die Kindheit kurz. Mit Beginn der Schulzeit wurden sie beinahe übergangslos der Erwachsenenwelt einverleibt. Sie übernahmen Pflichten, die sie auf ihr künftiges Arbeitsleben vorbereiteten. Dazu gehörte das tägliche Ausfegen der Wohnstube, das Kochen des aus Heublumensud, Kartoffeln und Rüben bestehenden Schweinefutters, das Füttern der Hühner und das Wasserholen am Dorfbrunnen. Sie begleiteten, kaum dass sie von der Schule zurückkamen, ihre Mutter zur täglichen Arbeit, halfen je nach Jahreszeit beim Rübenziehen und beim Zupfen der Dolden von den langen Trieben des Hopfens. Sie breiteten die Wäsche, die Lena in Lohnarbeit wusch, auf den Wiesen entlang des Brunnbachs aus, und selbstverständlich waren sie schon früh mit der Drahtzieherei beschäftigt.

Anders die beiden Kleinen, Sepha und Maria. Für sie war das Leben noch ein einziges Spielabenteuer. Sei es, dass es Lena an Zeit fehlte, sie in das familiäre Arbeitskarussell einzugliedern, sei es, dass sie ihnen eine möglichst lange Kindheit erhalten wollte: Sepha und Maria spielten hingebungsvoll mit ihren Puppen, die ihnen die Mutter aus alten Stoffresten genäht hatte, und am allerliebsten waren sie Königinnen und die Puppen ihre Prinzessinnen, die sie mit Goldfäden umwickelten, auf Gold betteten, unter Gold begruben, bis die Mutter sagte: »Bringt mer den Droht net durchernander!«

Maria war ein übermütiges Kind, eine Komödiantin, die mit dem Charme ihrer hellgrauen, an das Kleid einer Bachforelle erinnernden Augen jedermann um den Finger wickeln konnte. Sie war zierlich gebaut, schlug aus der Art, wie man sagte. Denn ihre Eltern waren eher vierschrötiger Natur. Ihre Körper hatten sich den harten Arbeitsbedingungen angeglichen, und das seit vielen Generationen. Manchmal sagte Vater Heim im Spaß zu seiner Frau: »Die Aug'n vo der Klann sin net vo mir. Und des Gschdell erscht recht net. Bist am End nem nausganga?«

Was alle mit leiser Sorge erfüllte, waren die plötzlichen und anscheinend grundlosen Stimmungsschwankungen, unter denen die Kleine litt. Manchmal füllten sich ihre Augen, wie von einem unterirdischen See gespeist, mit einer nicht enden wollenden Tränenflut. Sie ließ sich durch nichts trösten. Lena sagte dann immer, das hinge mit der Geburt im Regen zusammen. Das Kind wäre ja beinahe im Regen ertrunken, und es habe eben Wasser im Kopf, das von Zeit zu Zeit raus wolle.

Mit vierzehn Jahren war Maria ein hübsches, schlankes Mädchen, nach dem sich die Burschen umdrehten. Wenn sie zum Wasserholen ging, blieb sie oft länger aus, denn am Dorfbrunnen traf sich die Jugend, um sich schäkernd auf Abenteuer hin zu prüfen. Maria lachte viel, sie lachte die jungen Burschen aus. Wenn sie einer am Zopf zog, funkelten ihre Augen vor Schalk und Entrüstung, und sie sagte: »Lass mi in Ruh, du Dodl.«

Am Pfingstsamstag kletterten ihre Verehrer nachts heimlich auf das Dach ihres Elternhauses und steckten Birkenzweige in den Schlot, als Zeichen ihrer Zuneigung. Sie lachte sich halb kaputt und streckte ihnen die Zunge raus.

»Ihr kennt mer 'n Buckl norutsch'n.«

Aus Rache steckten ihr die Burschen in der nächsten Nacht einen Besen in den Schornstein. Ihre Schwester Vroni sagte:

»Wenn'st so weidamachst, dann bleibst am End hock'n und werst a alte Jungfer.«

Maria gehörte jetzt, nachdem sie die Schule beendet hatte, auch zu den jungen Frauen, die in Heimarbeit die vergoldeten Drähte durch die Löcher zogen, bis sie fein genug waren, um auf Spulen gewickelt zu werden. Zusammen mit den Schwestern und der Mutter saß sie in der Stube und träumte von einem Prinzen, der sie auf sein Pferd hebt und mit ihr davonreitet.

»Was is?« fragte Cäcilie. »Tramst wieder vor dich hi?«

Mit fünfzehn durfte sie, zusammen mit anderen Mädchen, einen Abend lang die Gäste in der Heckelschen Villa bedienen. Zum 150-jährigen Bestehen des Hauses gab die Familie ein großes Fest. In Allersberg wurden junge, hübsche Mädchen gesucht, die in der Küche und beim Servieren helfen sollten. Maria war stolz, dass man auch sie gefragt hatte. Bereits Wochen vor dem Fest konnte sie vor Aufregung kaum mehr schlafen, auch weil sie kein Gewand besaß, das dem hochherrschaftlichen Haus angemessen gewesen wäre.

Die Heckels, seit drei Jahren geadelt und mit den Gilardis verwandt, hatten ihr Vermögen ebenfalls mit dem Leonischen Drahtzug gemacht. Sie führten ein offenes Haus, in dem Gäste ein- und ausgingen. Für Maria war es das erste Mal, dass sie das Haus am Marktplatz betrat. Voller Scheu war sie immer daran vorbeigegangen und hatte auf dem Turm das Wahrzeichen der Drahtzieher, eine Madonna mit Strahlenkranz, bewundert.

Sie trug das Sonntagskleid ihrer Mutter, das ihr viel zu groß war und das die Mutter ihr mit einigen flüchtigen Nähten auf den Leib geschneidert hatte. Es war ein schönes Kleid, wie es die erwachsenen Frauen in der Gegend trugen – ein schwarzer bauschiger Rock, eine weiße Bluse und ein besticktes Mieder.

Zu Mittag hatte Maria dem Vater noch eine warme Graupensuppe in die Fabrik gebracht. Es war das erste Mal, dass sie in die Fabrik gegangen war, denn eigentlich war es Vronis Aufgabe, den Vater mittags zu versorgen. Sie hatte sich geschämt, als sie mit dem Topf durch die Halle ging, verfolgt von Männerblicken. Als sie ihren Vater sah, erschrak sie. Er drehte unter ungeheurem Kraftaufwand, zusammen mit drei anderen Arbeitern, an einer großen Winde, um die Schleppzangenbank zu bewegen. Sein Oberkörper war nackt, über seinen Rücken rann der Schweiß, und an seinen Schläfen zeigten sich Adern, die jeden Moment zu platzen drohten.

Daran musste Maria denken, als sie das Heckelsche Speisezimmer betrat, das groß wie ein Tanzsaal war. Die Gäste hatten bereits Platz genommen, lauter gepflegte Erscheinungen in Festgewändern. Sie war in der Küche zusammen mit den anderen Mädchen eingewiesen worden, wie man eine Suppenterrine hält und aus ihr mit einem Schöpflöffel die Suppe links vom Gast langsam und vorsichtig in den Teller gießt. Es war eine Marschallsuppe mit geröstetem Weißbrot, und Maria bemühte sich, auf nichts anderes als auf die Terrine und die Teller zu schauen, obwohl sie gerne einen Blick auf die Anwesenden, ihre Frisuren und den im Kerzenlicht funkelnden Schmuck geworfen hätte. Der köstliche Geruch der Suppe vermischte sich mit dem Parfumduft, der von den Garderoben der Damen aufstieg. Sie hörte Worte, die sie nie vorher gehört hatte, feine Worte, die über die Tafel hin- und hergeworfen wurden wie glatte Kleinodien. Einer der Herren fragte sie, ob sie ihm noch etwas Toast bringen könne. Sie errötete tief, fühlte sich geehrt durch diese Aufgabe und eilte in die Küche. Der Koch legte ihr geröstetes Weißbrot in ein Körbchen und sagte, sie solle sich beeilen, er brauche sie zum Gläserspülen. Auf dem Weg zu ihrem Gast trat sie aus Versehen auf ihren langen Rock. Sie verspürte einen heftigen Ruck am Bund und merkte, wie der schwarze Rock, das prächtige Stück, langsam über ihre Hüften zu Boden glitt. Zwei Mädchen, die mit gefüllten Weinkaraffen an ihr vorbeieilten, fingen zu kichern an. Nein, sie kicherten nicht, sie prusteten los und mussten ihre Karaffen abstellen. Nach und nach reckten auch die Gäste ihre Köpfe, um den Quell dieser Heiterkeit auszumachen. Maria stand in Beinkleidern da und starrte einen Moment lang ratlos vor sich hin. Über ihr Gesicht zog eine flammende Röte, dann schossen ihr die Tränen in die Augen und hörten nicht mehr auf zu fließen.

Da stand eine der jungen Damen von der Tafel auf, legte Maria den Arm um die Schulter und führte sie weg. Maria erkannte in ihr Balbina von Heckel, jüngste Tochter des Hauses, die schon seit einiger Zeit nicht mehr in Allersberg lebte und wohl nur aus Anlass der Feierlichkeiten zurückgekommen war. Balbina wischte ihr im Flur die Tränen von den Wangen und sagte, das sei alles nicht so schlimm. Sie habe noch einige Kleider in ihrem Zimmer, die sie nicht mehr brauche und von denen Maria sich eines aussuchen könne. Schließlich hätten sie ja beinahe dieselbe Figur.

Tatsächlich öffnete sie in einem Zimmer im ersten Stock, vermutlich ihrem ehemaligen Jungmädchenzimmer, einen Schrank, zog ein Kleid nach dem anderen hervor und reichte es Maria, die sich in einem großen Spiegel betrachtete. Balbina erzählte, sie lebe seit zwei Jahren in München bei einer Tante, um in die Gesellschaft eingeführt zu werden und eine standesgemäße Partie zu machen. Nun, sie habe sich verliebt, werde demnächst heiraten und sich Baronin von Künigl nennen. Ihr Zukünftiger sitze übrigens unten an der Tafel zu ihrer Linken. Nein, sie brauche diese Kleider wirklich nicht mehr, und Maria solle sich das aussuchen, das ihr am besten gefalle. Sie könne es für immer behalten. Maria griff nach einem purpurroten Samtkleid mit schwarzer Spitzenrüsche und einem dezenten Blumenbukett am Ausschnitt. Es passte wie angegossen.

Als sie in den Saal zurückkehrte, klatschten ein paar Gäste. Sie hatte überhaupt das Gefühl, dass die Gäste sie voller Sympathie betrachteten. Wie beflügelt eilte sie in die Küche, ließ sich von den Köchen eine Silberplatte mit Croutons von Wildtauben-Salpicon beladen und fuhr fort, die Gäste zu bedienen. Während die Gäste sich über die Croutons hermachten, durften die Mädchen in der Küche von der übriggebliebenen Marschallsuppe kosten. Es war nicht nur der feine Geschmack der Krebsklößchen und der Spargelspitzen, die auf Marias Gaumen das

Gefühl entstehen ließen, zu den Auserwählten zu gehören. Das festliche Gewand, in das sie geschlüpft war, nachdem sie ihre alte Hülle abgestreift hatte, ließ sie aus dem Kreis der übrigen Serviermädchen hervortreten und sich den erlauchten Gästen zugehörig fühlen. Ja, sie hatte bisweilen das Gefühl, sie gehöre zu den Töchtern des Hauses, könne nach Belieben in den Zimmern ein- und ausgehen, sich an den Schränken bedienen und, wenn die Zeit gekommen sei, in eines der weichen, luxuriösen Federbetten sinken.

In Allersberg herrschte Aufbruchstimmung. Die jungen Leute träumten davon, nach Amerika auszuwandern und dort ihr Glück zu versuchen. In Amerika, so hieß es, liege das Geld auf der Straße. Der Gedanke an Amerika machte Maria ganz schwindelig. Es musste nicht Amerika sein. München war kleiner und nicht so weit weg. Wie hatte Balbina gesagt? In die Gesellschaft einführen … eine gute Partie machen …

Von nun an weilten Marias Gedanken jeden Abend vor dem Einschlafen in der Stadt München, von der man die unglaublichsten Dinge hörte. Es sollte da eine Frau aus Eisen geben, die Bavaria, in deren Innerem man hochklettern und aus deren Augen man weit über die Dächer blicken konnte. Und auf der von König Ludwig erbauten Straße konnten zehn Kutschen nebeneinander fahren. Wenn sich in Allersbergs engen Gassen zwei Fahrzeuge begegneten, so fehlte es meistens an Platz zum Ausweichen. München war groß, es gab dort Arbeit, Kurzweil und die Aussicht auf ein immerwährendes Sonntagsleben. München war das Vorzimmer zu Amerika.

Jeden Abend redete Maria mit ihren Münchner Visionen ihre Schwester in den Schlaf. Die Vroni, die zuerst von München nichts hatte wissen wollen, spürte, wie eine träumerische Aussicht auf die Begegnung mit jungen, heiratswilligen Männern nach und nach von ihr Besitz ergriff. Sie war neunzehn Jahre alt. Die meisten Mädchen ihres Alters waren schon unter der Haube, aber von den in Betracht kommenden Allersberger Burschen gefiel ihr keiner.

Es dauerte noch Wochen, bis die Eltern sich mit dem Gedanken anfreundeten, ihre beiden Jüngsten nach München ziehen zu lassen. Vielleicht spielte bei ihrer Zustimmung eine Rolle, dass Ende August, selten genug für diese Jahreszeit, Allersberg und Umgebung von einem gewaltigen Unwetter heimgesucht wurde. Nach einem schwülen Spätsommertag verdüsterte sich binnen einer halben Stunde der Himmel und feuerte unter Blitz und Donner wahre Wurfgeschosse von Hageleiern ab, die innerhalb von Minuten den Landstrich in eine knöcheltiefe Eiswüste verwandelten. Die gesamte Obst- und Getreideernte wurde vernichtet, die Hopfenstangen glichen nackten Vogelscheuchen. Ein Gehöft wurde vom Blitz getroffen und brannte ab. Der Pfarrer wetterte von der Kanzel, dies sei Gottes Strafe für das sündige Allersberg, das in Wahrheit Sodom und Gomorrha hieße.

Da meinte Lena, schlimmer könne es in München auch nicht werden, und gab ihren Segen für die Reise. Warum sollten die Mädchen nicht ihr Glück versuchen? Sie griff in ihren Sparstrumpf und trennte sich von einem Teil ihrer eisernen Reserven, um den Töchtern die ersten Wochen in der Fremde zu erleichtern. Sie schärfte der Vroni ein, Maria nicht aus den Augen zu lassen und sie von zwielichtigen Mannsbildern fernzuhalten. Sie beschwor sie auch, sich einen anständigen Beruf zu suchen und ihre Jungfräulichkeit für die Ehe zu bewahren.

Der Vater sagte: In Gottes Namen, jetzt, wo er zwei Mäuler weniger zu stopfen habe, könne er vielleicht die schwere Arbeit in der Drahtzieherei aufgeben und etwas anderes machen. Er habe da eine Idee. Dabei wischte er sich mit der Hand über die Augen und ging hinaus. Maria sagte sich im Stillen, dass ihre unselige Eigenschaft, bei jeder Gelegenheit zu weinen, vom Vater komme und nicht von der Geburt im Regen. Sie hätte ihn gern zum Abschied umarmt, so wie sie das bei den Heckels gesehen hatte, aber sie schämte sich und griff schnell nach ihrem Reisebündel. Es war vier Uhr morgens.

Es war ihre erste Reise mit der Postkutsche. Die beiden Mädchen pressten die Nasen ans Fenster und starrten in die sternklare Oktobernacht hinaus. Allmählich zog die Dämmerung das dunkle Tuch zurück und zeigte eine goldene Landschaft. Der Himmel war pastellfarben und deutete auf einen sanften Herbst hin. Sie fuhren mehr als zehn Stunden und kamen gegen Abend in München an.

Die Kutsche setzte sie in der Nähe des Oktoberfestes ab, und sie gerieten unweigerlich in den Strudel, der sie ins Innere des duftenden, lärmenden Festes führte. Sie hatten noch kein Quartier und mussten sich beeilen, aber einmal wenigstens wollten sie mit eigenen Augen die Wunder sehen, von denen sie in der Heimat so oft gehört hatten. Überall schrien sich die Schausteller die Kehlen wund, um die Besucher ins Innere ihrer Buden zu locken. Sie versprachen ein Kalb mit zwei Köpfen oder einen Albino aus dem Morgenland mit weißer Haut und weißen Haaren. Eine Jungfrau sollte in der Mitte durchgesägt werden, und der stärkste Mann der Welt würde mit seinen Händen eine Eisenkette zerreißen.

Vroni und Maria traten auch in ein Zelt ein und wurden sofort von ein paar Männern zu einem Glas Bier eingeladen. Einer von ihnen legte den Arm um Marias Hüfte. Sie war entrüstet und befreite sich lachend mit einem energischen Stoß ihres Ellbogens. Die Schwestern fanden, dass München ihnen einen glänzenden Empfang bereitet hatte, und machten sich beschwingt auf Quartiersuche. Im »Gasthaus zur fröhlichen Einkehr« fanden sie einen billigen Schlafplatz. Als Maria ihren Rock auszog, merkte sie, dass der Lederbeutel, in dem sie ihr Geld aufbewahrt hatte, verschwunden war.

Vroni sagte: »Grein net scho wieda. Mir müssen schaua, wie ma zu Geld kumma.«

Sie fanden bereits am nächsten Tag Arbeit in der Guttaperchafabrik des Herrn Robert Metzeler in der Schwanthalerstraße. Zusammen mit einigen Dutzend Frauen saßen sie in einer riesigen Halle und verpackten Klistierbällchen. Die meisten der Bällchen hatten kurze Schnäbel, es gab allerdings auch welche mit langen, dünnen Auswüchsen, die an Rüssel erinnerten.

Sie saßen jeweils zu fünft an einem langen Tisch und mussten dreißig Bällchen in einen Karton packen, neben ihnen der Kontrolleur.

Zuerst hatte der Chef Maria nicht einstellen wollen, weil er sie für zu jung hielt, aber Maria log ihn an, was ihr Alter betraf. Sie sei schon achtzehn Jahre alt, sehe aber jünger aus, und das komme von den Zöpfen. Sie werde morgen ihr Haar hochstecken, und dann könne er sich davon überzeugen, dass sie kein Kind mehr sei.

Es stank erbarmungslos nach Gummi. Sie wurden den Geruch nicht los, tagsüber sowieso nicht, und auch nach Feierabend, wenn sie in ihr kaltes Zimmer zurückkehrten, haftete der Gummigeruch an ihren Kleidern, auf ihrer Haut, in ihren Haaren. Maria fragte ihre Nachbarin zur Rechten, eine resolute Frau aus Giesing, wozu diese komischen Dinger denn gebraucht würden. Die Frau lachte und antwortete: »Wannst net scheiß'n kannst, dann füllst a so a Klistier mit Seifenwasser und blast damit in Arsch eini.«

Maria bat den Chef, sie in eine andere Abteilung zu versetzen. Der Chef sagte unwirsch, er habe die Schwierigkeiten mit ihr vorausgeahnt, und wenn ihr etwas nicht passe, dann könne sie ja wieder gehen. Schließlich wies er ihr dann doch einen anderen Arbeitsplatz zu. Sie musste nun mit einer Luftpumpe Gummikissen aufblasen und auf ihre Dichte hin überprüfen.

Anfang Februar, als Maria ihren Husten nicht mehr loswurde und Vroni vom kalten Wasser in ihrer kalten Stube Leichenfinger bekam, beschlossen die beiden Schwestern, sich als Dienstmädchen zu verdingen. Sie würden zwar, nach allem was man hörte, weniger verdienen, aber sie hätten wenigstens eine warme Stube und müssten sich nicht um ihr Essen sorgen.

An Maria Lichtmess gingen sie zum »Gesinde Vermiethungs Comptoir« in der Sendlinger Straße, vor dem bereits eine große Anzahl Menschen auf neue Dienstherren wartete: Hausknechte, Kutscher, Gärtner, Mägde, Erzieherinnen, Köchinnen und Hausmädchen. Es erinnerte Maria an den Allersberger Viehmarkt, wo die Tiere von den Interessenten ebenso ungeniert gemustert wurden.

Die stämmige, zupackende Vroni fand sofort eine neue Dienstherrin. Es war die Frau des Bankdirektors Fürholzer, die für ihre drei Kinder ein Kindermädchen suchte. Vroni würde neben Kost und Logis hundert Mark im Jahr verdienen, einmal im Monat einen freien Tag haben und zweimal im Jahr eine neue Schürze bekommen.

Maria trug das purpurrote Samtkleid der Balbina von Heckel, über das sie einen wollenen Umhang geworfen hatte. Sie fror. Verglichen mit den anderen Weibsbildern wirkte sie schmächtig und wenig einsatzfähig. In ihrer eleganten Aufmachung sah sie aus wie eine, die sich zum Schaffen zu gut war. Diejenigen, die Arbeit zu vergeben hatten, konnten sich keinen Reim auf dieses seltsame Mädchen machen, und so blieb Maria am Ende übrig, zusammen mit einer kleinen Gruppe von Dienstboten, die auch keiner haben wollte, weil sie mit einem Makel behaftet waren: Alte, Bucklige, Schielende, Spindeldürre oder maßlos Dicke.

Sie hatte Tränen in den Augen, als eine elegante Dame die Straße überquerte und auf das Comptoir zusteuerte. Maria hörte, wie sie zu ihrer Köchin, von der sie begleitet wurde, sagte: »Wir sind natürlich wieder einmal zu spät dran.«

Sie musterte kurz das verlorene Grüppchen. Maria merkte, wie die Augen der fremden Dame an ihr hängen blieben, und schaute verlegen zu Boden.

»Wie alt?« hörte sie sie fragen.

»Achtzehn«, log Maria und wurde puterrot.

»Schau mich mal an«, sagte die fremde Frau. »Ich will nicht angelogen werden.«

Da hob Maria den Blick und sagte kleinlaut: »Denners zwa weg, dann stimmt's.«

»Und was kannst?«

Maria erzählte von ihrer Arbeit als Drahtzieherin und in der Metzelerschen Fabrik.

»Das mein ich nicht. Kannst du meine Kleider in Ordnung halten? Mir am Morgen das Frühstück ans Bett servieren? Mir beim Anziehen helfen und mich frisieren?«

»Mei Mudder hot immer g'sacht, wenn ma was werkle will, dann ko mer's a. Und ich will«, antwortete Maria, nun wieder übers ganze Gesicht strahlend.

»Mein Gott, eine Fränkin«, sagte die Dame lachend. »Sag das noch einmal!«

Maria sah mit einem Seitenblick, wie die Köchin leise den Kopf schüttelte.

Die fremde Dame sagte: »Lass mal, Vevi. Mir ist eine Junge, die ich mir selber heranziehen kann, lieber als eine Erfahrene. Die sind alle verdorben.«

Am 5. Februar 1872 betrat Maria mit ihrem Kleiderbündel um acht Uhr morgens ihren neuen Arbeitsplatz, der ihr wie ein Palast erschien. Sie hielt die Familie Lanzinger für märchenhaft reich und den sie umgebenden Gesindestaat für gigantisch.

In Wahrheit war das Haus nur eine der großen Villen, die sich einige Privilegierte aus dem gehobenen Münchner Bürgertum an der Nymphenburger Straße errichtet hatten, teils um die günstigen Bodenpreise im Münchner Westen zu nutzen, teils um sich der Illusion hingeben zu können, an einem Boulevard zu residieren. Was das Gesinde der Lanzingers betraf, so waren zwar eine Köchin, ein Gärtner, zwei Stubenmädchen, eine Wäscherin und ein Kammerdiener vorhanden, aber es fehlten ein Kutscher und eine Kammerjungfer, was die gnädige Frau so lange beklagte, jeden Tag von neuem und mit erhöhtem Nachdruck, bis sich ihr Gemahl zu dieser in seinen Augen ganz und gar unnötigen Ausgabe bewegen ließ. Mehr als achtzig Mark dürfe eine solche Person aber nicht kosten, sagte er, und so kam es Frau von Lanzinger gerade recht, dass Maria so jung und ohne größere Ansprüche war.

Sie stellte sie ihrem Mann vor, nannte ihren Namen und sagte sofort, sie werde sie nicht Maria, sondern Marie nennen, da eines der Stubenmädchen ebenfalls Maria heiße.

Marie hatte den Eindruck, dass der gnädige Herr sie aus Interesselosigkeit kaum wahrnahm. Als sie ihm ein paar Tage später auf der Treppe begegnete, schaute er sie tatsächlich einen Moment lang entgeistert an, bis ein Funke der Erkenntnis in seinen Augen aufglomm und er ihr ein mageres Lächeln schenkte.

Der Herr von Lanzinger war um einiges älter als seine Frau. In der Küche mit den anderen Bediensteten beim Abendessen sitzend, erfuhr Marie sein Alter. Er war sechsundsechzig Jahre alt, während seine Frau gerade das vierzigste Lebensjahr vollendet hatte. 1838 war er von König Ludwig I. wegen seiner Verdienste als Chemiker bei der Königlichen Kunstanstalt Nymphenburg geadelt worden. Zusammen mit Friedrich von Gaertner hatte er an der Entstehung des legendären, mit Motiven aus der Münchner Glyptothek bemalten Onyx-Services mitgewirkt, welches aus 136 Tellern, 48 Eisbechern und mehreren Fruchtkörben, Schalen und Vasen bestand. Seither arbeitete er in hoher Funktion an der Königlichen Porzellanmanufaktur und versuchte, sie aus einer seit Jahren anhaltenden Flaute zu retten. 1862 hatte der Bayerische Landtag damit gedroht, die Manufaktur an einen Privatunternehmer zu verpachten, falls sie nicht wirtschaftlicher arbeite. Lanzinger bemühte sich daraufhin auch um Aufträge von Krankenhäusern, Klöstern und Apotheken für Laborporzellan. Wenn er am Morgen das Haus verließ, war seine Stirn durchzogen von Sorgenfalten. Am Abend, wenn er müde nach Hause kam, war er wortkarg, stürzte sich auf die Zeitung, die im Salon für ihn bereitlag, zusammen mit einer Karaffe französischen Sherrys.

Im ganzen Haus wurde man an seine Tätigkeit bei der Porzellanmanufaktur erinnert. In Vitrinen, auf Konsolen und Kommoden standen Büsten aus weißem Porzellan, ritten Husaren über grüne Porzellanbüsche, wichen Schäferinnen vor den Annäherungen kecker Lüstlinge zurück, banden leichtbekleidete Jungfrauen Ähren zusammen und bliesen Putti auf Flöten oder Trompeten. Und selbstverständlich aß die Herrschaft, wenn sie sich an dem langen Kirschholztisch gegenübersaß, fünf Meter voneinander entfernt, von kostbar bemaltem Porzellan, das aus der Manufaktur stammte. Das Ehepaar unterhielt sich leise in jenem gepflegten bayrischen Dialekt, wie man ihn bei Hofe sprach, am mehr oder weniger verwaisten Hof, denn der König hatte sich, nach allem was man hörte, mehr und mehr in die Berge zurückgezogen, um sich seinen Extravaganzen hinzugeben. Es herrschte wegen dieser Vaterlosigkeit, denn der König sollte ja so etwas wie der Vater des Landes sein, keine gute Stimmung in München.

Es herrschte auch keine gute Stimmung im Hause Lanzinger, wo die Porzellanfiguren jeden Morgen wie in einem Museum mit Hilfe eines Federwischs abgestaubt wurden. Es fehlte der Lärm von Kindern oder Enkelkindern, es gab nur diese gläserne Stille im Haus, die ab und zu vom Klavierspiel der gnädigen Frau unterbrochen wurde.

In der Küche unterhielten die Dienstboten, die damit begonnen hatten, ihre neue Kollegin wegen ihres langen Zopfes »Zopfmarie« zu nennen, sich flüsternd darüber, dass die Gnädige es lange Jahre mit dem Kinderkriegen versucht und mehrere Fehlgeburten gehabt habe. Jetzt sei es zu spät für Nachwuchs, weshalb das Geschlecht derer von Lanzinger zum Aussterben verurteilt sei. Die Köchin Vevi, die am längsten im Hause diente, wusste von den Anfängen dieser Ehe zu berichten, einer Zeit, in der sie die Gnädige, eine geborene von Spiegel auf Spiegelsperg, mehrmals weinend im Garten unter der großen Kastanie angetroffen habe. Eine Liebesheirat sei das wahrhaftig nicht gewesen, sondern eine zweckbestimmte Angelegenheit. Die von Spiegels besaßen große Ländereien bei Regensburg. Da sei Geld zu Geld gekommen, und der Altersunterschied habe keine Rolle gespielt.

Marie wollte diese Geschichten nicht hören und spitzte doch aufmerksam die Ohren. Alles, was die Gnädige herabsetzte, und Unglück war eine Herabsetzung, wollte sie nicht hören. Sie verehrte und liebte diese Frau, die auf den seltsamen Namen

Helgard getauft und evangelisch war und so überwältigend schön Klavier spielte.

Am zweiten Tag nach ihrem Arbeitsantritt hatte die Hausherrin die Kammerzofe ihrer Freundin, der Gräfin Arco, einbestellt, damit diese Marie das morgendliche Frisieren zeige. Das lange kastanienbraune Haar musste einmal in der Woche in einer großen Porzellanschüssel gewaschen werden, wobei der Sud wechselte: Mal war es Kamille, mal Nussextrakt, und dann wieder Lavendelessenz. Um es zu festigen, wurde das Haar in einer milden Bierbrühe gespült. Während die gnädige Frau neben dem Ofen ihr Haar trocknete, las sie in einem französischen Modejournal und suchte sich Frisuren aus. Es gab die abenteuerlichsten Frisuren zu sehen. Die Kammerzofe der Gräfin Arco zeigte Marie, wie man einen Teil des Haars oben zu einem Dutt dreht und mit Hilfe von Haarnadeln feststeckt. Die übrigen Strähnen wickelte sie um Kämme und steckte sie rund um den Dutt fest, so dass dieser wie ein riesiges Ei, ein Straußenei, in einem Nest saß. Die gnädige Frau bat darum, man möge ihr eventuell sichtbare graue Haare ausreißen. Tatsächlich war das eine oder andere graue Haar zu sehen, aber Marie brachte es nie übers Herz, ihrer Herrin Schmerz zuzufügen.

Nach dem Frisieren stieg die Hausherrin splitternackt in einen hölzernen Zuber, den die beiden Stubenmädchen mit warmem Wasser aus der Küche gefüllt hatten. Marie warf einen scheuen Blick auf die immer noch makellose Gestalt ihrer Herrin und verglich sie insgeheim mit ihrer Mutter, deren Rücken vom vielen Bücken nach Erdäpfeln krumm und deren Beine keineswegs so grazil, sondern stämmig wie die Beine eines Braurosses waren.

Während des Badens fand sich Gelegenheit, das Mittagessen zu besprechen, das in der Regel nur aus drei leichten Gängen – eine Geflügelessenz, etwas Roastbeef mit Salat und als Nachtisch ein Stück Obst – bestand, denn die Hauptmahlzeit nahm die Hausherrin am Abend zusammen mit ihrem Gemahl ein.

War das Bad beendet, so kam die Prozedur des Ankleidens vor dem Spiegel, deren langwierigster Teil das Schnüren des

Mieders war. Die Gnädige hatte konkrete Vorstellungen davon, wie schmal ihre Taille am Ende sein sollte. Sie trug Pariser Sirène-Korsetts, gewöhnlich Modell Jaconde. Vor dem Anlegen schmierte sie sich den Busen mit Dr. Davysons Busencreme ein. Marie zog an den Schnüren, als gälte es, ein Pferd im Zaum zu halten, und die Gnädige keuchte atemlos und puterrot im Gesicht: »Fester, fester, sonst kriegen wir das Kleid nicht zu.«

Von den Kleidern gab es mehrere Schränke voll. Es oblag Marie, sie in Ordnung zu halten, ab und zu einen Knopf anzunähen, einen Saum auszubessern oder einen Kragen zu bügeln. Wenn Marie sich allein wähnte, dann wühlte sie bisweilen in diesem rauschenden, knisternden Wald von Kleidern und gab sich dem Traum hin, das alles gehöre ihr. Einmal, als sie ihre Herrin außer Haus wusste, schlüpfte sie in aller Eile in ein weißes Ballkleid und schritt in hochhackigen Schuhen, sich in den vielen Spiegeln des Ankleidezimmers mit Wohlgefallen betrachtend, auf und ab. Sie war so mit sich beschäftigt, dass sie nicht merkte, wie die Tür aufging. Auf dem Gesicht der Frau von Lanzinger wechselte staunendes, ungläubiges Amusement blitzschnell zu Zornesröte, während Maries anfängliche Schamesröte einer Leichenblässe wich.

»Mach das nie wieder, hörst du, du kleine Kanaille«, sagte die Gnädige mit bebender Stimme.

Marie war zu erschrocken, um eine Entschuldigung zu finden. Es gab auch keine Entschuldigung. Sogar die übliche Tränenflut ließ sie im Stich. Sie malte sich die Konsequenzen aus, die nichts anderes als ihre Entlassung bedeuten konnten.

Frau von Lanzinger ließ sie ein paar Tage lang links liegen. Sie kämmte sich ihr Haar selber und beauftragte eines der Stubenmädchen mit dem Schnüren des Korsetts Jaconde. Marie saß untätig herum und war so unglücklich, dass sie sich von der Welt hinwegwünschte. Aber dann rief die gnädige Frau sie eines Tages zu sich und sagte: »Du liebst schöne Kleider, das habe ich längst gemerkt. Nun, du sollst auch gut gekleidet sein, wenn du mich zum Einkaufen in die Stadt begleitest. Ich habe da ein paar

Sachen, die ich nicht mehr trage. Gute Stücke. Du kannst sie behalten.«

Sie überreichte Marie ein grünes Wollkleid, welches am Saum ein kleines Mottenloch zeigte, ein fliederfarbenes Kostüm mit Pelzkragen und eine weiße Spitzenbluse, die in der Wäsche etwas eingegangen war.

»Ich sehe dich auch gerne gut gekleidet. Schließlich bist du ja fast so etwas wie eine Intima für mich geworden. Ich bin zufrieden mit dir. Aber denke immer daran: Kleider machen nichts anderes aus dir, als du bist.«

Im Herbst 1873 musste Herr von Lanzinger mitansehen, wie seine geliebte Manufaktur an einen Herrn Bäuml verpachtet wurde. Er hatte nun viel Zeit, ging im Haus auf und ab und rückte seine Porzellanfiguren zurecht. Wenn das Ehepaar sich zufällig in einem der Stockwerke begegnete, so wechselte es ein paar höfliche Worte. Die Sonntagnachmittage verbrachte Herr von Lanzinger im Odeonsclub, wo er mit Freunden einige Partien Whist spielte. In den Haaren der Gnädigen fand sich mehr und mehr Grau. Sie nahm neuerdings Französischunterricht bei einem jungen Mann aus Bordeaux, den irgendwelche mysteriösen Umstände nach München verschlagen hatten. Der Unterricht fand regelmäßig am Sonntagnachmittag im Salon statt, wenn Marie Ausgang hatte. Bevor sie das Haus verließ, legte sie noch kurz das Ohr an die Salontür, um etwas von den eleganten, einschmeichelnden, an kostbare Seide erinnernden Tönen mitzubekommen.

Marie schrieb nach Hause, sie hätte es mit ihrer Stelle nicht besser treffen können. Und doch dachte sie manchmal, dass sie wie in einem goldenen Käfig gefangen war. Sie hatte ein Alter erreicht, in dem die Mädchen heiraten. Bei ihrem sonntäglichen Ausgang wurde sie nicht selten von irgendwelchen Mannsbildern angesprochen. Sie kamen ihr grobschlächtig vor, ihre Reden bedeutungslos, ihre Manieren schlecht. Sie hatten nichts anderes im Sinn, als einem Frauenzimmer die Unschuld zu rauben. Insgeheim verglich sie jeden dieser Männer mit den

Gästen, die im Hause Lanzinger verkehrten. Aber diese Männer waren nicht für sie bestimmt. Nie würde sie den Satz der Gnädigen vergessen: Kleider machen nichts anderes aus dir, als du bist.

Eines Sonntagnachmittags brach sie ihren Ausgang vorzeitig ab, weil ein Gewitter aufzog. Sie hatte vergessen, die Fenster im Schlafzimmer der Hausherrin zu schließen. Sie konnte sich später nicht mehr daran erinnern, ob sie geklopft hatte oder nicht. Jedenfalls traf sie der Anblick der auf dem Schoß des Franzosen sitzenden Frau von Lanzinger wie ein Blitzschlag. In den zwei, drei Sekunden, die vergingen, bis sie die Tür wieder zumachen konnte, nahm sie dreierlei wahr: die hektischen Flecken auf den Wangen ihrer Herrin, die weit aufgerissenen, sie, den Eindringling, wie mit einem Bannstrahl belegenden Augen des Liebespaares sowie die Hand des Lehrers, die wie von der Tarantel gestochen aus den Tiefen des Mieders seiner Geliebten auftauchte und sich, als wäre nichts geschehen, am linken Auge kratzt.

Am Abend desselben Tages ließ die Gnädige Marie zu sich rufen und sagte: »Meine Liebe, es gibt jetzt zwei Möglichkeiten: Entweder du quittierst deinen Dienst in diesem Haus oder du hältst den Mund, wofür ich mich erkenntlich zeigen würde.«

Sie machte erregt ein paar Schritte durchs Zimmer.

»Für das, was du gesehen hast, gibt es eine Erklärung. Du bist noch zu jung und unerfahren, um zu wissen, was die Ehe mit einem ungeliebten Mann bedeutet. Ich wünsche dir jedenfalls, dass du diese Erfahrung nie machen musst. Also denke nicht schlecht über mich und sage mir, wie du dich entscheidest.«

Marie war so verwirrt, dass sie zu stottern begann.

»Ich b-b-l-l-leibe«, antwortete sie, ohne zu überlegen. Später fragte sie sich, ob diese Antwort wirklich ihrem Wunsch entsprach. Sie hatte sich auf einen unsauberen Handel eingelassen. Die Unschuld des Hauses war dahin.

Die Gnädige spielte ihrem Mann ein schamloses Theater vor. »Gehst du heute nicht ins Odeon?« fragte sie mit zuckersüßer Stimme. »Ach geh doch, es wird dich ablenken!«

Sie erblühte um diese Zeit zu voller Schönheit, lernte stundenlang französiche Vokabeln auswendig und verbrachte viel Zeit bei der Schneiderin. Ihre Laune war so überschäumend wohlgestimmt, dass ihr alter Mann sie manchmal ungläubig betrachtete und fragte: »Was ist los mit dir?«

Marie bekam, und das schien die Art zu sein, mit der ihre Herrin sich erkenntlich zeigen wollte, wieder einige Stücke aus dem Ankleideschrank geschenkt. Zum Geburtstag überreichte ihr Frau von Lanzinger ein kleines Fläschchen Eau de Pompadour und sagte: »Bei euch auf dem Lande heißt es, die Liebe gehe durch den Magen. Aber, meine Kleine, ich sage dir: Die Liebe geht durch die Nase. Benütze das Parfum bitte nicht im Haus, sondern nur, wenn du mit deinem Liebsten ausgehst.«

Bei solchen Worten wurde Marie puterrot. Sie hasste ihre Herrin für diese frivolen Reden und konnte doch nicht genug davon bekommen. Jeden Sonntag ging sie zur Heiligen Messe in die St. Paulskirche und betete für die Gefallene, die das Heilige Sakrament der Ehe missachtete, wie es von einer Ketzerin nicht anders zu erwarten war. Am Nachmittag während der »Französischstunde«, wenn das Personal Ausgang hatte, führte sie dann den herrschaftlichen Foxterrier aus, hin- und hergerissen zwischen dem Gefühl, zur eleganten Welt zu gehören, und dem schrecklichen Gedanken, dass die Gnädige sich zu Hause der Unzucht hingab.

Es konnte nicht ausbleiben, dass die Sonderbehandlung das übrige Personal mit Missgunst erfüllte. Wenn Zopfmarie in die Küche kam, um zusammen mit den anderen ihre Mahlzeiten einzunehmen, verstummten die Gespräche, die sich meistens um die Herrschaft drehten, und machten Allerweltsthemen Platz. Wer Dienstbote war, sollte gefälligst Dienstbote bleiben und nicht in Herrschaftsgewändern herumlaufen. Marie dachte: Wenn ihr wüsstet, welch dunkles Geheimnis ich mit mir herumtrage. Dann wieder hatte sie das Gefühl, alle im Haus durchschauten längst das Spiel und verachteten sie dafür, sie und die Herrin.

Das war in etwa die Situation, als Marie an jenem Karsamstag 1875, ausnahmsweise war ihr freier Tag auf den Samstag verlegt worden, durch einen mutwillig herumgeschleuderten Holzprügel des Schreinergesellen Adam Fassbender zu Sturz kam und das Verhängnis seinen Lauf nahm.

Warum hat sich die anspruchsvolle Marie mit diesem linkischen Burschen, der nicht wusste, wo er seine rissigen Hände verstecken sollte, eingelassen? Es mangelte ihr weiß Gott nicht an Männern, die gerne mit ihr angebandelt hätten. Aber diese Männer dünsteten allesamt den Geruch von Sünde aus. Sobald sie das Haus verließ, folgte ihr die Sünde auf dem Fuß. Von dem, was die Gnädige in ihrem Bett trieb, war auch sie, Marie, durch ihr bloßes Wissen angesteckt. Und dann verfolgten sie junge Männer durch die Straßen und flüsterten ihr sündige Worte in die Ohren.

Dieser Adam hingegen schien vor der Sünde ebenso Angst zu haben wie sie. Er war eher scheu, es mangelte ihm an all den flotten Sprüchen, mit denen andere Männer ihr nachstellten. Er schien an der Stadt zu leiden, an seiner Einsamkeit, und sie verspürte Lust, ihm eine Art geschwisterlicher Wärme zu schenken. Sie alberten auf ihren Spaziergängen herum, manchmal berührte sie wie zufällig seinen Arm, um ihn ihrer Zuneigung zu vergewissern. Sie lachte sich halb kaputt über seinen badischen Akzent und die Art und Weise, wie er beim Gehen manchmal über seine eigenen Füße stolperte. Aber sie brachte ihm jedes Mal, wenn sie sich sonntags trafen, etwas aus der herrschaftlichen Küche mit – ein Stück Braten, Kuchen oder ein belegtes Brot, welches er im Gehen verzehrte, immer hungrig, während sie sich an ihrer eigenen Großherzigkeit ergötzte. Einmal strich sie sich einen Tropfen Eau de Pompadour hinters Ohr. Adam schnupperte an ihr herum und fragte befremdet, was hier denn so komisch rieche. Wieder einmal musste sie feststellen, was für ein ungehobelter Kerl er doch war.

Mehrmals dachte sie daran, ihm den Laufpass zu geben, aber eine Trennung erschien ihr so viel komplizierter als der gegenwärtige Zustand. Also fuhr sie fort mit ihren Schäkereien und hoffte darauf, er würde sich damit zufriedengeben.

Sie glich einer Seiltänzerin, die hoch über den Dächern der Stadt von einem Kirchturm zum anderen balanciert. Und dann gibt es diesen einen Moment, in dem Unerwartetes geschieht – ein vorbeiflatternder Vogel, eine Windbö, der Schlag der Turmuhr. Sie kommt aus dem Gleichgewicht und stürzt ab.

Maries Fehltritt kostete sie die Überlegenheit, die Unbefangenheit und schließlich ihre Unabhängigkeit. Die ersten Monate gelang es, ihrer Herrin gegenüber die Schwangerschaft zu verheimlichen. Zur Sünde war die Angst vor der Schande gekommen. Als sie an Leibesumfang zunahm und das übrige Hauspersonal hinter ihrem Rücken zu flüstern begann, weihte sie Frau von Lanzinger unter Tränen ein. Sie bat sie inständig, Stillschweigen zu bewahren. Es sei mühsam, den Kindsvater zu einer Heirat zu bewegen. Er sei ein liebenswerter, aber unentschlossener und vorsichtiger Mensch. Sie sei jedoch davon überzeugt, ihn noch herumzukriegen, wenn das Kind erst einmal geboren sei. Auf keinen Fall wolle sie jetzt den Anschein erwecken, sie sei mit einem Kind sitzengelassen worden.

Frau von Lanzinger sagte, wenn Marie es wolle, so würde sie sich den jungen Mann einmal vorknöpfen. Aber natürlich war sie auch daran interessiert, sie nicht so schnell zu verlieren. Und so schnürte sie ihre Kammerjungfer, die keine Jungfer mehr war, jeden Morgen in ein Korsett ein, bis diese beinahe blau im Gesicht wurde, was dem kleinen Georg, der ein paar Monate später in Allersberg das Licht der Welt erblickte, sein hartnäckiges Asthma eingetragen haben dürfte.

Marie blieb noch vier Jahre im Dienst der gnädigen Frau. Vroni heiratete ihren Dienstherren, dessen Frau plötzlich gestorben war. Sie wurde Stiefmutter der Kinder, die sie bisher als Kindermädchen betreut hatte. Der Franzose ging zurück nach Bordeaux, und auf dem Kopf von Frau von Lanzinger gab es nicht mehr einzelne graue Haare, sondern ganze Strähnen, die es nicht mehr auszurupfen lohnte. Ein Stubenmädchen zerbrach aus Versehen die Büste von Maximilian dem Ersten und wurde vom Hausherrn entlassen. Marie verlor ihr Erspartes an einen Betrüger. Zusammen mit dem Kindsvater besuchte sie ihren Sohn Georg in Allersberg, der inzwischen zwei Jahre alt war. Er versteckte sich hinter Lenas Schürze und fragte: »Wer sin denn die zwa dou?«

Als Marie 1881 mit Adam vor den Traualtar der Evangelischen Kirche St. Matthäus trat, war ihr, als hätte die lange Warterei auf diesen Tag etwas in ihr ersterben lassen.

Als der Pfarrer sich mit der Frage an sie wandte, ob sie diesen Adam Fassbender zum Manne nehmen und ihm treu dienen wolle, »bis dass der Tod euch scheidet«, und sie ein leises »Ja« hauchte, schien es ihr, als ob das Leben für sie nun nichts mehr bereithielte, worauf sie sich hätte freuen können.

J. Seiling
München

THERESE 1900

Die alte kartonierte Fotografie des Hofphotographen J. Seiling aus der Münchner Prielmayerstraße zeigt die Konfirmandin in einem dreiviertellangen schwarzen Taftkleid mit einem Gesangbuch in der Hand. Der rechte Fuß in dem glänzenden spitzen Lederschuh ist – vielleicht auf Weisung des Fotografen – kokett nach vorne gestellt, so als wollte das junge Mädchen im nächsten Moment zu einer Pirouette ansetzen, während die linke Hand die gedrechselte Lehne eines zur Dekoration dienenden zierlichen Stühlchens umklammert. Die ganze Szene ist auf einem drapierten Fellteppich aufgebaut, wobei eine Tapete mit Fächerpalmenornament im Hintergrund einen Luxus vorgaukeln soll, den sich die, die sich davor ablichten ließen, und so auch die Konfirmandin, zu Hause in der Regel nicht leisten konnten.

Fünf Jahre zuvor, im Jahr 1895, hatte Hofphotograph Seiling für seine Bildkunst in Neapel die Goldene Medaille in Empfang genommen.

Das Kleid, in welches das Mädchen zu diesem Festtag gesteckt worden ist, wirkt zu streng für das junge Gesicht. Es ist ein Kleid, wie es auch die Erwachsenen trugen: ernst, sittsam, verschlossen. Vielleicht hat die Störschneiderin den Eltern eingeredet, dass das Gewand noch bei weiteren festlichen Anlässen getragen werden könne und dass es sich folglich lohne, Geld dafür auszugeben. Freilich verliert das Gebilde bei näherem Hinsehen etwas von seiner beeindruckenden Eleganz, ja, es stellt sich sogar, von der Wespentaille aufwärts betrachtet, als eine ziemlich missglückte Konstruktion dar. Die breite Fransenborte, die vielleicht weniger zur Zierde dient als zum diskreten Verhüllen der jungen Brüste, wirkt wie in Eile angeheftet. Während der linke Ärmel einigermaßen sitzt, ist der rechte so lieblos und stümperhaft angenäht, dass sich im Stoff breite Falten bis zum Hals hinziehen und man am liebsten diesen Puffärmel um eine halbe Drehung nach hinten ziehen möchte.

Aus dem hohen Stehkragen blickt ein ernstes Gesicht von rührender Unschuld. Das volle, kaum zu bändigende Haar ist zum Hinterkopf hochgerafft, um sich dann in einer breiten Kaskade, beide Ohren frei lassend, bis zur Hüfte zu ergießen. Ein Haarwirbel an der linken Stirnecke verleiht der Frisur einen Anflug von Asymmetrie, gleichsam als Gegenstück zu dem unglücklichen rechten Puffärmel. Aus Anlass des festlichen Tages hält die Konfirmandin ein schwarzes Gesangbuch in der Hand.

Therese steht im Atelier Seiling und hält ihr Foto in der Hand. Sie kann die Augen nicht davon abwenden. Es ist das erste Mal, dass sie sich auf einem Foto sieht. Im Spiegel sieht sie sich jeden Tag, aber was ist schon der halbblinde Spiegel über dem Ausguss gegen dieses Foto. Wie schön sie ist mit den langen Haaren! Das kostbare Kleid! Sie musste es am Abend des Festtages ausziehen, und Mutter Marie wickelte es in Packpapier und legte es in die unterste Schublade der schwarz gestrichenen Kommode. Für später. Für irgendwann. Die Schuhe gehörten sowieso Marie. Für neue Schuhe hatte das Geld nicht gereicht. Therese war nicht die einzige unter den Konfirmandinnen gewesen, die in fremden Schuhen ging. Ihre Patin Emilie hatte ihr das Gesangbuch geschenkt und Tante Vroni ein silbernes Kettchen mit einem Kreuz zum Umhängen. Sie hatten im »Trompeter von Säckingen« zu Mittag gegessen, Ochsenfleisch, Blaukraut und Salzkartoffeln, und ihre Patentante hatte gesagt: »Jetzt bist du in die Gemeinde aufgenommen.«

Nun war der schöne Tag vorbei, das Kleid lag in der Kommode, und sie fragte sich, bei welcher Gelegenheit sie es wieder anziehen könne. Denn Festlichkeiten standen nicht bevor, so wie sie sich auch in der Vergangenheit an keine erinnern konnte. Dazu fehlte das Geld.

Sie wohnten in der Schlörstraße im Münchner Westen, eingekeilt zwischen Landshuter Allee und Arnulfstraße, die noch kaum bebaut waren und folglich keine Unruhe verbreiteten, jedoch in unmittelbarer Nähe zu den Bahngleisen, die sich vom Münchner Hauptbahnhof wie die langen Finger einer Krake gegen Westen erstreckten und von denen stets ein Geruch nach Eisen und Ruß herüberwehte. Die ganze Wohnung bestand aus einem Zimmer und einer Küche. Es gab kein Bad, das Etagenklo im Treppenhaus musste mit drei anderen Familien geteilt werden. Warum sollte es der kleinen Familie, bestehend aus Vater Adam, Mutter Marie, der Konfirmandin und ihrem dreiundzwanzigjährigen Bruder Georg anders ergehen als den übrigen Arbeiterfamilien, die den Münchner Westen bevölkerten?

Die Konfirmation bedeutete den Abschied von der Schule. Den Weg in die Bergmannschule konnte Therese sich jetzt schenken, gottlob. Die hohen Säle, in denen sie, Buben und Mädchen getrennt, unterrichtet worden waren – sie würde sie nie mehr betreten. Nie mehr!

Sie hatte sich nicht durch besondere Begabungen hervorgetan, sondern war unauffällig im Mittelfeld der Klasse mitgelaufen. Am liebsten schrieb sie noch Aufsätze. Von niemandem las Herr Mehltretter so oft Aufsätze vor wie von ihr. Sie schrieb über einen Ausflug in den Nymphenburger Schlosspark oder einen Tag in der Waschküche. Die Klassenkameradinnen kamen zu ihr und bettelten: »Reserl, schreibst ma mei'n Aufsatz?«

Meistens saß sie in ihrer letzten Bank und träumte vor sich hin. Da sie nur wenig Ehrgeiz besaß und ohnehin daran dachte, einmal zu heiraten, möglichst einen reichen Mann, wählte sie unter den wenigen Berufen, die für eine Frau um die Jahrhundertwende in Frage kamen, den einer Verkäuferin und begann eine Lehre als Lehr- und Laufmädchen im Schuhsalon Greif am Viktualienmarkt. Köchin, Bedienerin oder gar Schienenweiberl bei der Straßenbahn, wie ihr der Vater einmal im Zorn angedroht hatte, wollte sie auf keinen Fall werden.

Zum Vorstellungsgespräch trug sie wieder das einzige Paar guter Schuhe, das die Familie besaß, nämlich die Sonntagsschuhe ihrer Mutter, die ihr etwas zu klein waren und Blasen verursachten. Bisher war sie, die kalte Jahreszeit ausgenommen, meist barfuß gelaufen. Vielleicht beruhte ihre Berufswahl auf dem simplen Wunsch, endlich nicht mehr barfuß laufen zu müssen. Außer dem Lohn von zwei Mark im Monat hatte ihr die Chefin auch ein Paar neue Schuhe zu Weihnachten versprochen.

Um Geld zu sparen, ging die Dreizehnjährige, Sommer wie Winter, zu Fuß zur Arbeit und zurück, fast acht Kilometer weit. Die Pferdebahn von der Barthstraße bis zum Hauptbahnhof hätte zehn Pfennige gekostet, für ein Lehrmädchen ein kleines Vermögen. Sie marschierte die Arnulfstraße entlang, neben der Schafe weideten, und schaute ihnen eine Weile beim Grasen zu. An der Hackerbrücke gesellte sie sich verträumt zu ein paar Kindern, die auf einen Zug warteten, um sich von weißem Dampf einhüllen zu lassen. Als sie später an den Hauptbahnhof kam und auf die große Uhr schaute, stellte sie mit Schrecken fest, dass sie wieder einmal zu spät dran war. Deshalb musste sie bis zum Marienplatz laufen und bekam Seitenstechen. Dagegen musste sie am Fischbrunnen Wasser trinken. Sie wusch auch ihre Füße und schlüpfte in die Schuhe der Mutter, die sie bis dahin in einem kleinen Leinensack getragen hatte. Nicht nur wegen der Blasen, sondern auch weil die Mutter ihr eingeschärft hatte, die Schuhe nur im Geschäft zu tragen.

In der Kaufingerstraße hing bereits am Morgen ein Geruch nach Sudfleisch, der aus den Wirtshäusern kam und ihren Magen knurren ließ. In ihrem Säckchen befanden sich ein Stück Schwarzbrot und ein Zipfel Presssack, den ihr die Mutter von der Brotzeit des Vaters heimlich abgeschnitten hatte. Hungrig nach dem langen Marsch, versteckte sie sich in einem Hausflur und verschlang ihr ganzes Mittagessen in der Hoffnung, dass beim Brotzeitholen für den Chef noch etwas für sie abfallen würde. Darüber vergingen noch einmal ein paar Minuten.

Als sie den Schuhsalon Georg Greif betrat, erregte sie sofort das Missfallen ihrer Chefin.

»Scho wieda fünf Minut'n z'spat, Reserl. Was hast'n heit für a Ausred?«

»Mir ham verschlaffa, Frau Greif.«

»Und wiast wieda ausschaugst. A Fettfleck auf da Blus'n.«

»Der is scho oid. Der is beim Wasch'n net rausganga, hat d'Mama gsagt.«

»So kannst net unter d'Leit. Schau amoi in Spiagl. Und dann nimmst an Bes'n und kehrst vorm Lad'n. Der Hund vom Hollerauer hat wieda higschiss'n. Deandl, wenn des so weidageht mir dir, muaß i amoi mit'm Vatta red'n.«

Putzen, putzen, putzen. Als ob sie eine Putzfrau wäre!

Schaufenster blank reiben, Abort putzen, Zeitungen zerschneiden und auf den Nagel neben der Schüssel spießen, die Mackayschuhe vom Chef polieren, Regale abstauben, Brennholz aus der Kohlenhandlung holen, Teppiche klopfen auf der Teppichstange im Hinterhof, während rotznasige Kinder sie am Zopf zogen.

Der Tag war so lang und die Schuhe drückten.

Im Winter, als der Schnee einmal innerhalb von Stunden einen halben Meter hoch fiel, durfte sie im Laden übernachten. Die Chefin machte ihr eigenhändig auf drei Stühlen ein Bett. Nachts roch das Leder stärker als am Tag. Sie stand auf und probierte nacheinander all die Schuhe an, mit denen sie sich tagsüber nicht beschäftigen durfte. Erst im zweiten Lehrjahr würde man sie an die Schuhe lassen. Spangenhalbschuhe, wie sie die Kokotten trugen, Ballschuhe zum Tanzen, Knopfstiefelchen aus Chagrinleder, Juchten, Chevreau und Lack, Abendschuhe aus Satin, übersät mit Perlen und Pailletten. Schneeschuhe. Reitstiefel. Lasting-Schnürstiefel und allerliebste kleine Seidenpantöffelchen.

Sie stakste mit hohen Absätzen durch das Halbdunkel des Ladens. Ein Betrunkener presste sich am Fenster die Nase platt. Sie war sich bewusst, dass sie etwas Verbotenes tat. Nur einmal. Einmal ist keinmal, hieß es. Sie hatten in der Schule einen Aufsatz darüber geschrieben. Wenn man hinterher Buße tat und Besserung gelobte, dann war einmal keinmal. Und dem lieben Gott war durch das Schneetreiben ohnehin der Blick verwehrt.

Gegen Mitternacht spuckte sie auf die Schuhe, polierte sie mit ihrem Rock und packte sie wieder in die Kartons zurück. Irgendwann würde sie sich solche Schuhe kaufen können.

Im Jahr 1902 zog sie mit ihrer Familie in die Trappentreustraße. Nicht ins Vorderhaus, das wäre zu teuer gewesen, sondern in den Flügelbau, der noch unverputzt war und bis zum Abriss sechzig Jahre später unverputzt bleiben sollte. Viele der Wohnungen warteten noch auf Mieter. Ihr täglicher Weg führte nun durch die Landsberger Straße, im Schatten der Alleebäume, vorbei an den großen Brauereien, in denen das Blut der Stadt schäumte, vorbei an der Theresienwiese, immer den satten Geruch von Malz in der Nase, immer die Frauentürme vor Augen. Dieser Weg erschien ihr standesgemäßer als der alte. War sie nicht nach Therese von Sachsen, der Frau des Kronprinzen Ludwig, benannt? Und war die Theresienwiese mit der gewaltigen Bavaria nicht ihre eigentliche Heimat?

Hinter der Theresienwiese legte die Stadt ihr Armutskleid ab und schlüpfte in ein eleganteres Gewand. Gaslaternen beleuchteten die Gehsteige, und die Menschen in den schönen, reich verzierten Häusern hatten, um Distanz zu dem flanierenden Volk auf der Straße zu schaffen, Vorgärten angelegt, in denen Pappeln und Zierkirschen wuchsen. In der Schwanthalerstraße verlor Therese einmal einen Pfennig, den sie trotz längeren Suchens nicht mehr fand. In der Schwanthalerstraße hätte sie gern gewohnt, lieber jedenfalls als im Westend.

Vor sechs Jahren waren sie, so erinnerte sich Therese, dreimal innerhalb der Maillingerstraße umgezogen, jeweils um eine Hausnummer weiter. Damals war ihre kleine Schwester Emma gestorben. Sie war nur einen Monat auf der Welt geblieben. Gestorben vielleicht an zu viel Feuchtigkeit, an zu viel Kälte und zu wenig Milch. Nun lag sie auf dem Neuhauser Friedhof in einem kleinen Grab abseits der großen Gräber der Erwachsenen und wartete auf den Jüngsten Tag.

Wenn Therese am Abend nach Hause kam, in die Trappentreustraße 46, barfuß, die Schuhe im Leinensack, überfiel sie im dunklen Hauseingang eine Wolke von Wohlgerüchen. Sie hatte immer Hunger. Der Duft des Essens verfolgte sie vom Viktualienmarkt bis nach Hause. Im Treppenhaus brannten Glühbirnen, in jedem Stock eine. Das Treppenlicht war ein Luxus. In der Maillingerstraße hatten sie noch kein elektrisches Licht gehabt. Aus der Wohnung vom Rangiermeister Roß drang ein Geruch nach Erbsensuppe, beim Firmkäs roch es nach saurem Kartoffelgemüse. Sie fürchtete sich vor den knarrenden Treppenstufen und vor der jähen Tiefe, von der sie nur ein schmiedeeisernes, mit einem hölzernen Lauf versehenes Geländer trennte. Zwischen Schauder und Neugier schwankend, schaute sie durch die Briefschlitze in die noch leeren Wohnungen und roch den kühlen Geruch nach Mörtel und Farbe.

Es gab Bohnenknödel, Reste vom Mittagessen, in Essig und Öl. Zu viert saßen sie um den Küchentisch und holten sich mit der Gabel die Stücke aus einer Emailleschüssel. Ein stillschweigendes Übereinkommen sicherte dem Vater den Löwenanteil. Der Vater schnitt auch das Brot. Dazu trank er helles Winterbier aus einem Maßkrug, in dem ein Bierwärmer steckte.

»Ja, ja, es werd Zeit, dass einer geht.«

»Wer geht?«

»Der Schorschi geht nach Hamburg.«

»Der Schorschi? Na!«

»Auf der Hauptwerkstätte ham's ihm kündigt wegen sei'm Asthma. In Hamburg is d'Luft besser. Schiffsschreiner wird er, der Schorschi. Dann schlaft as Reserl alloa in da Küch. Is ja koa Zustand mehr, Bruder und Schwester in oan Zimmer.«

Georg wird seinen Platz auf dem Sofa bald für immer räumen und Therese nur noch zweimal in seinem Leben sehen. Aber er wird ihr mit seiner schweren Schreinerhand immer wieder aus Hamburg Briefe schicken und Zeitungsartikel auf Platt, die sie nicht versteht. Er wird eine Frau namens Anna heiraten, die Platt spricht und, wie sich herausstellen wird, keine Kinder bekommen kann. Deshalb wird sein Herz immer in der alten Familie beheimatet sein.

Im zweiten Lehrjahr durfte die kleine Therese den Herrschaften die Ladentür auf- und zumachen und die Schuhe in der Auslage abstauben. Eine andere holte jetzt die Brotzeit für den Chef. Es wären magere Zeiten für sie angebrochen, hätte sie nicht Botengänge zur Kundschaft unternehmen dürfen, die ihr ein kleines Zubrot einbrachten.

»Reserl, ziag an Schurz aus und geh zur Frau Kommerzienrat Künzel in d' Schellingstraß'. Da san de Maßschuah für ihren Mo.«

»Soi i aufs Geld warten?«

»Wenn's glei zahl'n möcht. Aber verlier nix. 14 Mark 90 kostn's.«

»I tua's in mei Rocktasch'n.«

»Und mach schön an Knicks bei de Herrschaft'n. Die Frau Kommerzienrat is a guate Kundin.«

In den schönen Mietshäusern klopfte ihr immer das Herz bis zum Hals. Eine andere Luft als zu Hause wehte ihr entgegen. Die kühle, laut- und geruchlose Luft der Herrschaften. Manchmal vielleicht eine Ahnung von feinem Apfelstrudel mit Vanillesoße. Kein Auge hinter den Spionen. Die Marmorstufen in die Beletage. Die bunten Fliesen an den Wänden. Der Stuck am Plafond. Die gebohnerten Treppen. Kein Schild: »Diese Woche Treppenputzen.«

Sie war so eingeschüchtert, dass sie vor dem Dienstmädchen, das kaum älter als sie war, einen Knicks machte, als Antwort auf die herablassende Begrüßung:

»Was willst?«

»Bittschön, i hätt die Maßschuah für den gnädigen Herrn. Und i kriagat 14 Mark 90.«

»Wart an Moment.«

Die Frau Kommerzienrat erschien im fliederfarbenen Morgenrock und offenem Haar.

»Ach, die junge Dame aus dem Schuhsalon Greif. Du bringst die Schuhe für meinen Mann. Dank dir schön. Wohnst wohl in der Nähe?«

»Nein«, log Therese und bemühte sich um eine der Situation angemessene Ausdrucksweise. »Ich bin am Bavariaring ansässig.«

Die Frau Kommerzienrat betrachtete sie mit einem Anflug von Amusement.

»Bavariaring? So eine teure Gegend. Da muss der Herr Papa aber viel Geld haben.«

»Mein Papa ist Privatier«, sagte Therese. Sie hatte den Ausdruck einmal im Zusammenhang mit einem reichen Kunden gehört.

»So, so, Privatier«, sagte die Frau Kommerzienrat und lachte. »Da hast fünfzehn Mark. Das Zehnerl ist für dich. Verliers Geld nicht und grüß deine Chefin.«

Sparen war Thereses Sache nicht. Oft genug ging sie sowieso leer aus. Alles, was sie an Trinkgeld bekam, verwandelte sich früher oder später in etwas Essbares, in Lyoner, Wiener Würstel oder Schmalznudeln. Manche Kunden drückten ihr nur ein Zweipfennigstück in die Hand. Sie ging dann in die nächste Metzgerei und sagte: »Für an Zwoaring Wurscht für unser Katz.« Im nächsten Hausflur verschlang sie die unverkäuflichen und halb verdorbenen Reste – und hatte im nächsten Moment wieder Hunger.

Zu Hause in der Trappentreustraße 46 war Therese schludrig und vorlaut. Sie lag auf dem Sofa, während die Mutter bügelte, und stellte ungehörige Fragen.

»Warum hast koan Katholischen g'heirat?« fragte sie. »Der Vadda evangelisch, die Muatta katholisch und i evangelisch, des passt net z'samm. I war so vui liaba katholisch. In da Arbeit sagn's, i bin a Ketzerin.«

»Dei Vatta hat g'sagt, er heirat mi nur, wenn die Kinder evangelisch werd'n. Kennst ihn ja. Es mou alles nach ihm geh.«

»Die Kirch'n von de Katholischen g'falln mir besser«, sagte Therese. »Lauter Gold und Silber. Und die schönen Gwander. Der Weihrauch von de Ministranten. Und der andächtige G'sang.«

»Der Vadda sagt, des is alles a Schmarrn. Des hat der Luther bei der Reformation abg'schafft.«

»Und die Beicht«, fuhr Therese unbeirrbar fort. »Nach der Beicht san dir alle deine Sünd'n vergeb'n.«

»Allmächt, Madla, was redst von der Sünd und von Vergebung. Hast net im Konfirmandenunterricht von de Zehn Gebot g'lernt? Nach dene mußt di richt'n, dann sündigst net.«

»Mama, was heißt eigentlich unkeusch?«

Marie drehte sich abrupt um und füllte neue Glut in ihr Bügeleisen.

»Unkeusch? Na ja. Unkeusch is zum Beispiel, wenn du dich mit dem Ottinger seim Sohn hinterm Haus rumtreibst und er dir untern Rock langt.«

»Des is unkeusch?«

»Allmächt, Reserl, du fragst mir a Loch in'n Bauch. Des erfährst scho no, wennst heiratst.«

Kurz vor Beendigung ihres dritten Lehrjahrs war Therese so weit in der Hierarchie der Lehrmädchen aufgestiegen, dass sie ab und zu bedienen durfte. Sie kniete mit vor Stolz geröteten Wangen vor den Kunden auf dem Boden, warf den Zopf mit einer Bewegung nach hinten und fragte: »Was sois sei, bittschön?«

»Reserl, so gehts net. Du muaßt fragn: Was darf es bitte sein?«

Sie schleppte Stöße von Schuhkartons an, packte aus und packte wieder ein. Die Kunden, vor allem die Kundinnen wussten oft nicht, was sie wollten. Manche saßen über eine Stunde lang, ohne sich zu entscheiden. Sie holte, leise ihrem Ärger Luft machend, aber durchaus eifrig, immer wieder neue Schuhe aus dem Lager, bis die Farbe stimmte, die Form zusagte und der Schuh nicht mehr drückte.

Mitunter, wenn der Kunde gar zu lange zögerte, gab sie auch ihren Kommentar dazu ab, so wie sie es zwei Jahre lang von der Chefin gehört hatte: »Der steht Ihnen gut. Ausgesprochen elegant. Ein ganz besonderes Modell. Den tät ich nehmen.«

Eines Tages kam ein gut gekleideter Herr mittleren Alters ins Geschäft, den sie noch nie gesehen hatte. Wie alle neuen Kunden wurde er von der Chefin persönlich bedient, und als er sich für ein Paar Reitstiefel Größe 44 entschieden hatte, rief die Chefin ihr Lehrmädchen und sagte: »Reserl, begleit den Herrn Oberleutnant in die Hohenzollernstraß' und trag ihm das Packerl. Der Herr hat einen Unfall gehabt und tut sich schwer mit'm Tragen.«

Beim Hinausgehen flüsterte sie ihr zu: »Der Herr Schleußnig ist nebenher ein bekannter Kunstmaler. Sei so freundlich und red hochdeutsch mit eahm. Mach unserm Laden koa Schand!«

Es war noch winterlich, Ende März im Jahr 1904. Therese stapfte mit ihrem dünnen Mäntelchen, dessen Ränder abgeschabt und speckig waren, und in halbhohen, vom Morgenmatsch noch feuchten Stiefeln mit Herrn Schleußnig über den Odeonsplatz und die Ludwigstraße durch den späten Münchner Schnee. Der Herr Oberleutnant war schon etwas älter, vielleicht um die fünfunddreißig. Mit seinem Monokel sah er aus wie eine Karikatur, die sie einmal auf der Titelseite des »Simplicissimus« gesehen hatte. Er machte einen schneidigen Eindruck. In der Zeit, in der er einen Fuß vor den anderen setzte, musste sie zwei Schritte machen. Sie fragte sich, welchen Unfall er wohl gehabt haben mochte. War er vom Pferd gefallen? Auf dem Glatteis ausgerutscht? Jedenfalls merkte man ihm nichts mehr an. Wenn ihr die Chefin nicht ausdrücklich befohlen hätte, mit dem Herrn freundlich zu sein, so hätte sie ihn spätestens in der Residenzstraße gefragt, ob sie umkehren dürfe und er sein Paket allein tragen könne. So aber hüpfte sie, eingeschüchtert durch seine etwas herablassende Art, mit kleinen Schritten neben ihm her und stand ihm Rede und Antwort, wobei sie sich bemühte, hochdeutsch zu sprechen, so wie man es ihr in der Bergmannschule beigebracht hatte.

Wie sie heiße? Wie alt sie sei? Was ihr Vater mache? Wo sie wohne? Ob sie eine gute Schülerin gewesen sei? Ob sie mit dem Namen Kandinsky etwas anfangen könne? Ob sie schon einmal in einem Theater gewesen sei? Ob ihr die »Elf Scharfrichter« bekannt seien? fragte der Herr Schleußnig.

Die Ludwigstraße war frisch bezogen mit etwas, was der Herr Oberleutnant Asphalt nannte. Auf dem Asphalt kämpften sich Pferdegespanne durch den Schneematsch. Beim Gedanken an den langen Rückweg wurde Therese ganz kleinmütig und gab nur noch einsilbig Antwort. Ihr Mantelsaum wurde schwer von Nässe. Ihr Begleiter war ihr nicht ganz geheuer. Hinkend war er ins Geschäft gekommen – und jetzt? Sie hatte Mühe, mit ihm Schritt zu halten.

Endlich standen sie vor dem Haus. Der fremde Herr fragte, während er die Haustür aufsperrte – es handelte sich offensichtlich um ein vornehmes Haus, in das nicht jedermann Zutritt hatte –, ob sie zum Aufwärmen eine Tasse Schokolade mit ihm trinken wolle. Denn nach dem langen Marsch müsse sie kalte Füße haben in diesen dünnen Stiefeln und dem Sommermäntelchen.

Therese schwankte zwischen dem Wunsch, wieder das vertraute Terrain des Viktualienmarktes anzusteuern, und der Aussicht auf ein warmes Zimmer, so fremd es auch sein mochte. Eine Weigerung hätte der Herr Kunstmaler wahrscheinlich als unhöflich empfunden, und unhöflich durfte sie nicht sein.

Sie hatte noch nie ein Schwabinger Maleratelier von innen gesehen, aber Schlimmes darüber gehört. Immer, wenn ihr Vater sie ausschimpfte, weil sie aufsässig, unpünktlich oder schlampig war, sagte er am Ende: »Kannst gleich zu dem Malervolk nach Schwabing gehn, da passt hin!«

Um das Atelier des Herrn Schleußnig war es tatsächlich nicht zum Besten bestellt. Gleich hinter der Eingangstür fiel sie beinahe über einen Haufen schmutziger Wäsche. Auf einem Tischchen in der Mitte des Zimmers lagen neben einem unabgeräumten Tablett mit Frühstücksgeschirr ein Rasierpinsel und ein Paar löchriger Socken. Das Bett war nicht gemacht, zerwühlt und wie es schien nicht mehr ganz sauber. Ein Morgenrock aus weinrotem, speckigem Samt war neben einem Stuhl mit durchgesessenem Rohrgeflecht zu Boden gefallen. Daneben lag eine Reitgerte. Ebenfalls auf dem Boden standen Farbtöpfe und Gläser mit Pinseln der unterschiedlichsten Größe. Es roch nach Zigaretten, abgestandenem Wein und Farbe.

Das Schlimmste aber war – Therese schaute einmal kurz hin und schloss vor Schreck sofort die Augen –, das Schlimmste war ein begonnenes Ölbild auf einer Staffelei, das eine nackte Frau liegend auf jenem Bett zeigte, das so unanständig zerwühlt in der Ecke des Ateliers stand. Nicht nur, dass sie splitterfasernackt war, sie hatte das linke Bein angewinkelt und zeigte freimütig das Unaussprechliche zwischen den Schenkeln, die Stelle, die gewöhnlich durch ein Beinkleid verdeckt ist und bei deren naturgetreuer Darstellung der Herr Kunstmaler wohl unterbrochen worden war, weiß Gott durch welche Umstände. Jedenfalls würde diese rothaarige Dame noch einmal kommen, sich ihrer Kleider entledigen und in der gleichen Pose Platz nehmen müssen, damit das Bild vollendet werden konnte. Die Vorstellung ließ Therese bis an die Haarwurzeln erröten. Sie fragte sich, wie das wohl zusammenpasse: ein Oberleutnant, der gleichzeitig Kunstmaler war und in einem derartigen Verhau lebte.

»Gefällt es dir?« fragte der Oberleutnant.

»Nein – ich meine ja. Es sieht so echt aus, aber es ist so …«

»So obszön, meinst du.«

»Ich weiß nicht, was obszön heißt.«

»Ist ja auch egal. Es ist auf jeden Fall Kunst, und Kunst kennt kein Tabu.«

Er krempelte seine Ärmel hoch, entfachte in dem kleinen Eisenofen ein Feuer und stellte einen Topf Wasser für die Schokolade auf die Platte. »Du musst ja eiskalte Füße haben. Willst du nicht deine Schuhe ausziehen?«

»Nein«, wehrte sie voller Furcht ab. »Mir ist nicht kalt.«

Sie dachte an das Loch in ihrem rechten Strumpf.

»Das glaube ich dir nicht.«

Er griff nach ihren Händen. »Eiskalt.«

Mit dem Monokel im rechten Auge betrachtete er eingehend ihre Finger. »Kaust du etwa Nägel?«

Sie fühlte sich wie bei einer Sünde ertappt und versteckte ihre Hände hinter dem Rücken.

»Weißt du, dass du der jungen Kaiserin Elisabeth von Österreich ähnlich siehst? Zeig dich mal im Profil. Dieselben Augenbrauen. Ich würde dich gerne mit offenem Haar sehen. Darf ich?«

Er öffnete die Spange an ihrem Zopf und entflocht ihn.

Verlegen wich sie zurück. Eine kastanienbraune Flut welliger Strähnen fiel über ihre Schultern.

»Ich würde dir eine Krone aus weißen Rosen ins Haar flechten. Du müsstest ein Ballkleid mit Hermelinbesatz tragen, das den Ansatz deiner Brüste zeigt. Dazu ein Collier aus Bernstein, der sich in deinen braunen Augen widerspiegelt. So möchte ich dich malen, meine Kleine.«

»Ich zieh mich nicht aus. Ich bin keine wie die da.«

Therese machte eine vage Kopfbewegung in Richtung Staffelei.

»Wer spricht denn vom Ausziehen. Weißt du nicht, was ein Porträt ist?«

Er stieg auf einen wackeligen Stuhl, holte von der obersten Reihe eines Regals einen Kunstband und blätterte ihn vor ihren Augen durch. In bunter Reihenfolge sah sie Köpfe von Männern und Frauen, von vorne und von der Seite, während der Herr Kunstmaler ihr die Namen der Künstler aufsagte: Raffael, Holbein, da Vinci, Rembrandt.

»Ich würde dir eine Mark pro Sitzung bezahlen. Macht zwei Mark die Woche, macht acht Mark im Monat. Wieviel verdienst du in deinem Schuhsalon?«

»Fünf Mark, weil ich im dritten Lehrjahr bin.«

»Na siehst du.«

»Und i brauch mi net nackert ausziagn?« fragte Therese und verbesserte sich sofort: »Ich muss mich nicht nackicht ausziehen?«

»Du brauchst nichts zu tun, was du nicht willst.«

Er hatte ihr unterm Reden die Stiefel ausgezogen und massierte nun mit seiner linken Hand ihre kalten Füße, während er mit der rechten die heiße Schokolade in eine Tasse schüttete. Sie schämte sich, weil ihre Nägel nicht ganz sauber waren.

Den Herrn Kunstmaler schienen sie nicht zu stören. Ohne Zweifel, so dachte Therese, passten ihre Nägel in dieses schmuddelige Atelier. Er redete mit monotoner, immer leiser werdender Stimme auf sie ein und küsste zwischendurch ihre Füße.

Therese wurde sehr verlegen und hätte sich ihm am liebsten entzogen. Ihre Füße lagen jedoch wie angekettet in seinen Händen. Eingeschüchtert von der fremden Situation, blieb sie mit ihrer Tasse Schokolade in der Hand sitzen und starrte wie hypnotisiert auf den Ofen. Die Mutter hatte ihr immer eingebleut, wie man sich richtig benimmt. »Bitte« sagen, wenn du etwas willst. »Danke« sagen, wenn du etwas bekommst. Nicht mit vollem Mund sprechen. Vor älteren, vornehmen Leuten einen Knicks machen. Grüßen, wenn dir jemand auf der Treppe begegnet. Immer als erste grüßen.

Aber für eine Situation wie diese hatte die Mutter ihr kein Rezept gegeben.

Die Hände des Herrn Oberleutnant wanderten langsam höher, über ihre Knöchel, die Waden, bis zu den Kniekehlen. Dort gebot ihm die wollene Unterhose Einhalt. Ihr Rock war hochgerutscht, das Haar aufgelöst, und die Tasse Schokolade in ihrer Hand zitterte. Bald würde sie daliegen wie die Dame auf dem Bild.

Mit einem flehentlichen »Bitte nicht!« sprang sie auf und griff nach ihren Socken. Der Herr Kunstmaler ließ sein Monokel aus dem Auge fallen und sagte: »Da oben bist du wohl kitzlig. Scheinst mir überhaupt ein Mimöschen zu sein. Hast von nichts eine Ahnung, wie?«

Während sie sich rasch Socken und Schuhe anzog, ging er zum Bücherregal und holte ein Buch heraus. Dann suchte er unter einem Wust von Zeitschriften nach dem geeigneten Einwickelpapier.

»Hier. Lies das zu Hause durch, abends, wenn du alleine bist. In deinem Alter sollte man langsam Bescheid wissen. Bring's wieder mit, wenn du zur ersten Sitzung kommst. Sonntagnachmittag schlage ich vor. Und jetzt geh schön, sonst bekommst du noch Ärger mit deiner Chefin.«

Auf dem Rückweg ins Geschäft lag ihr das Päckchen mit dem Buch wie ein Stein im Arm. Es kam ihr vor, als ob sie etwas Verbotenes trüge, etwas Sündiges. Mit jedem Schritt tropfte die Sünde von diesem Päckchen auf den Gehsteig. Wenn sie die Hand zur Nase führte, dann roch sie das Parfum des Herrn Oberleutnant. Eine sündige Spur führte zurück in die Hohenzollernstraße, wo ihr ein Mann, der nackte Frauen malte, die nackten Zehen geküsst hatte.

Die ganze Wegstrecke überlegte sie, wie sie das Buch verstecken könne. Im Geschäft unter dem Mantel vielleicht, aber schwieriger war es zu Hause, wo es keinen Platz gab, der vor der ordnenden Hand ihrer Mutter sicher war.

Nach Geschäftsschluss trat sie auf dem Heimweg in der Tulbeckstraße in einen Hausflur und knipste das Treppenlicht an. Mit zitternden Fingern riss sie das Einwickelpapier auseinander. Mühsam buchstabierte sie im Halbdunkel »Das Geschlechtsleben des Menschen. Ein Rathgeber für Eheleute und Erwachsene beiderlei Geschlechts mit fünfundzwanzig Abbildungen«.

Das Licht ging aus und wurde im ersten Stock wieder angeknipst. Jemand kam die Treppe herunter. Sie packte das Buch eilends ein und huschte zurück ins Freie. Noch immer hatte sie keine Idee, wo sie in der Wohnung einen geheimen Platz für das Buch finden könnte. Einen Moment lang war sie versucht, das Päckchen in einer dunklen Ecke fallen zu lassen. Dann aber siegte die Neugier.

Zu Hause legte sie das Päckchen in den Kohlenkasten unter dem Ofen. Um diese Zeit ließ die Mutter das Feuer ausgehen. Erst am nächsten Morgen würde sie wieder von einem Holzscheit Späne abspalten und diese zusammen mit einem Blatt »Münchner Neueste Nachrichten« entzünden. Zu diesem Zweck würde sie den Kohlenkasten öffnen müssen. Aber dann hätte sie, Therese, das Haus längst verlassen – mit dem Buch.

Der Vater kam vom Wirtshaus zurück, als Frau und Tochter schon in den Betten lagen. Therese stellte sich schlafend, aber hinter ihren geschlossenen Lidern projizierten die Geräusche im Raum rasch wechselnde Bilder auf einen dunklen Vorhang. Wie ihr Vater seinen Mantel an den Garderobehaken im Flur hängt. Wie er den angesammelten Schneematsch von der Hutkrempe ins Wasserbecken streift. Wie er sich setzt und die Stiefel aufschnürt. Diese scheinen vor Nässe zu triefen. Es hatte also nicht aufgehört, nassen Schnee zu schneien. Wie er die Socken auszieht und über dem Waschbecken auswringt. Wie er – und jetzt stockte Thereses Herz –, wie er den Kohlenkasten aufzieht und nach Zeitungspapier sucht, wahrscheinlich um seine Stiefel auszustopfen. Verdammt nochmal, daran hatte sie nicht gedacht. Wie das Papier raschelt. Wie er einen Moment lang innehält. Wie es weiter raschelt. Wie es totenstill wird, so still, dass das Pochen ihres Herzens in der Küche wie dumpfe Trommelschläge zu hören sein müssen. Wie er aufsteht und ins Schlafzimmer zur Mutter geht. Wie sie miteinander tuscheln. Wie beide wiederkommen.

Als die Bettdecke, unter der sie sich verkrochen hatte, von ihr weggezogen wurde, überfiel sie, gleichzeitig mit dem trüben Licht der elektrischen 20-Watt-Birne, die Scham. Sie beschloss zu lügen, koste es, was es wolle.

»Wo kommt des Buch her?«

»Was für oans?«

»Stell dich nicht so dumm. Da schau her!«

Adam hielt ihr das sündige Buch vor die Nase, und sie las noch einmal den Titel, der in ihrem Gedächtnis bereits eingebrannt war wie ein Abzählreim.

»I woaß von nix.«

»So, du weißt von nix.«

Er zog sie an den Haaren von der Chaiselongue und schleifte sie zum Herd, wo er den Schürhaken ergriff.

»Um Gottswillen, Adam, lass geh!« warf sich Marie dazwischen. »Sie ist doch no a Kind.«

»A Kind? Dass i net lach. A frühreifes Früchterl ist sie.« Er erhob seine Stimme. »A kleine Hur. Wenn des so weitergeht, bringts uns mit sechzehn an Bankert ins Haus.«

»Psst. Die Nachbarn hör'n doch alles.«

»Solln's as doch hör'n. A jeder soll's hör'n, dass mir a kleine Hur im Haus haben. Wir sind eine anständige Familie. Du sagst mir jetzt sofort, woher du das Buch hast.«

»Anständige Familie«, erwiderte Therese mit der Wut der Verzweifelten. »Seid's es eppa verheirat g'wesen, wia der Schorschi auf d'Welt komma is?«

Adam holte mit der rechten Hand aus und gab ihr eine schallende Ohrfeige.

»Frech werden auch noch!«

Er schubste sie auf einen Hocker.

»Du gehst jetzt nicht eher ins Bett als bis du mir g'sagt hast, von wem des Buch ist.«

Therese saß schlotternd vor Kälte unter ihrem Mantel aus kastanienbraunem Haar auf dem Hocker, mit angezogenen Beinen, ähnlich einer aufgeplusterten Amsel im Winter, und kämpfte gegen ihre Müdigkeit und die Scham an. Nur nichts gestehen! Denn wenn sie etwas gestehen würde, dann könnte der Vater sie auch noch der Lüge bezichtigen.

Immer wenn sie der Schlaf übermannte und ihr Kopf nach vorne fiel, wurde Adam hellwach und gab ihr mit der rechten Hand eine Ohrfeige. Gottlob, es ist nicht die linke mit den drei Fingern, dachte Therese. Marie saß eine Weile weinend daneben. »Reserl, um Himmels willen, sog's doch endlich!«

Nach Mitternacht schlurfte sie resigniert in ihr Bett.

Endlich, gegen zwei Uhr morgens, stieß Therese zwischen zusammengebissenen Zähnen hervor: »Von am Maler.«

Adam wurde puterrot vor Zorn. Es war nicht anders, als wenn sie gesagt hätte: Vom Leibhaftigen.

»Und? Hat er dich ang'rührt, der Halunk?«

»Was moanst damit?«

»Hat er dir«, Adam stockte, »hat er dir a Busserl geb'n?«

Da sie sich sowieso schon für eine Verlorene hielt, antwortete Therese: »Oa Busserl? Zehne! Auf jeden Zecha oans!«

Adam atmete erleichtert auf. »So fangt's o mit dem Lotterleben.«

Er stand auf und ging kopfschüttelnd in der Küche auf und ab.

»So ein kleines Luder! Morgen bringst du des Schandbuch zurück und sagst deinem feinen Kavalier, wenn er dich noch einmal anrührt, dann kann er mich kennenlernen, so wahr ich da steh und Adam Fassbender heiß.«

Am übernächsten Tag, einem Sonntag, trug Therese den »Rathgeber für Eheleute und Erwachsene beiderlei Geschlechts« zurück in die Hohenzollernstraße zu Herrn Oberleutnant und Kunstmaler Schleußnig. Sie wollte das Paket heimlich vor seiner Wohnungstür ablegen und wartete unten vor dem verschlossenen Eingang, bis jemand das Haus verließ und sie mit einem verschüchterten »Entschuldigung« durchschlüpfen konnte. Auf Zehenspitzen huschte sie die fünf Treppen hoch.

Der Zufall wollte es, dass der Maler, gestiefelt und gespornt für seinen morgendlichen Ausritt im Englischen Garten, just in dem Augenblick seine Wohnung verließ, als sie davorstand und das Päckchen auf den Fußabstreifer legen wollte.

»Du bist gekommen, meine Kleine«, rief er ungläubig und drängte sie, einen Arm um ihre Schulter gelegt, in sein Atelier, direkt vor das Bild der nackten Dame, das noch immer unvollendet war.

»Nein, nein«, rief Therese in Panik und bemühte sich um ein gepflegtes Deutsch, damit sie auch richtig verstanden würde. »Ich retourniere nur das Buch.«

»Du hast es gelesen?«

»Ja, ich meine: nein.« Sie nahm ihren ganzen Mut zusammen und fügte hinzu: »Mein Vater hat gesagt, es ist ein Sudelbuch. Wir sind nämlich eine anständige Familie.«

»Aber was ist daran unanständig, meine Kleine? Liebe ist die natürlichste Sache der Welt. Willst du sie kennenlernen? Sag, willst du sie kennenlernen?«

Er zog sie an sich und versuchte sie zu küssen. Sein Schnurrbart kitzelte ihre Wange, und in ihre rotgefrorene Nase stieg ein Geruch von Tabak und ungeputzten Zähnen. Dabei durchkreuzten ihren Kopf blitzschnelle Gedanken an den Ottinger-Sepp, der seit neuestem ein Fahrrad besaß, mit dem er Semmeln ausfuhr. Nein, wenn sie die Liebe kennenlernen wollte, dann nur zusammen mit dem Ottinger-Sepp, der immer nach Backstube roch. Sie riss sich los, stolperte über ein auf dem Boden liegendes Kissen und warf im Fallen die Staffelei um. Die rothaarige Dame flog mit einem ohrenbetäubenden Krach zu Boden, wobei sie von einem aus einer Blechdose herausragenden Pinsel buchstäblich aufgespießt wurde. Noch ehe der Zorn des Herrn Schleußnig Therese erreichen konnte, war sie wieder auf den Beinen und rannte zur Tür. Bis in den zweiten Stock hinunter hörte sie seine Flüche und Beschimpfungen. Neben ihrer maßlosen Verwirrung machte sich rasch Angst breit, eine Angst, die sie auf dem ganzen Heimweg nicht mehr verließ. Angst vor dem Zorn des Herrn Kunstmalers, dessen Bild zerstört auf dem Boden lag, und Angst vor der Strafe ihres Vaters, falls er davon erfahren würde.

Zu Hause legte sie sich auf die Chaiselongue und zog die Decke über den Kopf. Ihre Wangen glühten. Sie empfand die beginnende Krankheit wie eine Erlösung. Zwei Wochen lang lag sie mit einer Entzündung der Harnwege fiebernd in der Küche. Es war ihre erste Erfahrung mit einer längeren Krankheit. Dass diese sich irgendwo ›da unten‹ abspielte, erschien ihr als logische Fortsetzung ihrer Erlebnisse mit Herrn Schleußnig. Er hatte ihr das alles eingebrockt. Neben der Chaiselongue stand der Nachttopf aus Emaille, in dessen Boden ein Bukett aus roten Rosen eingebrannt war. Auf das Rosenbukett tröpfelte in kurzen Zeitabständen unter brennenden Schmerzen ihr rosaroter Urin, während Mutter Marie Bärentraubenblättertee kochte und ein ums andere Mal seufzte: »Gott hat uns gestraft. Gott hat uns gestraft mit diesem Fratz.«

Zwei Wochen wartete Therese stumm und bleich auf ihre Genesung und verfolgte, von Langeweile gepeinigt, Maries rituelle und wie somnambul wirkenden Verrichtungen in der Küche. Morgens wachte sie von dem Geräusch des scharfen Messers auf, mit dem die Mutter von einem gegen ihre Brust gestemmten Holzscheit Späne zum Anheizen abschabte. Beim Öffnen der kleinen Ofentür fiel jedes Mal etwas Asche auf den Boden. Die Mutter stopfte zerknülltes Zeitungspapier in die dunkle Öffnung und entfachte es mit einem brennenden Streichholz. Wenn Marie die Herdringe mit einem Schürhaken abnahm, um den Wassertopf auf die Öffnung zu stellen, dann konnte Therese auf dem Plafond den Widerschein des fröhlich flackernden Feuers sehen. Die aufsteigende Wärme ließ das Ofenrohr ächzen, und wenn es draußen windig war, dann fuhr der Wind durch den Kamin und pustete kleine Funkengarben durch die Verbindungsstelle zwischen Wand und Rohr, dort, wo sich die blecherne Manschette, mit der die unschöne Stelle abgedeckt werden sollte, etwas verschoben hatte.

Während das Wasser sich erhitzte, hockte sich Marie breitbeinig auf den Hocker, klemmte die Kaffeemühle zwischen ihre Schenkel und mahlte den Malzkaffee für das Frühstück. Um diese Zeit erschien dann gewöhnlich Adam in seinem zerknitterten Nachthemd, mit wirrem Haar, traurig hängendem Schnauzer und einem von Müdigkeit verschleierten Blick. Marie unterbrach ihr Mahlen und schöpfte ihm aus dem blechernen Einsatz auf der linken Seite des Herdes lauwarmes Wasser in eine große Emailleschüssel für die Morgenwäsche.

Seitdem Therese krank daniederlag, hatte ihr Vater kein Wort mehr mit ihr gesprochen außer diesen zwei Sätzen: »Ich bring dich zum Doktor. Der wird dich da untenrum untersuchen, da kommt die Wahrheit ans Licht.«

Sie hasste ihn von ganzem Herzen. In Gedanken stand sie auf und schlug ihre Fingernägel in diesen blassen, schmalen Körper, der so hinfällig aussah, aus dem aber nichts als Drohungen und Lieblosigkeiten drangen. Sie verachtete die Mutter wegen der demütigen Haltung, mit der sie ihm das Handtuch hinhielt, während sie mit der anderen Hand den Kaffee aufgoss. Bei der Mutter klappte immer alles reibungslos. Noch bevor Adam etwas sagen konnte, hatte sie den gewünschten Gegenstand bereits in der Hand. Den Rasierpinsel, mit dem er sich das Kinn einseifte, das Bürstchen für den Schnauzer, die Brillantine fürs Haar, mit deren Hilfe er sich an der rechten Schläfe einen Sechser drehte. Er war ein eitler Mann, ein Vorstadt-Beau, der viel Zeit damit verbrachte, sich zurechtzuputzen, und der es genoss, wenn die Frauen ihm heimlich auf der Straße nachschauten. Ja, trotz seiner fehlenden zwei Finger sahen ihm die Frauen nach.

Therese drehte sich wie im Schlaf auf die Seite, als der Vater am Tisch Platz nahm, um zu frühstücken. Sie hörte, wie die Mutter den Kaffee eingoss und das Brot für ihn schnitt. Da für Butter meist das Geld fehlte, tunkten sie das Brot in den Kaffee, wo es sich rasch auflöste und auf den Grund der Schüssel sank. Diesen Rest aus eingeweichtem Brot holte der Vater mit einem Löffel heraus. Therese hörte das leise Scharren, und es wurde ihr beinahe übel. Bald würde er gottlob das Haus verlassen. Dann würde die Mutter den über Nacht kalt gewordenen Ziegelstein aus ihrem Bett holen und von neuem ins Backrohr schieben, bis er warm genug wäre, um ihre Füße zu wärmen. Dabei würde sie das alte Lied zu hören bekommen: »Jetzt hamm mer die Schererei. Weil'st di nie g'scheit oziegst!«

Und dann würde die Mutter ihr Frühstück machen und vom Fenstersims das winzige Stückchen Butter hereinholen, das sie versteckt und mit einem Sieb vor den Vögeln geschützt hatte.

Im Lauf der Jahre waren die Bewegungen der Mutter langsamer geworden, das blonde Haar, das sie noch vor ein paar Jahren mit der Brennschere bearbeitet und zu einem Schopf aufgesteckt hatte, war dünner geworden und hatte seinen Glanz verloren. Am Scheitel zeigte sich das erste Grau. Als sie nach

Adams Weggang das Nachthemd über den Kopf zog, um sich ebenfalls zu waschen, erschrak Therese, denn auf dem weißen Rücken ihrer Mutter waren Kratzer zu sehen. Kratzer von vier Fingern einer Hand, die nur ihres Vaters rechte Hand sein konnte. Hatten sie etwas zu tun mit den rätselhaften Geräuschen, die bisweilen nachts aus dem Schlafzimmer durch die dünne Wand an ihr Ohr drangen?

Wie lang ihr der Tag wurde! Um neun Uhr hörte sie, wie der Milchmann unten auf der Straße mit seinem blechernen Schöpflöffel gegen die Milchkannen schlug. Das Geräusch drang durch die Toreinfahrt bis hinauf in den zweiten Stock des Flügelbaus. Kurz darauf vernahm sie das eilige Trippeln der Hausfrauen im Treppenhaus.

Therese sah ihrer Mutter zu, wie sie zum tausendsten Mal den Küchenboden wischte. Dazu ließ sie sich ächzend auf ein Kissen nieder, tauchte den Wischlappen in eine Sodalauge und holte mit weiten Bewegungen aus. Auf dem Boden bildeten sich weiße Schaumkrönchen, die von dem Lappen eingefangen und in den Eimer gewrungen wurden. Als der Boden trocken war, kamen die Fenster dran. Lauer Wind drang in die Küche, als Marie die Winterfenster abnahm, um sie in den Keller zu stellen. Die geblümten Vorhänge waren vom Heizen grau geworden. Marie nahm sie ab, wusch sie in lauwarmem Wasser und hängte sie über dem Herd auf. Noch eine Weile tropfte Wasser auf die Herdplatte und verdampfte mit einem kleinen Knall. Dann stieg sie auf einen Stuhl und putzte die Scheiben. Da ihr in letzter Zeit oft schwindlig war, musste sie sich am oberen Fensterrahmen festhalten.

»Irgendwann fall i no noo«, sagte sie.

Therese war froh, dass sie krank war, denn sonst hätte sie helfen müssen. Sie verabscheute diese Putzerei. Sie sagte: »Mama, so wie du lebst, möcht ich nicht leben. Ich heirat einen reichen Mann.«

Marie hielt inne und wischte sich mit dem Handrücken den Schweiß von der Stirn. »Es ist nicht alles Gold, was glänzt«, antwortete sie und polierte ihre Fensterscheiben, als gälte es, einen Preis zu gewinnen.

In den zwei Wochen, in denen die Patientin krank auf ihrer Chaiselongue lag, verabschiedete sich der Winter. Eines Morgens hörte sie vor dem Küchenfenster eine Amsel jubilierend den Frühling ankündigen. Es war wie der Beginn einer neuen Zeit. Schneewasser plätscherte vom Dach, vorbei am Küchenfenster, hinunter in den grauen Hof, wo es knöcheltiefe Pfützen bildete. Wenn Therese aus dem Fenster schaute, dann sah sie einen Hauch von Grün über dem Brachland liegen, das hinter den Häusern an der Trappentreustraße lag.

Der Urin, den Marie in Ermangelung eines geeigneten Gefäßes in einem kleinen Bierkrug zu Dr. Pummerer trug, war nun wieder sauber, und der Doktor meinte, seine kleine Patientin dürfe wieder zur Arbeit gehen.

An ihrem ersten Arbeitstag begegnete sie, kaum dass sie auf die Straße trat, dem Ottinger-Sepp auf seinem Fahrrad, an dem ein Korb voller Semmeln und Brezen hing. Ihr Herz klopfte zum Zerspringen. Der Ottinger-Sepp war der erste ihr bekannte Mensch, der ein Fahrrad besaß. Er belieferte die etwas wohlhabenderen Leute im Viertel, die zum Frühstück statt Hausbrot gerne Semmeln aßen. In Nummer 46 konnte sich niemand diesen Luxus erlauben. Trotzdem lehnte der Sepp sein Fahrrad an die Hauswand.

»Magst a Eierweckerl?« fragte er Therese.

»I hab koa Geld«, antwortete diese verlegen. Das Gebäck roch so verlockend, dass ihr ganz flau im Magen wurde.

Der Sepp klemmte sich seinen Bleistift, mit dem er die Bestellungen notierte, hinters Ohr und pfiff »Mariechen saß auf einem Stein«.

»Kriagst oans umasunst, wannst ma deine Hax'n zoagst.«

»Du spinnst wohl«, sagte Therese, drehte sich um und zog weiter.

»San s' am End krumm, deine Hax'n«, rief ihr der Sepp lachend nach.

Da hob Therese ihren langen Rock aus grauem Flanell bis zum Knie. Sichtbar wurden ein Paar kerzengerader Beine in langen, wollenen Unterhosen, die ihr die Mutter anzuziehen befohlen hatte. Der Sepp warf einen abschätzigen Blick auf die hohe, schmale Gestalt. Dann spuckte er in hohem Bogen aus und rief ihr nach: »Bist ja bloß a Hur.«

Therese raffte ihren langen Rock und sprang über die Pfützen davon. Tränen schossen ihr in die Augen und vernebelten den hellen Frühlingsmorgen. Sie weinte bis zum Hauptbahnhof. Von Zeit zu Zeit blieb sie stehen und schnäuzte sich in Ermangelung eines Taschentuchs in ihren Rocksaum. Sie sehnte sich den Tod herbei, einen schnellen, barmherzigen Tod, bei dem sie nicht Hand an sich legen müsste. Einfach auf den Rinnstein setzen und sterben. Bei ihrer Beerdigung würden alle weinen, auch der Ottinger-Sepp, und zu spät begreifen, welchen Schatz sie verloren haben. Der Gedanke an die vielen Tränen, die um sie vergossen würden, minderte ihren Schmerz. Als sie im Schuhsalon Greif ankam, wieder zwei Minuten zu spät, sah sie unter den Verkäuferinnen ein neues Gesicht.

»Des is dei Nachfolgerin, Reserl. Kannst gleich wieder gehen. Fristlos gekündigt wegen geschäftsschädigendem Verhalten. Da hat sich ein Kunde über dich beschwert, du hättest ein wertvolles Bild kaputt gemacht. Aber mir san noch nie so ganz mit dir zufrieden g'wesen. Schludrig bist g'wesen und jeden Tag bist zu spät kommen. Tut mir leid, Reserl. Da ist der Rest von deinem Lohn. Pfüa di!«

Ab dem 10. Mai 1904 lautete Thereses Adresse Gärtnerviertel 7/0 bei Ruhland. Der Vater hatte die Sechzehnjährige vor die Tür gesetzt.

In der kleinen Straße, die in Wahrheit ein unbefestigter Weg war, lebten fünf Gärtnermeister, ein Lohnkutscher, ein Zimmermann, ein Schlosser, ein Realitätenbesitzer und der Eierhändler Aloys Ruhland. Es handelte sich um ein noch weitgehend intaktes Stückchen Natur mit Gemüsefeldern, auf denen Kartoffeln, Stangenbohnen, Weißkraut, Gurken und Karfiol angebaut wurden. Daneben ein Stall mit den Pferden des Herrn Johann Kobold, die an sonnigen Tagen Ausflügler nach Maria-Eich brachten und dreimal die Woche Gemüse auf den Viktualienmarkt. Der dampfende Pferdemist wurde im Frühjahr in die Äcker eingepflügt, nichts ging verloren.

In einem eingezäunten Hof liefen die Hühner des Herrn Ruhland herum. Bergische Kräher, Thüringische Barthühner, Faverolles und Barnefelder. Die Eier, die sie in dem kleinen, windschiefen und durch Gitter vor Fuchs und Marder geschützten Stall legten, nahm der Lohnkutscher mitsamt den Gärtnern und ihrem Gemüse mit auf den Viktualienmarkt. Mit von der Partie war auch Therese. Sie war dem Beruf der Verkäuferin treu geblieben, wenn sich auch das Produkt geändert hatte. Als Gegenleistung für Logis und Kost, die im Wesentlichen aus Eierspeisen bestand, verkaufte sie nun die Eier von Herrn Ruhland.

Sie durfte unter dem Sonnenschirm einer Frau aus Sendling Platz nehmen, die ihre selbstgemachten Salzgurken feilbot. Therese baute die Körbe um sich herum auf und schichtete die Eier in Pyramidenform. Einige gingen dabei kaputt.

Sie zerriss das mitgebrachte Zeitungspapier in kleine Stücke, um die Eier für die Kunden einzuwickeln. Sie war kleinmütig und verzagt, weil in letzter Zeit so vieles schief lief.

Mit einer großen, hölzernen Gabel holte ihre Nachbarin die Gurken aus der Lake, wickelte sie in Butterbrotpapier und steckte das empfangene Geld in einen ausgedienten Tabaksbeutel. Aus Mitleid mit Therese fragte sie manchmal: »Brauchen S' net auch a paar Eier?«

Vor allem Juden kauften die Gurken. In der Nähe gab es viele jüdische Geschäfte. Cohen in der Löwengrube. Mandelstamm in der Kaufingerstraße. Hirschberg in der Neuhauser Straße. Die Juden waren in der Stadt noch weniger gelitten als die Evangelischen. Einige waren alte Kunden aus dem Schuhsalon Greif. Es war ihr peinlich, dass sie nun Eier verkaufen musste.

Durch das Gewühl der Kunden und Marktstände hindurch konnte sie das Schaufenster des Schuhsalons Greif sehen. Als hätte sich alles gegen sie verschworen, kam eines Tages um die Mittagszeit ihre ehemalige Chefin mit dem neuen Lehrmädchen vorbei. Zu zweit schleppten sie einen Einkaufskorb voller Lebensmittel. Oben lagen Erdbeeren und mehrere Bündel frischen Spargels. Die Greifs waren vermögende Feinschmecker, und Therese wünschte ihnen die Pest an den Hals. Sie tat so, als würde sie sie nicht sehen, putzte an ihren Eiern herum, schichtete sie um und unterhielt sich mit ihrer Nachbarin übers Wetter. Doch die Frau Greif blieb kopfschüttelnd vor ihr stehen: »Da schau her, as Reserl is unter die Marktweiber ganga. Ich habs ja immer g'wußt. Mit dir wird's schlecht nausgehn.«

Da wusste Therese mit einem Mal, und der Gedanke überfiel sie wie eine Erlösung, dass sie nicht mehr in München bleiben wollte. München hatte ihr kein Glück gebracht, so wie es auch ihren Eltern, die von weit her gekommen waren, kein Glück bringen würde. Das Glück lag anderswo. Es lag da, wo der Kaiser und die Kaiserin in Lilienmilch badeten, wo die Straßen mit Marmor gepflastert waren und aus Goldhähnen Milch und Honig tropften, wo zum Frühstück Schokolade serviert wurde, zum Mittagessen Kalbsfrikassee und zum Abendessen Kabinettspudding. Wo die Männer nicht nach Bier rochen, sondern nach Laurent-Perrier.

Das Glück lag – in Berlin.

THERESE 1915

Der Hofphotograph Seiling aus der Prielmayerstraße 18 hat zu seiner ihm in Neapel überreichten Goldmedaille noch weitere Anerkennungen hinzugewonnen. So erhielt er allerhöchste Auszeichnungen von Seiner Majestät, dem Deutschen Kaiser, von Seiner Königlichen Hoheit, dem Prinzregenten Luitpold von Bayern, sowie den Königlichen Prinzen Ludwig, Leopold, Arnulf, Ferdinand und Alfons von Bayern. Er besitzt nun auch ein Telefon, mit der Nummer 9254. München hat mehr als eine halbe Million Einwohner, von denen nur wenige ein Telefon besitzen. Seiling gehört zu ihnen. Es ist Krieg.

Sein Atelier ist noch immer mit Teppichen, Topfpalmen und geblümten Tapeten ausgestattet – eine künstliche Nachbildung eines städtischen Salons. Wer sich dort ablichten lässt, kann sich eine Viertelstunde lang der Illusion hingeben, in großbürgerlichen Verhältnissen zu leben.

Die so verewigte Therese steht an ein zierliches Stühlchen gelehnt, sehr groß, sehr aufrecht, und blickt mit träumerischen Augen in die Zukunft. Über das Stühlchen hat der Fotograf scheinbar achtlos und deshalb besonders dekorativ eine weiße Federboa geworfen.

Aus dem engen schwarzen Taftrock quillt wie eine Blüte die weiße Spitzenbluse mit Dreiviertelarm und Stehkragen. Die steife Haltung mit Betonung von Brust und Hintern legt den Verdacht nahe, dass sich unter dem Gewand ein Korsett verbirgt.

Wieder hat ihr der Fotograf ein Buch in die Hand gedrückt, kein Gesangbuch, sondern ein schmales Bändchen, zwischen dessen Seiten Therese den Zeigefinger der rechten Hand geschoben hat, so als gälte es, eine bestimmte Textstelle sofort greifbar zu haben.

Wenn langes glattes Haar damals ein Zeichen weiblicher Unschuld war, so hat sie ihre Unschuld verloren, denn sie trägt es jetzt hochgesteckt und gewellt. Es ist unschwer zu erkennen, dass es für den Besuch beim Fotografen sorgfältig gescheitelt und mit der Brennschere in modische Locken gelegt wurde. Es steht nahezu waagrecht vom Kopf ab, wie ein Nest, in dem jederzeit Vögel brüten könnten.

Der Blick ist über den verhüllten Fotografen hinweg auf einen bestimmten Punkt im Atelier gerichtet. Das verleiht dem Gesicht neben der Verträumtheit einen Anflug von Naivität. So sehen Frauen aus, in denen Männer eine leichte Beute wittern. Therese ist von auffallender Schönheit, so als sei das noch unfertige Gesicht der Konfirmandin jetzt im Alter von siebenundzwanzig Jahren zu voller Blüte gelangt.

Was soll das Buch in ihrer Hand? Sie ist weder Studentin, noch Intellektuelle, noch beschäftigt sie sich sonderlich mit Lesen. Ihre Habe besteht aus einem Koffer voller Garderobe und Aussteuer, den sie bei ihren zahlreichen Umzügen mit sich schleppt. Noch immer ist sie unverheiratet und wieder ist sie Schuhverkäuferin. Der träumende Blick kann nur einem Mann gelten. Fotos machte man damals zu bestimmten Anlässen – Konfirmation, Hochzeit, Taufe, Ehrungen – oder wenn man verliebt war. Sie hat sich für ihren Liebhaber geschmückt, für den sie eine leichte Beute gewesen ist. Die weiße Spitzenbluse signalisiert: So könnte ich in einem Hochzeitskleid aussehen.

Seit neun Jahren lebte sie wieder in München. Berlin war ein Intermezzo von nicht einmal zwei Jahren gewesen, ein Intermezzo mit einem kleinen Umweg. In Berlin hatte sie gelernt, dass man vom Küssen keine Kinder bekommt und dass ein Nabel nichts weiter als ein Nabel ist.

»Berlin?« hatte der Vater unversöhnlich gefragt. »Von einem Maleratelier ins nächste? Hast a Geld für die Reise?« Als sie verzagt den Kopf geschüttelt hatte, war er wieder wütend geworden: »Du gehst nach Allersberg zu den Großeltern. Da braucht's a Arbeit, da lernst a Arbeit.«

Und so war sie eines Tages im Sommer 1904 auf dem Pferdegespann eines Spezls des Eierhändlers Ruhland in Richtung Nürnberg aufgebrochen. Das Fuhrwerk hatte Strohhüte nach München gebracht und dort zwanzig Ballen italienischen Brokats für die Bamberger Domherren geladen. Es war die gleiche Strecke, auf der ihre Mutter Marie dreiunddreißig Jahre zuvor in umgekehrter Richtung nach München unterwegs gewesen war, um der Armut zu entfliehen. Zwei Stunden vor Nürnberg ließ der Kutscher Therese aussteigen, sie nahm ihr Bündel und ging zu Fuß nach Allersberg.

Die Großeltern Josef und Lena Heim lebten noch immer in Nummer 23 der Vorstadt. Sie hatten die Siebzig fast erreicht und arbeiteten nach wie vor als Tagelöhner in der Landwirtschaft. Josef stand jeden Morgen um sechs Uhr auf und ging auf die Felder, mal hierhin, mal dorthin, wo er gerade gebraucht wurde. Er besserte Wege aus, grub Brunnen, half den Bauern beim Mistausfahren, beim Ausbringen des Saatgutes und beim Einbringen der Ernte. Im Winter fällte er Holz und räumte die Wege vom Schnee frei. Jeden Abend hielt er die schwielige Hand auf und bekam seinen Tageslohn ausbezahlt. Seine Ersparnisse verwahrte er unter dem Strohsack seines Bettes. Er sparte für eine Fahrt mit der Eisenbahn, denn Allersberg hatte seit kurzem einen Bahnhof, von dem aus man mit der Vicinalbahn über Seligenporten und Pyrbauch bis nach Ochenbruck fahren konnte.

Daneben verstand Josef sich neuerdings aufs Besprechen von Krankheiten. Er zündete zu diesem Zweck in einem verdunkelten Zimmer eine Kerze an, legte die Hand auf die Stirn des Kranken und sagte dreimal: »Schwinde, schwinde, schwind geschwind, lind're, mind're Leid und Sünd.« Er stand in dem Ruf, damit jede Form von Schwinden heilen zu können, auch das Schwinden von Tieren. Die einfacheren Leuten glaubten an ihn, obwohl es in Allersberg längst einen Arzt gab.

Therese wurde mit großelterlicher Wärme aufgenommen. Das feine Kind aus der Stadt! Das feine, gefährdete Kind! Lena richtete ihr einen Schlafplatz in der Wohnstube unter dem Kruzifix, um Sünde von ihr abzuwenden. Nachts sah Therese durch das kleine Fenster den sommerlichen Himmel von Allersberg mit seinen verwirrenden, schwindlig machenden Sternen. Sie hörte das leise, aus Träumen geborene Gurren der Hühner vom Stall nebenan. Der Strohsack, auf dem sie schlief, war frisch aufgeschüttet und roch nach Sommer und Ernte. Am Morgen molk die Großmutter ihre Ziege, bevor sie sie auf die Weide führte und anpflockte. Zum Frühstück gab es einen Kaffee aus getrockneten Eicheln und zwei Kreuzerkipferl mit Pflaumenmus, welches Lena in einem Steintopf in der winzigen Speisekammer aufbewahrte.

Am Sonntag kochte sie manchmal Krautkloß. Sie schmierte einen Eisentopf dick mit Schweinefett aus und legte eine Schicht Sauerkraut auf den Boden. Darauf baute sie einen dicken Kloß aus Hefeteig und ließ das Ganze zugedeckt köcheln, bis das Kraut gar und der Kloß aufgegangen war.

Therese hätte in Allersberg das Paradies auf Erden haben können, wäre da nicht das aufrührerische Gefühl in ihrem Kopf gewesen, dass ihr Platz eigentlich in Berlin sei.

Sie ging mit der Großmutter ein paar Wochen lang auf die Felder zur Kartoffelernte, aber bald schon jammerte sie, dass sie von der Sonne Kopfschmerzen und vom vielen Bücken einen krummen Rücken bekomme. Schließlich sei sie größer als die anderen Mädchen und habe einen weiteren Weg zum Boden. Am Abend war ihr schlecht und schwindlig, und Lena sah ein, dass die harte Arbeit auf den Feldern nichts für eine Städterin sei.

Also hörte sie sich um, wo es noch Arbeit gebe. Beim Schuster Seidenschwang war die Frau im Kindbett gestorben. Er suchte für seine beiden kleinen Buben eine Weibsperson, die sie tagsüber von der Werkstatt fernhielt, denn die Kinder brachten ihm alles durcheinander, zerrten das Leder herum, verwarfen die Nägel und schmierten sich Leim ins Gesicht. Sie sollte auch kochen und den Haushalt wieder in Ordnung bringen. Mehr als dreißig Pfennig am Tag könne er aber nicht bezahlen. Als sie erfreut nickte, musterte er sie von oben bis unten und meinte, dass sie noch arg jung sei. Dann sagte er: »In Gott's Nam'.«

Sie ging nun jeden Morgen ins Seidenschwangsche Haus, kehrte die Böden, wusch die Wäsche und kochte mittags für Anton und Kilian ein Mus. Nachmittags vertrieb sie sich mit ihnen die Zeit, indem sie im Örtchen herumspazierte, den Markt hinunter bis zu Mariä Himmelfahrt und wieder zurück. Alles erschien ihr so viel ärmlicher als in München, ärmlicher noch als in den ärmlichsten Ecken des Westends. Die Krämer führten nur die allergewöhnlichsten Spezereien und Schnittwaren, und wenn sie einen Blick in eine Schneiderei tat, dann stellte sie etwas verächtlich fest, dass selbst ihre ärmliche Stadtkleidung noch immer eleganter war als das, was die Schneider in Allersberg produzierten. Wenn jemand sie anredete, so bemühte sie sich um eine hochdeutsche Antwort. Sie verachtete den fränkischen Dialekt und vermittelte allein durch die Haltung, mit der sie über den Marktplatz spazierte, dass sie etwas Besseres sei. Ihrem Arbeitgeber gab sie zu verstehen, dass die von ihm gefertigten Schuhe altmodisch seien. In München würde niemand mit solchen Schuhen herumlaufen. Zum Beweis hob sie ihren Rock und zeigte ihre Stiefelchen aus dem Schuhsalon Greif, die sie wegen der erlittenen Demütigung eigentlich nicht mehr tragen wollte, aber in Ermangelung anderer Schuhe tragen musste.

Seidenschwangs Geselle, der achtzehnjährige Alois Gschrey, erwischte sie einmal im Hof beim Zopf und versuchte, sie zu küssen. Aber sie wehrte sich, nicht gegen das Küssen, dazu war sie viel zu neugierig, sondern gegen das Überfallenwerden.

Mit ihren beiden Schützlingen suchte Therese auf ihren Spaziergängen oft die stillen, kühlen, nur von ein paar flackernden Kerzen erhellten und von einem unbestimmten Geruch nach Weihrauch erfüllten Kirchen auf, in denen nachmittags meistens nur ein paar alte Leutchen in den Bänken knieten – Mariä Himmelfahrt oder St. Sebastian. Der auf dem Schoß seiner Mutter Maria liegende Christus erinnerte sie in seiner Ausgezehrtheit an ihren Vater Adam, und sie fragte sich, wie es ihren Eltern wohl gehen mochte. Sie hatte Kummer über die Familie gebracht und fühlte sich doch unschuldig. Ihr ganzes Leben erschien ihr jetzt schon reichlich verpfuscht. Als Ketzerin blieben ihr sogar die Beichtstühle verwehrt, ihre Finger durften das Weihwasser nicht berühren. Was hätte sie auch beichten sollen? Dass sie manchmal an Unkeusches dachte? Dass sie Vergnügen daran fand, ihren Körper zu erkunden? Dass sie unter den aberwitzigsten Gründen immer wieder die Werkstatt aufsuchte, um den Alois Gschrey zu sehen, ihren zudringlichen Verehrer.

Wenn sie sich nicht in einer der Kirchen aufhielt, dann trieb sie sich mit Vorliebe am neugebauten Bahnhof herum, in dessen zweistöckigem Gebäude das Wissen um die weite Welt verwahrt wurde. Die Pfiffe der Lokomotive, der weiße Rauch, der Geruch nach Eisen erinnerten sie an das Münchner Westend und trieben ihre Gedanken weit, weit fort.

Eines Sonntagnachmittags sah sie den Alois Gschrey mit einem Mädchen in einen Zug einsteigen. Er hatte den Arm um sie gelegt. An seinem Hut steckte ein Tannenzweiglein, was die Angelegenheit für Therese nicht fröhlicher machte. Sie weinte die halbe Nacht, und als Lena am Morgen ihre Enkelin sah, meinte sie, das ginge so nicht weiter. Sie setzte sich an den Küchentisch und schrieb mit ihren rissigen Händen an ihre Tochter Marie in München, das Reserl würde in Allersberg ganz schwermütig werden. Wenn man sie frage, was sie eigentlich wolle, dann höre man immer nur: Berlin. Also werde sie dem Mädchen etwas von ihrem Ersparten geben für die Reise nach Berlin. Das Reserl sei ein anständiges Kind, soviel habe sie gesehen, und alles Weitere läge sowieso in Gottes Hand.

So fuhr Therese im Herbst 1904 mit einem Fuhrwerk der Leonischen Drahtzieher nach Nürnberg und von dort aus mit der Eisenbahn nach Berlin. Allein, gekleidet in ihr Sonntagsgewand, den langen Zopf aufgesteckt, denn sie wollte wie eine erwachsene Dame aussehen. Sie trug auch einen Hut, den ihr der Großvater zum Abschied geschenkt hatte.

Nun war sie dem Geruch nach Ruß und Eisen ganz nahe, einem Geruch, der ihre Kindheit begleitet hatte. Die schrillen Pfiffe der Schaffner auf den Bahnhöfen und der eilige Atem der Dampflokomotive klangen wie eine Verheißung. Kirchen, Häuser, Bäume, Wolken, Felder, Menschen und Kühe flogen in atemberaubendem Tempo an ihr vorüber. Sie klebte mit der Nase am Fenster und vergaß über all den Wundern den Sepp Ottinger, den Alois Gschrey und auch den Herrn Schleußnig. Sie war sich sicher, nun endlich am Beginn eines neuen Lebens zu stehen.

Sie landete mit ihrem Kleiderbündel bei der Berliner Bahnhofsmission, wo sie für ein paar Nächte ein Lager und ein warmes Essen bekam. Tagsüber ging sie auf Arbeitssuche zu Fuß durch die Straßen der Stadt, die länger und breiter waren als in ihren Träumen, dafür allerdings nicht mit Marmor gepflastert, sondern nicht selten aufgerissen für irgendwelche Bauten, für die Straßenbahn, für die Kanalisation oder für Ausbesserungsarbeiten. In seiner Betriebsamkeit glich Berlin einem Ameisenhaufen, in dem die kleine Ameise Therese sich mühevoll einen Weg suchte.

Sie mied bei ihrer Arbeitssuche die ärmlichen Viertel und beschränkte sich, berauscht von dem Gefühl, alle hätten nur auf sie gewartet, auf die feinen Schuhsalons in der Innenstadt. Es stellte sich bald heraus, dass sie ohne Zeugnis keine Chance hatte. Vom langen Marschieren wurden ihre Schuhe staubig, und ihr Sonntagskleid wirkte ärmlich im Vergleich zu den Kleidern, in denen die Berlinerinnen steckten. Mit den Berliner Mädchen konnte sie es nicht aufnehmen. Ihr langer Zopf kam ihr albern vor, und wenn sie den Mund aufmachte und unsicher ihr Anliegen hervorbrachte, dann kam ein Mischmasch aus Bayrisch und Hochdeutsch zustande, der ihr selbst peinlich war. Die Schuhsalons, die sie betrat, zeichneten sich durch eine einschüchternde, sie vollends entmutigende Eleganz aus, eine Eleganz, vor der der Schuhsalon Greif am Viktualienmarkt verblassen musste.

Am Abend des dritten Tages sagten sie ihr bei der Bahnhofsmission, dass in der Wasserthorstraße 2 in Kreuzberg ein preiswertes Dachzimmer zu vermieten sei. Die Leute, die sie nach dem Weg fragte, schickten sie in die Irre. Die Straßen wurden enger und ärmlicher, die Häuser düsterer und die Gesichter der Menschen fahler. Sie sah auch kaum mehr Pferdedroschken. Sie waren einfachen Handkarren gewichen, auf denen die Leute des Viertels Waren transportierten – Kohlen, Kartoffeln, Rinderhälften oder einfach nur Sand und Steine. Die Geschäfte waren klein und den Namen nach überwiegend in jüdischem Besitz. Blinde Scheiben verwehrten den Blick ins Innere. Ein paar Stufen führten in kleine Verkaufsräume, in denen ein ewiges Dämmerlicht herrschte. Auf einer dieser blinden Scheiben stand mit schwarzen Buchstaben geschrieben: Morgenthau & Co., Schuhgeschäft, feine Modelle neu und gebraucht. Und darunter, eingerahmt von zwei nicht sehr gelungenen Darstellungen von Stulpenstiefeln: Maßschuhe aller Art. Im Schaufenster fand sich ein wirres Durcheinander von alten und neuen Schuhen, Kartons, Bürsten, Lederhäuten und Putzzeug, begraben unter einer Schicht feinen Staubs. In einem der Kartons schlief eine dicke, getigerte Katze neben einem Schälchen Milch.

Therese starrte versonnen auf das düstere Chaos, und es erschien ihr, als wäre ihr Leben ebenso hoffnungslos ungeordnet wie dieser Laden, in dem anscheinend keiner mehr einkaufte.

Ein alter Mann bedeutete ihr durchs Fenster, hereinzukommen. Er fragte, ob sie Schuhe brauche. Die Katze sprang von der Auslage herunter, streckte sich und strich ihr um die Beine.

Nein, sagte Therese, sie brauche keine Schuhe, sondern Arbeit. Außerdem suche sie die Wasserthorstraße.

Sie befände sich hier in der Gegend des Spittelmarktes, sagte der Mann. Ob sie etwas von Schuhen verstünde?

Oh ja, sie habe ihr Leben lang mit Schuhen zu tun gehabt, weil sie ihr entweder fehlten oder Blasen machten.

Diese Antwort gefiel dem alten Morgenthau. Er meinte, er könne eine Verkäuferin gebrauchen, um sich einem anderen

Geschäft zu widmen. Lohn könne er nicht bezahlen, aber von jedem verkauften Paar Schuhe bekomme sie fünf Prozent, dazu ein warmes Mittagessen. Er war der erste, der nicht nach ihren Papieren fragte.

Therese, zermürbt von der Sucherei und überwältigt von Hunger, willigte ein. Sie bezog das Dachzimmer in der Wasserthorstraße 2, eine bescheidene Absteige mit einem Bett, einem Tisch und einem Haken an der Wand, an dem sie ihre Kleider aufhängen konnte. Es war zwanzig Minuten Fußweg vom Laden entfernt. Wenn sie sich aus dem Fenster lehnte, dann sah sie die glänzenden Schienen, die vom Anhalter zum Görlitzer Bahnhof führten, und roch den vertrauten Geruch von Eisen und Ruß. Sie stellte ernüchtert fest, dass sie in einer Gegend gelandet war, die dem Münchner Westend glich. Nicht nur, dass hier keineswegs Milch und Honig aus Goldhähnen tropften. Das Wasser musste überdies im Hof mittels einer Pumpe in einen Eimer gepumpt und vier Treppen hochgetragen werden.

In den zehn Monaten, die sie bei Morgenthau & Co. arbeitete – sie konnte nie herausfinden, was sich hinter dem Co. verbarg –, befreite sie den Laden von seinem Staub, den leeren Kartons und den alten, unverkäuflichen Schuhen. Sie putzte den Verkaufsraum und die Auslage blitzblank, drapierte in ihr ein resedagrünes Stück Stoff, das sie in einer Ladenecke gefunden hatte, und stellte die polierten neuen Schuhe mit dem Absatz auf Holzklötzchen, so dass sie dem Betrachter optisch ins Auge sprangen. Es machte ihr Spaß, Ordnung zu schaffen. Mit jedem Flecken, der verschwand, mit jedem Stück Chaos, das sie beseitigte, schien ihr auch ihr Leben wieder heller und zuverlässiger zu werden.

Bald sprach es sich herum, dass im Morgenthauschen Laden dank einer jungen Person aus Bayern ein neuer Wind wehte. Man wunderte sich, wieso dieses hübsche Mädchen mit dem seltsamen Dialekt ausgerechnet in dem heruntergekommenen Geschäft gelandet war. Viele gingen erst einmal aus Neugier hin und kamen mit einem Paar Schuhe wieder heraus. Denn

Thereses naiv wirkende Art war bereits nach ein paar Tagen eine innige Verbindung mit einer dem alten Morgenthau abgeschauten Technik des Feilschens eingegangen, bei der es im Wesentlichen darum ging, eine Balance herzustellen zwischen den Interessen des Geschäfts und der Sorge, den Kunden zu verlieren.

Man kann nicht sagen, dass der Verkauf übermäßig florierte, dazu waren die Leute des Viertels zu arm, aber er wurde einträglich, auch für sie. Für jedes verkaufte Paar trug der alte Morgenthau ihr die fünf Prozent in ein kleines Büchlein ein. Am Ende des Monats bekam sie ihr Geld. Es reichte für die Miete und das Abendessen. Es reichte auch für ein Paar neue Knopfstiefel und einen gebrauchten dunkelblauen Wintermantel mit Hasenfellkragen und Muff. Schuhe waren ihre Leidenschaft geworden. Wenn sie sich setzte oder durch die Straßen schlenderte, dann raffte sie ihre Röcke, damit jedermann ihre neuen schwarzen glänzenden Stiefel mit den Wildlederstulpen sehen konnte.

Mit der Zeit überließ ihr Morgenthau immer öfter den Laden, um seinen Geschäften nachzugehen. Mittags brachte die alte Madame Morgenthau einen Teller Essen und für die sich stets in Thereses Nähe aufhaltende Katze ein Schälchen Milch. Dann verschwand sie wieder in das geheimnisvolle Reich ihrer Wohnräume, die zu betreten sich für Therese nie Gelegenheit bot. Es gab oft Ei mit Zwiebele, einen sättigenden Brei aus gekochten Eiern und Kartoffeln, rohen Zwiebeln, Öl und Salz. Oder nach einem Rezept aus ihrer polnischen Heimat gekochte mächtige Portionen Pirogi mit Sauerkraut.

Zu Weihnachten setzte sich Therese an die Ladentheke und schrieb:

»Werthe Mutter!

Mir geht es gut. Habe diese Woche schon ein Paar Juchtenstiefel verkauft. Ihr sollt Freude an mir haben. Berlin ist nicht so kalt wie München, aber heute morgen war Eis in meiner Waschschüssel. Bitte Mutter, schickt mir Bärentraubenblättertee. Habe immer wieder Blasenentzündungen.

Eure gehorsame Tochter Therese.«

Einmal, es war im Frühjahr ihres ersten Berlin-Jahres, luden drei Dragoner sie zu einer Kutschenfahrt durch den Tiergarten ein. Sie kehrten in einer Wirtschaft ein und tranken Wein. Es war das erste Mal, dass sie Wein zu trinken bekam. Enthemmt vom Alkohol, räumte sie den jungen Männern Freiheiten ein, gegen die sie sich unter anderen Umständen gewehrt hätte. Ihre ersten Küsse schmeckten nach Weißwein und Bartwichse. Vor allem schmeckten sie, das fühlte sie genau, nach leiser Geringschätzung. Die drei Dragoner hielten sie für ein leicht zu eroberndes Mädchen. Sie waren es gewohnt, mit solchen Mädchen anzubändeln. Übermütig geworden, lösten sie ihr Haar und wickelten es um die Stuhllehne. Dazu sangen sie: »Thereese, Thereese mit der süßen Neese.«

Auf dem Heimweg versuchte einer, ihr an die Waden zu greifen. Da war es wieder, dieses Überfallenwerden. Sie wehrte sich, schwankend zwischen Schüchternheit, Neugier und Anstandsgefühl, und wurde schließlich in der Königgrätzer Straße aus der Kutsche geworfen. Sie müsse wissen, was sie wolle, rief ihr einer der jungen Männer nach. Die Kutsche fuhr ohne sie weiter, während sie weinend wegen der erlittenen Demütigung zu Fuß nach Hause ging.

Eines Tages nahm sie der alte Morgenthau mit ins Scheunenviertel, um Leder einzukaufen. Noch nie hatte sie so seltsame Menschen gesehen. Diese hier glichen mit ihren langen Bärten und den fremd anmutenden Gesichtern Fabelgestalten aus einer anderen Zeit. In Wahrheit, das hatte man ihr gesagt, waren sie aus dem Osten gekommen. Immer mehr Juden kamen in die Stadt und blieben in den östlichen Vierteln hängen, so als würde ihnen der Weiterzug in vornehmere Gegenden durch eine unsichtbare Schranke verwehrt sein. Sie waren Schirmmacher, Sesselflicker, Schuster, Schneider oder Lumpenhändler. Sie waren arm, so arm wie sie, Therese, nie gewesen war. Und sie waren getrieben von einer verzweifelten Betriebsamkeit, um diese Armut zu überwinden. Ihre Betriebsamkeit erinnerte Therese an ihre eigenen Anstrengungen, wenn sie ein Paar Schuhe verkaufen wollte. Die bis zum Boden reichenden, oftmals geflickten dunklen Mäntel der Männer schienen bereits durch viele Hände gegangen zu sein, bevor sie auf den hageren Gestalten gelandet waren. Welch seltsame Blicke aus wachen Augen, welch seltsame Gestik!

Im Juli 1905 kam ein Lederhändler in den Laden, beobachtete eine Weile, wie Therese mit den Kunden umging, und sagte dann, dass sie im Schuhsalon Beletage auf dem Kurfürstendamm eine Hilfskraft suchten. Sie sei doch zu schade für diesen Laden und zu schade für das Viertel.

Beletage zählte zu den ersten Adressen in Berlin und versorgte seine Kunden mit Luxusware, die man nicht zum langen Gehen trug und noch weniger zu schwerer Arbeit. Von der Decke hingen Kristalllüster in den Raum und setzten sich in den bis zum Boden reichenden Spiegeln ins Unendliche fort. Die Schritte der Käufer wurden durch weiche Teppiche gedämpft, und die Kasse ließ, wenn sie geöffnet wurde, eine Melodie erklingen: Üb immer Treu und Redlichkeit.

Die meisten der Kunden fuhren mit der Pferdedroschke vor und ließen die Pakete von einem Diener tragen. Die Luft auf dem von Bäumen gesäumten Kurfürstendamm, von dem es hieß, er sei noch breiter als die Champs-Elysées, war köstlich und die Armut mit ihren traurigen, geflickten Kleidern und ihrem Geruch nach Kohlsuppe weit entfernt.

Als Hilfskraft fing Therese wieder ziemlich weit unten an, wenn auch nicht beim Teppichklopfen und Brotzeitholen, wie im Schuhsalon Greif. Ihr oblag jetzt das Einsortieren und Verpacken. Sie hieß auch nicht mehr Reserl, sondern Fräulein Therese, trug ihr Haar hochgesteckt und plapperte den Kolleginnen nach: »Gnäje Frau und gnäjer Herr.«

Als einer Verkäuferin wegen Diebstahls gekündigt wurde, nahm sie probeweise deren Stelle ein und füllte sie zur Zufriedenheit der Geschäftsleitung aus. In kurzer Zeit lernte sie das Buckeln vor den hohen Herrschaften. Auf den mit rotem Samt bezogenen Schuhbänkchen sitzend, packte sie die in ihren

Augen sündhaft teuren Schuhe aus, beugte sich über feingliedrige, nicht von Mühe und Arbeit verunstaltete Füße, sah nie mehr Löcher in den Strümpfen, roch nie mehr den ekelhaften Geruch von Fußschweiß, führte mit elegantem Schwung den Schuhlöffel in den Schuh und drückte die Ferse leicht nach unten. Sie gewöhnte sich den letzten bayrischen Akzent ab und lernte es, den Kunden nach dem Mund zu reden. Sie fand Schuhe schön, die die Kunden schön fanden, sie trug Päckchen zur Tür und verabschiedete die Kundschaft mit einem kleinen Knicks. Sie bekam jetzt festen Lohn, der es ihr erlaubte, sich hübsch zu kleiden. Sie schickte ihrer Mutter sogar ein Paar warme Hausschuhe zu Weihnachten.

Sie gab ihr Zimmer in der Wasserthorstraße auf und zog in einen düsteren Souterrainraum in der Tauentzienstraße, nicht weit von ihrer Arbeitsstätte. Oft wurde sie von Traurigkeit übermannt. Wenn sie über das Wort Heimat nachdachte, dann erschien ihr die Heimat im Nirgendwo zu liegen. Sie spürte genau, dass sie auf dem Kurfürstendamm nur als Gast weilte. Sie sehnte sich nach einem Mann und Kindern, die ihr eine beständige Heimat schaffen würden. Sie war indes scheu, fast spröde, und wies von männlichen Kunden geflüsterte Einladungen zu einem Stelldichein mit höflichem Kopfschütteln zurück.

Im zweiten Jahr ihrer Berliner Zeit entstand in der Tauentzienstraße, direkt neben dem Haus, in dem sie wohnte, ein Neubau. In jeder freien Minute gesellte sie sich zu den Gaffenden, die von oben in die gigantische Grube spähten, wo Arbeiter ameisengleich den Aushub beiseite schafften und sich anschickten, den Boden fürs Fundament vorzubereiten.

Eines Tages, als es heftig regnete, kam ein Daimler vorgefahren. Ein eleganter Herr stieg aus, zog sich Gamaschen über, spannte einen Schirm auf und stieg in die Grube hinunter, wo sich sogleich Arbeiter um ihn, den heftig Gestikulierenden, scharten. Eine Frau, die neben Therese stand, flüsterte ihr zu, dass es sich um den Bauherrn, den Kommerzienrat Adolf Jandorf, handle.

»Ein Größenwahnsinniger. Er beabsichtigt, das größte Kaufhaus Europas zu bauen. Einen Namen hat das protzige Projekt auch schon: Kaufhaus des Westens. Dabei besitzt er bereits vier Kaufhäuser. Klein angefangen soll er haben, dann ist er nach Amerika gegangen und hat Verkaufstechniken studiert. Natürlich ein Jude. Seine Villa am Lützowplatz sollten Sie sehen!«

Trotz des Regens harrte sie aus. Die Arbeiter hatten sich wieder an ihre Arbeit gemacht. Aus dem schwarzen Daimler stieg eine Frau in einem pelzverbrämten nachtblauen Mantel, offenbar die Frau des Bauherrn. Sie lüftete den Schleier ihres Hütchens und rief in die Grube: »Adolf, wo bleibst du denn?« Eine Woge schweren Parfums wehte durch den Regen in Thereses Nase. Jandorf schickte sich unverzüglich an, durch den schweren Boden zurückzuwaten. Kurz bevor er den oberen Grubenrand erreichte, rutschte er aus, einen halben Meter von Therese entfernt. Er wäre gestürzt, wenn sie ihm nicht instinktiv die Hand gereicht und ihn hochgezogen hätte. Jandorf schaute sie mit dunklem, vom Regen verwaschenem Blick an und sagte: »Danke, mein schönes Kind.«

Sie sah den Mann nie wieder, obwohl sie noch so manchen Tag an der Grube stand und beobachtete, wie die Ziegelwände emporwuchsen und die Stromkabel und Wasserleitungen verlegt wurden.

Therese war allmählich zum festen Personalstamm des Beletage herangewachsen und sprach ein Berlinerisch, in das sich bisweilen Bajuwarismen einschlichen: Ich habe einen Hunger. Der Mann von meiner Tante. Der Butter. Sie schmuste mit jungen Männern in Hauseingängen, hielt sie hin, hatte Ausreden, vertröstete sie, bis ihre Verehrer, die mehr erwartet hatten, sich enttäuscht abwandten. Sie wollte sich ihre Jungfräulichkeit für einen Mann bewahren, den ihr die Vorsehung zuteilen würde. Sie kaufte jeden Monat von ihrem Lohn ein paar Wäschestücke und stickte mit feinem Kreuzstich, so wie sie es in der Schule gelernt hatte, ein »T« ein. Den neuen Familiennamen würde sie später hinzufügen. Auf eine Aussteuer wollte sie nicht verzichten. Es sollten geordnete Verhältnisse herrschen. Sie hatte sechs Handtücher, sechs Kopfkissenbezüge und vier Leintücher beisammen, als im Februar 1906 ein Brief von Adam eintraf, mit dem er sie in ungewohnt milder Form bat, nach Hause zu kommen. Die Mutter sei krank, und er wisse sich keinen Rat.

Sie war achtzehn Jahre alt, als sie Berlin den Rücken kehrte und nach München zurückfuhr. Noch immer zählte das Wort des Vaters. Warum sie und nicht Georg? Hamburg war weiter entfernt als Berlin. Zudem hatte Georg inzwischen geheiratet und galt als unabkömmlich. Er hatte das bessere Los gezogen.

In der Trappentreustraße 46 hatten alle Bewohner gewechselt, bis auf Marie und Adam im zweiten Stock. Die Wohnungen waren jetzt durchwegs bewohnt. Im Parterre wohnte ein Bildhauer namens Paul Engler, der die düstere Wohnung als Atelier zum Verfertigen von Totenmasken nutzte. Da die Bewohner kamen und gingen wie Vögel auf der Durchreise, immer auf der Suche nach einem besseren Platz, fühlte sich kaum einer für das Haus verantwortlich, zuallerletzt die Immobilien- und Baugesellschaft AG.

Als Therese die knarrende Treppe hochstieg, kam ihr alles noch kleiner und ärmlicher vor, als sie es in Erinnerung hatte. Rührung ergriff sie. Da waren sie noch immer, diese Schubfächer unter den Fensterbrettern, die das Regenwasser auffangen sollten. Das Schild: »Diese Woche Treppenputzen.«

Auf ihr zaghaftes Klingeln hörte sie den kräftigen Schritt ihres Vaters. Er blickte sie nur kurz an, als er ihr die Hand gab, aber er gab ihr wenigstens die Hand. Sie betrachtete das als eine versöhnliche Geste. Mit einer raschen Kopfbewegung wies er sie zur Küche.

Marie saß am Fenster und starrte in das einsetzende Schneegestöber hinaus. Die Fensterscheiben waren blank wie immer, die Küche aufgeräumt. Das einzige, was außer Ordnung geraten schien, war die Herrin über diese Küche mit ihrem abwesenden Blick und ihrer Abgekehrtheit von der Welt. Als sie Therese sah, glitt ein kleines Lächeln über ihr Gesicht, dann drehte sie wie somnambul den Kopf und widmete sich wieder dem Bild vor dem Fenster.

»So geht's seit Monaten«, sagte Adam. »Sie geht nicht mehr aus dem Haus. Wandert nachts in der Wohnung herum. Schläft nicht. Isst kaum mehr was. Schaut stundenlang durch den Spion. Zittert vor Angst, wenn jemand durchs Stiegenhaus kommt. Die Schwermut, sagt der Doktor, die Schwermut hat sie überfallen. Und wenn's nicht besser wird, muss sie in die Heilanstalt nach Eglfing.«

Das hast du verbrochen, dachte Therese im Stillen. Deine Wirtshausabende. Deine Zornausbrüche. Die ständigen Geldsorgen. In diesem Haus muss man ja verrückt werden. Aber sie sagte nichts.

In der Zeit, in der sie bei ihren Eltern blieb, versuchte Therese, ihre Mutter wieder in die Normalität zurückzuholen. Sie sorgte dafür, dass sie ein wenig aß und das vom Arzt verordnete Brom einnahm. Sie erzählte stundenlang von den Großeltern in Allersberg, vom Morgenthauschen Verhau und der feinen Kundschaft im Beletage. Marie schien sich Mühe zu geben, denn sie wollte nicht nach Eglfing. Aber als Therese sie eines Tages sanft nötigte, mit ihr zum Einkaufen zu gehen, sagte die vor Furcht zitternde, an ihrem Arm wie ein leeres Kleiderbündel hängende Gestalt beim Treppensteigen: »Reserl, wennst des noch mal machst, dann spring i da runter.«

Zum ersten Mal nach langer Zeit hörte Therese wieder ihren Kindernamen. Es klang wie eine Bitte, an frühere Zeiten anzuknüpfen. Gleichzeitig war da die hartnäckige Weigerung der Mutter, ihr altes Leben wieder aufzunehmen.

Die Wohnung wie eine Gruft. Das durchgelegene Sofa in der Küche, das ihr, Therese, nun wieder als Schlafplatz diente. Der bleiche Rücken des Vaters, wenn er sich am Morgen vor der Arbeit wusch. Nichts ging weiter in diesem Viertel, nur das Elend breitete sich wie Krätze aus.

Als sie ihrem Vater eröffnete, dass sie sich ein Zimmer nehmen und die Mutter lieber regelmäßig besuchen wolle, brachte sich der alte Adam in Erinnerung. »Verstehe. Das Fräulein Tochter sucht nach Abwechslung. Womöglich in Schwabing. Freilich, Herrenbesuch gibt's bei uns nicht.« Und am Ende einer langen Litanei von Vorwürfen: »Geh zum Teufel!«

Therese bekam schnell eine Anstellung bei Mandelstamm und Co. in der Kaufingerstraße, einem jüdischen Geschäft, das in puncto Eleganz mit dem Beletage zwar nicht zu vergleichen, aber in geschäftsträchtiger Gegend gelegen war. Da sie ein Zeugnis aus Berlin vorlegen konnte, fragte niemand mehr nach früheren Zeugnissen. Von der Nordendstraße 22b, wo sie im vierten Stock ein möbliertes Zimmer bezog, ging sie jeden Morgen zur Straßenbahn und fuhr zur Arbeit. München besaß seit kurzem ein ständig wachsendes Netz von »Elektrischen«.

Sie hieß jetzt »Fräulein Theres« mit der bayrischen Betonung auf dem ersten »e«. Man hatte jetzt auch in München Probierbänkchen, auf welche die Kunden ihre Füße stellen konnten. Sie brauchte nicht mehr in dieser demutsvollen Haltung vor ihnen zu knien. Sie kaufte weiterhin Wäsche für die Aussteuer: Zwei Leintücher, zwei Wolldecken und zwei Tischdecken. Das alles schleppte sie bei ihren diversen Umzügen in Pappkoffern mit. Und sie zog oft um. Von der Türkenstraße, wo sie sieben Monate wohnte, in die Baumstraße, von dort in die Heßstraße, in die Holzstraße, in die Goethestraße, wieder in die Heßstraße – dieses Mal eine Hausnummer weiter –, einen Monat später in die Schraudolphstraße. Hinter diesem Nomadentum steckte fast immer persönliches Ungemach. Die altbekannte Schludrigkeit machte sich wieder bemerkbar. In der Nordendstraße verursachte sie mit einer nicht ausgelöschten Kerze einen kleinen Zimmerbrand. Um den Schaden zu begleichen, musste sie sich verschulden und konnte in der Baumstraße die Miete nicht bezahlen. Aus der Heßstraße floh sie vor den Nachstellungen des Hauswirts. In der Goethestraße holte sie sich in einem ungeheizten Zimmer eine Lungenentzündung und kam ins Krankenhaus. Nach ihrer Entlassung war das Zimmer weitervermietet.

Oft besuchte sie abends, wenn sie Adam im Wirtshaus wusste, die Mutter, die die Wohnung nicht mehr verließ. Ihr einziger Spaziergang reichte vom Schlafzimmer in die Küche und zurück. Sie ging ihn mit kurzem Atem und schweren Beinen, den Blick bereits ins Jenseits gerichtet.

Die Jahre des noch jungen Jahrhunderts liefen davon und überschlugen sich mit Großtaten, Ereignissen und Rekorden, als hätten die Menschen geahnt, dass sich 1914 der Himmel verdüstern würde. 1908 verzeichnete der neu eröffnete Ausstellungspark drei Millionen Besucher, unter ihnen auch Therese mit einem jungen Verehrer, dem sie aber bald wieder den Laufpass gab, weil er ihr nur bis zum Kinn reichte und überdies ein armer Schlucker war.

In diesem Jahr fiel ihr auch ein Zeitungsartikel über das fertiggestellte Berliner Kaufhaus des Westens in die Hände. Fotos zeigten die vielen großen Schaufenster, die zum Himmel strebende Fassade, die den Luxus einer ganzen Stadt barg, und auch den Bauherrn, dem sie einmal begegnet war. Pariser Mode, Photographier-Apparate und Heringe. Alles unter einem Dach. Rekord-Verkaufszahlen. Der Kaufhauskönig hatte es geschafft.

Der Zeppelin landete ein Jahr später auf dem Oberwiesenfeld, Männer stiegen aus dem silbernen Luftwal, so als würden Götter die Erde besuchen.

1910 wurde die zulässige Fahrgeschwindigkeit innerhalb der Stadt auf sagenhafte zwanzig Stundenkilometer erhöht, was zu elf tödlichen Unfällen führte. Therese durfte zusammen mit ihren Kolleginnen in Herrn Mandelstamms Daimler einmal die Kaufingerstraße entlangfahren. Das höllische Tempo bekam ihr nicht, so dass sie am Isartor ausstieg und zu Fuß zurückging.

Zwei Jahre später hob das erste Flugzeug nach Wien ab. Beim Anblick des über München kreisenden Insekts füllten sich Thereses Augen mit Tränen. Immer öfter wurde ihr bewusst, dass ihr die Zeit davonlief und sie auf dem besten Weg war, eine alte Jungfer zu werden. Ihre Jugend war davongeflogen wie dieses Flugzeug. Die meisten Frauen ihres Alters waren verheiratet.

Ihre Cousine Betty, die Tochter von Tante Vroni, ließ kochen, putzen und einkaufen und besaß überdies die Geschmacklosigkeit, mit ihrem Mann bei Mandelstamm einzukaufen und sich mit »Gnä' Frau« anreden zu lassen, während sie, Therese, sich als »Froin Theres« herumkommandieren lassen musste. Sie gelangte zu der bitteren Einsicht, dass sie auch einen Mann haben könnte, wäre sie nicht so wählerisch gewesen.

Solche Probleme wurden im Juli 1914 von Existenzkämpfen verdrängt. Mit Kriegsausbruch geriet die sonst so gemütvolle Stadt in Panik. Plötzlich hieß es, Gift sei in der Wasserleitung. Therese trank nur noch Milch, aber die wurde bald rationiert. Auch die übrigen Lebensmittel wurden knapp und waren nur noch auf Bezugsscheine erhältlich. Sie wechselte von der Schraudolphstraße in ein billigeres Dachzimmer in der Zieblandstraße. Das morgendliche Eis in der Waschschüssel erinnerte sie an die Wasserthorstraße. Sie verspürte jetzt manchmal Lust, einfach liegen zu bleiben und vor diesen widrigen Umständen zu kapitulieren.

Den Mann, der an einem düsteren Regentag des Sommers 1915 vor dem Mandelstammschen Schuhgeschäft stand, hielt sie zuerst für einen Italiener. Hochgewachsen, schlank, lockiges Haar, das unter dem Hut hervorquoll. Er kam ihr irgendwie bekannt vor. In Sekundenschnelle rief sie alle gespeicherten Männerbilder in ihrem Kopf ab, ohne fündig zu werden.

Sie war damit beschäftigt, die Schaufenster neu zu dekorieren. Der Unbekannte im Regen beobachtete alle ihre Bewegungen mit einer gewissen Belustigung. Selbst als sie sich auf die Knie niederließ und ihm den Hintern zukehrte, spürte sie seine Blicke. Sie achtete darauf, dass ihr Rock alles bedeckte und sie sich keine Blöße gab. Als sie die Schuhe in Fensternähe durch neue Modelle ersetzte, merkte sie, wie er auf den Ausschnitt ihres Kleides starrte. Sie fühlte sich taxiert. Es missfiel ihr und erregte gleichzeitig ihre Neugier.

Ihre Arbeit hinter der Schaufensterscheibe artete in Ungeschick aus. Sie verhedderte sich in ihrem langen Rock und brachte die ganze Dekoration durcheinander. Ein Stapel Schuhkartons fiel um, die Preisschilder standen falsch, eine Haarsträhne löste sich und fiel ihr übers Gesicht.

Als sie fertig war mit ihrer Auslage und in den Laden zurückkroch, betrat er das Geschäft. Mit einer flüchtigen Handbewegung wischte er sich den Regen vom Gesicht, und in diesem Augenblick wurde ihr bewusst, dass er sie an den Kaufhauskönig von Berlin erinnerte. Der Unbekannte ging zu Mandelstamm, der gerade in ein Kundengespräch verwickelt war. Sie sah, wie sie in einer Ecke kurz miteinander tuschelten und mehrmals zu ihr schauten. Der Zug von Belustigung verschwand nicht vom Gesicht des Fremden, so als wüsste er um ein Geheimnis, mit dem er sie, Therese, im nächsten Moment überraschen würde. Während sie noch darüber nachdachte, was das alles bedeutete, kam Mandelstamm auf sie zu und sagte: »Froin Theres, lassen Sie sich von dem Herrn seine Erfindung vorführen und schauen Sie, ob das etwas für uns ist.«

Die Erfindung war ein Probierbänkchen, welches sich von den üblichen Probierbänkchen dadurch unterschied, dass es an der dem Kunden abgewandten Seite unter dem horizontalen Sitz der Verkäuferin ein kleines Schubfach zum Aufbewahren irgendwelcher Utensilien hatte.

»Schuhlöffel, Poliertuch, Bürste, Spiegel«, zählte der noch immer regennasse Mann in atemberaubendem Tempo auf. »Sogar einen Liebhaber können Sie da verstecken!« Und dabei hörte er nicht auf, sie auf gutgelaunte Weise anzugrinsen.

»Ich weiß nicht«, sagte Therese unentschlossen. »Wir haben vor einem Jahr neue Bänkchen angeschafft.«

Er war ihr nicht unsympathisch. Eine durch nichts zu dämpfende Vitalität ging von ihm aus.

»Und wie steht es mit neuen Stühlen?« fragte der fröhliche Mann. »Ihre Flechtstühle werden's nicht mehr lange machen. Man hat jetzt überall Ledersitze. Schuhe und Leder, passt das nicht besser zusammen?«

Sie sagte, der Chef sei zwar jederzeit für Neuerungen offen, aber seit Kriegsbeginn gingen die Geschäfte nicht mehr so gut wie früher. Sie werde mit ihm sprechen. Ob er noch einmal vorbeikommen könne, wenn sie mit Mandelstamm geredet hätte?

»Es gibt nichts, was ich mir mehr wünschte.«

Seine Augen wanderten über ihr Gesicht und blieben an den Lippen hängen. Sie drehte rasch den Kopf zur Seite.

»Also dann, bis morgen?«

»Ja, morgen wäre nicht schlecht.«

Sie geleitete ihn zur Tür. Als er bereits wieder im Regen stand, rief sie: »Halt, darf ich Ihren Namen wissen?«

Er kramte in seiner Tasche nach einem Stück Papier. Als er nichts fand, kritzelte er etwas auf einen Fünfmarkschein und überreichte ihn ihr mit einer scherzhaften Verbeugung, was sie als bodenlose Angeberei empfand. Gleichzeitig war sie beeindruckt davon, dass einer so sorglos mit Geld umgehen konnte. Als sie seinen Namen las, war sie nicht sonderlich erstaunt. Moritz Jandorf.

»Ich glaube, ich hatte einmal eine Begegnung mit Ihrem Bruder«, sagte sie.

»Sigmund? Nicht gut möglich, er ist in Amerika.«

»Ich glaube, er hieß Adolf.«

»Adolf. Wie seltsam! Adolf ist mein Vetter.«

Er starrte versonnen ins Schaufenster.

»Adolf ist ein gemachter Mann. Wenn ich sein Geld hätte, müsste ich keine Stühle verkaufen.«

Nach einer Weile sah er ihr in die Augen.

»Ihren Namen kenne ich ja. Theres.«

»Therese«, sagte sie schnell. »Privat heiße ich Therese.«

»Privat?«

»Ja, privat.«

Eine Woche später sagte eine Kollegin zu Therese: »Ich finde, der Jude Jandorf kommt auffallend oft.«

»Warum nicht?« entgegnete Therese. »Es ist ein jüdisches Geschäft.«

Mandelstamm hatte ein Bänkchen angeschafft und es Therese zum Ausprobieren zugeteilt. Es war nur zu verständlich, dass der

Hersteller sich nach ihren Erfahrungen erkundigte. Eines Tages holte er sie zum Feierabend ab und lud sie ins Kino ein. Sie war das erste Mal im Kino. Es wurde »Märtyrerin der Liebe« gezeigt. In ihrer euphorischen Stimmung verwechselte sie das flimmernde Bild mit der Wirklichkeit und sah sich als Heldin einer herzzerreißenden Liebesgeschichte. Sie erlaubte, dass ihr Begleiter in der Dunkelheit ihre Hand hielt und schließlich den Arm um sie legte. Sie vernahm an ihrem linken Ohr das Bekenntnis, dass sie ihm weder am Tag, noch in der Nacht aus dem Sinn ginge. Sie wusste nicht, wie weit sie ihn gewähren lassen durfte, ohne den Anschein zu erwecken, dass sie schon allein aufgrund schöner Worte zu haben wäre. Tatsache war, dass er ihr nach diesem Abend nicht mehr aus dem Sinn ging und sie auf dem Nachhauseweg vor lauter Glück eine Litfaßsäule umarmte.

Ein paar Tage später küsste er sie vor der Eingangstür eines Hauses in der Salvatorstraße. Sie spürte saugende Lippen und eine Reihe prächtiger Zähne. Eine fremde Zunge erkundete ihren Mund. Aus der atemraubenden Umklammerung führte nur eine Sekundenohnmacht, bei der sie nach hinten auf die Klingel des Hausmeisters sank. Dieser erschien auf der Stelle und verscheuchte das Paar mit einer Flut wüster Beschimpfungen.

»Gehen wir zu dir?« fragte der Mann, den sie erst seit wenigen Wochen kannte und der sie nun duzte.

Sie dachte an ihr unaufgeräumtes, lieblos möbliertes Dachzimmer und sagte, dass sie keine Herrenbesuche empfangen dürfe. Das »zu dir« führte über die bereits erfahrene Intimität hinaus, es war mehr, als sie zu verkraften in der Lage war. Sie wusste überhaupt nicht mehr, was sie wollte.

»Na dann«, er wühlte in seiner Hosentasche nach einem Schlüsselbund, »dann hab ich eine andere Idee.«

Sie gingen durch die Burgstraße ins Rosenthal. Er ging auf einmal sehr schnell, so als wäre seiner Idee ein Zeitlimit gesetzt. Im Hinterhof von Nummer 2 verkündete eine Wandinschrift, dass es sich bei dem niedrigen, langgestreckten Gebäude um eine Stuhlfabrik handelte.

Vom Alten Peter schlug es neun Mal, als er eine grün gestrichene Tür aufsperrte. Es herrschte noch die Dämmerung eines Spätsommerabends, die die Gegenstände ihrer scharfen Konturen beraubte. Sie sah Stühle über Stühle, fertige und solche, die anscheinend noch in Arbeit waren, auch Stuhlskelette und Stuhlinvaliden, die in den Ecken unter Staub den langsamen Tod des Vergessens starben. Auch die Probierbänkchen, seine Erfindung, standen einzeln herum. Sie öffnete eine der Schubladen und sagte zum Spaß: »Kein Liebhaber zu sehen!«

Der Mann zog sie an der Hand zu einem Hocker, schob ihren Rock hoch und entledigte sie ihrer Unterhosen. Mit dem Korsett gab er sich nicht weiter ab. Alles, was er suchte, war der Einlass in die Unterwelt. Rittlings auf seinem Schoß sitzend, ging ihr im Zeitraffer alles durch den Sinn, was sie sich von diesem Moment erwartet hatte. Ein Bett. Frische Wäsche. Bequemlichkeit. Stattdessen litt sie unter einer quälenden Verkrampfung. Das Fischbein des Korsetts, das in den rechten Hüftknochen stach, eine hervorquellende, halb gequetschte Brust, ein eingeschlafenes Bein, Haarnadeln, die sich lösten und herunterfielen, und ein linker Schuh, der unter dem Hocker verlorenging. Sie dachte: Nun bist du ein angebissener Apfel und nichts mehr wert. Egal. Egal.

Wie eine unbeteiligte Zuschauerin nahm sie die sich steigernde Ekstase des schönen Mannes zur Kenntnis, dessen Oberkörper ebenfalls noch bekleidet war, so eilig hatte er es gehabt. Sie wunderte sich, dass diese Ekstase ihrem Körper galt, von dem er nur eine dunkle Ahnung haben konnte. Der Mann roch ganz leicht nach parfumierten Zigaretten, der Geruch betörte ihre Sinne, mehr als alles andere. Schließlich knipste der Mann ein Licht an und sah die Bescherung.

»Mein Gott, sind Sie noch Jungfrau gewesen?« fragte er. Er ging zu einem Ausguss in der Ecke und versuchte, das Blut von seiner Hose zu entfernen. Er schien verärgert zu sein. Auch ihr Rock war besudelt. Wenn sie sich bewegte, rann es aus ihr heraus, die Innenseite der Oberschenkel entlang bis zu den Knien.

Dass er sie wieder siezte, beschleunigte die grenzenlose Ernüchterung. In ihrer Ratlosigkeit setzte sie sich auf den Hocker und weinte. Welche Demütigung!

»Sie haben mich wohl für eine Nutte gehalten?« fragte sie schluchzend.

Er schaute sie erschrocken an.

»Aber nein. Du kannst nicht ahnen, was du mir bedeutest.«

Er nahm sie in die Arme und schaukelte sie eine Weile hin und her.

»Ich bin nur in Eile. Geschäfte, weißt du.«

Auf einmal kehrte seine alte Fröhlichkeit zurück, sein umwerfendes Lächeln unter dem schwarzen Schnurrbart. Er bückte sich, um ihr die Schuhe zuzuschnüren.

Sie trafen sich nun fast jeden Tag nach Geschäftsschluss. Manchmal gingen sie zusammen ein verwässertes Bier trinken. Therese schielte auf die Speisekarte, auf der es außer Rentier kaum mehr Fleischgerichte gab. Nur Stockfisch war noch zu haben. Ihr knurrte dauernd der Magen. Sie hatte ihre Bezugsmarken immer um Wochen überzogen. Ihr Liebhaber schien jedoch niemals Hunger zu haben.

Spätestens bei Einbruch der Dämmerung waren sie in der Werkstatt. An der immer neuen Placierung der Stühle konnte sie erkennen, dass hier tagsüber gearbeitet wurde. Das Geschäft schien gut zu laufen. Es roch nach Leim und Holz. Vor allem aber roch es nach frischem Leder, und das machte ihr den Ort vertraut. Auf dem Boden lagen Sägespäne, an den Wänden hingen Winkeleisen, Wasserwaagen, Feilen und Sägen. Die Holzskelette, die einmal Stühle werden sollten, sahen alle unterschiedlich aus, so als hätte jemand nach der idealen Form gesucht. Unterschiedlich waren auch die Stühle, die zur Abholung bereit in der Nähe der Tür standen. Sessel mit bequemer Lehne und Kopfstütze, wolllüstig gepolstert und mit schmeichelndem Samt bezogen, biedere Küchenstühle, Klappstühle, Kontorstühle mit unbarmherzigen Lehnen oder altmodische Recamièren. Für die unbequeme schnelle Liebe waren sie alle gleichermaßen tauglich. Einmal stand sogar ein Sofa im Raum, auf dem sie unter seiner kundigen Anleitung zum ersten Mal eine Befriedigung erfuhr. Ihr Liebhaber zog sie jetzt wenigstens aus und öffnete sein Hemd, so dass sie seine schwarzen, an Stahlwolle erinnernden Brusthaare an ihren Brüsten spüren konnte.

Er sagte: »Mein Gott, wie schön du bist! So weiß!« Nachher half er ihr manchmal mit belustigter Verzweiflung, das Korsett zuzuschnüren, und sagte: »Halt den Atem an, meine Schöne!«

Nach zehn Uhr hatte er es immer sehr eilig, fortzukommen. Sie gewöhnte sich daran und richtete ihre Abende auf diesen Rhythmus ein.

»Ich habe dich gestern abend mit dem jüdischen Stuhlvertreter im Hirschgarten gesehen«, sagte eine Kollegin eines Morgens zu ihr. »Ihr habt Bier getrunken, und er hat seinen Arm um dich gelegt.«

»Das muss ein Irrtum sein«, wich Therese aus.

»Theres, ich mein es gut mit dir. Schenk dich nicht her. Am Ende ist er schon verheiratet.«

Es gab gute Abende, und es gab schlechte Abende, an denen die Zweifel Oberhand gewannen. Nie ein Wort von ihm, wie er sich die Zukunft vorstellte. Am Ende war er wirklich schon verheiratet. Er trug zwar keinen Ehering, hatte aber immer tadellose weiße Hemden. Wer bügelte seine Hemden? Der Anflug von Überdruss, wenn er sich nach vollzogenem Akt die Hose zuknöpfte, um seinen Geschäften nachzugehen! Dann wieder überreichte er ihr eine Rose und entschuldigte sich für seine Lieblosigkeit. Die Geschäfte gingen schlecht. Jetzt im Krieg hätten die Leute andere Sorgen, als Stühle zu kaufen.

Eines Tages sagte sie, sie habe nichts dagegen, einen Juden zu heiraten. Sie habe sogar eine Schwäche für Juden.

»Tatsächlich?« Er lachte schallend. »Du würdest einen unmöglichen Kerl wie mich heiraten?« Und nach einer Weile: »Therese Jandorf. Klingt nicht schlecht.«

Sie beließ es bei dieser einen Bemerkung, in der Hoffnung, er würde noch einmal darauf zurückkommen. Im November gab sie ihm den Fünfmarkschein mit seinem Namen zurück, um zu zeigen, wie zuverlässig, wie anständig, wie wenig sie aufs Geld aus war. Er wollte ihn nicht haben, sondern sagte: »Lass dich fotografieren. Ich möchte ein Foto von dir. Solange du noch jung und schön bist.«

»Bin ich dir etwa schon zu alt?«

Er verschloss ihr den Mund mit einem Kuss. »Dummkopf. Was soll ich da sagen mit meinen dreiundvierzig Jahren!«

Mit der Zeit waren alle Stühle ausprobiert, es wurde kalt und kälter in der Werkstatt. Seine Eile konnte jetzt mit der polizeilich verordneten Sperrstunde erklärt werden. So wie die Kohlen, die Lebensmittel und das Licht knapp wurden, so wurde ihnen der Gesprächsstoff knapp. Er hatte weniger Zeit. Einmal die Woche. Die Geschäfte.

»Wo wohnst du eigentlich?« fragte sie. »Warum gehen wir nie zu dir?«

»Ich darf keine Damenbesuche bekommen«, antwortete er und grinste. Er küsste das Foto, das sie ihm mitgebracht hatte, wickelte es in Zeitungspapier und ließ es in der untersten Schublade eines Schreibtisches im Kontor verschwinden.

Die lang und länger werdenden Pausen zwischen ihren Begegnungen schienen seine Leidenschaft für sie immer wieder neu zu entfachen. An den kalten Dezembertagen, als sie den Schnee vor der Werkstatt erst wegschaufeln mussten, um Zutritt zu bekommen, fühlte sie sich von Wogen der Leidenschaft getragen. Sie glaubte, dieses Gefühl in den Frühling hinüberretten zu müssen, um den Mann für immer zu besitzen. Im Frühling, bei ansteigender Wärme, würden sie sich wieder jeden Abend treffen. Es würde alles wieder so sein wie zu Beginn ihrer Liebe.

Im Januar blieb ihre schon von jeher unregelmäßige Periode vollends aus. Sie ging zum Arzt, der eine Schwangerschaft feststellte.

Im Februar nahm sie sich ein Herz und eröffnete ihm, dass sie ein Kind erwartete. Seine Reaktion war wie eine Ohrfeige.

»Von mir?« fragte er.

»Von wem denn sonst?« entgegnete sie verärgert.

»Bei Frauen kann man nie wissen.«

Da holte sie mit der Hand aus und schlug ihm mit dem Zorn der Gedemütigten ins Gesicht. Er ergriff ihren Arm und drehte ihn auf den Rücken.

»Raus, du Schlampe. Und komm mir nie wieder unter die Augen, hörst du? Nie wieder.«

Er lief zum Schreibtisch, holte das Foto hervor und warf es ihr vor die Füße.

»Nie wieder.«

Es war Winter 1916. Die Kriegsnot traf die am härtesten, die schon vorher wenig hatten. Es kamen eiserne Zweipfennigstücke und Aluminiumpfennige in Umlauf. Zu kaufen gab es indes nur noch wenig. Als erstes gingen die Kohlen aus. Sonntags hielt Therese sich in der Wärmestube in der Thalkirchnerstraße auf. Seife gab es nur noch auf Bezugsschein. Sie hatte Anrecht auf ein windiges Viertelpfund Butter pro Woche, wo sie doch so gerne Butter aß. Von der ersten ihr zugeteilten Seife machte sie einen Topf Lauge, den sie mit zugehaltener Nase trank. Irgendwo hatte sie gehört, dass man mit Seifenlauge abtreiben konnte. Sie setzte sich in eine Schüssel mit kochendheißem Wasser und sprang auch hin und wieder vom wackeligen Tisch ihres kalten Zimmers, um das Kind loszuwerden, aber es hatte sich in ihr festgebissen wie eine Zecke. Überdies brachte es sich durch Veränderungen in ihrem Körper immer wieder in Erinnerung. Die Röcke spannten, die Brüste schmerzten, und die morgendliche Übelkeit hinderte sie daran, rechtzeitig zur Arbeit zu erscheinen. Außerdem beschäftigte sie die Frage, wie sie es den Eltern beibringen sollte. Wenn sie Marie besuchte, dann schnürte sie ihr Mieder so eng, dass ihr beinahe die Luft wegblieb. Marie musterte sie kurz und sagte. »Du siehst so verändert aus. Du wirst doch nicht guter Hoffnung sein?«

Guter Hoffnung. Das Wort klang wie blanker Hohn. Und doch ließ es sie nicht mehr los. Es musste Hoffnung geben. Die

Ohrfeige war ein Fehler gewesen. Nicht das Kind hatte ihn so erbost, sondern die Ohrfeige. Für die Ohrfeige musste sie sich entschuldigen. Dann würde alles wieder gut werden.

Eines Tages meldete sie sich nach der Mittagspause krank und ging ins Rosenthal. Von einem Treppenfenster des Vorderhauses aus beobachtete sie die Werkstatt. Als sie Jandorf nach mehreren Stunden herauskommen sah, klopfte ihr Herz zum Zerspringen. Mit einem Schlag erwachte die alte Verzauberung zum Leben.

Zum Glück ging er zu Fuß. Sie verfolgte ihn durch die Theatinerstraße, um herauszufinden, wo er wohnte. Es waren viele Menschen auf der Straße, ein langer Protestzug. Die Bürger der Stadt waren aufgebracht wie nie zuvor. Es gab kaum mehr was zu essen. Auf dem Viktualienmarkt wurde für teures Geld Fleisch von Eichkätzchen und Dachs verkauft. Einige von denen, die unterwegs waren, strömten den Volksküchen zu, um wenigstens einen Teller warme Suppe zu ergattern.

Therese konnte sich diesem Menschenstrom einverleiben und ihren verflossenen Liebhaber durch die Ludwig- und Leopoldstraße unbemerkt verfolgen. Zielbewusst bog er in die Hohenzollernstraße ab, die sie noch in schlechter Erinnerung hatte. Ein hastiger Blick im Vorübergehen auf ein bestimmtes Klingelschild zeigte ihr, dass der Name des Kunstmalers Schleußnig fehlte.

Eine zaghafte Frühlingssonne hatte bereits die ersten Knospen hervorgelockt. In der Kaiserstraße trugen die Bäume in den gepflegten Vorgärten verheißungsvolle grüne Schleier. War Grün nicht die Farbe der Hoffnung?

Bei Nummer 77 zog der Mann, von dem sie nichts wusste, als dass er Stühle verkaufte, dreiundvierzig Jahre alt und der Vetter des Kaufhauskönigs von Berlin war, seinen Schlüsselbund aus der Hosentasche. Sie kannte diese Bewegung. Nur dass sie hier selbstverständlicher war als im Rosenthal, wo jedes Auf- und Zuschließen von einer verfluchten Geheimniskrämerei umgeben war.

Das vierstöckige Haus machte einen herrschaftlichen Eindruck, was sie nicht verwunderte. Es passte zu seinen Anzügen und den gebügelten Hemden.

Sie wartete lange, bis jemand das Haus verließ und sie sich Eintritt verschaffen konnte. Plötzlich wusste sie nicht mehr, ob ihr Vordringen an diesen Ort richtig oder ganz und gar falsch war. Unschlüssig stieg sie Treppe für Treppe hoch.

An den Wohnungstüren Namen, die sie einschüchterten. Von Freyberg. Von Mahlsen. Freiherr Raßler von Gamerschwang. Und dann im dritten Stock der Name Jandorf auf einem Messingschild. In dem Moment, in dem sie klingelte, glaubte sie, ohnmächtig werden zu müssen. Von drinnen hörte sie seine Stimme: »Anna, mach du auf. Ich bin im Bad.«

Eine unwillige Frauenstimme antwortete Unverständliches. Plötzlich ertönte Säuglingsgeschrei. Eine hübsche, aber sehr dicke Frau mit nur notdürftig zugeknöpfter Bluse öffnete. Sie hatte in jedem Arm ein Bündel, von denen eines sich in ohrenbetäubender, strampelnder Revolte befand. Offensichtlich war sie beim Stillen gestört worden.

Mit barscher Stimme fragte sie: »Ja bitte?«

Therese stotterte: »Verzeihung, ich suche eine Familie Tuchhaus.«

Sie hatte den Namen beim Treppensteigen gelesen.

»Erster Stock«, sagte die Frau unfreundlich, während nun auch der zweite Säugling zu brüllen anfing.

Bevor die Tür wieder zufiel, sah Therese in einem geräumigen, mit Antiquitäten ausgestatteten Entrée seinen Mantel hängen.

»Was ist?« vernahm sie noch einmal die einstmals vertraute und nun so fremd und feindlich gewordene Stimme aus dem Bad.

»Nichts. Nur eine Frau, die sich geirrt hat.«

KÜCHENTISCH 1915

Die Küche ist aufgeräumt wie für einen Besuch. Marie hat ein Tischtuch ausgebreitet, denn die Tischoberfläche ist im Lauf der Zeit rissig geworden und bietet keinen schönen Anblick. Das Tischtuch ist mit einer Kreuzstickerei verziert, die vom vielen Waschen und Bürsten schadhaft geworden und kaum mehr zu erkennen ist. Durch das Fenster fällt Licht auf diese weiße Tischdecke, die für Besucher aufgelegt ist, Besucher, die nie kommen.

Adam hat den Tisch in der Modellschreinerei gezimmert, damals, zu Beginn ihrer Ehe, und ihn auf einem Leiterwagen in ihre erste Wohnung in der Maillingerstraße gefahren. Er wollte auch Stühle dazu schreinern, aber die Stühle sind nie gekommen, weshalb Marie, des Wartens müde, bei einem Trödler in der Gollierstraße zwei Stühle gekauft hat. Anfangs empfand sie es als störend, dass diese Stühle unterschiedlich waren. Damals hatte sie noch Wert auf eine stimmige Einrichtung gelegt. Ihr Ehrgeiz war jedoch von Adams Wurstigkeit und der chronischen Geldknappheit aufgerieben worden. Am Ende hatte sie alles liebgewonnen, wie es war, und wünschte keine Veränderung mehr.

Was hat der Tisch nicht schon alles gesehen! Wie viele Kartoffeln sind auf ihm geschält, wie viele Teigschüsseln gerührt, wie viele Brote geschnitten worden! Berge von Hemden hat Marie auf diesem Tisch gebügelt und unzählige Socken geflickt. Sie hat die Hausaufgaben von Georg und Therese überwacht, das mühsame Kratzen der Griffel auf den Schiefertafeln, hat Briefe nach Allersberg geschrieben, in denen sie verschwieg, wie karg ihr Leben in der Stadt aussah. Sie hat abends die Bibel studiert und sich für die Zeit nach dem Tod das Paradies ausgemalt. Dieses Flicken, Bügeln, Kochen und Kinderaufziehen hat ihr die Zeit weggefressen – Zeit, von der sie eine unendliche

Menge zu haben glaubte, und die ihr jetzt, da sie auf die Sechzig zuging, unter den Fingern zerrann.

Den weißen Herd im Hintergrund hat die Immobilien- und Baugesellschaft München AG vor kurzem gegen den alten ausgetauscht, dessen Unterseite durchgerostet war, so dass manchmal etwas Glut auf den Boden fiel und die Gefahr eines Zimmerbrandes bestand. Neben dem Herd steht eine große Kiste für Holz und Kohlen. Zweimal in der Woche steigen Adam und Marie in den Keller hinunter und holen Brennmaterial. Alles Brennbare landet in diesem Ofen – Eierschalen, Zeitungspapier, Fleischknochen und Wursthaut. Übrig bleibt eine bröckelige weiße Asche, die Marie zu den Tonnen im Hof, den Aschentonnen, trägt. Der Herd ist der Mittelpunkt der kleinen Wohnung. Von ihm kommen Wärme und Behaglichkeit, und so kündet denn auch das von Marie bestickte Wandtuch auf der linken Seite davon, dass eigener Herd Goldes wert sei.

Nicht zu sehen auf dem Foto ist die weißgestrichene schmalbrüstige Kredenz auf der rechten Seite, in der Töpfe, Gläser und Geschirr aufbewahrt werden. In den Holzrahmen, die die beiden Glastüren umgeben, stecken die Andachtsbildchen Verstorbener und Ansichtskarten aus Hamburg und Berlin, die das Paar von seinen Kindern erhalten hat. Die kleinen Schubladen aus Keramik mit den blauen Aufschriften sollten Zucker, Sago, Gerste, Graupen, Mehl und Erbsen enthalten. Aber meistens, wenn Adam wieder sein Geld im Wirtshaus gelassen hat, enthalten sie nichts oder nur wenig, und Marie macht aus Mehl und Hefe weiße Nocken, die sie mit ein wenig Zucker bestreut.

Seitdem die Kinder aus dem Haus waren, hielt sich die Arbeit in Grenzen. Früher hat es mehr als genug davon gegeben. Sie hat, um zur Haushaltskasse beizutragen, die Wäsche derer gewaschen, die es sich leisten konnten. Am Ende hat sie auch die Wäsche von Vroni gewaschen, die einen herrschaftlichen Haushalt führte und mit der Wäsche nichts zu tun haben wollte.

Am Vorabend hat Marie sich in die Waschküche begeben und die Wäsche eingeweicht, am nächsten Morgen um fünf

Uhr den Kessel angefeuert und, in Holzpantinen stehend und mit einem Holzlöffel rührend, das allmähliche Aufsteigen der Blasen in der Sodalauge beobachtet, während der Raum sich mit Dunst füllte und ihr das Atmen schwer wurde. Zweimal musste die Wäsche eine Stunde lang kochen und dazwischen Stück für Stück auf dem Amerikanischen Waschbrett gerubbelt werden. Gespült wurde dreimal in kaltem Blauwasser. Die Arme taten ihr weh von all der Kälte und vom Wringen. Das Stärken besorgte sie oben in ihrer Küche. Sie schleppte die Körbe mit den nassen Stücken drei Etagen hoch und bereitete einen Sud aus Borax, Wachs und Weizenstärke, in den sie die Kragen und Manschetten, die Schürzen, Blusen und Oberleintücher tauchte. Hing die Wäsche endlich vor den Fenstern, angeklammert an die gespannten Schnüre des rechteckigen Rahmens, den man ausfahren oder einholen konnte, je nach Bedarf, so kehrte in ihr Herz Friede ein. Sie sah, wenn sie sich hinausbeugte, die Tischtücher ihrer Schwester im rußigen Wind des Westends wehen und war stolz auf ihre Arbeit. Sie malte sich aus, wie die Nachbarn den feinen Damast sehen und gar für den ihren halten könnten. Vor vielen Fenstern wehte Wäsche. Es sah aus, als würden die tristen Häuser mit riesigen Taschentüchern den vorbeifahrenden Zügen nachwinken.

Damals lebte Therese noch bei ihnen. Wenn diese am Abend von der Arbeit nach Hause kam, nahmen sie die Tücher ab. Therese packte zwei Zipfel an der einen und Marie zwei an der anderen Seite. Die Tischtücher ihrer Schwester, der Frau Bankdirektor Vroni Fürholzer, waren so lang, dass sie nicht in die Küche passten. Erst wenn sie die Tür zu dem kleinen Flur öffneten, hatten sie ausreichend Platz. Sie rafften den Saum wie eine Ziehharmonika in ihre Handballen und zogen die Tücher straff, um den Stoff geschmeidig zu machen. Vor dem Falten spritzten sie kleine Schauer von kaltem Wasser über die Wäsche.

Auf dem Herd standen zwei Bügeleisen mit glühenden Kohlen. Der Küchentisch hatte damals noch eine glatte, unversehrte Platte, auf die Marie eine Wolldecke und ein altes Leintuch legte, bevor sie mit dem Bügeln begann. Sie stapelte die fertige Wäsche in einen großen Korb.

Wenn Marie den Korb voller Wäsche zu ihrer Schwester trug, schmerzten ihre Beine, und die Knöchel wurden dick. Wasser, sagte der Doktor. Bei ihrer Schwester Vroni in der Guten Stube sitzend, bekam sie Nusszopf mit Schlagsahne. Voller Neid sah sie das gute Geschirr und die schönen Möbel. Die Gespräche mit ihrer Schwester führten zu nichts. Wo doch ihr Herz nach Trost verlangte.

»Der Adam und ich – mir passen nicht zusammen.«

»Warum hast auch an Evangelischen heiraten müssen.«

»Jährzornig ist er, und dann tut's ihm wieder leid.«

»Ja, so san de Männer.«

Die weiten Wege nach Hause mit einem Paket schmutziger Wäsche und ein paar Mark in der Tasche. Der Hass auf die Wirtschaften, die ihr den Mann entfremdet hatten. Die Rast im Auskochgeschäft Guggenberger in der Westendstraße, wo sie, inzwischen wieder hungrig geworden, sich für zwanzig Pfennige eine Tasse Malzkaffee und eine ausgezogene Schmalznudel genehmigte. Die Heimkehr in die eigene Küche und der altgewohnte Blick auf das bestickte Stück Leinen über dem Herd: Eigener Herd ist Goldes wert. Das Warten auf die Briefe vom Schorschi aus Hamburg, der mit seiner schweren Schreinerhand auf liniertes Papier große Buchstaben malte:

»Werthe Mutter! Wie geht es Dir? Mir geht es gut. Hoffentlich geht es Dir auch gut. Hier scheint selten die Sonne. Ich huste weniger, aber das Essen schmeckt nicht so gut wie zu Hause. In Liebe, Dein gehorsamer Sohn Georg.«

Jetzt, ohne diese Arbeit, tat sich ein Abgrund an Öde und Verzweiflung auf. Eines Tages stellte sie den Küchentisch ans Fenster und schaute, den Kopf auf die Arme gestützt, hinaus. Es wurde ihr Lieblingsplatz. Ihr Blick strich über das Ödland hinter dem Haus. Dort war ein großer Bau entstanden, der auf die Entfernung freilich klein wirkte. Rauch stieg auf, ein Quetschwerk, hatte die Nachbarin berichtet.

Marie war immer müde. Manchmal schloss sie die Augen und schlief für ein Weilchen ein. Aber der kurze Schlaf brachte keine Erquickung. Gedanken, Erinnerungen, Ermunterungen gingen ihr durch den Kopf: Du musst das Fenster im Schlafzimmer schließen. Du musst die Wäsche hereinholen. Aber sie war unfähig, sich zu erheben. Den Kopf in die Hände vergraben, klebte sie buchstäblich am Tisch fest.

Sie versuchte sich zu erinnern, wie lange das schon so ging. Das Erschlaffen war ganz allmählich gekommen. So wie die Tage nach der Sonnenwende stetig, aber kaum merklich, kürzer werden, so war ihr die Freude am Leben abhanden gekommen. Hatte sie jemals so etwas wie Freude empfunden? Oh ja, sie war eine lustige Person gewesen. Sie gedachte der lustigen Person wie einer entfernten Verwandten. Bei den Lanzingers zum Beispiel hatte sie sich des Lebens erfreut. Bei den Lanzingers lag das Leben noch vor ihr wie eine abenteuerliche Reise. Vor ein paar Jahren war sie einmal in die Nymphenburger Straße gegangen und hatte verstohlen über den Zaun auf die herrschaftliche Villa geblickt. Das Haus wirkte verlassen, aber im Garten schnitt ein Mann das Gras. Er sagte ihr, der alte Herr von Lanzinger sei schon vor Jahren verstorben und die gnädige Frau verbringe den größten Teil des Jahres auf dem Gut Spiegelsperg.

Es gab Stationen, die ihren Niedergang markierten. Eine Szene beim stets freundlichen und sie in all den Jahren keineswegs einschüchternden Kolonialwarenhändler. Sie wusste auf seine Frage nach ihren Wünschen keine Antwort und geriet in Panik. Von diesem Tag an konnte sie sein Geschäft nicht mehr betreten. Ein paar Wochen später wollte sie die Straße vor dem Haus überqueren, aber ihre Beine waren wie gelähmt. Seit diesem Erlebnis ist sie nicht mehr aus dem Haus gegangen. Eine Nachbarin kaufte für sie ein. Marie sagte, sie leide unter Herzwassersucht und könne die Treppen nicht mehr steigen. Die Ausrede gefiel ihr. Tatsächlich spielte ihr Herz seit Jahren verrückt. Entweder schlug es zu schnell oder es stockte wie ein sich sträubendes Pferd. Sie hatte Angst, das Herz könne zu schlagen aufhören.

Adam ahnte nichts von alldem. Ihrer beider Leben berührten sich nur noch selten. Sie richtete ihm am Morgen den Kaffee und die Brotzeit. Ab und zu bat er sie, einen Knopf für ihn anzunähen. Aber es gab kein gemeinsames Abendessen mehr. Er verbrachte die Abende im Wirtshaus bei seinen Kumpanen. Während sie früher am Sonntag hin und wieder durchs Westend geschlendert waren, Arm in Arm, so gehörten diese Spaziergänge jetzt der Vergangenheit an. Entweder war Marie müde oder sie hatte schwere Beine, oder der Föhn bereitete ihr Kopfschmerzen.

Nachts, wenn sie nicht einschlafen konnte, stahl sie sich bisweilen aus dem Bett und setzte sich an den Küchentisch. Die Nächte waren schwarz und undurchsichtig, aber manchmal, wenn der Vollmond schien, waren sie feenhaft hell. Das Tischtuch leuchtete dann wie ein Leichentuch.

Sie dachte daran, dass all ihr Unglück von dem Mann kam, der ahnungslos in der Schlafkammer schnarchte. Sie hatte ihn nie geliebt, schlimmer noch, sie hatte sich nie an ihn gewöhnt. Ihr Traum vom Leben war unter seinen Schreinerhänden zerronnen. Wie bescheiden ihre Träume doch gewesen waren! Eine eigene kleine Werkstatt, ja, wenigstens das. Aber er hat es nie weiter als bis zum Gesellen gebracht. Warum wohl? Weil ihm jeglicher Ehrgeiz fehlte. Weil er nicht an sich glaubte. Weil seine Bedürfnisse nicht über die täglichen Wirtshausbesuche hinausreichten.

Bei dem Gedanken, seine Kinder geboren zu haben, durchfuhr sie ein Gefühl von Ekel. Wie streng er zu den Kindern gewesen war, wie jähzornig er ihren kleinen Seelen Schaden zugefügt hatte! Sie erinnerte sich mit Schaudern daran, wie er einmal den kleinen Georg wegen einer schlechten Schulnote eine Nacht lang in den Abort eingesperrt und den Schlüssel abgezogen hatte. Am Morgen fanden sie den Buben im Sitzen schlafend vor, den Kopf auf der Klobrille liegend. Oder das Reserl, dem er im Zorn einmal einen Teller heiße Suppe über den Kopf geschüttet hatte.

Manchmal trug sie sich mit dem Gedanken, ihm nachts die Gurgel durchzuschneiden. Sie malte sich aus, wie sie ihn Stück für Stück zersägte und die Gliedmaßen im Küchenherd verbrannte. Blut würde fließen, sein unseliges Blut, aber sie würde alles aufwischen, verwischen, und sich reinwaschen.

Wenn sie ihre Racheträume zu Ende gesponnen hatte, erschrak sie über ihre dunklen Gedanken. Nie würde sie ihm ein Haar krümmen können. Er war kein schlechter Mensch, er war nur unglücklich. Vielleicht übertraf sein Maß an Unglück sogar das ihrige. Seitdem ihm zwei Finger fehlten, fühlte er sich missgestaltet. Mit dieser Hand hatte er sie früher auf seine unbeholfene Weise liebkost. Er hatte ihr manchmal Sträuße mitgebracht, die er freilich am Gollierplatz von den Büschen gerupft hatte – Jasmin, Flieder, Goldregen. Er hatte ihr im April die Winterfenster heruntergeholt, und sie war stolz gewesen, wie stark er war. Er hatte sie manchmal, zu Beginn ihrer Ehe, zum Tanzen ins »Flora« geführt und mit ihr den Schieber getanzt, den er besser als jeder andere beherrschte. Ja, auch er war wie sie ein fröhlicher Mensch gewesen. Wo war sie geblieben, ihre bezwingende, aus grauen Augen strömende Fröhlichkeit?

War nicht sie, Marie, an allem schuld? War nicht sie es, die ihm die Zuversicht geraubt hat? An ihren nie ausgesprochenen, aber hartnäckig in ihrem Inneren schlummernden Ansprüchen musste er zwangsläufig scheitern und sich in diesen trostlosen Zustand der Wunschlosigkeit flüchten. Und da war ihm die Not zur Verbündeten geworden. Die Not, die er am Leben hielt, indem er sein Geld durch die Finger rinnen ließ, ohne je einen Pfennig auf die Seite zu legen.

Seine Verbündete war auch das Haus in der Trappentreu, in dem die Menschen ein- und auszogen und in dem er als einziger festsaß wie der Schwamm, der sich von den Kellermauern allmählich bis in die oberen Stockwerke ausbreitete. Das Haus und die Not waren eins. All das hatte an ihrem Lebensgerüst genagt wie Rost, bis es baufällig war und nur noch gehalten wurde von der Gewohnheit und der Pflicht.

Solche Gedanken gingen ihr durch den Kopf, wenn sie nachts am Küchentisch saß und auf das vom Mond beschienene Tischrechteck starrte. Nach den durchwachten Nächten verbrachte sie ganze Vormittage im Bett. Kaum hatte Adam das Haus verlassen, zog sie sich ins Schlafzimmer zurück. Sie, die immer eine pingelige Hausfrau gewesen war, vernachlässigte den Haushalt und ihr Äußeres. Dass am Abend das Frühstücksgeschirr noch auf dem Tisch stand, fiel Adam nicht auf, weil er selber unordentlich war und seine häusliche Umgebung kaum wahrnahm. Sie steckte auch ihr Haar nicht mehr auf, es fiel in Strähnen über ihre Schultern. Die Wäsche blieb ungewaschen, das Bett ungemacht, im Ausguss stapelte sich das Geschirr.

Die Nachbarin, die für sie die Einkäufe erledigte, schlug die Hände über dem Kopf zusammen, wenn sie das Chaos erblickte. Sie fing Adam einmal im Treppenhaus ab und beschwor ihn, einen Arzt zu rufen. Dr. Blechschmidt kam mit einer schwarzen Ledertasche, in der er seine Instrumente verstaut hatte. Er ließ die Kranke zur Ader, während Adam hilflos danebenstand. Maries Blut tropfte durch eine dicke Nadel, die ihr der Doktor in die Armvene geschoben hatte, in einen Nachttopf. Er meinte, es sei wohl die Melancholie, an der sie leide, an einem Schwarzfluss der Galle, und er müsse sie einmal die Woche zur Ader lassen. Ob sie denn auch unruhig sei, fragte er Adam.

Ja, sie schlafe nicht mehr, sondern sitze die ganze Nacht am Küchentisch.

Dr. Blechschmidt griff in seine Tasche und holte ein Fläschchen mit Brom heraus, welches Marie noch am ersten Abend in die Abortschüssel leerte. Nach dem vierten Aderlass sagte Dr. Blechschmidt, wenn nicht bald eine Besserung eintrete, müsse er sie nach Eglfing bringen lassen.

Marie erschrak bei diesen Worten über alle Maßen. Nach Eglfing brachte man die Fallsüchtigen, die Tobsüchtigen, die Trunksüchtigen, die Selbstmörder, die Schwachsinnigen, die Krüppel, die Hysteriker, die Kleinköpfigen, denen das Hirn fehlte, die Saubären, die sich vor aller Augen die Hosen runterließen, die Stotterer und die Bettbiesler, die nicht bis drei zählen konnten. Eglfing war ein Irrenhaus, in dem die Patienten ans Bett gefesselt oder in Badebottichen zur Ruhe gebracht wurden. Eglfing war für viele eine Endstation. Das erzählte man sich im Viertel, und sie glaubte es aufs Wort. Sie wollte in kein Irrenhaus.

Sie musste wieder gesund werden. Sie musste zumindest so tun, als ob sie wieder gesund sei. Alles sollte wie früher sein. Die Wohnung war aufzuräumen, das Geschirr abzuspülen, die Wäsche zu waschen und zu bügeln, das Haar aufzustecken. Nur aus dem Haus konnte sie nicht gehen, wegen der schweren Beine, behauptete sie.

Sie merkte, wie Adam sie misstrauisch beobachtete. Zum ersten Mal seit Jahren schien er sie wieder wahrzunehmen. An jeder ihrer Bewegungen, an allem, was sie tat oder unterließ, sagte oder nicht sagte, versuchte er Zeichen ihrer Krankheit zu erkennen. Offensichtlich hatte er Mitleid mit ihr, nahm sie auch hin und wieder in den Arm, aber größer noch als sein Mitleid schien seine Scham. Er beschwor die Nachbarin, mit niemandem im Haus über seine Frau zu sprechen. Natürlich wusste bereits jeder Bescheid, denn das Haus hatte lange Ohren, und nichts diente der Unterhaltung mehr als das Unglück anderer. Adam schrieb auch nach Berlin und bat Therese zu kommen. Er stand Maries Krankheit völlig hilflos gegenüber. Krankheit hatte für ihn bisher etwas anderes bedeutet – Kopfweh, Husten, Katarrh und zwei amputierte Finger.

Therese kam nach München zurück, eine feine junge Dame, die in Berlin ihr Bayrisch verlernt hatte. Marie fühlte sich besser, als die Tochter im Haus war. Therese beklagte sich über ihre Kindheit, die ihr der Vater kaputtgemacht habe. Sie gestand auch, manchmal den Wunsch verspürt zu haben, ihn zu töten.

Nach ein paar Wochen geriet sie sich mit dem Vater in die Haare und mietete ein Zimmer in der Nordendstraße. Sie erschien nur noch besuchsweise, wenn sie Adam außer Haus wusste.

Marie verbrachte ihre Tage nun wieder allein. Den halben Tag saß sie am Tisch und starrte müde durchs Fenster. Oft stand auf dem Herd ein Topf mit Milch, die gelegentlich überlief und sich zischend auf der Herdplatte ausbreitete, bis der Topf leer und die Küche von einem bestialischen Geruch nach verbranntem Eiweiß erfüllt war. Sie war einfach nicht in der Lage, aufzustehen und nach dem Rechten zu sehen. An den Nachmittagen war sie damit beschäftigt, die Spuren ihrer Melancholie zu verwischen.

Um ihre Unruhe zu überlisten, begann sie Spaziergänge durch die kleine Wohnung zu machen. Es waren nicht mehr als zwanzig Schritte. Ihr Weg führte von der Küche ins Schlafzimmer, ums Ehebett herum, zurück in den dunklen Flur, hinein in den schmalen Schlauch, an dessen Ende die Abortschüssel stand, und wieder zurück in die Küche. Sie streifte die Gegenstände auf ihrem Weg mit den Augen und empfand nichts als Fremdheit. Im ovalen Spiegel des Kleiderschrankes, der ihre Habseligkeiten enthielt, erblickte sie eine fremde Frau. Sie starrte in ihre Augen und sah die Tränen aufsteigen, fremde Tränen, die überquollen und über ihre Wangen liefen. Es tat gut zu weinen. Manchmal legte sie sich aufs Sofa in der Küche und dachte an Trauriges. Georg ertrinkt im Hamburger Hafen. Therese bringt einen Bankert nach Hause. Sie trampelte dann weinend mit den Füßen gegen die Wand und schrie »Lieber Gott, hilf, so hilf doch!«, bis die Mieter unter ihr mit dem Besenstiel mehrmals gegen den Plafond klopften. Sie hatte aber auch Phasen, in denen sie nur vor sich hin starrte, an nichts dachte, um den inneren Aufruhr zu besänftigen. Sie merkte, wie etwas von ihr abdriftete, von der Welt wegdriftete, und sie konnte es nicht aufhalten.

Therese kam von Zeit zu Zeit die Mutter besuchen. Marie glaubte Anzeichen einer Schwangerschaft zu erkennen. Sie machte auch die eine oder andere Bemerkung, wollte aber der Wahrheit nicht auf den Grund gehen, weil sie glaubte, die Schande nicht überleben zu können.

Vielleicht wäre das Leben der einstmals liebreizenden Marie, das sie nun schon viele Jahre auf diese Weise führte, noch eine Weile so weitergegangen, hätte sich nicht im Januar 1917 ein Vorfall ereignet, von dem die Zeitungen ausführlich berichteten und die Menschen im Viertel noch wochenlang sprachen.

Marie saß wieder einmal an ihrem Tisch und führte ihre trüben Gedanken spazieren, als vor ihrem Fenster etwas vorbeiflog, ihren Wäscherahmen voller Wäsche mit sich riss und mit einem dumpfen Knall auf dem Boden des Hofes aufschlug. Sie öffnete das Fenster und blickte hinunter. Es war die Frau, die über ihr wohnte und die jetzt mit ausgebreiteten Armen und verdrehten Beinen auf einer dünnen, grauen Schneedecke lag. Aus ihrem Mund gurgelte ein wenig Blut, und dieses hellrote Blut war neben einem rotweißkarierten Geschirrtuch der einzige Farbfleck im Hinterhof, denn die Frau trug einen grauen Schlafrock, der vorne auseinanderklaffte und den Blick auf ein weißes Nachthemd freigab. Sie lag mit weit aufgerissenen Augen da und bewegte einmal kurz die rechte Hand. Lebte sie etwa noch?

Niemand schien das Unglück bemerkt zu haben. Es war zwei Uhr mittags. Die Bewohner des Hauses waren entweder bei der Arbeit oder sie hielten ihren Mittagsschlaf.

Unfähig, einen Schritt zu tun oder einen Laut auszustoßen, starrte Marie in die Augen der Frau, und diese schien den Blick auf eine fast hypnotische Weise zurückzugeben. Das aus ihrem Mund gesickerte Blut war längst in der Kälte geronnen. Sie hatte kein Lebenszeichen mehr von sich gegeben. Ein leichter Windstoß erfasste eine Seite des Schlafrocks und schlug sie über das Nachthemd, so als sollte der Verunglückten eine letzte Würde zuteil werden.

Nach einigem Nachdenken fiel Marie der Name der Frau ein. Sie hieß Elfriede Jordan und war Schneiderin. Ja, es gab ein kleines Schild am Hauseingang: Elfriede Jordan, Schneiderin, dritter Stock. Manchmal hatte Marie durch den Spion Kunden von Fräulein Jordan vorbeigehen sehen. Sie hatte das Klingeln im dritten Stock gehört, das Öffnen der Tür und die leise Stimme der Schneiderin, die unverheiratet war und mit ihrer Mutter zusammenlebte. Dann war die Mutter gestorben, und im Nachhinein fiel Marie auf, dass sie immer seltener Geräusche aus der oberen Wohnung gehört hatte, immer seltener das Rattern der Nähmaschine, das Klappern von Geschirr oder das Zuschlagen eines Fensters.

Marie begann zu zittern. Sie zitterte noch, als der Hausmeister über den Hof schlurfte, die Frau entdeckte und augenblicklich um Hilfe rief. Er schaute die Hauswand hoch und begegnete Maries Blick. Fenster öffneten sich, Stimmen wurden laut, aus dem Treppenhaus hörte man eilige Schritte auf knarrenden Stufen. Menschen versammelten sich um die Tote, von der niemand glauben wollte, dass sie wirklich tot war.

»Fräulein Jordan, sagen Sie doch etwas!« hörte Marie rufen. »Können Sie mich hören, Fräulein Jordan?«

Eine Frau holte einen Spiegel und hielt ihn Fräulein Jordan vor den Mund.

»Das war kein Unfall, sondern Freitod«, sagte jemand und bekreuzigte sich. Das Wort ging von Mund zu Mund.

Es dauerte länger als eine Stunde, bis der Doktor endlich kam. Einige der Nachbarn hatten sich verzogen, die meisten von ihnen trotzten jedoch der Kälte. Der Doktor nahm aus seiner Tasche ein Stethoskop und begab sich auf dem Oberkörper von Fräulein Jordan auf die Suche nach Herztönen. Aber die Lebenskräfte von Fräulein Jordan hatten den kalten Leib bereits verlassen.

Der Doktor fragte den Hausmeister nach einer Transportmöglichkeit, und dieser holte aus dem Rückgebäude einen zweirädrigen Karren, mit dem er Kohlen, Kartoffeln und Aschentonnen zu transportieren pflegte. Auf diesen Karren legten sie Fräulein Jordan und deckten sie, weil es zufällig danebenlag, mit einem von Maries Leintüchern zu.

Maries Zittern hörte nicht mehr auf. Es begleitete sie durch die Tage wie ein hartnäckiger Fluch. Wer hatte sie verflucht? Die Tote? Die Einsamkeit?

Ihre einzige Verbindung zum Geschehen draußen vor der Tür waren Adam und die Nachbarin. Adam erzählte, wenn er nach Hause kam, vom Krieg, der sich zu einem festgefahrenen Kampf um ein paar Quadratkilometer Lehm entwickelt hatte und den er persönlich für verloren hielt. Krupp errichte in Freimann ein Artilleriewerk, und auch BMW stelle auf Kriegsproduktion um. Zu Tausenden würden aus anderen Teilen Deutschlands Arbeitskräfte angefordert. Sie, Marie, solle dankbar sein, ein Dach über dem Kopf zu haben, denn er sehe jeden Tag diese Fremden mit Sack und Pack auf der Suche nach Unterkunft durch München ziehen. In den Wirtshäusern gebe es keine Fleischgerichte mehr, nur noch diese Kriegswürste, die mit Flachsen und Kleie gefüllt seien. Da esse er lieber zu Hause Kartoffeln. Außerdem schmecke ihm das verwässerte Bier nicht mehr.

Der Krieg hat dich also zurückgebracht, dachte Marie und schmiegte sich an ihn.

»Du zitterst ja«, sagte Adam.

»Mir ist so kalt«, antwortete sie. »Wir haben kaum noch Kohlen.«

Die Nachbarin erzählte, vor den Geschäften stünden lange Menschenschlangen. In den Regalen gebe es kaum mehr Ware, und es komme immer wieder vor, dass der Vordermann ihr den letzten Laib Brot vor der Nase wegkaufe. Sie könne jetzt nicht mehr für Marie die Besorgungen machen. Niemand werde ihr glauben, dass sie für zwei Haushalte einkaufe. Dicke Füße hin oder her, Marie müsse sich jetzt selber um ihre Einkäufe kümmern. Ab Mai würden die Lebensmittel sowieso rationiert.

Marie war abgemagert und empfand keinen Hunger mehr. Zu jedem Bissen Brot, zu jedem Schluck Tee musste sie sich zwingen. Sie war diesem Krieg nicht gram. Er war ihr Alibi für alles Mögliche: für Auszehrung, Angst, Not und Verzweiflung.

Am 4. April verließ sie zum ersten Mal nach Jahren wieder das Haus. Bereits im Treppenhaus überfiel sie ein hartnäckiger Schwindel. Sie merkte, wie sich alles in ihr sträubte, sich von der

Wohnung zu lösen. Sie war wie ein Fisch, dem der Tod drohte, sobald er sein Element verließ. Auf der Straße angekommen, schienen ihre Beine den Dienst zu versagen. Sie tastete sich an den Hauswänden entlang in Richtung Donnersberger Brücke. Ganze Schwindelschwaden durchzogen ihren Kopf.

Vor dem Obst- und Südfrüchteladen Ferstl wartete eine lange Schlange von Käufern. Ein kurzer Blick in die Auslage zeigte ihr, dass außer Kartoffeln, Kohl und Saurüben nichts angeboten wurde. Die Schlange der Wartenden reichte um die Ecke bis in die Kazmairstraße. Maries Schritte wurden sicherer. Auf dem Gollierplatz trieb ein kleiner Junge einen Reifen vor sich her. Der Reifen rollte vor ihre Füße, beinahe wäre sie gefallen. Ihr Herz antwortete mit einer Salve unregelmäßiger Schläge.

Ecke Trappentreu-Westendstraße hing an einer Hauswand ein Transparent: »Soll Bayern die Zeche für den Krieg bezahlen?« Von weitem roch sie schon das Eisen der aus der Stadt herausführenden Schienenstränge. An der Donnersberger Brücke stieg heller Dampf auf, sie hörte das unverkennbare Geschnaufe einer Lokomotive. Der Himmel war grau, auf den Straßen lag noch etwas mit Asche vermischter Schnee. An den Bäumen zeigte sich zaghaft das erste Grün.

Das, was sie jetzt tun würde, war Sünde. Es würde Adam mitten ins Herz treffen. Adam und die Kinder. Diese vor allem. Wochenlang, monatelang hatte sie gegrübelt und nach einem Weg gesucht, der sie aus ihrem Angstgefängnis befreien könnte. Aber je mehr sie sich bemühte, desto höher wuchsen die Mauern. Am Ende konnte sie vor Angst nicht einmal mehr ihre Spaziergänge durch die Wohnung unternehmen. Der einzige Platz, an dem sie sich sicher fühlte, war der Küchentisch, auf dem sie ihren Kopf in die verschränkten Arme legen konnte, um zu sinnieren. Spinnen war ein anderes Wort dafür.

Sie hatte das Kleid der Balbina von Heckel angelegt, jenes Prunkstück aus fernen Tagen, das ihr jetzt, mager und ausgezehrt, wie sie war, wieder passte. Sie hatte sich gewaschen und saubere Unterwäsche angezogen, die beste, die sie hatte.

Wie ein Koloss blickte das neuerbaute Hauptzollamt über die Brücke. Adam hatte erzählt, wenn das so weitergehe mit den Kriegsverletzten, würden sie dort ein Behelfslazarett einrichten.

Die Angst war von ihr gewichen. Sie ging jetzt sicheren Schritts, während ihre rechte Hand von Zeit zu Zeit das kühle Eisen des Brückengeländers berührte. Unten auf den Schienen herrschte eine ungewohnte Betriebsamkeit. Eine große Zahl von Arbeitern war damit beschäftigt, mit Hilfe von Brechstangen eine entgleiste Lokomotive wieder auf die Schienen zu stellen. Marie wählte die Stelle, wo die leicht gebogene Brücke am weitesten von den Schienen entfernt war. Als sie das rechte Bein übers Geländer schwang, sah sie in einiger Entfernung einen Mann auf sich zulaufen. Aus seinem Mund drangen unverständliche Worte, die nur bedeuten konnten, dass er sie vom Springen abhalten wollte. Sie musste sich beeilen.

In dem Augenblick, als sie das Geländer losließ und sich mit den Füßen abstieß, entdeckte sie unter den arbeitenden Männern Adam. Er blickte mit vor Schreck geweiteten Augen zu ihr hoch und streckte die Arme aus, so als wollte er sie auffangen. Wenn ihr in diesen letzten Sekunden ihres Lebens, als sie wie ein schwerer, flügelloser Vogel durch die Luft flog, wenn ihr da noch etwas durch den Kopf ging, dann war es der Gedanke: Dass Adam mich so sieht, das wollte ich nicht. Sie schlug direkt neben den Gleisen auf. Der Tod war ihr gnädig, er holte sie sofort zu sich.

In diesem Moment durchbrach eine fröhliche Frühlingssonne die graue, allmählich dünner werdende Wolkendecke. Später sagten ein paar der Arbeiter, sie hätten die arme Seele der Marie Fassbender auf einem Sonnenstrahl in den Himmel fliegen sehen, und das sei ein Zeichen dafür, dass Gott der Selbstmörderin verziehen habe.

LIESELOTTE 1917

Auf den ersten Blick entsteht der Eindruck, auch dieses Foto sei in einem Atelier entstanden. Der Hintergrund gleicht einer Tapete mit stümperhaft aufgemalten Blättern. Aber ein Fotoatelier hat gewöhnlich einen glatten Boden oder ist mit Teppichen ausgelegt, während der Untergrund, auf dem der Kinderwagen steht, wie ein ungepflegter Hinterhofboden aussieht. Der Belag der hinter dem Wagen sich erhebenden Stufe ist stellenweise, vielleicht unter dem Einfluss von Schnee und Regen, eingebrochen.

Das Kind Lieselotte ist dreizehn Monate alt, läuft wie ein Wiesel und will keinen Moment stillhalten. Deshalb hat Therese es in den Wagen gesetzt. Denn das Foto soll nicht misslingen, sondern Zeugnis davon ablegen, dass ihre kleine Tochter wohlgeraten und in gutem Zustand ist. Sie will dieses Foto heimlich in den Türschlitz der Jandorfschen Wohnung in der Kaiserstraße schieben und damit endlich eine Entscheidung herbeiführen.

Vor einem Jahr hatte sie dem Kindsvater geschrieben und ihn auf ihre Notlage aufmerksam gemacht. Zwei Jahre lang schon herrsche Krieg im Land, sie fühle sich mit dem Kind alleingelassen und restlos überfordert. Er hat ihr hundert Mark zukommen lassen, offenbar eine Art Schweigegeld, und ihr versprochen, monatlich zwanzig Mark zu zahlen, was sie jedoch nicht als Anerkennung seiner Vaterschaft auffassen dürfe. Er müsse Rücksicht auf seine Familie nehmen und bitte daher um Diskretion. Der Brief hatte nach parfumierten Zigaretten gerochen, und Therese hatte sich gefragt, wie Jandorf in Kriegszeiten an Zigaretten kommen mochte. Die Zahlungen waren ein dreiviertel Jahr lang regelmäßig eingetroffen und hatten im Juni aufgehört.

Der Kinderwagen ist eine umständliche Konstruktion auf vier hohen Speichenrädern. Ein gewaltiges, von einer Spitzenbordüre eingefasstes Dach, das herauf- und heruntergeklappt werden kann, soll vor Sonne oder Regen schützen. Der Wagen ist aus elfenbeinfarbenem Wachstuch gefertigt und nicht mehr neu. Er hat schon einigen Kindern als Fahrzeug gedient und ist dazwischen immer wieder bei einem Trödler am Isartorplatz gelandet, wo Therese ihn für drei Mark gekauft hat, ebenso wie die gehäkelte weiße Spitzendecke, mit der die Kleine zugedeckt ist.

Zwischen all diesem Weiß wirkt das Kind, dessen Köpfchen aus dem Dunkel des hochgeklappten Daches auftaucht, wie eine exotische Blüte. Schwarzes, lockiges Haar fällt ihm in die Stirn, darunter zeichnen dunkle Augenbrauen einen waagrechten Strich über schwarzbewimperten dunkelbraunen Augen. Die Haut ist von einem sommerlichen Braun.

Therese blickte ihre Tochter nicht gerne an. Sie erinnerte sie daran, mit wem sie sich da eingelassen hatte.

Sie hat das Mädchen am 12. August 1916 in der Wohnung einer Hebamme zur Welt gebracht – eine kleine Löwin. Gegen Bezahlung durfte sie ein paar Tage lang bleiben. Sie hatte bis zur Entbindung bei Mandelstamm gearbeitet, unter den teils besorgten, teils schadenfrohen Blicken der Kolleginnen. Der alte Mandelstamm hatte ihr beim Abschied keine Wiedereinstellung versprechen können, die Geschäfte liefen seit Kriegsbeginn zu schlecht. Marie und Adam ahnten nichts von dem Ereignis. Schon vor Monaten, als ihr Bauch dicker und dicker wurde, hatte Therese ihre Besuche in der Trappentreustraße eingestellt. Sie hatte noch ein wenig Erspartes und wollte das Kind bei sich behalten. Es sollte sie zeitlebens an ihre Schande erinnern.

Nach einer Woche kehrte sie mit dem Kindsbündel in ihr möbliertes Zimmer in der Zieblandstraße zurück und wurde bereits am nächsten Morgen gekündigt. Erstens sei das Zimmer nur an eine Person vermietet, meinte die Witwe Kornhaas, und zweitens hätte das Kind die ganze Nacht geschrien.

Therese machte sich auf Quartiersuche und fand Unterkunft in der Rosenheimer Straße, bei einer Frau Löb, die alt und etwas schwerhörig war und offensichtlich gute Beziehungen zum Kohlenhändler hatte, denn in ihrer Küche war es immer warm.

Es war das dritte Kriegsjahr, die spärlich vorhandenen Lebensmittel gab es nur noch auf Bezugsschein. Als stillende Mutter hatte Therese Anspruch auf einen zusätzlichen Viertelliter Milch pro Tag, aber die Milch schmeckte nach Ersatzmilch, so wie das meiste nach Ersatz schmeckte – das Eipulver, der Kaffee und das mit Kartoffeln vermischte Brot. Aus den zweihundert Gramm Fleisch, auf die man pro Woche Anspruch hatte, wurden nach und nach Sehnen, Flachsen und Kutteln. Statt einer Auswahl an Obst und Gemüse fanden sich schließlich nur noch Dotschen in den Auslagen. Obgleich Therese mit der gleichen Sorgfalt, die sie sich beim Fleischkauf angewöhnt hatte, auch die Dotschen auswählte, musste sie zu Hause beim Kochen immer wieder feststellen, dass sie danebengegriffen hatte.

Wenn Therese ihre Lebensmittelmarken für eine Woche aufgebraucht hatte, und sie hatte sie gewöhnlich bereits am fünften Tag aufgebraucht, stieg sie nachts, wenn das ganze Haus schlief, heimlich in den Hof, wo neben der hinteren Ausgangstür der Wirtschaft »Zum Hopfengarten« der Abfalleimer stand. Der Hopfengarten war eine beliebte Gaststätte, in der man auf Bezugsschein noch immer so etwas wie ein Ersatzessen bekam. Im Eimer, dessen Inhalt jeden Morgen von einem alten Mann für seinen Hund abgeholt wurde, landete alles, was in der Küche nicht mehr verwertet werden konnte – Knochen, Kartoffelschalen und verfaultes Gemüse. Therese füllte sich ihren Kochtopf, kochte eine Suppe und schlang sie hinunter.

Im März 1917 stellte sie das Stillen ein, ihre Brust hatte immer weniger hergegeben. Sie war bis auf die Knochen abgemagert und bekam ihre Erkältung nicht mehr los. Das Kind, das dicke Backen und Pölsterchen auf den Fingern hatte, wurde nun mit Ersatzmilch, Kartoffeln und Grießbrei gefüttert. Es erbrach die ungewohnte Nahrung und bekam einen hartnäckigen Durchfall, so dass der Arzt dringend zu einer Krankenhausaufnahme riet. Therese lieferte das völlig apathische Kind in der

Lachnerklinik ab, wo es in ein weißes Gitterbettchen gelegt wurde und eine Infusion bekam.

Am einfachsten für uns alle wäre, wenn sie stürbe, dachte Therese einen Moment lang und legte den Kopf ans Gitter. Die Kleine schaute sie mit ihren dunklen Augen unverwandt an. Ein unbeugsamer Lebenswille lag in diesem Blick. Als ob sie die Gedanken ihrer Mutter erraten hätte, ging ein Beben über ihr Gesichtchen, und sie begann leise zu weinen.

»Gott verzeih mir meine Sünde«, murmelte Therese, »ich weiß nicht mehr weiter.«

Sie hatte immer wieder gezögert, die Fürsorge in Anspruch zu nehmen. Es hätte in ihren Augen einen weiteren Verlust von Ehre und das Abgleiten in die Schande bedeutet. Sie hatte auch immer wieder daran gedacht, Jandorf beim Vormundschaftsgericht zu verklagen, aber die Angst, einem Prozess nicht gewachsen zu sein, hatte alle ihre Überlegungen im Keim erstickt. Nun war sie ihrer Vermieterin bereits zwei Mieten schuldig geblieben.

Während sie gedankenlos auf das Kind starrte, hörte sie, wie vom benachbarten Bett ein Besucher sagte: »Schon wieder eine«, und auf die Frage »Was?« antwortete: »Schon wieder ist eine von der Donnersberger Brücke gesprungen.« Ein ihr unerklärlicher Reflex ließ Therese um die Zeitung bitten, sie fand die kleine Meldung: »Verzweifelte Frau springt von der Donnersberger Brücke in den Tod.« Die einzelnen Worte der Schlagzeile ballten sich in ihrem Hirn zu einer lautlosen Explosion zusammen. Verzweifelte Frau. Donnersberger Brücke. Tod.

Alle Einzelheiten passten. Der Name, das Alter, die Adresse. Im ersten Moment glaubte sie, vor Schuld auf die Knie sinken zu müssen. Sie hatte sich nicht mehr um die Mutter gekümmert, sondern diese dem Vater ausgeliefert. Von dem Kind konnte Marie nichts gewusst haben, gottlob war ihr dieser Kummer erspart geblieben. Es war die Einsamkeit, das endlose Dahinsiechen in einem Leben ohne Worte, es war das stumme Leben an der Seite eines ungeliebten Mannes, das sie umgebracht hat, dachte Therese.

Sie versuchte, sich das Gesicht ihres Vaters Adam ins Gedächtnis zu rufen, des Witwers, den sie nicht aufsuchen konnte oder wollte, nicht einmal jetzt. Immer, wenn sie seine Gesichtszüge zusammengestellt hatte, die grauen Augen, die buschigen Brauen, den gleichermaßen kecken wie traurigen Schnauzer, schob sich Jandorfs Konterfei darüber, jünger, schöner, verlockender. Voller Ingrimm stellte sie fest, dass sie immer noch Gefühle für ihn hegte. Dem einen verdankte sie ihre frühen Wunden, dem anderen diese brennende, sie verzehrende Hassliebe.

Im Oktober 1917 entschloss sie sich, Jandorf das Foto zukommen zu lassen. Sie machte sich auf den Weg in die Kaiserstraße. Die Haustür von Nummer 77 war nicht verschlossen. Sie stieg die drei Etagen hoch, vorbei an Tuchhaus, Freyberg und Raßler von Gamerschwang, und wenn dieses Mal ihre Knie zittrig waren, so nicht vor Aufregung, sondern wegen des Hungers. Sie hatte seit dem Morgen nichts gegessen und viele Kilometer zu Fuß zurückgelegt.

Es ging auf die Abendessenszeit zu. Aus den Wohnungstüren drangen Gerüche nach Wassersuppen, Graupensuppen, Erbsensuppen. Auch in diesem vornehmen Haus mangelte es den Bewohnern offenbar an Lebensmitteln, um etwas anderes als Notessen auf den Tisch zu bringen.

Die Gerüche wurden akustisch überlagert von den schmetternden Tönen einer Kindertrompete. Sie kamen aus der Jandorfschen Wohnung und waren so laut, dass Therese es wagen konnte, die Klappe des Briefschlitzes vorsichtig zu öffnen, ohne befürchten zu müssen, entdeckt zu werden. Zu ihrer eigenen Überraschung verspürte sie keinerlei Angst. Auf dem spiegelnden Parkett des Entrées ritt ein kleiner Junge auf einem Schaukelpferd und stieß von Zeit zu Zeit diese ohrenbetäubenden Trompetentöne aus. Ein zweiter Knabe lag auf dem Boden und hielt sich die Ohren zu, während ein kleines Mädchen auf einem Stühlchen saß und seelenruhig ein Bilderbuch betrachtete.

Sie hörte Jandorfs Stimme: »Anna, wo bleibt das Essen?«

Und dann sah sie die dicke Frau mit einer Suppenterrine das Entrée durchqueren und in einem Zimmer, offenbar dem Esszimmer, verschwinden.

Therese schloss vorsichtig die Klappe, holte einen Stift aus ihrer Tasche und schrieb, die Wand des Treppenhauses als Unterlage benützend, auf die Rückseite des Fotos: »Deine Tochter!« Die Momentaufnahme aus der Wohnung hatte in ihrem Kopf einen schmerzenden Abdruck hinterlassen. In dieser Wohnung herrschte das, was sie sehnlichst vermisste: Die Unbefangenheit geordneter familiärer Verhältnisse.

Sie ging wieder zur Tür und schaute durch den Briefschlitz. Die Kinder waren aus dem Entrée verschwunden, stattdessen hörte sie das leise Geklapper von Besteck auf Porzellan. Das Foto fiel senkrecht durch den Schlitz und wurde von einem leichten Luftzug ein Stückchen mitgenommen, so dass sie es von ihrem Beobachtungsposten aus sehen konnte. Es war wie ein Sprengsatz, und sie hielt die Lunte in der Hand. Die dicke Frau würde es entdecken und ihren Mann zur Rede stellen. Der würde natürlich alles abstreiten. »Aber er sieht dir ähnlich, der Bastard«, würde die Frau schreien. Und sie würde nicht eher aufgeben, als bis er alles gestanden und den Namen der Mutter, Thereses Namen, genannt hatte. Eine gewaltige Explosion würde die Familie zerreißen, die Frau aus dem gemeinsamen Schlafzimmer fliehen lassen, für eine Weile zumindest, die Abende verdüstern und das gemeinsame Abendessen zu einer Totenrunde machen. Die Frau würde sich in eine von Zeit zu Zeit Gift und Galle spuckende Eissäule verwandeln und der Mann zu einem hündischen Bittsteller. Die Kindertrompete würde verstummen und die Kinder würden sich in die Ecken der Wohnung verdrücken, um dem Ehegewitter zu entkommen. Ja, das alles wollte sie mit diesem Foto erreichen, aus Rache, aus enttäuschter Liebe, aus Verzweiflung und aus Hunger.

Am nächsten Morgen suchte sie nach einem Rechtsanwalt, der bereit war, sie und das Kind zu vertreten. Nach ein paar Wochen Korrespondenz mit dem Vormundschaftsgericht kam es im Januar 1918 beim Königlich Bayerischen Amtsgericht München zu einer Gegenüberstellung von Klägerin und Beklagtem.

Das Kind Lieselotte war längst aus dem Krankenhaus entlassen worden, es hatte wieder seine rosigen Backen und die Pölsterchen auf den Händen. Therese hoffte, mit diesem Kind die Richter für sich zu gewinnen. Sie hielt die Kleine auf dem Schoß, aber diese schlängelte sich wie ein Aal durch ihre Arme davon und begann jauchzend durch die Bankreihen zu tapsen. Jandorf, der Therese mit keinem Blick zu bemerken schien, schüttelte missbilligend den Kopf. Lieselotte blieb vor ihm stehen, streckte ein Ärmchen aus und sagte: »Da da da.« Das sah wie einstudiert aus, und Therese fürchtete sofort, es könnte ihr schaden. Sie fing die Kleine ein, die daraufhin zu brüllen begann. Richter Hölldorfer klingelte nach dem Saaldiener und bat ihn, das Kind einstweilen in seine Obhut zu nehmen. Dieser trug es auf dem Arm davon. Durch die Tür hörte man durchdringendes Protestgeschrei. Der Richter warf Therese einen strengen Blick zu und murmelte etwas von Unzumutbarkeit.

Thereses eingeschüchterte Blicke wanderten zwischen den hohen Herren und ihrem einstigen Liebhaber hin und her. Insgeheim hatte sie sich gewünscht, die Kriegsjahre hätten an ihm genagt, so wie sie an ihr genagt hatten. Aber er sah gut aus, vielleicht etwas schlanker. Sein schwarzer Lockenschopf leuchtete wie Kohle, und sie glaubte wieder den altbekannten Geruch seiner Zigaretten wahrzunehmen. Noch immer wurde sie durch seine Gegenwart verzaubert. Und dann wieder überwältigte sie bei seinem Anblick der Schmerz der Demütigung und sie sagte sich: Ein charakterloses Schwein ist er. Er hat mir eine Komödie vorgespielt, er ist nichts wert.

Der Richter blätterte in seinen Unterlagen, warf einen kurzen Blick auf die Anwesenden und eröffnete die Verhandlung.

»Als Klägerin sind heute hier erschienen Fräulein Therese Fassbender, ledige Verkäuferin, protestantischen Glaubens, wohnhaft in der Rosenheimer Straße 35, vertreten im Armenrecht durch Herrn Rechtsanwalt Weitpert, und als Beklagter Herr Moritz Jandorf, Kaufmann, israelitischen Glaubens, wohnhaft in der Kaiserstraße 77, vertreten durch die Kanzlei Drs. Bendorf, Sauter und Lederer. Es geht hier um einen Prozess wegen Feststellung der Vaterschaft.«

Therese nahm mit Erleichterung das Verebben des Geschreis ihrer Tochter auf dem Flur wahr. Sie strich ihren Rock zurecht, gleichsam als Zeichen ihrer Seriosität, und richtete ihr Gesicht voller Aufmerksamkeit auf den Richter.

Dieser wischte sich eine Haarsträhne aus der Stirn, bevor er fortfuhr: »Die Klägerin vertritt die Interessen ihrer Tochter Lieselotte Margarete, unehelich geboren am 12. August 1916, von deren leibhaftiger Existenz wir uns bereits überzeugen konnten.«

Ein paar Zuhörer auf den hinteren Bänken lachten.

»Der Beklagte zahlt nunmehr seit etwa einem halben Jahr keinen Unterhalt mehr. Die Kindsmutter ist in diesen Notzeiten außerstande, das Kind noch länger ordnungsgemäß zu versorgen. Es fehlt an Nahrung und Kleidung. Seit zwei Monaten musste sie die Miete schuldig bleiben und beim Kaufmann anschreiben lassen.«

Therese beobachtete aus den Augenwinkeln, wie Jandorf seinem juristischen Beistand etwas zuflüsterte, und dieser kurz mit dem Kopf nickte. Jandorf hob den Arm, um sich zu Wort zu melden.

»Mit Verlaub, Herr Vorsitzender, meine Zahlungen an Fräulein Fassbender waren rein gefälliger, ja mitleidiger Natur, ohne Anerkennung dessen, was mir hier unterstellt wird. Ich kannte sie flüchtig, sie tat mir leid. Ich bezweifle aufs entschiedendste, der Vater dieses Kindes zu sein. Vielmehr gibt es Anzeichen dafür, dass die Kindsmutter innerhalb der einrechnungsfähigen Zeit mit anderen Mannspersonen geschlechtlich verkehrt ist.«

Der Richter wandte sich an Therese und verfiel dabei ins Bayrische: »Was sag'n S' denn dazu?«

Therese antwortete: »Des stimmt net.«

»Jetzt passen S' mal auf.« Er rechnete kurz nach. »Gezeugt worden ist des Kind im November. Da sind die Nächte lang und kalt. San S' net manchmal zum Aufwärmen ins Wirtshaus ganga?«

»Oamoi nur.« Therese war erstaunt, wie leicht ihr das Bayrische über die Lippen kam. »Im Weißen Bräuhaus bin i oamoi g'wesen.«

»Und?« fragte der Richter. »Da ham ma a Bier trunk'n oder zwoa, stimmt's? Mit zwoa Bier im Bauch, auch wenn's verwässert ist, schaun die Männer alle gleich aus, oder? Da merkt ma nimma, wen ma mit aufs Zimmer nimmt.«

Wieder lachten die Zuhörer. Auch Jandorf und sein Begleiter schmunzelten. Die Sache lief gut für sie, während Therese sich zunehmend verunsichert fühlte.

»I hab niemand aufs Zimmer mitg'nommen.« Sie versuchte die aufsteigenden Tränen zu unterdrücken.

»Schaun's«, sprach ihr der Richter gut zu. »Der Herr Jandorf ist ein unbescholtener Mann, glücklich verheiratet und Vater von drei Kindern. Warum sollte ausgerechnet der ...« Er hielt inne und fuhr fort: »Ich kann ja gut verstehen, dass Sie nach einem Vater für Ihr Kind suchen. Aber ham's koan andern?«

Therese flüsterte: »Er hat g'sagt, er hat mich lieb.«

»Davon kriegt ma noch kein Kind«, sagte der Richter unbeeindruckt. »Letzte Woch ham ma a junge Mutter da g'habt, die hat einen als Vater angegeben, der hat dann beweisen können, dass er zeugungsunfähig ist. Der richtige Vater war ein Frontsoldat auf Heimaturlaub, der ihr einen Abend lang über die Schlacht bei Tannenberg erzählt hat. Da ist sie halt schwach geworden. Und vierzehn Tage später ist er gefallen. Verständlich, dass sie nach einem Ersatzvater g'sucht hat.«

Er hatte während seiner ganzen Rede Therese prüfend angeschaut, er sah, dass ihr nun die Tränen über die Wangen liefen. Sie hielt ihre Sache für verloren. Vor ihren Augen sah sie die Brücke, von der ihre Mutter gesprungen war. Nur der Wunsch zu erfahren, was das Schicksal mit ihr noch vorhatte, ließ das Bild rasch wieder verschwinden.

»Schaun's, für solche Soldatenkinder gibt's von Staats wegen eine Unterstützung. Da sind wir Ihnen sogar noch behilflich. Und jetzt bringt's mir des Kind wieder rein.« Er klingelte nach dem Saaldiener.

Dieser kam mit Lieselotte auf dem Arm herein und stellte sie vor die Mutter. Das Kind ließ noch ein paar Schluchzer hören, wie um sich über die ungebührliche Behandlung zu beklagen, und nahm dann sein fröhliches Getapse durch die Stuhlreihen wieder auf. Therese versuchte vergeblich, sie einzufangen und warf dabei zwei Stühle um. Wieder lachten einige Zuhörer. Im Saal herrschte eine Stimmung, die in Thereses Augen dem Ernst der Angelegenheit nicht mehr angemessen war.

»Herr Jandorf, setzen Sie sich einmal vor mich hin und nehmen sie die Kleine auf den Schoß«, verlangte der Richter.

Jandorf stand auf und fing das Kind ein, wobei er – die Heiterkeit im Saal nutzend – versuchte, die Verhandlung zu einer Farce werden zu lassen. Das Kind strampelte eine Weile auf seinem Schoß, versuchte ihm zu entgleiten und hielt schließlich doch still.

Der Richter und die Beisitzer betrachteten die beiden stumm.

»Nun ja«, sagte der Richter schließlich, stand auf und blickte aus verschiedenen Positionen auf das Kind und den Mann, der es im Arm hielt. Plötzlich schob er die schwarzen Locken der Kleinen beiseite. Therese sah bei Vater und Tochter dieselben angewachsenen Ohrläppchen.

Der Richter hatte wieder auf dem Podium Platz genommen.

»Ist die Klägerin zu einer Aussage unter Eid bereit, dass sie ...«, der Richter rechnete kurz nach, »im Zeitraum November 1915 bis Januar 1916 mit keinem anderen Mann als Herrn Jandorf beigeschlafen hat?« fragte er Rechtsanwalt Weitpert. Dieser hatte bis dahin der Verhandlung etwas schläfrig beigewohnt. Er fuhr hoch und sagte: »Jaja, die Klägerin ist bereit.« Mit einem Blick auf Therese wiederholte er: »Selbstverständlich, nicht wahr?«

»Ich mach Sie d'rauf aufmerksam, wenn Sie unter Eid falsch aussagen, dann kommen S' ins G'fängnis.« Der Richter sprach jetzt wieder direkt zu Therese.

Therese nickte stumm. Sie merkte, wie sie am ganzen Körper zitterte.

Der Richter wandte sich an den Schreiber: »Nehmen S' bitte zu Protokoll, was die Klägerin sagt.«

Therese sprach stockend die Eidesformel und mit der gleichen zittrigen Stimme erklärte sie, nur Herr Jandorf und kein anderer Mann habe sie in dem bewussten Zeitraum berührt.

Und dann war die Verhandlung nach kurzer Zeit beendet. Der Richter gab nicht zu erkennen, ob ihn die Aussage überzeugte, aber mit einem kurzen Blick in Richtung Jandorf sagte er: »Ja, Herr Jandorf, ich sehe nicht, wie Sie diese Aussage widerlegen wollen. Die Verhandlung ist damit beendet, die Urteilsverkündung wird Ihnen in zirka zwei Wochen zugehen.«

Ende Januar hielt Therese das Urteil in Händen.

»Im Namen seiner Majestät des Königs von Bayern«, hieß es da unter anderem. »Es wird festgestellt, dass der Beklagte Moritz Jandorf der Vater des von der ledigen Verkäuferin Therese Fassbender geborenen Kindes Lieselotte Margarete ist. Der Vater wird zu einer jährlichen Unterhaltsrente von 444 Reichsmark verurteilt.«

Therese konnte es kaum glauben. Sie stellte sich Jandorf vor, der nun auch dieses Urteil in Händen hielt, seine Wut, das Gezeter seiner Frau, das viele Geld, das ihn sein Abenteuer kosten würde, und empfand neben dem Triumph auch so etwas wie Mitleid mit ihm.

Sie musste das Geld nun jeden Monatsersten im Rathaus abholen. Das Amtsgericht wollte die Zahlungen des Kindsvaters unter Kontrolle haben. Beim ersten Mal bekam sie 222 Reichsmark ausgehändigt, die Nachzahlung für die vergangenen sechs Monate. Auf dem Rückweg vom Marienplatz nach Hause kehrte sie mit Lieselotte im »Weißen Bräuhaus« ein, sie aßen, neben ausgemergelten, frierenden Gestalten sitzend, eine wässrige Nudelsuppe. Der Krieg legte ihnen immer neue überraschende Entbehrungen auf. Die Menschen waren ausgeblutet, lethargisch, hatten ihre Selbstachtung eingebüßt und waren deshalb anfällig für kriminelle Handlungen. Der Mann, der mit ihnen am Tisch seine Knödel mit Sauerkraut gegessen hatte, verschwand, ohne zu bezahlen. Die Kellnerin versuchte, ihn zu erwischen, aber die Leute, die sie mit lautem Schreien auf den Zechpreller aufmerksam zu machen suchte, gingen teilnahmslos ihres Wegs.

Als Therese zu Hause zufällig einen Dieb im Speicher überraschte, blieb sie wie starr stehen. Dann steckte sie aber doch den Geldschein ein, den ihr der Mann, der sich zwei Damenwintermäntel übergezogen hatte, im Vorbeigehen zuschob. Sie fühlte sich glücklich, als sie dafür ein frisch geschlachtetes Huhn eintauschen konnte, das offenbar gestohlen war.

222 Reichsmark waren viel Geld. Sie zahlte der alten Frau Löb die schuldig gebliebene Miete und zwei Mieten im Voraus. Die mysteriöse Kohlenquelle war versiegt, in der Wohnung wurde es kalt und kälter. Therese lag meistens auf ihrem Bett, zugedeckt mit mehreren Decken und Mänteln, während Lieselotte, angetan mit Mäntelchen, Mütze und Muff, ihre Erkundungszüge durch die dämmrige Wohnung unternahm. Leise soll sie gehen, sagte die Mutter, um die alte Frau Löb nicht zu stören.

Die Wohnung war wie ein Fuchsbau, mit einem langen Gang, einigen Seitengängen und vielen Höhlen. Tatsächlich sah man neben der Eingangstür einen auf den Hinterbeinen stehenden ausgestopften Fuchs, auf dessen Vorderpfoten ein kleiner Zinnteller ruhte. Das Kind nahm ein Händchen aus dem Muff und berührte nach langem Zaudern sein struppiges Fell. Es schaute in seine Augen, es hatte schon oft in seine Augen geschaut, voller Angst, er könne das Tellerchen wegwerfen, sich auf sie stürzen und sie beißen. Die Augen blickten starr geradeaus. Selbst als das Kind einmal »Huh« machte, um den Fuchs zu erschrecken, tat sich nichts. Da fasste es sich ein Herz und fuhr mit dem Zeigefinger vorsichtig übers rechte Auge. Es fühlte sich kalt an und hart wie Glas.

Inzwischen ertönte aus der hohen Standuhr am Ende des Flurs das leise Schnarren, das einen Glockenschlag ankündigte. Um nichts zu versäumen, rannte das Kind so schnell es konnte zu dieser mysteriösen Quelle mysteriöser Töne und setzte sich auf den Boden. Das Perpendikel aus Messing schwang unermüdlich von einer Seite zur anderen, während die Zeiger zu jeder Tageszeit woanders standen. Manchmal kam es vor, dass die Uhr stillstand, kein Ticken mehr zu hören war, kein Glockenschlag. Dann öffnete die alte Frau Löb die gläserne Tür, zog eines der schweren Gewichte nach oben und gab dem Perpendikel einen kleinen Schubs, worauf dieser wieder seine unermüdliche Wanderschaft aufnahm. Manchmal war die Folge der überwältigend schönen Glockenschläge kürzer, manchmal länger. Und jetzt, wo der große Zeiger ganz oben stand, war die Melodie so lang und so schön, dass das Kind nicht zu atmen wagte.

Der Flur war mit einem langen, flauschigen Läufer ausgelegt, über den das Kind laufen konnte, ohne Lärm zu machen. Nichts tat das Kind lieber als zu laufen. Es hatte einmal einen Hund gesehen, der eine Katze verfolgte. So schnell wie dieser Hund wollte das Kind auch laufen können. Es lief vorbei am Schlafzimmer der Frau Löb, dessen Tür offen stand. Die schweren, purpurfarbenen Samtvorhänge waren zugezogen, um die Kälte nicht hereinzulassen. Das Eisbärenfell vor dem Bett lag wie ein grimmiger, die Zähne fletschender und die Augen rollender Wächter da. Sie dürfe das Schlafzimmer der Frau Löb nicht betreten, hatte die Mutter gesagt und lächelnd mit dem Finger gedroht. Nein. Nein. Trotzdem war das Kind einmal in dieses Zimmer gegangen, wobei es einen großen Bogen um den Eisbären gemacht hatte, war aufs Bett geklettert und hatte an einer von der Decke hängenden Schnur gezogen. Sofort hatte es im Flur laut geklingelt. Die Mutter war gekommen und hatte ihm mehrere Klapse auf die Finger gegeben.

In der Küche roch es nach kalter Asche. In der Ecke über dem Tisch hing ein Kruzifix. Das Kind sah den nackten Mann, dem das Blut über den Bauch lief. Seine Hände waren angenagelt. Unter ihm brannte neben einem Strauß Wachsblumen Tag und Nacht ein rotes Lichtlein. Die Mutter hatte gesagt, das sei das Ewige Licht. Sie hatte auch den Namen des Mannes genannt, den hatte das Kind jedoch vergessen.

Dann gab es noch zwei Besuchszimmer mit hergerichteten Betten, aber niemand kam die alte Frau Löb besuchen. In den Nachtkästchen standen zwei Nachttöpfe aus Porzellan. Lieselotte hatte einmal daran geschnuppert und beschlossen, das nicht wieder zu tun.

Vom Erker des Wohnzimmers aus konnte man auf die Straße blicken. Hier saß die alte Frau Löb in einem hohen Lehnstuhl, mit einer Decke über den Schultern. Sie hatte ein Loch in die Eisblumen gehaucht und beobachtete alles, was sich auf der Straße bewegte. Das Kind kroch leise unter den Tisch, dessen vier Beine in riesigen Löwentatzen endeten. Über die Tischplatte war ein bunter Teppich gebreitet, der fast bis zum Boden reichte.

Es rief »Kuckuck« und dann etwas lauter: »Kuckuck.«

Frau Löb hörte nichts. Es kroch auf allen vieren hinter den Ofenschirm und versuchte auf sich aufmerksam zu machen, vergeblich. Schließlich rannte es auf die Alte zu, stellte sich auf die Zehenspitzen und schrie ihr ins Ohr: »Kuckuck.«

Da lachte die Frau Löb und hob sie auf ihren Schoß. »Komm her, du kleines Teufelchen!«

Zusammen schauten sie nun dem Treiben auf der Straße zu. Es war eine stumme Welt, die sie sahen. Der Schnee filterte alle Geräusche. Ab und zu ein lautloses Auto, ein mit Kohle beladener Handkarren, Kinder, die sich Schneeballschlachten lieferten. Die Welt war nicht nur ohne Laut, sondern auch auf ein Kleinstmaß reduziert. Die Menschen, die Hunde, die Autos schienen aus einem Zwergenland zu stammen. Und alles war eingehüllt in einen weißen Mantel.

Frau Löbs alte, von Adern und Falten überzogenen Hände konnten nicht stillhalten. Das Kind spürte, wie sie ruhelos an ihm hin- und herwanderten, liebevoll zwar, aber doch wie Spinnen bei der Arbeit. Es verspürte Ekel vor diesen krötenartigen Händen und rutschte der Alten wieder vom Schoß. Als sie später mit der Mutter auf die Straße ging, waren die Menschen, Hunde und Autos wieder auf ein Normalmaß gewachsen.

Mit dem einsetzenden Frühling wich die bittere Kälte, der Hunger jedoch blieb. Therese fand Arbeit als Aushilfskellnerin im Hopfengarten. Die Essen, die sie austrug, waren nahezu ungenießbar, aber die Mägen der Hungernden hatten sich an Ungenießbares gewöhnt. Das Kind hing an Thereses Rockzipfel, ließ sich hierhin und dorthin ziehen, kletterte auf Stühle, kroch unter Bänke, saß auf dem Schoß des einen oder anderen Gastes und bekam eine Gabel voll sauren Kartoffelgemüses in den Mund geschoben. So retteten sie sich durch den Sommer.

Zwei Tage nachdem der Kaiser auf den Thron verzichtet hatte und die Republik ausgerufen worden war, war der Krieg zu Ende. Deutschland lag danieder wie ein an Land geschwemmter Schiffbrüchiger. Die Männer, wenn sie nicht an der Front gefallen waren, kehrten ausgezehrt und zerlumpt in die Heimat zurück.

Endlich wieder junge Männer in der Stadt, dachte Therese. Nicht, dass sie auf einen Ehemann gehofft hätte. Dazu war sie noch immer zu verletzt und zu wenig überzeugt von sich. Sie war fast einunddreißig Jahre alt und das Kind hing wie eine Sträflingskugel an ihrem Bein. Sie würde sich wieder eine Arbeit als Schuhverkäuferin suchen und die Kleine irgendwo in Pflege geben.

Ende November bekam die kinderlose Frau Löb Besuch von ihrem Neffen aus Berlin. Die Züge begannen wieder regelmäßiger zu verkehren. Er brachte einen leeren Koffer mit, denn die Tante hatte ihm noch vor dem Krieg einen Teil ihres Silbers versprochen. Jetzt wollte er heiraten und nach diesem elenden Krieg sein neues Heim mit etwas Glanz erfüllen. Er brachte nicht nur seinen Koffer, sondern auch die Spanische Grippe mit. Niemand ahnte, dass seine rasenden Kopfschmerzen der Beginn einer schweren Krankheit waren. Drei Tage wollte er bleiben.

Als er am zweiten Tag seinen Koffer mit einem kompletten Besteckkasten, zwei Leuchtern, einer Kuchenetagère, einer Jardinière und mehreren Platten gefüllt hatte, überfiel ihn Schüttelfrost. Er musste sich hinlegen. Nach einiger Zeit glänzten seine Augen und die Wangen zeigten rote Flecken. Das Fieber, das ihn von einer Sekunde auf die andere überfallen hatte, stieg auf beinahe vierzig Grad. Er blutete aus der Nase. Er behauptete, sein Kopf drohe zu zerspringen.

Die Tante schickte nach dem Sanitätsrat Eberlein. Dieser meinte, es handle sich um eine normale herbstliche Erkältung, und verordnete Wadenwickel und Inhalationen mit Salzwasser. Er hatte zwar von der Spanischen Grippe gehört, eine von Spanien kommende Influenza, die den Norden Deutschlands erreicht hatte, aber diese spärlichen Nachrichten waren in den Tagen der Kriegsagonie untergegangen. Es bestand sogar der Verdacht, dass die Oberzensurbehörde zusammen mit dem Kriegspresseamt Berichte über Erkrankungen und Todesfälle im Zusammenhang mit der Epidemie unterband.

Der Zustand des Patienten ließ jedoch keine Besserung erkennen. Am fünften Tag musste der Sanitätsrat eine Lungenentzündung feststellen. Auch hatten die Grippeviren, so schien es jedenfalls, den Kopf des Patienten befallen. Der junge Mann phantasierte und verlor zeitweilig das Bewusstsein. Er atmete schwer. Therese ging Frau Löb bei der Pflege zur Hand. Alle Stunden mussten sie das völlig verschwitzte Bettzeug wechseln. Der Sanitätsrat trug jetzt bei seinen Besuchen einen Mundschutz, er meinte, einen schwereren Verlauf nicht mehr ausschließen zu können. Er werde den Patienten ins Hospital bringen lassen, um eine Ansteckung der beiden Frauen und des Kindes zu vermeiden. »Wenn sie noch nicht erfolgt ist«, fügte er kaum hörbar hinzu. Auf jeden Fall werde er am nächsten Tag wieder nach ihnen schauen.

Als der Arzt am nächsten Abend die Frauen besuchte, musste er sie vom Tod des jungen Berliners unterrichten, den sie tags zuvor dick verpackt in einem Rollstuhl ins Krankenhaus rechts der Isar gebracht hatten. Zu dieser Zeit lag die alte Löb bereits mit Schüttelfrost im Bett. Im Flur stand der Koffer mit dem Silberzeug. Das Kind quengelte: »Auf!« Es wollte die glänzenden Dinge sehen, aber Therese sagte kurz: »Gehört uns nicht! Gehört bald niemandem mehr.«

Nachdem ihre Hauswirtin von einem Sanitäter abgeholt worden war, wurde die Wohnung zu einem zugigen Eisenbahnwaggon, der dem Tod entgegenfuhr. Vor den Fenstern standen wachsame Bahnwärter – Nebelschwaden. Unten zog ein Leichenwagen vorbei, hinter dem eine kleine Trauergemeinde ging. Das Kind hob den Klavierdeckel hoch, holte das schwarze Schutztuch von den Tasten und klimperte fröhlich darauf herum. Jetzt, wo Frau Löb aus dem Haus war, durfte es endlich Klavier spielen.

Ein Tag in der leeren Wohnung genügte, um Therese in Panik zu versetzen. Sie fröstelte. Kam das Frösteln von der Kälte oder hatte sie sich bereits angesteckt? Im Haus, so wurde gesagt, war die sechsjährige Leni Viehweger an der Grippe erkrankt. In den »Münchner Neuesten Nachrichten« las man jetzt ab und zu kleine Artikel über die Epidemie. Wenn Therese durch einen Vorhangspalt auf die Straße sah, diese nebelige Straße, dann sah sie nur wenige dahineilende Menschen. Wohin gingen Sie? Flohen sie?

Sie musste fort. Das Todeshaus verlassen. Sie wollte nicht ins Hospital, wo der Berliner bereits nach einem Tag gestorben war. Dann schon lieber …, sie dachte den Gedanken nicht zu Ende, aber er hatte sich in ihr eingenistet wie ein Samenkorn, das, genährt von der kargen Speise Angst, schnell wuchs. Sie packte rasch ihren Koffer, machte das Kind fertig und verließ das Haus.

Seit Kriegsende fuhren wieder einige Droschken. Sie mussten bis zum Isartorplatz gehen, bis sie eine fanden. Ihr Geld würde gerade noch reichen.

Wie von ferne hörte sie sich sagen: »Trappentreu 46.« Ihr Kopf war heiß, das Gehen hatte sie über alle Maßen angestrengt.

Das Kind presste das Näschen ans Fenster und sang in einer nicht enden wollenden Melodie »Trappentreu 46«. Es fuhr zum ersten Mal im Auto. Manchmal unterbrach es seinen Singsang und deutete mit dem Finger hinaus. »Baum. Kirche. Pferd. Frau und Kind. Mann und Hund. Licht.«

Thereses Glieder wurden schwer und fiebrig, ihre Augen lagen tief in den Höhlen, wie auf Sandpapier gebettet. Sie nahm die an ihr vorübereilende Stadt nur noch schemenhaft wahr und dachte unentwegt: Was hast du da gesagt? Du willst nicht zu ihm. Oder doch? Dann hüllte sie ein warmer Fiebermantel ein, und sie gab sich ganz diesem Gefühl von Krankheitseinsamkeit hin.

In der Neuhauser Straße sahen sie noch einmal einen Leichenwagen, hinter dem ein alter Mann ging. Das ausgemergelte Pferd trottete rasch dem Abend zu, so als sollte der Leichnam noch vor Einbruch der Dunkelheit bestattet werden. Allmählich verließen sie die Innenstadt, die Straßen wurden leer. Vereinzelt brannten Gaslaternen und beleuchteten die Fassaden krätzig wirkender Häuser.

Sie war ein wenig eingedöst, als sie ihr Ziel erreichten. Das Haus erschien ihr fremd und vertraut zugleich. Auf jeden Fall stand das Eingangstor wie immer offen, Zeichen dafür, dass sich niemand für Sicherheit und Ordnung verantwortlich fühlte.

Sie stieg aus der Droschke, nahm das Kind an der Hand und betrat das Haus. Alles, was sie tat, schien nicht ihrem Willen zu unterliegen. In ihrem Kopf pochte es zermürbend und ihre Füße staksten wie durch Wolkenberge. Das Treppenhaus roch so, wie sie es in Erinnerung hatte, nach Putzlauge und Küchendunst. Sie hatte sich vorgenommen, dieses Haus nie wieder zu betreten, doch jetzt, wo sie dem Tod zu entfliehen suchte, galt dieser Vorsatz nicht mehr.

Das Kind stieg neben ihr die Stufen hoch und versuchte immer wieder, sein Köpfchen durch das schmiedeeiserne Geflecht des Treppengeländers zu stecken, um den durch die Jahre schmuddelig gewordenen Mosaikstern auf dem Parterreboden zu sehen. Im ersten Stock musste Therese sich setzen, um wieder zu Atem zu kommen. Sie war jetzt fest davon überzeugt, die Krankheit nicht zu überstehen, ja, sie fragte sich, ob sie das Kanapee im zweiten Stock noch erreichen würde.

Die Klingel links von der Wohnungstür, die Messingklingel, war nicht geputzt, ebensowenig wie das Namensschild. Sie hörte schlurfende Schritte. Als ihr Vater die Tür öffnete, erschrak sie. Er war abgemagert und hatte schlohweißes Haar.

LIESELOTTE 1926

Die Zeiten, da man sich ausschließlich in Ateliers fotografieren ließ, scheinen endgültig vorbei zu sein. Der Vater des kleinen Sepp Lagler hat eine Agfa-Box gewonnen. Wenn man zufällig im Besitz von zwei Markstücken mit den Buchstaben A und zwei weiteren mit den Buchstaben G und F war, dann konnte man diese vier Münzen gegen eine Kamera eintauschen – eine gelungene Werbeaktion der Firma Agfa. Nun kann Lagler seine Familie, die Umgebung, Freunde und Verwandte verewigen.

Am Mantel vom Lagler-Seppi, um den die zehnjährige Lieselotte einen Arm gelegt hat, fehlt ein Knopf. Überhaupt sieht der Mantel aus, als wäre er von einer drittklassigen Flickschneiderin aus einem ausgedienten Stück, vielleicht einem Armeemantel, genäht worden. Die Ärmel sind zu kurz, die linke Tasche hängt herunter wie ein armseliger Lappen, und der Saum umkreist die Beine des Jungen in einer zipfeligen Wellenlinie. Seppis Haar ist kurzgeschoren, als hätte er eine Entlausungsaktion hinter sich.

Lieselotte überragt ihren Spielkameraden um Kopfeslänge. Sie sind gerade aus der Schule gekommen, Seppi trägt noch seinen Schulranzen auf dem Rücken. Die kalte Jahreszeit ist angebrochen, der Novemberwind fährt unter Lieselottes karierte Schürze und bläht sie. Auch diese Schürze ist kein Schneider-Kunstwerk. Die rechte Tasche hängt unter dem Gewicht von mehreren Taschentüchern herunter. Das Tragen von Schürzen war für Mädchen beinahe obligatorisch. Auch wenn die Kleidung darunter armselig war, so sollte eine Schürze doch vor Verunreinigung und Beschädigung schützen und zeigen, dass man auf sich hält.

Unter der Schürze schauen in braunen Wollstrümpfen steckende O-Beine hervor. Jandorfs Beine, wie Therese vermutet – oder Folge einer durchgemachten Englischen Krankheit.

Das schwere, kaum zu bändigende Haar des Mädchens ist zu Zöpfen geflochten und in Schneckenform um die Ohren gelegt.

Das Foto ist im Hinterhof von Nummer 46 entstanden. Die nur grob verputzte Wand passt zu der armseligen Kleidung der beiden Kinder. Das vergitterte Fenster der Waschküche blickt düster in den Tag. Darunter wurde die Wand nicht mehr verputzt oder der Putz ist bereits abgebröckelt, wofür der mit Mörtelsplittern bedeckte Boden spricht.

Nachdem Therese die Spanische Grippe 1918 überstanden hatte, waren Mutter und Kind in der Trappentreu 46 hängengeblieben. Damals ging Adam, inzwischen fünfundsechzigjährig, noch jeden Tag in die Modellschreinerei der Hauptwerkstätte. Viele Männer waren nicht aus dem Krieg zurückgekehrt, andere an der Grippe erkrankt, da waren auch Arbeiter älteren Jahrgangs gefragt. Adam blieb, ebenso wie die kleine Lieselotte, von der Krankheit verschont, obgleich die beengten Wohnverhältnisse eine Ansteckung begünstigt hätten. Er schlief jetzt in der Küche, um Tochter und Enkelin das Ehebett zu überlassen.

Bevor er das Haus verließ, machte er in der Küche Feuer und kochte Kamillentee. Er weichte Brot in Milch ein, das einzige, was die Kranke essen konnte und wollte. Sobald er aus dem Haus war, zog Therese in die Küche und döste in Fieberträumen vor sich hin. Die Kleine bezog ihr Lager unter dem Küchentisch, wo sie Maries Knopfschachtel ausgeleert hatte und mit den Knöpfen plapperte. Wenn der Ofen auszugehen drohte, stand Therese auf, warf ein paar Scheite hinein und legte sich wieder hin.

Mehr als vier Wochen lag sie mit der Grippe danieder, und als sie wiederhergestellt war, begann langsam ein Kropf zu wachsen, den sie ein paar Jahre lang unter einem Kropfband zu verbergen suchte. Sie fühlte sich zu krank, um in ihren alten Beruf als Verkäuferin zurückzukehren, behauptete, keine Luft mehr zu bekommen, und bot ihrem Vater an, den Haushalt zu führen.

Adam brachte nicht viel Geld nach Hause, es musste jetzt für drei reichen. Immerhin war es mehr als zu Zeiten seiner abendlichen Wirtshausbesuche. Er war umgänglicher geworden, von Leid und schlechtem Gewissen geläutert. Seine Zornesausbrüche waren verraucht. Um Zorn zu entwickeln, braucht man Kraft, und Adams Kräfte nahmen langsam ab. Im Schlafzimmer hatte er einen kleinen Marienaltar errichtet mit Hochzeitsfoto, Brautschleier und einer Kerze.

Er hielt Therese für eine eingebildete Kranke. Trotzdem ging er auf ihr Angebot ein, weil er das kleine Enkelkind nicht mehr missen wollte. Er war dankbar für die Gesellschaft, denn er wäre beinahe zugrunde gegangen an seiner Einsamkeit. Wenn er am Abend von der Arbeit nach Hause kam, ließ er im Treppenhaus einen lautstarken Pfiff hören. Das war für die kleine Lieselotte das Signal, ihm, vorsichtig Stufe für Stufe nehmend, entgegenzugehen und sich in seine Arme zu werfen.

Dass Adam der Kleinen in seinem rauhen Herzen einen Platz einräumte, war nicht nur eine Sache der Familienbande, sondern entsprang auch einer Protesthaltung, die der Stimmung in der Stadt und besonders in der Hauptwerkstätte entsprach. Die Schlosser und die Modellschreiner waren sich von jeher spinnefeind gewesen. Wenn irgendein Guss in der Schlosserei misslang, dann wurde es den Schreinern in die Schuhe geschoben. Einer der Anführer dieser Bande von Schlosserrohlingen war ein gewisser Anton Drexler, mit dem Adam einmal eine lautstarke Auseinandersetzung gehabt hat, in deren Verlauf er Drexler den Arm umdrehte und der Schlosser ihm vor die Füße spuckte. Seitdem gingen sie sich aus dem Weg, aber Adams mit Neugier und Interesse gepaarter Hass verfolgte seinen Widersacher durch alle Räume der Hauptwerkstätte.

Im März 1918 hatte Drexler den Freien Arbeiterausschuss für einen guten Frieden gegründet. Die Gruppe propagierte nicht nur territoriale Annexionen, sondern versprach auch, den Kampf gegen internationales Judentum, Freimaurer, Marxisten und das Großkapital aufzunehmen. Jeden Mittag, wenn sie in der Kantine ihr trockenes Brot verzehrten, hielt Drexler seine agitatorischen Reden.

Nach dem Krieg nahm er dann kein Blatt mehr vor den Mund. »Das ganze Elend kommt allein durch die Juden, die unser Vaterland verpestet haben. Ausgewiesen gehören sie alle rücksichtslos.«

Adam rieb sich grinsend unter dem Tisch die Hände. Wenn du wüsstest, dachte er bei sich, dass ich einen Judenbalg zu Hause habe!

»Dir wird das Lachen schon noch vergehen, Fassbender«, herrschte Drexler ihn an.

»Leck mich doch am Abend«, murmelte Adam.

Wenn er sonntags mit seiner Enkelin spazieren ging, »um den Stock«, wie er es nannte, dann traf er oft auf Bekannte, die sich wunderten, woher er, der Witwer, plötzlich ein kleines Kind hatte, noch dazu so ein dunkles, das ihm überhaupt nicht ähnlich sah.

»Zirkusblut«, antwortete Adam keinesfalls verlegen. »Ich hab sie in der Aubinger Lohe gefunden.« Er schnitt der Kleinen eine Haselgerte ab, sie durfte auf seinen mageren Schultern reiten und ihm eins überziehen.

Im Westend waren die Baulücken zugebaut worden, aber die Häuser hatten die seltsame Eigenschaft, schneller zu verkümmern als anderswo. Die Straßen, die als eine Art Orientierungsgerüst noch vor den Häusern entstanden waren und auf denen die Pferdewagen mit ihren enormen Bierfässern tiefe Fahrrinnen hinterlassen hatten, waren nach und nach zugepflastert worden. Die Geräusche änderten sich, man hörte jetzt deutlicher den Hufschlag der Pferde und das Knirschen der eisenbeschlagenen Räder auf dem Stein. Wenn ein Pferdegespann durch die Trappentreustraße fuhr, was immer dann geschah, wenn der Biervorrat in den Wirtshäusern zur Neige ging, dann ließen die Kinder alles stehen und liegen und rannten ihm nach, barfuß wie sie waren und deshalb immer im Zickzackkurs, bemüht, nicht in Glasscherben oder Pferdeäpfel zu treten.

Lieselotte hatte nur Augen für Hunde, Kinder und die selten vorbeifahrenden Autos. Auch wenn sie in die Wohnung im zweiten Stock zurückkehrte, wurde ihr deren Ärmlichkeit nicht bewusst. Es war ein warmes, etwas unaufgeräumtes Loch, in das sie zurückkehrte, aber es war ein sicheres Zuhause.

Therese hatte eine fleckige Schürze umgebunden und kochte auf dem Herd Kartoffelsuppe mit einem Stückchen Lyoner. In den Metzgereien gab es wieder richtiges Fleisch. Wenn sie mit der Mutter einkaufen ging, bekam Lieselotte immer ein Stückchen Wurst geschenkt. Sie aß gerne und wuchs schnell, sie überragte alle Kinder ihres Alters. Bald konnte Adam sie nicht mehr auf den Schultern tragen. Aber am Abend verwandelte er sich in eine fauchende Katze, die hinter der kleinen Maus hersprang, um sie zu fressen. Lieselotte lachte so sehr, dass sie ihr Pipi nicht mehr halten konnte. Therese nahm die Veränderung ihres Vaters voller Verwunderung wahr. Es schien, als wollte er an seiner Enkelin alles wiedergutmachen, was er an ihr, Therese, und Georg versäumt hatte.

Mit vier Jahren ging Lieselotte zum Spielen in den Hof, nachmittags, wenn die Sonne ihn erreicht hatte. Die anderen Kinder passten auf sie auf. Sie ließen auf dem gestampften Erdboden, von dem in all den Jahren weder Ziegeltrümmer, noch Glasscherben, noch Fensterkitt entfernt worden waren, ihre bunten Schusser rollen. Oder sie stellten sich in einer Reihe auf und spielten »Ochs am Berg« oder »Kaiser wie viel Schritte darf ich gehn?«. Auf manchen Fensterbänken der vier Stockwerke über ihnen lagen auf verschränkten Armen die unbeweglichen Oberkörper sie beobachtender Frauen, die auf der Lauer liegenden Katzen ähnelten. Über ihnen leuchtete ein Stück Himmel in den Hof, über das bisweilen nach Gummi stinkende Wolken zogen.

Am Abend brachte sie Wörter nach Hause, von denen Therese behauptete, sie seien ordinäre Ausdrücke, die sie nicht mehr hören wolle. Sie versuchte ihrem Kind klarzumachen, dass im Haus und in allen Häusern rundherum ordinäre Leute wohnten und sie sich nichts sehnlicher wünsche, als ein Zuhause ohne diese ordinären Nachbarn zu finden.

Indes schien sie an Nummer 46 festzukleben wie eine Fliege am Leim eines Fliegenfängers. Die Eintönigkeit der Geräusche des Hauses, das Türenschlagen am Morgen, die eiligen Schritte auf der Treppe, das Klirren der zugeschlagenen Fenster, das wütende Schlagen des Teppichklopfers auf den an der Teppichstange im Hof hängenden falschen Perser, das leise Tratschen der Frauen im Treppenhaus.

Adam, wenn er abends nach Hause kam, warf ihr oft bodenlose Faulheit vor. Vater und Tochter stritten sich über nicht angenähte Knöpfe, verschwendetes Geld, angebranntes Essen. Die kleine Lieselotte fürchtete sich vor den böse hin- und herfliegenden Worten, als seien sie Wurfgeschosse, und versteckte sich unter dem Küchentisch, um nicht getroffen zu werden.

Die Zeit marschierte rascher dahin als vor dem Krieg. Kam es von den Autos, von denen man mehr und mehr auf den Straßen sah? Kam es von den schnell wechselnden Regierungen? Die Monarchie war abgeschafft, Eisner war ermordet, die Regierung Hofmann von der Räterepublik buchstäblich aufgefressen worden. Die Leute des Westends jedoch standen abseits.

Therese schaute manchmal aus dem Fenster auf das Brachland, in dem sie als Kind verbotenerweise herumgetollt war. Ebenso schleichend wie ihr Verlust an Lebensfreude erkennbar wurde, ihre Resignation, ihre schwindende Hoffnung, jemals noch einen Mann zu finden, vollzog sich bei Adam ein unerklärlicher körperlicher Verfall. Sein Appetit schwand dahin. Jede Mahlzeit rief einen Druck im Magen hervor. Das einzige, was er vertrug, war ein Stück Brot mit warmem Bier. Lieselotte holte, wenn der Großvater abends von der Arbeit heimkam, aus der Wirtschaft gegenüber ein Quartl Bier vom Fass.

Sie hatten einen schmalen Bierkrug mit Deckel, der optisch den Eindruck erweckte, als fasste er nur einen Viertelliter. In Wahrheit aber handelte es sich um einen soliden Halbliterkrug. Den machte der Schankkellner voll. Therese freute sich jedes Mal, wenn sie den Schankkellner überlistet und eine halbe Maß bekommen hatte.

Lieselotte ging jetzt schon zur Schule. Bei der Einschreibung hatte sie zum ersten Mal den Namen ihres Vaters gehört. Vorher hatte Therese auf ihre Fragen immer geantwortet, der Vater sei im Krieg gefallen. Die Schulleiterin murmelte, während sie den Bogen ausfüllte: ... lediges Kind ... Mutter Therese Fassbender protestantischen Glaubens ... Vater Moritz Jandorf israelitischen Glaubens, wohnhaft Kaiserstraße 77.

Lieselotte wunderte sich über die seltsamen Worte. Auf dem Nachhauseweg fragte sie ihre Mutter, was das alles heißen solle, was das Wort »ledig« bedeute und das Wort »israelitisch«.

»Frag nicht so viel«, antwortete Therese unwillig. »Wenn du größer bist, wirst du es erfahren.«

»Ich will's aber jetzt wissen.«

Sie gingen über den Heimeranplatz. Das sonst so folgsame Kind blieb stehen und stampfte mit dem Fuß auf.

»Sofort gehst du weiter«, zischte Therese sie an.

»Ich bleibe so lange stehen, bis du mir's gesagt hast«, beharrte die frisch gebackene Schülerin.

»Also, dein Vater ist ein verdammter Jude. Er hat mich sitzenlassen. Er ist auch nicht gestorben, sondern lebt mit seiner Mischpoche hier in München«, sagte Therese wütend.

Stumm stiegen sie die Treppen in der Trappentreu 46 hoch. In Lieselottes Kopf hatten sich die Worte Kaiserstraße 77 eingebrannt. Der Großvater lag auf dem Kanapee, zugedeckt mit einer Wolldecke, unter die Lieselotte nachdenklich ihre kalten Füße schob. Sie spürte, es war nicht mehr dieselbe Wärme, die vom Großvater ausging. Sie nahm ein Stück Karton und begann feine Damen zu zeichnen, die sie mit prunkvollen Kleidern ausstattete, denn sie wollte nach der Schule Verkäuferin in einem Modegeschäft werden.

»Lern schön, damit es dir mal besser geht als uns«, sagte der Großvater.

Sie wurde indes keine gute Schülerin, überdurchschnittlich bemüht zwar, aber nicht mit großer Intelligenz ausgestattet. Therese meinte, sie sei zu schnell gewachsen, und da sei die

Gescheitheit auf der Strecke geblieben. Lieselottes Klassenkameraden nannten sie wegen ihrer Größe »Bohnenstange«. Sie schämte sich dieser Größe. Groß sein hieß auffallen, und sie wollte nicht auffallen. Und dann gab es noch dieses dunkle Geheimnis, dessen Mitwisserin sie jetzt war.

Obwohl er kaum mehr etwas zu sich nahm und zusehends abmagerte, ging Adam noch jeden Tag zur Arbeit. Die Strecke, die er jahrelang zu Fuß zurückgelegt hatte, fuhr er jetzt, im Herbst 1923, mit der Straßenbahn, was ihn pro Fahrt 250 Milliarden Mark kostete.

Der Kaufhauskönig von Berlin hat sein KaDeWe an Hermann Tietz verkauft und setzt sich als Privatier in einer prunkvollen Villa am Lützowplatz zur Ruhe. Eine Negerin namens Josephine Baker tritt im Deutschen Theater in einem Bananenröckchen auf und ruft bei dem sittsamen Münchner Publikum Proteststürme hervor.

Man hörte jetzt öfter von Hitler, einem kleinen österreichischen Gefreiten mit der Stimme eines heiseren Wolfshundes und diabolischen Plänen, der in der feinen Münchner Gesellschaft ein und aus ging. Leute wie Hanfstaengl, Bechstein und Bruckmann unterlagen seinem stechenden Blick und seinem proletarischen Charme. Er schickte sich an, die Herrschaft über das von Kriegsfolgen, Arbeitslosigkeit und Inflation gebeutelte Volk an sich zu reißen.

Therese holte die Neuigkeiten jeden Morgen aus der Zeitung. Adam interessierte das alles nicht mehr. Seine Magenschmerzen waren so stark, als hätte ihm jemand im Schlaf ein Messer in den Bauch gerammt. Es war ihm, als könnte er nicht eher gesund werden, als bis dieses Messer entfernt sei. Erst jetzt ging er zu einem Arzt, der einen Magenkrebs feststellte.

Nach dieser Diagnose legte Adam sich aufs Kanapee und stand nicht mehr auf. Sein Bart wuchs, sein Haar wuchs. Lieselotte kämmte ihn jeden Morgen und dachte: Der Bart wird siebenmal um den Tisch wachsen, wie einstens Barbarossas Bart. Von Zeit zu Zeit überkam ihn ein unbezähmbarer Brechreiz.

Unter qualvollem Würgen entleerte er ein wenig mit Blut vermischte Magensäure in die neben ihm stehende Schüssel. Über sein Stöhnen beschwerten sich die Nachbarn, Therese hielt sich die Ohren zu, wenn wieder einmal jemand mit dem Besen an die Decke klopfte. Sie schrie hysterisch: »Ich halt das nicht mehr aus, ich bring ihn ins Hospital.«

Aber Adam ersparte ihr die Mühe. Er starb an einem heißen Augusttag, als am Himmel ein Gewitter aufzog, als die Vögel ihren Gesang beendeten, als ein starker Windstoß das Küchenfenster zuschmetterte und dabei einen Geranientopf umwarf.

Lieselotte hatte das Gefühl, ihr Leben, das bisher stabil auf drei Beinen gestanden hatte, wäre unversehens ins Wanken geraten. Sie weinte viel im Schlaf. Wenn ihre Mutter sie trösten wollte, stieß sie sie von sich. Sie kauften von dem wenigen Geld, das Adam hinterlassen hatte, ein neues Kanapee. Das alte verbrannten sie auf dem Brachland. Der Rauch stieg bis zum zweiten Stock auf, ins Fenster hinein, und Lieselotte vermeinte noch einmal, den aus Bier, Brot, Urin und Erbrochenem bestehenden Geruch des Großvaters wahrzunehmen.

Für Therese begann eine kurze Periode zielloser Aktivität. Mit einem Korb selbstgebackener Krapfen setzte sie sich an den Eingang zur Auer Dult. Der Umsatz war gering, die Gewerbesteuer blieb ihr erspart. Im Frühjahr 1929 machte sie in ihrer Wohnung, diesem elenden Zweizimmerloch, einen Handel mit getragenen Kleidern auf. Es gesellte sich ein Johann Jehle zu ihr, der für den Einkauf verantwortlich war. Eines Tages, als sie von der Schule heimkam, fand Lieselotte ihre Mutter mit Jehle auf dem Kanapee. Von diesem Tag an trieb sie sich nach der Schule im Viertel herum, aus Angst, ihre Mutter noch einmal im Unterrock sehen zu müssen, zusammen mit diesem ordinären Herrn Jehle.

Auch für den wenig einträglichen Handel mit getragenen Kleidern musste Therese keine Steuern zahlen. Im darauffolgenden Jahr beschäftigte sie sich mit dem Verkauf von Stoffresten, Herrensakkos und Strümpfen. Jandorf hatte seine Zahlungen eingestellt, zum ersten Mal lebten sie von der Fürsorge.

Lieselotte hatte sich zu einem hübschen jungen Mädchen entwickelt. Sie war sehr schlank und trug ihr schwarzes, widerspenstiges Haar in Zöpfen geflochten. Ihre Beine hatten sich gestreckt, ihre Taille saß tief, der Hintern war nicht übermäßig gerundet. Mehr denn je glich sie einer exotischen Blume, einer Art Nachtlilie. Ihr Aussehen reizte die jungen Männer, sie sahen nichts anderes als eine Art Freiwild in ihr und schickten ihr gellende Pfiffe nach.

Sie beschloss, heimlich ihren Vater aufzusuchen und ihm von ihrer Not zu berichten. Die Adresse Kaiserstraße 77 hatte sie seit Jahren in ihrem Kopf gespeichert. Sie hatte ein bisschen Angst. Das fremde Haus schüchterte sie ein.

Im dritten Stock war an der Tür ein Schild angebracht. Moritz Jandorf. Teppiche, Antiquitäten, Briefmarken. Die Tür war nur angelehnt, die Geräusche aus der Wohnung klangen hohl. Ein Mann im weißen Malerkittel kam heraus und stellte einen Eimer mit abgekratzten weißen Farbsplittern ab. Auf ihre Frage, ob Herr Jandorf zu sprechen sei, sagte er etwas missmutig, er kenne keinen Herrn dieses Namens, er sei damit beauftragt, die Wohnung zu renovieren.

Zaghaft klingelte sie bei den Nachbarn. Eine Frau öffnete und sagte, ja, die Jandorfs seien vor zwei Wochen ausgezogen. Amerika, soviel sie wüsste.

Nein, eine Adresse habe sie nicht.

In diesem Moment kam der Hausmeister, schraubte das Schild ab und warf es in den Eimer. Eine Adresse in Amerika, ja, die habe die Familie zurückgelassen. Wer sie denn sei, dass sie die Adresse von Herrn Jandorf wolle?

»Ich bin seine Tochter«, sagte Lieselotte mit einem Anflug von Stolz. »Ledige Tochter«, fügte sie kleinlaut hinzu.

Der Hausmeister schaute sie misstrauisch an. »Da könnte ja jeder kommen.«

»Doch, wirklich, glauben Sie mir doch!« bettelte Lieselotte. »Sehe ich meinem Vater nicht ähnlich?«

»Also gut«, sagte der Hausmeister, »komm mit!«

Sie griff schnell in den Eimer und zog das Schild heraus. Mit diesem Schild und mit der Adresse »210 W 94 St Manhattan« ging sie nach Hause.

Ab 1930 war Lieselotte Lehrling im Modesalon Julie Kölbl in der vornehmen Theatinerstraße. Zum ersten Mal atmete sie, wenn auch nur von ferne, den süßen Duft des Reichtums. Die Damen, die bei Julie Kölbl einkauften, schmuckbehangen und frisch onduliert, begnügten sich nicht mit einem Kleid oder Mantel. Nein, sie kauften ein, als träten sie demnächst eine Weltreise an. Nach wenigen Wochen kamen sie erneut und kauften weitere Garderobe, so als bestünden die Kleider aus einer sich verflüchtigenden Materie, die ersetzt werden musste. Auf den mit rotem Samt bezogenen Stühlchen sitzend und am Tee nippend, den ihnen das Lehrmädchen Lieselotte servieren musste, ließen sie sich von Frau Ehmcke von Tellemann, der Vorführdame, die kostbaren Modelle präsentieren. Frau Ehmcke von Tellemann mit ihrem strengen Knoten im Haar ging auf dem roten Teppich, der den Laden in zwei Hälften teilte, auf und ab. Ihr Gesicht war hochmütig distanziert, so als vertrüge sich Lächeln nicht mit ihrer Aufgabe, die Kleidung an die Frau zu bringen. Sie wiegte sich in den Hüften, stemmte mal den rechten, mal den linken Arm in die Taille, drehte sich am Ende des Teppichs langsam um und blickte kühl in die Runde. Dabei ruhte ihr hochgewachsener Körper auf dem linken Bein. Das rechte Bein war leicht abgeknickt, das Knie schob sich vor das linke Knie, der Fuß war nach außen gestellt und ebenfalls leicht geknickt. Es sah aus, als würde Frau Ehmcke von Tellemann auf diese Weise ein menschliches Bedürfnis zurückdrängen – ein Gedanke, den Lieselotte im Zusammenhang mit Frau Ehmcke von Tellemann sofort von sich wies. Im Gegenteil: für sie war es eine Körperstellung von höchster Eleganz, die sie immer wieder heimlich vor dem Spiegel probte.

Überhaupt war ihr die Vorführdame in allem ein Vorbild. Die Art, wie sie beim Dekorieren der Schaufenster den steifen Puppen Leben einhauchte, durch kesse Hütchen, zierliche

Handtaschen oder lange, zweimal um den Hals geschlungene Perlenketten. Hier ein Blumenbukett aus Seide an die Brust gesteckt, dort ein Sonnenschirmchen an den Arm gehängt. Die Art, wie Frau Ehmcke von Tellemann sich schminkte, frisierte und ihren Hals streckte, gab Lieselotte das Gefühl, ein elender Trampel zu sein. Sie wollte endlich ihre langen Zöpfe loswerden. Diese über die Brust hängenden Zöpfe zogen ihren Kopf nach unten und verstärkten so die schlechte Haltung, in die sie sich geflüchtet hatte, seitdem ihr die Schulkameraden »Bohnenstange« nachgerufen hatten.

Jeden Werktag tauchte sie in diese verführerische Welt ein, im Bewusstsein, nicht dazuzugehören, aber nicht ohne Hoffnung, eines Tages Tee trinkend auf einem der Samtstühlchen zu sitzen und sich Kleider vorführen zu lassen. Zum ersten Mal wurde ihr bewusst, in welch schäbigen Verhältnissen sie lebte. Jeden Morgen verließ sie ein Haus, dessen sie sich zunehmend schämte, um das Paradies in der Theatinerstraße zu betreten. Bereits in der Brienner Straße war es ihr, als müsste sie ihre Schuhe vom Dreck des Westends befreien. Und jeden Abend, beim Gehen durch die Einfahrt von Nummer 46, empfand sie ihre Heimkehr als einen Akt grenzenloser Entwürdigung.

Sie betrat die knarrenden Treppenstufen, auf denen die Sodalauge im Lauf der Jahre graue Rillen eingefressen hatte. Sie nahm mit einem Blick der Verachtung die ausgefransten Fußabstreifer wahr, die vor den Wohnungstüren lagen wie zottige Wachhunde – vor allen Türen lagen sie, nur nicht bei den Fassbenders, weil Therese zu träge, zu arm oder zu lebensüberdrüssig war, um sich zum Kauf eines Fußabstreifers aufzuraffen.

In den Schubfächern unter den Fensterbrettern moderte seit Jahren schmutziges Regenwasser vor sich hin. Da es manchmal überlief, zogen sich an den Wänden lange graue Bahnen bis zum Boden hin.

Obwohl die Namensschilder an den Türen oft wechselten, drangen immer die gleichen Geräusche aus den Wohnungen – Kindergeschrei, Gezeter, das Schlagen von Ofentüren, das Schlagen von Deckeln. Es war, als würde der ganze Verdruss des Tages sich in diesen Abendstunden, da Lieselotte nach Hause kam, Luft machen, als würde keiner mehr ein Geheimnis aus seinem Elend machen.

Therese war in einen Morgenrock gekleidet, es sah aus, als hätte sie ihn den ganzen Tag nicht abgelegt. Auf dem Herd kochte leise eine Erbsensuppe. Lieselotte empfand dieses Nachhausekommen wie die Rückkehr in einen warmen Bau, aber es wurde ihr immer deutlicher, dass ein Teil von ihr im Modesalon zurückgeblieben war und sie mit dem einen, dem schmutzigen Fuß in der Trappentreu stand und mit dem anderen, einem Pantöffelchen aus Gold, in der Theatinerstraße. Sie ließ sich die Zöpfe abschneiden. Sofort kringelte sich ihr schwarzes Haar großlockig um den Kopf. Sie schminkte sich den Mund und kaufte sich von ihrem Lohn ein reduziertes Seidenkleidchen. In dieser Aufmachung sah sie um ein paar Jahre älter aus. Therese betrachtete sie, zwischen Bewunderung und Sorge schwankend.

»Komm mir ja mit keinem Bankert nach Hause«, sagte sie. »Wir haben schon genug Unglück in der Familie.«

Lieselotte empfand diese Ermahnung als überflüssig. Sie wusste nicht einmal, wie man einen Bankert bekommt. Eine Schulfreundin hatte ihr verraten, wenn man mit einem Mann fünf Minuten im Bett liege, bekomme man ein Kind.

Davor hatte sie Angst. Sie hatte Angst vor Männern. Am Ende könnte ihr das Gleiche passieren wie ihrer Mutter. Im Stich gelassen. Der Armut ausgeliefert. Der Schande ausgeliefert. Auf der anderen Seite wusste sie, dass nur eine Heirat mit einem Mann sie von der Trappentreustraße befreien würde. Also schwankte sie zwischen Furcht und Hoffnung durch die Tage.

Eines Tages stolperte die Vorführdame auf dem Laufteppich und brach sich auf komplizierte Weise den Fuß. Mit ihr war auf längere Zeit nicht zu rechnen, Lieselotte durfte ihre Aufgabe übernehmen.

Sie sah komisch aus, wenn sie auf Stöckelschuhen ihre Runden drehte, tolpatschig und steif zugleich, dazu etwas verzagt.

Jedermann sah, dass sie Frau Ehmcke von Tellemann nachzuahmen versuchte. Ihr Busen war noch nicht voll entwickelt, ihr Hintern hatte noch kaum Rundungen angesetzt. Sie wirkte alles in allem schmaler als ihre Vorgängerin. Aus diesem Grund gewannen die Zuschauerinnen den Eindruck, die vorgeführte Garderobe habe die Eigenschaft, ihre Trägerin optisch schlank zu machen. Frau Julie Kölbl stellte mit Verwunderung fest, dass sie mehr verkaufte als zu Zeiten der Ehmcke.

Lieselotte gewöhnte sich an, auf den Straßen Münchens wie auf einem Laufsteg zu gehen, hocherhobenen Kopfes und mit wackelnden Hüften. Wenn sie auf die Straßenbahn wartete, so schob sie das rechte Knie über das linke und stellte den Fuß kokett nach außen. Sie wollte verführerisch wirken und auch wieder nicht. Ihr Erscheinungsbild war das einer vornehmen Dame, aber ihre Lebenserfahrung die einer jungen Eselin.

Je wichtiger Lieselottes Stellung im Salon wurde, desto überdrüssiger wurde sie ihres Zuhauses. Sie schämte sich des immer gleichen Anblicks der über dem Herd hängenden Wäsche, der ärmlichen Möbel, des zerschlissenen Tischtuches und nicht zuletzt ihrer zunehmend nachlässig wirkenden Mutter. Sie schämte sich auch dieser Scham, die der Dankbarkeit entbehrte. Sie war inzwischen siebzehn Jahre alt geworden und wollte nichts als weg. Sie wünschte sich, das Haus in der Trappentreustraße, dessen Gerüche an ihrem Körper klebten wie Schmierseife, nicht mehr betreten zu müssen.

LIESELOTTE 1934

Sie haben den Wagen, eine schwarze Limousine der Marke Wanderer, auf der rechten Seite geparkt und sind ein Stück spazieren gegangen. Der elegante Mann mit Namen Ottokar war stolz, eine so hübsche Person an seiner Seite zu haben. Bevor sie wieder eingestiegen sind, haben sie einen Vorübergehenden gebeten, sie zu fotografieren.

Fotos haben keinen Seltenheitswert mehr. Sie sind auf dem besten Weg, sich zur Dutzendware zu entwickeln, schwarzweiß, chamois, mit glattem Rand oder gezackt. Man möchte meinen, je mehr Fotos geschossen wurden, desto unruhiger wurde die Zeit, desto schneller strebte sie einem Ziel zu, von dem sie keine Vorstellung hatte.

Das geblümte Kleid mit den modischen Volants hat Ottokar bei Tietz gekauft und seiner Angebeteten in einem Päckchen überreicht. Ein Wildledergürtel, ein unter den Arm geklemmtes Täschchen und ein Paar Pumps, alles in Schwarz, vervollständigen die offensichtlich auf Eleganz bedachte Garderobe. Das linke Knie ist vor das rechte geschoben, der linke Fuß kokett eingeknickt. Lieselotte wird die von Frau Ehmcke von Tellemann übernommene Pose ein Leben lang beibehalten.

Gleichzeitig will sie sich kleiner machen als sie ist. Denn sie überragt den Mann an ihrer Seite um einen halben Kopf. Deshalb ist er auch auf den Bordstein gestiegen, wo sein Gewicht auf dem rechten Bein ruht, und deshalb trägt er einen Hut von der Höhe eines Zylinders. Um das linke Bein nicht in der Luft hängen lassen zu müssen, hat er es über das rechte geschlagen.

Der graue Anzug mit den weiten Hosenbeinen lässt den Mann Ottokar schwammiger erscheinen, als er wirklich ist. Einen Sportstyp würde man nicht in ihm sehen, obwohl er leidlich Tennis spielt und recht gut Ski fährt. Sein Gesicht wirkt intelligent und auch ein wenig draufgängerisch. Allerdings meint er es durchaus ernst mit der jungen Verkäuferin Lieselotte, die er eines Abends an der Straßenbahnhaltestelle aufgelesen hat.

Sie war sehr beeindruckt gewesen von dem schwarzen, auf Hochglanz polierten Auto. Sie kannte niemanden, der ein Auto besaß. Sie hatte erfahren, dass er als Prokurist beim Bankhaus Lenz arbeitete und bei seiner Tante in der Schellingstraße wohnte. Aus lauter Scham hatte sie ihm eine falsche Wohnadresse angegeben. Bavariaring 19. Auf keinen Fall wollte sie sich als Bewohnerin der Trappentreustraße zu erkennen geben. Sie war dann, als sein Auto verschwunden war, zu Fuß nach Hause gegangen.

Er holte sie nun jeden Tag von der Arbeit ab und fuhr sie zum Bavariaring. Nach einer Woche kam er ihr auf die Schliche. Er hatte noch ein paar Minuten träumend vor Nummer 19 verbracht, als er sie wieder herauskommen sah. Er verfolgte sie bis in die Trappentreustraße. Als sie ihn sah, lief sie davon. Er holte sie ein und blickte in ein tränennasses Gesicht. Sie gab sofort zu, hinsichtlich ihrer Adresse geschwindelt zu haben. Ja, das hier sei ihre richtige Adresse, sie könne nichts daran ändern, sie selbst verachte diese Gegend und habe keinen sehnlicheren Wunsch, als sie zu verlassen. Und da sie gerade dabei war, einen schmerzhaften Punkt in ihrem jungen Leben anzusprechen, erzählte sie ihm auch von ihrer jüdischen Abstammung, an der sie völlig unschuldig sei und derer sie sich, seitdem dieser Hitler an der Macht sei, mehr und mehr bewusst werde.

Ottokar, der im Übrigen doppelt so alt war wie Lieselotte, nämlich vierunddreißig Jahre, reagierte mit väterlich-tröstenden Worten. Er war erst vor drei Wochen in die Partei eingetreten, nicht aus Sympathie mit dem neuen Führer, sondern weil er sich dem Sog der Massen, die ihm zustrebten, nicht widersetzen mochte. Wer weiß, wozu es gut ist, dachte er. Wie alle entschlussunfreudigen Menschen fühlte er sich von starken Persönlichkeiten angezogen. Adolf Hitler mit seinen mächtigen Worten erschien ihm als der richtige Mann, Deutschland aus der Misere zu führen.

Ottokar kam aus guter Familie. Sein Vater war Offizier gewesen und seine Mutter hatte ein Wohnheim für mittellose Studenten betrieben, bis sie an der Spanischen Grippe erkrankte und fortan als Gelähmte selbst der Hilfe bedurfte. Ottokar unterstützte sie monatlich mit fünfzig Reichsmark.

Als Bankangestellter kannte er sich mit Geld aus. Er besaß Schifffahrtsaktien und Pfandbriefe, mexikanische Goldanleihen, ungarische Goldrenten und Aktien der Vereinigten Pinselfabriken. Und dazu diesen eleganten Wanderer.

Er war ein Eigenbrötler, ein Einzelgänger, ein vorsichtiger Zeitgenosse, der nicht an sich glaubte und am allerwenigsten daran, Verantwortung für eine Familie übernehmen zu können. Dabei war er großzügig, überschüttete Lieselotte mit Geschenken, brachte ihr das Tennisspielen bei und zahlte Klavierstunden in der Wohnung von Frau Riedl in der Trappentreustraße schräg gegenüber der Nummer 46. Er führte sie in gute Restaurants aus und korrigierte sachte ihre Tischmanieren. Lieselotte deutete es nicht anders, als dass er testen wollte, ob sie als Frau für ihn geeignet sei.

Bisher hatte sie sich ihm verweigert. Längst wusste sie, dass ein fünfminütiges Beieinanderliegen noch nicht zu einer Schwangerschaft führt. Alles Weitere konnte sie nur ahnen, und sie ahnte eine aufregende Sache, die sich zwischen ihren und Ottokars Beinen abspielen würde. Wenn er sie zum Abschied an sich zog und küsste, dann fühlte sie sein Glied in Schüben wachsen. Er drängte sich mit seinem Unterleib so lange an sie, bis sie ihn von sich stieß und einen Schritt zurücktrat. Nur kein Kind bekommen! Er schätzte diesen Widerstand, zeigte er ihm doch, dass es sich bei Lieselotte um keine leichtfertige Person handelte.

Im November 1934 stellte er sie seiner Tante vor. Frau Hauptmann Riederer, Witwe seines Onkels Paul, lebte in einer feudalen Sechszimmerwohnung. Das Haus hatte sogar einen Aufzug mit Spiegel, in dem Lieselotte ihr vor Aufregung gerötetes Gesicht erblickte. Ottokar schubste sie übermütig über die Schwelle der Wohnungstür.

Frau Hauptmann Riederer empfing sie in einem dunkelblauen Seidenkleid mit Spitzenjabot. Sie hatte in ihrem Salon einen kleinen Teetisch gedeckt. Lieselotte fühlte sich, so beeindruckt sie auch war, vom ersten Moment an unbehaglich. Sie ging, scheinbar interessiert, von einem Gemälde zum anderen und stieß aus Höflichkeit leise Laute des Entzückens aus. Sie bewunderte eine Empireuhr aus Messing, die eine schwebende Jungfrau mit Fackel zeigte und just in dem Moment zu schlagen begann, als Lieselotte davorstand. Sie fuhr mit der Hand leicht über eine glänzende Biedermeierkommode, nicht weil sie ihr gefiel, sondern weil sie um die Gunst von Frau Hauptmann Riederer werben wollte.

Diese hatte inzwischen nach dem Tee geklingelt, den ein Mädchen auf einem Silbertablett brachte. Sie nahmen um den Teetisch herum Platz, Lieselotte auf einer zierlichen Recamière.

»Ach, ist sie endlich gekommen?« fragte Ottokar, auf das kleine Möbel weisend.

»Ja, heute«, antwortete Frau Hauptmann ihrem Neffen und fügte, zu Lieselotte gewandt, hinzu: »Ich habe sie neu beziehen lassen.«

Sie trank ihren Tee mit einem abgespreizten kleinen Finger und musterte dabei ungeniert das fremde Gesicht.

»Und das ist also Fräulein Fassbinder«, sagte sie,

»Fassbender«, korrigierte Lieselotte schüchtern.

»Wie? Fassbender?«

»Ja, Fassbender«, antwortete Ottokar schnell.

»Und womit vertreibt sich das Fräulein die Zeit?« fragte Frau Hauptmann scherzend.

»Lotte ist Vorführdame bei Julie Kölbl.«

Lieselotte merkte, wie Frau Hauptmann auf ihre rotlackierten Fingernägel starrte, und versuchte, ihre Hände unauffällig zu verbergen. Eine Minute lang versiegte das Gespräch, dann fragte die Gastgeberin ihren Neffen: »Fassbinder ist ein deutscher Name. Wieso sieht das Fräulein so ...«, sie suchte nach einem Wort, »so fremdländisch aus?«

Noch bevor Ottokar antworten konnte, sagte Lieselotte: »Mein Vater ist Italiener. Obst und Südfrüchte en gros.« Mit dem Mut der Verzweiflung fügte sie hinzu: »Er lebt mit seiner Familie in Italien.«

Wieder herrschte eine Weile Stille. Frau Hauptmann Riederer holte sich aus einer Keksdose ein Stück Mürbegebäck und kaute darauf herum. Unter dem Tisch gab Ottokar Lieselotte einen leichten Tritt gegen das Schienbein.

»Dann sind Sie Ärmste ohne Vater aufgewachsen.« Die Stimme der Frau Hauptmann klang zuckersüß. »Wie schrecklich für Sie armes Kind und Ihre Frau Mutter. Ich weiß, wovon ich spreche. Ich bin im Vorstand des Vereins ›Hilfe für gefallene Mädchen‹.«

»So schlimm war es nun auch wieder nicht«, sagte Lieselotte. »Wir hatten ja meinen Großvater.«

»Sie hatte ihren Großvater, Tante Agnes«, wiederholte Ottokar.

»Wie gut für sie. Der Herr Großvater hatte Vermögen? Ich meine, welchen Beruf hat er ausgeübt?«

Noch bevor Lieselotte antworten konnte, sagte Ottokar: »Er hatte eine gehobene Position bei der Eisenbahn, liebe Tante.«

»Welche Position?« fragte Frau Hauptmann hartnäckig.

»Ich weiß es nicht«, antwortete Lieselotte verzweifelt und fing einen vorwurfsvollen Blick von Ottokar ein.

In diesem Moment merkte sie, wie ihre Periode einsetzte. Sie spürte, wie das Blut zuerst ihre Unterhose und dann das Kleid durchtränkte. Die Beine fest zusammenpressend, hoffte sie, dass die neu bezogene Recamière vor Schaden bewahrt bliebe. Sie wagte nicht aufzustehen, alle würden den Fleck in ihrem Kleid bemerken. Also blieb sie wie versteinert sitzen, den Blick aufs Fenster gerichtet, und beantwortete einsilbig die zunehmend indiskret werdenden Fragen der Frau Hauptmann Riederer. Wie alt sie sei? Welche Schule sie besucht habe? Wo sie wohne? Ob ihr Vater wenigstens für sie bezahlt habe? Und nach jeder Antwort warf sie ihrem Neffen einen vielsagenden Blick zu.

Währenddessen spürte Lieselotte, wie der klebrige Fleck unter ihrem Gesäß sich ausbreitete. Kein Zweifel, er hatte die Recamière längst erreicht, die neu bezogene Recamière der Frau Hauptmann Riederer. Noch ahnte niemand von dem Debakel. Die Lunte aber brannte bereits, die Explosion würde erfolgen, wenn sie aufstand. Was sollte sie tun? Aus dem Fenster springen?

Mittlerweile spielte sich die Unterhaltung nur noch zwischen Tante und Neffen ab. Sie kündigte ihm eine Erhöhung der Miete um fünf Reichsmark an. Im Winter müsse geheizt werden, und das Dienstmädchen habe sich über die Unordnung in seinem Zimmer beschwert. Ottokar war sofort einverstanden. Lieselotte gewann mehr und mehr den Eindruck, dass er unter der Fuchtel dieser Frau Hauptmann Riederer stand und eine Heirat einzig von ihrer Einwilligung abhing. Jetzt war sowieso alles verloren. Als die Besuchszeremonie endlich zu Ende war, gelang es Lieselotte, das hinter ihrem Rücken liegende Satinkissen unauffällig über den Blutfleck zu schubsen.

Nach dem Besuch bei Frau Hauptmann Riederer hatte Ottokar zehn Tage nichts von sich hören lassen. Lieselotte wunderte sich, dass sie nicht stärker unter seinem Stillschweigen litt. Es war eine verfahrene Angelegenheit. Wahrscheinlich war es auch nicht die große Liebe. Nein, die große Liebe war es zweifellos nicht. Sie war froh, ihm nicht mehr unter die Augen treten zu müssen.

Dann aber stand er eines Abends mit seinem Auto wieder vor Julie Kölbls Laden. Sie stieg ziemlich verlegen ein. Er sagte, sie habe sich gründlich danebenbenommen, eine Entschuldigung wäre angebracht gewesen.

»Ich habe mich geschämt. Du kannst dir das nicht vorstellen. Du bist keine Frau.«

»Du bist einfach nur schlecht erzogen«, erwiderte er aufgebracht.

»Was willst du dann mit mir?« Sie hatte Tränen der Wut in den Augen.

»Was ich will?« Er lächelte sie versöhnlich an. »Ich hatte Sehnsucht nach dir. Und ich möchte ein Wochenende mit dir verbringen.«

Sie wunderte sich über diesen raschen Wetterumschwung. Schon ein paar Mal hatte sie erlebt, wie die Gereiztheit, die ihn bisweilen überfiel, urplötzlich umschlug in eine sanfte, versöhnliche Stimmung. Und so hatte sie sich den Samstag freigenommen. Sie waren zu einem Sportgeschäft gefahren und hatten für sie ein Paar Skier und einen hinreißenden Anzug gekauft.

Sie waren an einem schönen Dezembermorgen mit dem schwarzen Wanderer in die Alpen gefahren und dann mit der Zahnradbahn hoch auf 2000 Meter Höhe. Hier oben schien die Sonne, und, was noch erfreulicher war, es lag bereits der erste Schnee des Winters. In der kleinen Gaststube aßen sie eine Erbswurstsuppe mit Wienern und tranken ein Skiwasser.

Lieselotte stand zum ersten Mal auf Skiern. Er gab sich viel Mühe mit ihr, brachte ihr den Schneepflug bei, indem er immer ein Stück vor ihr herfuhr und auf sie wartete. Sie wollte ihre Sache gut machen, seine Bewunderung wiedergewinnen. Aber sie merkte vom ersten Moment an, wie unsportlich sie war, wie ängstlich, wie ungeschickt. Sie fuhr mit weichen Knien und vor Schreck geweiteten Augen und umklammerte verkrampft die Skistöcke. Sie sah die übrigen Skifahrer in gekonnten Schwüngen an sich vorübergleiten, während sie wie ein schwerfälliges Ross den Schnee durchpflügte.

Sie hatten den Hang auf diese Weise mehrere Male befahren, als sie aus Unachtsamkeit oder Ungeschicklichkeit oder einfach nur Pech die Spitzen ihrer Skier nicht mehr zusammenbekam, sondern die Bretter parallel stellte und in unkontrollierte Fahrt geriet. Sie stieß einen Hilferuf aus und fuhr im Schuss den Hang hinunter. Da sie die Richtung in keiner Weise beeinflussen konnte, kam sie von der Piste ab und raste auf den Abhang zu. Glücklicherweise hatte sie genügend Geistesgegenwart, um sich nach hinten fallen zu lassen. Die Skier steckten wie sperrige Bretter irgendwo tief im Schnee und hinderten sie am Aufstehen. Sie verspürte einen stechenden Schmerz im rechten Fußgelenk, Sterne tanzten vor ihren Augen.

Sie hatte das Gefühl, ganz und gar versagt zu haben. Verbitterung kam auf gegen Therese, die sie nie hatte Sport treiben lassen und deren Ängstlichkeit sie anscheinend geerbt hatte. Dass sie nicht einmal schwimmen konnte, hatte sie Ottokar noch gar nicht gestanden.

Er kam angefahren, befreite sie von ihren Skiern und versuchte, sie auf die Beine zu stellen, vergeblich. Der Fuß schmerzte zu sehr.

»Warum bist du davongefahren«, fuhr er sie an. »Warte, bis ich Hilfe geholt habe.«

Sie merkte, wie verärgert er war.

Langsam verlor die Sonne ihre Kraft, bald würde sie hinter dem Kreuzeck verschwinden. Ein verlorener, ein verpfuschter Tag, durch ihre Schuld.

Nach einer halben Stunde, die ihr wie eine Ewigkeit vorkam, trafen vier Männer mit einem Schlitten ein und zogen sie langsam zum Berghaus hoch. Unter dessen Gästen befand sich zufällig ein Arzt, der ihren Fuß untersuchte.

»Gebrochen ist mit Sicherheit nichts, gnädige Frau, höchstwahrscheinlich eine Zerrung.«

Lieselotte errötete tief und warf Ottokar einen unsicheren Blick zu.

»Ich mache Ihnen einen Verband mit essigsaurer Tonerde. Sie legen sich hin und lagern das Bein hoch. Sie können natürlich«, er schaute auf seine Armbanduhr, »mit der letzten Bahn ins Tal fahren und einen Kollegen konsultieren. Aber ich fürchte, am Wochenende …«

Er vollendete den Satz nicht und legte einen feuchten Verband um ihren Knöchel.

Inzwischen war es dunkel geworden, Abendessenszeit. Ottokar brachte auf einem Tablett ein paar belegte Brote und zwei Gläser Milch. Er blätterte, während sie ihr Abendbrot einnahmen, in der Zeitung und blieb am Börsenbericht hängen. Plötzlich wurde er kreidebleich und griff sich ans Herz. Sein Körper zitterte.

»Was ist?« fragte Lieselotte besorgt. »Um Gottes willen, so sag doch, was los ist.«

»Die Schiffsaktien«, stieß er mühsam hervor. »Sie sind gefallen. Nichts mehr wert. Ich habe 50 000 Mark verloren.«

Sie erschrak bei der Nennung dieser Summe. Das war so viel Geld, dass sie sich nicht vorstellen konnte, es zu besitzen, und noch weniger, es zu verlieren.

Sie humpelte ums Bett herum, legte die Arme tröstend um ihn und zog ihn aufs Bett. Was dann geschah, geschah weniger aus Liebe als aus schlechtem Gewissen, aus Mitleid, aus Ratlosigkeit und aus Neugierde auf das, was sie sich bisher versagt hatte.

NORE 1935

Mit Kinderschrift ist auf der Rückseite des Fotos die Jahreszahl 1935 vermerkt. Nore hat in Ermangelung von Klebstoff das Bild während des Krieges mit Mehlpappe in ein Fotoalbum geklebt und später wieder herausgerissen, wovon zwei dicke weiße Flecken Zeugnis ablegen.

Im Lauf der Jahrzehnte hat das Foto eine schmutziggelbe Farbe angenommen. Schmutziggelb scheinen auch die Wände des düsteren Hauses zu sein, von dem nur ein kleiner Teil zu sehen ist: ein geschwungener Eisenbalkon, ein Regenfallrohr, ein paar Hinterhoffenster und ein an einer Wäscheleine hängendes Tuch. Davor erhebt sich eine mannshohe Mauer, deren Hässlichkeit der Architekt durch einen in halber Höhe angebrachten Holzzaun zu mildern versucht hat. Es ist die Hofseite der Trappentreu 46, nicht gerade ein schöner Platz, um eine Mutter zu verewigen, eine minderjährige Mutter, die gerade mit ihrem Neugeborenen aus der Klinik nach Hause gekommen ist.

Schon aus diesem Grund wirkt die junge Frau im weißen Kleid wie ein Fremdkörper, wie eine Auswärtige, die sich durch Zufall in diesen Hinterhof verirrt hat. Ihre eleganten spitzen Schuhe stehen auf einem lieblos aus Asche und Schlacke gestampften Boden. Weiße Seidenstrümpfe bekleiden die schlanken Beine, von denen nur das untere Viertel zu sehen ist. Dem weißen Kleid hat selbst der Gilb der vielen Jahre nichts anhaben können. Unter dem ovalen weißen Hut mit schwarzem Band, dessen vordere Krempe das Gesicht beschattet, während die hintere mit einem Anflug von Verwegenheit nach oben schwingt, ist lockiges, pechschwarzes, in Form eines Bubikopfes geschnittenes Haar zu sehen.

Den Hals schmückt eine Perlenkette, das linke Handgelenk eine Armbanduhr, und am rechten sind einige Armreife. Der

Ring an ihrem rechten Ringfinger ist kein Ehering. Es fehlt ihr ein Ehemann, und das Kinderbündel, das sie anscheinend liebevoll im Arm hält, gilt als sittlich-moralische Verfehlung.

Die junge Mutter hat ein paar Wochen vor der Entbindung im Kino ein Broadwaymusical gesehen und ihre Tochter nach der Hauptdarstellerin Eleanor Powell genannt. Wollte sie, dass ihr Kind Schauspielerin wird? Wohl kaum. Aber in Ermangelung irgendwelcher in der Familie traditionell gebräuchlicher Vornamen ließ sie sich von dem melodischen Klang von E-le-o-no-re verleiten und hoffte, dass etwas von dem Glamour der Schauspielerin auf das Kind übergehen möge. Allein, der Name war allen, die ihn aussprachen, zu lang, und es blieben nur die beiden letzten Silben übrig: No-re.

Ottokar hatte die Leica, für die er seine alte Agfa in Zahlung geben musste, wieder in seiner Aktentasche verstaut, die noch etwas schwache Lieselotte bis zur Haustür geleitet und sich verabschiedet. Er stieg nicht gerne die zwei Etagen hoch und trat nicht gerne der Frau unter die Augen, die seine Schwiegermutter werden könnte.

Ja, er hatte die Ehe versprochen, seit Monaten schon. Immer war etwas dazwischengekommen. Einmal war es eine Gehaltsaufbesserung, auf die er warten wollte, ein anderes Mal eine eingegipste Hand, und dann wieder drohte seine Tante, Frau Hauptmann Riederer, aus dem Fenster zu springen, wenn er die junge Person aus zwielichtigen Verhältnissen heiraten würde. Er würde sein Versprechen noch zwei Wochen lang hinauszögern, bis ihm die Nürnberger Rassengesetze ein legitimes Alibi lieferten, den Gedanken an eine Ehe endgültig und erleichtert aufzugeben. Da er ein ängstlicher Mensch und zudem Parteimitglied war, würde er sich dem neuen Blutschutzgesetz fügen und auch auf weiteren Geschlechtsverkehr mit seiner Geliebten verzichten.

Die junge Frau im weißen Kleid stieg die Treppen hoch in die kleine Wohnung, die sie von ganzem Herzen hasste. Sie hatte gehofft, sich und ihrem Kind diese Demütigung ersparen zu können. Sie wäre lieber in eine andere Wohnung heimgekehrt, in den Münchner Osten etwa, in geordnete Verhältnisse. Ein wenig Luxus hätte sie wahrlich verdient gehabt. Stattdessen wartete da oben ihre Mutter, die sie einmal mehr mit Vorwürfen überschütten würde.

Hinter den Spionen der Wohnungstüren konnte sie die Augen ahnen, die voller Häme ihre Heimkehr beobachteten. Bis in den zweiten Stock hinauf begleitete sie das atemlose Lauern und das Knacken des Bodens unter den Sohlen ausgetretener Pantoffeln. Sie dachte sich dazu die dicken Beine der Frauen, deren Namen sie auf den Türschildern las: Arleth, Sporer, Schütz und Oeller, und in ihrem Kopf breitete sich verzweifelter Überdruss aus.

In diesem Haus blieb keinem etwas verborgen. Sie hatten hinter Gardinenspalten den Beginn der Romanze verfolgt, wie der junge Mann seine Geliebte jeden Abend, mal früher, mal später, vor der Haustür absetzte, wie sich das junge Paar aus Angst vor dem Gerede flüchtig umarmte und der Mann in seinem Automobil eiligst davonfuhr, und an diesem schnellen Aufbruch konnten sie erkennen, dass ihm der Anblick des ärmlichen Hauses peinlich war, so wie ihm überhaupt anzusehen war, dass er die ganze Gegend von Herzen verachtete.

Und dann hatten sie einige Monate lang das Wachsen eines für gewöhnlich flachen Bauches beobachtet, während die Verlegenheit aus dem Gesicht der Achtzehnjährigen nicht mehr verschwand. Als die Hochzeit auf sich warten ließ, wunderte sich niemand. Ledige Kinder waren im Viertel keine Seltenheit. Dass es die eingebildete Person aus dem zweiten Stock erwischt hatte, erfüllte alle mit Schadenfreude. Kein Wunder, sie selbst war ja auch ein unehelicher Bankert. Eine liederliche Familie. Aber angeben konnte diese Person! Immer elegant! Jede Woche ein neuer Fetzen am Leib! Es hieß, sie spiele Tennis und nehme Klavierstunden. Nun konnte sie sehen, wo sie mit ihren weißen Kleidern blieb. Ihr Vater muss ein Zigeuner gewesen sein, bei dem Aussehen. Oder gar ein Jude.

Die kleine Nore lag im Arm ihrer Mutter, die eine Windel über das Gesicht des Säuglings schlug und zu Gott betete, dass das Kind nicht schreien möge, zumindest nicht jetzt, in diesem Treppenhaus.

Jedoch kaum dass es in seinem Bettchen lag, stimmte das Neugeborene ein anhaltendes Protestgeschrei an, von dem es sich weder durch die mütterliche Brust, noch durch einen in Honig getauchten Schnuller, noch durch ein Wiegen in den großmütterlichen Armen abbringen ließ. Bald griffen die Mieter aus dem ersten Stock zu dem im Haus üblichen Mittel der Unmutsäußerung, indem sie mit dem Besenstiel mehrmals gegen den Plafond klopften – ein Geräusch, das die junge Mutter zornig machte, weil es ihr wieder einmal zeigte, mit was für Nachbarn sie es zu tun hatte. Sie klopfte zurück. Und nun wusste es das ganze Haus: Bei den Fassbender-Frauen im zweiten Stock ist was Kleines da.

Die kleine Nore erwies sich, entgegen ihrem lautstarken Einstand, als ein verträgliches und leicht zufriedenzustellendes Kind. Zumindest in den ersten Lebensjahren war das so.

Sie wirkte zierlich, und statt der dunklen Locken ihrer Mutter hatte sie spärliches blondes Haar. Ihre Augen erinnerten an einen bemoosten Waldboden, und ihr Teint zeigte eine durchsichtige Blässe. Am meisten entzückt waren Mutter und Großmutter von der hohen Stirn des Kindes.

»Unsere Kluge, unsere Gescheite, sie wird's mal zu was bringen.«

Therese kochte die Windeln auf dem Herd und bürstete sie auf dem Küchentisch, den vor mehr als dreißig Jahren Adam geschreinert und unter dem Georg seine Kinderzeit verbracht hatte. Die Risse waren im Lauf der Zeit breiter geworden, so dass die Lauge manchmal in die Schublade tropfte.

Der jungen Mutter blieb nicht viel Zeit, sich um ihren Nachwuchs zu kümmern. Das morgendliche Stillen musste unter Eile geschehen, wenn sie die Straßenbahn an der Kazmairstraße erreichen wollte. Im Modehaus Kölbl wurde wenig Rücksicht darauf genommen, dass sie nun einen Säugling zu versorgen hatte. Zwei Monate lang fuhr sie, Ausnahmegenehmigung von der Chefin, mittags nach Hause und legte Nore voller Hast an ihre Brust. Sie war überhaupt eine ungeduldige Mutter, die nie mit ihrer Zeit zurechtkam. Vielleicht waren das Nores früheste Eindrücke: das Schimmern der Perlenkette am mütterlichen Hals, der leichte Duft nach Kölnisch Wasser und das Klimpern der Armreife – Eindrücke, die ebenso schnell wieder verschwanden, wie sie aufgetaucht waren. Und im Kontrast dazu Thereses vertrauter Geruch nach Kernseife, der Anblick ihres Kropfes und das Liebkosen ihrer rissigen Hände.

Kaum hatte die Mutter das Haus verlassen, legte Therese sich wieder ins Bett und weinte still vor sich hin. Sie weinte über ihr verpfuschtes Leben und ihre Dummheit, der sie diesen trostlosen Dreifrauenhaushalt zu verdanken hatte. Sie grämte sich um ihre Blasenschwäche und den enormen, sie entstellenden Kropf, der ihr aufs Herz drückte und ihr Leben bald beenden würde, wie sie sich immer wieder einredete. Nore nahm mit ihren feinen Antennen das Weinen auf. Wenn sie das Köpfchen drehte, konnte sie die große weinende Frau, die nicht ihre Mutter war, im schwarzen Bett liegen und weinen sehen.

NORE 1936

Das Foto zeigt Mutter und Tochter im Mai 1936 im Münchner Ausstellungspark. Nore ist neun Monate alt. Der Kindsvater, der sich jetzt, da ihm nicht mehr die Gefahr einer Ehe droht, hin und wieder in Nummer 46 sehen lässt, ist zu einem nachmittäglichen Spaziergang gekommen. Er ist sogar die zwei Treppen hochgestiegen, hat die kleine Nore hinuntergetragen und in den in der Toreinfahrt geparkten weißen Kinderwagen gebettet. Dann sind sie zusammen zum Ausstellungspark gegangen, in den Schlosspark der armen Leute vom Westend.

»Stell dich bitte mit dem Kind in die Sonne«, hat er zur Mutter gesagt und wieder seine Leica hervorgezogen. Es ist Mai, die blühenden Kastanien im Hintergrund werfen ein Flechtwerk aus Schatten auf den Kiesboden. Die Mutter nimmt Nore auf den Arm und stellt sich vor der Kamera auf. Sie haben vorher in dem hölzernen Pavillon eine kühle Limonade getrunken und Nore am Glas nippen lassen. Diese sitzt sehr aufrecht und entschlossen auf Lieselottes Arm, fürsorglich umfasst von zwei Händen mit lackierten Fingernägeln.

Auch auf diesem Foto herrscht bei der Kleidung die Farbe Weiß vor. Das breite Revers des Kleides reicht bis an den Einsatz der dreiviertellangen Ärmel heran, eine Reihe dunkler großer Knöpfe bildet einen modischen Kontrast. Der weiße, ovale Hut mit schwarzem Band, von dem nach Matrosenart die Enden fröhlich in der Luft zu flattern scheinen, rundet das harmonische Erscheinungsbild ab. Ein Blick genügt, um zu sehen, dass die junge Mutter sich damenhaft zu kleiden versteht.

Nore umklammert mit der linken Hand den obersten Knopf des mütterlichen Kleides. Ihr hat man ein ebenfalls weißes gehäkeltes Leibchen übergezogen, ärmellos und aus Wolle, denn im Schatten ist es noch kühl. Unten schaut ein weißes Beinchen hervor, das gerne zappeln möchte, aber unter dem mütterlichen Griff zum Stillhalten verurteilt ist. Die Mutter schaut auf das Kind, das Kind schaut nicht auf den Fotografen, so sehr dieser es auch mit hohen Tönen zu locken versucht, sondern links an ihm vorbei. Ein Spaziergänger mit Hund nimmt Nores ganze Aufmerksamkeit in Anspruch. Die Augen sind wegen der Sonne zugekniffen, der Mund geöffnet. Die Stirn ist in der Tat sehr hoch, der Kopf eckig, der Haarwuchs noch immer spärlich. Ein waches Gesichtchen mit Sinn für Komik. Die Mutter sagt zum Vater: »Sie gleicht dir!« Und sie bricht wieder einmal in Tränen aus und macht ihm Vorwürfe, dass er sie in diese Situation gebracht hat und keinen Rat weiß.

Nach diesem sonnigen Frühlingstag kehren sie wieder zurück in Nummer 46. Der Vater trägt Nore hoch, begrüßt die in eine ärmliche Schürze gekleidete Großmutter, die vor Verlegenheit nicht aus noch ein weiß, wirft seine Tochter zum Spaß und zum Abschied ein paar Mal in Richtung Küchenplafond und fängt sie wieder auf, wobei er mit piepsiger Stimmer wiederholt: »Einszweidreidiiiiii.«

Nore sieht die fleckige Landschaft der Küchendecke auf sich zufliegen, gleich wird es einen Rums geben, sie spürt ein Kribbeln im Bauch und schließt kurz die Augen. Aber der Vater hat seine Wurfkraft wohldosiert. Noch bevor die Decke auf sie fällt, fällt Nore, die Fliegerin, fällt der Vogel zurück in seine starken Arme.

Wann immer der Vater kam, spielte er dieses Spielchen mit ihr, von dem sie nicht wusste, ob sie es fürchten oder genießen sollte. Er brachte ihr jedes Mal eine Rohrnudel mit, eine mit drei knusprigen, schmalzigen Kanten, wie er nicht vergaß zu betonen. Er sagte: »Ecknudele«, und zog die Luft zweimal durch die Nase hoch. Dann strich er ihr scheu über Haar und Wangen, so als wäre sie ein zerbrechlicher Gegenstand, der unter seinen Händen Schaden nehmen könnte. Kaum hatte er die Wohnung verlassen, äfften ihn die beiden Frauen nach und machten sich über ihn lustig.

Mit drei Jahren begann Nore zu verstehen, dass der Vater nicht die starke Person war, für die sie ihn hielt. Sie wurde auch nicht mehr hochgeworfen, weil sie zu schwer geworden war. Er ist schwach, sagte die Mutter, er hat's mit den Nerven, sagte die Großmutter. Er hat einen nervösen Tic, er hat sein Auto verkaufen müssen, er hat sein ganzes Geld verloren, er spielt nicht schlecht Klavier, er ist Parteimitglied, er hat sein Jurastudium nicht zu Ende gemacht, er ist ein verbummelter Student, er ist nur Prokurist bei einer Bank geworden, gottlob zahlt er regelmäßig Alimente.

Nore hielt sich die Ohren zu, sie mochte nicht, wenn man sich über den Vater lustig machte.

Den ganzen Tag war sie mit der Großmutter allein. Weil Therese immer fror, ging das Feuer im Winter nie aus. An ihrer Hand stieg Nore die vielen Treppen in den Keller hinunter, um Holz und Kohlen zu holen. Dort unten waren die Wände nicht verputzt. Auf den dunkelroten, feuchten Ziegeln hielten die Weberknechte ihre zittrige Wacht. Thereses auf einen Unterteller geklebte Kerze flackerte im Hauch der Geister. Geister gibt es da, wo es dunkel ist. Auch auf dem Alten Südlichen Friedhof geistert es in der Nacht, hatte Therese gesagt. Geister sind unsichtbar, aber sie verraten sich durch ihren Atem. Wenn Nore Fieber hatte, dann warfen sie mit großen weißen Kissen nach ihr und murmelten unentwegt »geigeigeigeigei«.

Im Keller gab es nicht nur Geister, sondern auch Ratten. Einmal saß hinter der Kohlenschaufel eine Ratte, die, als Therese sie erschlagen wollte, ins Nachbarabteil auswich. In den anderen Abteilen gab es auch Kartoffeln, Kohl und Eingemachtes in Weckgläsern. In ihrem gab es nur Holz und Kohlen, und davon nicht viel. Es gab kein Eingemachtes, weil Therese immer so müde war. Die Mutter sagte, sie sei lediglich phlegmatisch und lasse sich gehen.

Wenn sie wieder oben in der Wohnung waren, nahm Therese einen Schürhaken und hob die vielen eisernen Ringe von der Herdplatte. Innen war noch etwas Glut zu sehen. Sie zerriss die

»Münchner Neuesten Nachrichten« und stopfte sie in das Loch. Dann griff sie nach einem Holzscheit, stemmte es gegen ihre Brust und spaltete mit einem scharfen Messer Späne davon ab. Wenn das Feuer brannte, konnte sie hineinlangen, ohne sich die Finger zu verbrennen. Sie legte die Scheite übereinander, Flammen züngelten um ihre Hände, aber fraßen sie nicht auf. Bald knisterte es im Herd. Der Schürhaken angelte sich die rußigen Ringe, immer den größten, und verschloss das feurige Loch, zuletzt mit einer Art eiserner Kuhle. Wassertropfen fielen von der über dem Herd aufgehängten Wäsche auf die heiße Platte, perlten ins Innere der Kuhle und zerstoben mit einem kleinen Knall. Wäsche, die über dem Ofen keinen Platz fand, hängte die Großmutter vors Fenster. Die Fenster waren mit Eisblumen bedeckt, die den ganzen Winter über nicht verschwanden und von denen keine der anderen glich – Gänseblümchen, Löwenzahn, Tannenzweiglein, Hühnerflaum, auf verwirrende Weise aneinandergedrängt und aufeinanderliegend. Nore wollte sie ablecken, aber die Großmutter sagte: »Pass auf, dass deine Zunge nicht anfriert.« Im Winter kamen die Nachthemden, die Schürzen, die Röcke, kam die ganze Wäsche steifgefroren in die Küche und stand auf dem Tisch. Nur eine kurze Weile dauerte das Wunder, dann sackte alles in sich zusammen.

War der Ofen erst einmal angeheizt, dann entledigte sich Therese ihrer Hausschuhe und steckte die Füße ins Backrohr. Dass sie dort nicht verbrannten, war ein weiteres Wunder in der langen Kette täglicher Wunder, zu denen das Backen von Pfannenkuchen gehörte und das Binden von Schuhbändern zu vollendeten Schleifen. Seit kurzem wusste Nore, was rechts und was links ist. Wenn sie auf dem Küchentisch saß, dann war die Hand auf der Fensterseite die rechte Hand. Gab sie jemandem zur Begrüßung die linke Hand, dann sagte die Großmutter: »Gib doch die schöne Hand!«

Sie legte überhaupt Wert darauf, dass Nore sich gut benahm. Keine Kirschkerne auf den Boden spucken. In der Straßenbahn den Sitzplatz für ältere Menschen frei machen. Bitte und danke sagen. Die Hand beim Gähnen vorhalten. Nicht mit vollem Mund sprechen, nicht »Kruzifix« sagen, keinen Schnee essen.

Nore wusste, dass sie sich gut benehmen musste, weil sonst die Leute schlecht über Mutter und Großmutter redeten. Worüber könnten sie reden? Therese stand oft mit dem Ohr an die Wohnungstür gelehnt und belauschte die Leute im Treppenhaus. Sie hatte Angst vor ihnen, sie hatte auch Angst vor Autos. Das Treppenhaus war ein öffentlicher Platz, auf dem gerichtet wurde. Über nicht geputzte Treppen, über zerfranste Schuhabstreifer. Über streunende Kinder. Über nicht bezahlte Mieten.

Einmal flatterte Therese, um dem Gerede zuvorzukommen, aufgeregt die Treppen hinunter und verkündete jedem, der es hören wollte: »Mein Gott, was soll nur aus uns werden? Meine arme Tochter ist Halbjüdin. Die schwarzen Haare. Die Nase. Und das unschuldige Kind ist auch zu einem Viertel jüdisch.«

Als Lieselotte am Abend davon erfuhr, schrie sie Therese an: »Wie konntest du das nur tun? Bist du denn völlig verrückt geworden?«

Nore fragte sich, welches Viertel an ihr jüdisch sein könnte. Auf jeden Fall war es etwas Schlimmes, etwas, das die anderen im Haus nicht hatten, nur sie und ihre Mutter Lieselotte. Wenn jemand sie fragte, wie alt sie sei, dann klappte sie den Daumen nach innen und streckte vier Fingerchen in die Höhe: »Bald vier.«

Die Mutter stand am Morgen minutenlang vor dem Spiegelschrank und bürstete ihre schwarzen Locken mit Brillantine, um sie zu glätten. Dann nahm sie einen Handspiegel und betrachtete ihre Nase von der Seite. »Ich weiß nicht, was du hast«, sagt sie zu Therese. »Meine Nase ist kerzengerade.«

»Es ist eine jüdische Nase«, beharrte Therese. »Du hast die Nase deines Vaters.«

Die Mutter puderte sich das Gesicht mit hellem Puder und zerstäubte, indem sie das Gummibällchen mehrmals zusammenpresste, aus einem Flakon eine Wolke von Eau Ravissante auf ihrem Hals. Noch eine ganze Weile, nachdem sie das Haus verlassen hatte, hing ihr Geruch in der Wohnung.

Nores Erinnerung an die Mutter wurde von Düften gespeist. Die Mutter war ein Kleinod, das mit seiner Anwesenheit geizte. Ihr wahrer Platz war »in der Stadt«. Am Morgen fuhr sie mit der Straßenbahn »in die Stadt«. Sie arbeitete »in der Stadt« und brachte manchmal Stoffmuster mit, die Nore andächtig durch die Finger gleiten ließ. Ihre Heimkehr »aus der Stadt« kündigte sich immer durch einen Hauch von Eau Ravissante an. Wenn sie da war, fehlte es ihr an Zeit. Hastig schaffte sie Ordnung, kehrte den Boden, wusch das Geschirr, nähte Knöpfe an. Immer stand ihr etwas im Weg, war nicht aufgeräumt, musste beseitigt werden. Nore fühlte, dass auch sie zu den Dingen gehörte, die im Weg standen und besser nicht da wären.

Manchmal schlüpft sie heimlich in den Kleiderschrank. Umgeben von den raschelnden, knisternden, sie liebkosenden Stoffen, konnte sie der Mutter näher sein als in den kurzen Momenten, in denen sie miteinander zu tun hatten. Die Kleider füllten den ganzen Schrank. Auch sie gehörten in all ihrer Fremdheit eigentlich »in die Stadt«. Außer ihrer Mutter trug niemand im Haus solche Kleider.

Nore glaubte, dass Therese ihr Kind Lieselotte nicht mochte. Therese sagte oft im Zorn zur Mutter: »Pass auf, dass du nicht abgeholt wirst!« Es klang nicht nach Besorgnis, sondern nach Drohung. Bei den abendlichen Streitereien verstand sie nicht, worum es ging. Aber sie fürchtete den Moment, wenn der Schlüssel im Schloss umgedreht wurde und Lieselotte sich auf die unaufgeräumte Wohnung stürzte. Deshalb versuchte sie, vorher noch Ordnung zu schaffen. Sie stieg auf den kleinen Schemel und rückte die Kaffeedose, die Salatschüssel, das Salzfass und das Gläschen mit Thereses Herzpillen auf der Anrichte hin und her, bis es so aussah wie auf dem Altar in der Ruppertkirche. Jeden Abend richtete sie den Altar für ihre Mutter her, aber die Mutter bemerkte ihn nicht und fing sofort zu streiten an. Innerlich ergriff Nore Partei für die Großmutter.

Auf dem Boden des Kleiderschrankes standen alle die Schuhe, die ihrer Mutter nicht passten. Die Mutter kaufte Schuhe, die ihr entweder zu groß oder zu klein waren, und das nur, fand die Großmutter, weil sie nichts von Schuhen verstand. Und schon stritten sie wieder. Das viele hinausgeworfene Geld!

Nore schlüpfte in ein Paar hochhackige Pumps und zerrte eine Pepitabluse vom Bügel. Die Bluse reichte ihr bis zu den Füßen. Auf dünnen Beinchen stelzte sie zum Spiegelschrank. Die Puderquaste war etwas fettig, und der Lippenstift schmeckte nach Lebertran. Wenn sie das Bällchen am Flakon zusammenpresste, kam aus einem kleinen Loch duftender Nebel. Sie fand sich überwältigend schön. Wenn die Mutter sie so sehen könnte, dann hätte sie ihr schönes Kind lieb. Aber da kam die Großmutter, schlug die Hände über dem Kopf zusammen, wickelte sie aus der Bluse, wischte ihr mit dem Spüllappen über den Mund und gab ihr einen Klaps auf den Hintern.

»Gott wird uns strafen mit diesem Fratz.«

»Wenn ich groß bin, dann werde ich Sängerin«, sagte Nore trotzig.

»Wo denkst du hin. Mit deiner schwachen Brust kannst du keine Sängerin werden«, antwortete Therese.

Die Großmutter kannte viele Lieder, das schönste handelte von einem in Seenot geratenen Schiff. Nore glaubte, dass die Traurigkeit der Großmutter von diesem Lied kam. Das Schiff zerschellte in einer stürmischen Nacht an einem Riff. Keine Rettung war in Sicht. Die Menschen jedoch waren angesichts ihres baldigen Endes gefasst.

»Dem Tode nah, dem Tode nah, furchtlos und mutig steh'n alle noch da«, sang Therese, und Nore ging ein Schauer über den Rücken, weil sie glaubte, dass die Großmutter und das Schiff ein und dasselbe und damit verloren waren.

Immer wieder sprach die Großmutter über den Tod. Sie sagte, dass sie sterben wolle, dann wieder sagte sie, sie habe so Angst vor dem Tod.

An manchen Tagen, an denen Therese sich gut fühlte, gingen sie zusammen auf den Westfriedhof und suchten sich Gräber aus. Therese wollte ein Prunkgrab mit Immortellen und zwei steinernen Engeln, die sie bewachen. Nore blieb bei einem Kindergrab mit Vergissmeinnicht stehen und sagte: »Das finde ich schön.«

Im August 1939 fuhr die Großmutter mit ihrer Enkelin im Zug nach Hamburg, um ihren Bruder Georg zu besuchen. Nore saß auf ihrem Schoß und konnte die Augen nicht von der vorüberfliegenden Landschaft abwenden. Die Häuser, die Menschen auf den Feldern und die Kühe auf den Weiden waren auf ein Zwergenmaß geschrumpft. Therese zog an dem Lederriemen und ließ das Schiebefenster herunter, damit Nore den Zwergen winken konnte.

»Nicht zu weit hinauslehnen«, sagte sie, »sonst reißt dir ein Zug den Arm ab.«

In Hamburg angekommen, sagte Therese: »Bei Onkel Schorsch und Tante Anna musst du dich benehmen, sie sind keine Kinder gewöhnt.«

Georgs Haus in Glinde hatte nur drei Zimmerchen, dafür aber einen kleinen Garten. In seiner Werkstatt stand eine Puppenwiege, eigens gemacht für Nores Puppe.

Nore sagte: »Aber ich habe doch gar keine Puppe.«

»Es ist wahr«, sagte Therese, »wir haben kein Geld dafür.«

Tante Anna kochte Sachen, die Nore nicht mochte. Labskaus und Hamburger Aalsuppe. Sie ärgerte sich: »Das Kind ist verwöhnt.«

Georg beruhigte sie: »Lass mal, die Kleine hat's schwer genug.«

Nachts schlief Nore auf dem Wohnzimmersofa, vielmehr, sie tat, als ob sie schliefe. Denn die Erwachsenen saßen um den Tisch herum und unterhielten sich über geheime Dinge, von denen sie tagsüber nicht sprachen.

»Ein lediges Kind in der Familie hätte genügt, meinst du nicht, Theres? Die arme Kleine! Kümmert der Vater sich wenigstens um sie? Und Lieselotte, ist sie eine gute Mutter? Mein Gott, sie ist ja selber noch ein halbes Kind.«

Georgs Stimme zitterte vor Erregung.

»Es ist alles nur wegen dem Juden«, versuchte die Großmutter sich zu rechtfertigen. »Ich war zu jung, ich bin auf ihn hereingefallen. Ich bin auf einen Halunken hereingefallen.«

»Du warst achtundzwanzig und hättest wissen müssen, was du tust, Theres. Liederlich. Du warst einfach liederlich.«

»Wir leben in Armut«, sagte Therese. »Was Lieselotte nach Hause bringt, reicht nur fürs Nötigste. Nores Vater zahlt fünfzig Mark Alimente. Er hat letztes Jahr geheiratet, eine Handarbeitslehrerin, und kommt immer seltener. Wir wohnen immer noch in der Trappentreu, mein Gott, weißt du, was das bedeutet?«

Nach zwei Wochen fuhr sie mit Therese im Nachtzug zurück. Es war der 1. September, als sie sich München näherten, die Morgensonne schien ins Abteil, ein schöner Spätsommertag brach an.

Lieselotte holte die beiden am Bahnsteig ab. Sie nahm Nore in den Arm und drückte sie fest an sich.

»Es ist Krieg«, sagte sie, und Nore sah, wie zwei Tränen über die gepuderten Wangen ihrer Mutter liefen und dort zwei Bahnen zurückließen.

Die Mutter hatte Nore eine Puppe aus Schokolade mitgebracht und bat sie, mit dem Aufessen noch zu warten. Nore taufte sie Erika. Sie brach ihr, kaum dass sie zu Hause waren, eine Hand ab und verspeiste sie. Die so Verstümmelte versteckte sie aus Angst vor einer Strafe hinter dem Schlafzimmervorhang. Am Spätnachmittag lief vom Fensterbrett eine breite braune Schokoladenbahn die Wand herunter.

Am Abend, als Therese Nore in den Schlaf sang, stimmte sie ein Lied an, das Nore noch nicht kannte und das sie nicht verstand, aber irgendwie gefiel es ihr.

Maikäfer flieg, Dein Vater ist im Krieg, Deine Mutter ist in Pommerland, Pommerland ist abgebrannt, Maikäfer flieg.

PARKSTRASSE AM 20. SEPTEMBER 1942

Die Bombe, die erste, die im Westend einschlug, hat ein paar einfache Wohn- und Geschäftshäuser getroffen. Der Pilot konnte unmöglich diese Häuser gemeint haben, in denen sich eine Wirtschaft, eine Metzgerei und eine Wäscherei befanden. Vielleicht wollte er die in der Nähe liegenden Bahngleise treffen.

Das Foto, das von einem Unbekannten aufgenommen wurde, verbotenerweise, denn das Propagandaministerium hatte alle Fotos verboten, die nicht der Ermutigung dienten, zeigt ein Bild der Verwüstung. Ein Haus ist dem Erdboden gleichgemacht. Aber, ein Erdboden ist das nicht. Da liegt anstelle des Hauses ein Berg aus Schutt.

Die beiden den Schutthaufen flankierenden Häuser scheinen noch einmal davongekommen zu sein, wenn auch schwer verwundet. Die Blechdächer sind so verbeult und aufgeworfen, dass der nächste Sturm sie davontragen wird.

Dem Grauen zum Trotz raucht auf dem zertrümmerten Ziegeldach des übernächsten Hauses ein Kamin. Der Hunger hat sich zurückgemeldet, das Leben geht weiter.

Therese steht mit Nore unter den Gaffenden. Sie haben von dem Unglück gehört und sind den langen Weg durch die Tulbeckstraße zu Fuß gegangen. Die Polizei hat den Ort des Schreckens abgesperrt, es ist kaum etwas zu sehen. Nore möchte auf den Arm genommen werden, damit sie mehr sieht. Zwei kleine Mädchen seien im Luftschutzkeller erstickt, heißt es. Nore möchte die kleinen erstickten Mädchen sehen. Es riecht noch immer nach Rauch und Staub. Auf einmal kommen Wachtmänner und treiben die Menge auseinander.

Therese kaufte fürs Klo eine dunkelblaue 20-Watt-Glühbirne und fürs Küchenfenster ein schwarzes Rollo.

»Das ist ein Befehl von Hitler, und wer sich nicht daran hält, wird bestraft«, sagte Therese.

Nore hörte den Namen nicht zum ersten Mal. Therese sagte auch, sie habe Angst vor diesem Hitler, aber sie vergaß manchmal, das Rollo herunterzulassen. Einmal klopfte jemand wütend an ihre Tür und fragte: »Was ist mit der Verdunkelung?«

Seit einem Jahr hatte Nore eine kleine Schwester mit Namen Marta. Damals war ihr, als sie zum Spielen in den Hof wollte, überraschend die Mutter im Stiegenhaus entgegengekommen. Sie hatte einen Säugling auf dem Arm und sagte: »Das ist deine Schwester Marta. Komm mit nach oben, um sie dir anzuschauen.«

Nore hatte kehrtgemacht und war hinter der Mutter die Treppen hochgestiegen. Es gab keinen Grund zur Freude über das fremde Kind, welches von einer rosaroten weichen Decke umhüllt war und nach Milch und frischer Wäsche duftete. Das Kind, so fein und geschmückt wie es aussah, passte nicht in dieses Haus, fand Nore. Als es auf dem Küchentisch ausgewickelt wurde, stürzte sich die Großmutter voller Entzücken auf das Baby, das aus seinem Schlaf erwacht war und augenblicklich zu schreien begann.

»Sie fremdelt«, sagte die Mutter und steckte Marta einen Schnuller in den Mund. Nore hatte das Gefühl, dass die Mutter nun ein Kind habe, das sie wirklich lieben konnte, und wünschte, das Baby würde vom Tisch fallen, so wie auch sie, Nore, vor Jahren vom Tisch gefallen war und sich einen Schneidezahn ausgebrochen hatte.

Die Mutter wohnte da schon am anderen Ende der Stadt, in der Osserstraße. Therese erzählte jedem, der ihr im Stiegenhaus begegnete, ihre Tochter habe eine glänzende Partie gemacht, sie sei jetzt Frau Kammersänger Mayrhofer und wohne in einer Acht-Zimmer-Villa in Bogenhausen.

Schon eine ganze Weile vor Martas Geburt war Lieselotte nur noch unregelmäßig nach Hause gekommen. Therese machte ihr immer Vorwürfe und sagte, sie sei eine Herumtreiberin, genau wie ihr Vater, der Jude, aber sie war auch stolz, dass ihre Tochter einen Kammersänger als Verehrer hatte.

Die Mutter antwortete dann immer, sie halte es in diesem schrecklichen Haus nicht mehr aus, der Armeleutegeruch mache sie krank. Schon allein beim Anblick des Treppenhauses würde ihr übel, dazu diese primitiven Menschen. Wenn sie in der Kazmairstraße aus der Trambahn steige, dann überfalle sie die Scham. Ja, sie schäme sich, in diesem Viertel zu Hause zu sein.

Sie nahm dann gewöhnlich ein Taschentuch aus ihrer Handtasche und rief Nore zu sich, um ihr den Mund abzuwischen. Sie wollte damit zeigen, wie ungepflegt auch ihr Kind aussah. Nore musste das Taschentuch mit ihrer Spucke befeuchten. Es schmeckte nach Parfum und zeigte Spuren von Lippenstift.

Irgendwann im Herbst 1940 kam Lieselotte völlig aufgelöst in die Trappentreustraße und erzählte, der Göring sei, begleitet von zwei Männern in SS-Uniformen, im Modesalon Kölbl aufgetaucht und habe nach einem Geschenk für seine Frau gesucht. Und weil die Kolleginnen gerade beschäftigt waren, sei es ausgerechnet ihr zugefallen, den berühmten Mann bedienen zu dürfen. Er habe sie mit seinen Wünschen hin- und hergejagt, mal nach einem Kostüm gefragt, das er sich von ihr vorführen ließ, mal nach einer Seidenbluse, und er habe sie unentwegt gemustert. Am Ende, als er sich für das Kostüm entschieden hatte, wollte er noch eine Stola sehen. Um die Stolas aus dem obersten Regalfach zu holen, musste sie eine Leiter hochsteigen, und sie habe seine Blicke auf ihrem Rücken wie Pfeile gespürt, weil sie sich nichts anderes vorstellen konnte, als dass er Verdacht geschöpft hatte. Am Ende habe er gesagt, sie sehe so interessant aus, woher ihr Vater komme, und sie habe, während sie am ganzen Körper zitterte, geantwortet, ihr Vater sei Italiener gewesen, und da habe der Göring gelacht und gesagt: »Bravo, bravo!« Aber ihr sei es bei dem Lachen kalt über den Rücken gelaufen, weil sie sich durchschaut fühlte.

»Was ist, wenn er Erkundigungen einzieht?« fragte sie schluchzend. »Ich habe Angst, morgen zur Arbeit zu gehen. Nicht einmal hier in diesem Haus kann ich mich noch sicher fühlen, wo sie doch neulich die Schwestern Götz abgeholt haben.« Sie fuhr Therese an: »Durch deine Dummheit wissen alle von meiner Abstammung. Ein Wunder, dass mich noch niemand verraten hat.«

Die beiden alten Schwestern Götz aus dem dritten Stock waren eines Tages abgeholt worden, die Wohnung hatte man versiegelt. Wenn Nore verstohlen durch den Briefschlitz schaute, dann schlug ihr noch immer der vertraute Geruch der Schwestern Götz entgegen – eine Mischung aus Feigenkaffee und Hafersuppe. Sie hatte sie manchmal besuchen dürfen, und sie waren immer sehr lieb zu ihr gewesen.

Die Nachbarn fragten, warum die Schwestern abgeholt worden waren.

»Weil sie Bibelforscherinnen sind«, flüsterte einer. Jeder wartete darauf, dass sie zurückkommen würden, aber sie kamen nicht zurück. In die Wohnung zog eines Tages der Lagermeister Lorenz Steiger ein. Aus Dachau kommt keiner zurück, hieß es.

Lieselotte hatte sich dann seit jenem Tag, an dem sie Göring getroffen hatte, nicht mehr in der Trappentreu sehen lassen. Eines Tages hatte Therese zu Nore gesagt, die Mutter werde am Abend kommen. »Du musst ganz lieb zu ihr sein, denn sie hat große Sorgen.«

Als die Mutter zur Tür hereinkam, bemerkte Nore den dicken Bauch und ahnte, dass die Sorgen damit zusammenhingen. Sie sah so verändert aus. Und sie war so lieb zu ihr.

»Mein armes kleines Mädchen«, sagte sie und schloss sie in die Arme.

Das geschah nicht oft, das war so selten und kostbar wie diese unglückselige Schokoladenpuppe. Lieselotte brachte Nore ins Schlafzimmer und legte sie ins Bett.

»Schlaf gut, meine Große«, sagte sie und knipste das Licht aus.

Aber Nore konnte nicht schlafen. Sie schlich barfuß zur Tür, öffnete sie und lauschte. Die Küchentür war nur angelehnt. Satzfetzen drangen an ihr Ohr, eiliges Hin- und Hergerede, das sie nicht verstand.

»… mit all seinen Beziehungen«, »… Bayerische Staatsoper«, »… er will mich nicht sitzenlassen mit dem Kind«, »… Wolf«, »… Freischütz …«, »… Wolf«, und immer wieder das Wort »arisch«.

»Was soll aus der Kleinen werden?« fragte Therese.

»Ich kann ihm nicht zwei Kinder auf einmal zumuten. Er braucht Ruhe, um zu arbeiten. Nein, Nore bleibt erst mal bei dir.«

Und dann fielen wieder Sätze, in denen ein Seemann vorkam, ein Schiff und Amerika. Die Großmutter sagte mehrmals, nein, lügen könne sie nicht und einen Meineid leisten noch viel weniger.

Nore schlich in ihr Bett zurück und konnte nicht mehr einschlafen. Die Mutter würde nicht mehr zurückkommen, und sie, Nore, musste hierbleiben. Was war mit dem Wolf und dem Schützen? Und dann war da wieder das Schiff, das der Großmutter nicht aus dem Kopf ging, das versinkende Schiff …

Am nächsten Morgen zog Therese ihr bestes Gewand an, versteckte ihren Kropf hinter einem Schal und fuhr mit Nore in der Straßenbahn zum Stachus. Sie gingen ein paar Straßen weit und betraten dann ein großes Gebäude. Während sie mit dem Paternoster in den dritten Stock fuhren, schärfte die Großmutter ihrer Enkelin ein, sich gut zu benehmen, und versprach ihr als Belohnung am Abend Pfannenkuchen. Sie betraten ein Büro, in dem zwei Männer hinter ihren Schreibtischen saßen.

Therese sagte: »Heil Hitler«, und drückte so lange Nores Hand, bis diese einen Knicks machte und die beiden ungewohnten Worte nachsprach.

Einer der Männer fragte Therese, weshalb sie das Kind mitgebracht habe, dies sei doch wirklich keine Angelegenheit für ein so kleines Kind. Therese antwortete voller Respekt, sie habe nicht gewusst, wo sie die Kleine lassen sollte. Nore merkte, wie die Hand der Großmutter zitterte.

»Also, Fräulein Fassbender«, begann der andere Mann. »Sie wollen neue Angaben zur Abstammung Ihrer Tochter Lieselotte machen. Bei uns hier ist als Vater ein gewisser Moritz Jandorf vermerkt, geboren am 20.2.1872 in Hengstfeld, jüdischen Glaubens, damals, 1916, wohnhaft in München, Kaiserstraße 77.«

»Da-das ist eine falsche Angabe, die ich voreilig, die ich in der Aufregung gemacht habe«, stotterte Therese und ließ Nores Hand los, um ein Papier aus ihrer Handtasche zu holen. Die Großmutter übergab es dem Mann, der es kurz überflog und dann laut vorlas.

»Ich, Therese Fassbender, gebe hiermit zur Kenntnis, dass der Vater meiner am 12. August 1916 geborenen Tochter Lieselotte ein italienischer Seemann ist, den ich im November 1915 im Hofbräuhaus kennengelernt habe und mit dem ich eine Nacht verbracht habe, bevor er am nächsten Morgen nach Hamburg weitergereist ist.«

»Und das sollen wir Ihnen glauben?«

Therese ergriff wieder Nores Hand. Ihre Handtasche fiel dabei zu Boden. »Das müssen, das müssen Sie mir glauben, das ist so wahr, wie ich hier stehe«, sagte sie in verzweifeltem Tonfall.

»Wenn Sie mit der Wahrheit genauso umgehen wie mit Ihren Männerbekanntschaften, dann …«

»Ich war damals ein leichtsinniges junges Mädchen«, fiel Therese, mit den Tränen kämpfend, ihm ins Wort.

Der Mann schaute in die Papiere und rechnete einen Moment lang nach.

»Sie waren achtundzwanzig, wenn ich mich nicht irre.«

Der andere flüsterte ihm etwas zu und zeigte auf eine Notiz in der vor ihm liegenden Akte. Zwischen den Zähnen stieß er hervor: »Befehl von oben. Lass mich mal.«

Und zu Therese gewandt: »Ich persönlich glaube Ihnen kein Wort. Können Sie auf Ihre Angaben einen Eid leisten?«

Therese hob die Hand zum Schwur und sagte, während sie starr auf ihre Schuhspitzen blickte: »Ich schwöre, dass meine Angaben der Wahrheit entsprechen.«

»Also, dann streichen wir den Juden Jandorf durch. Wie hieß denn der Seemann?«

»Mario.«

»Mario wie?«

»Weiß ich nicht, hab ich nie gewusst. Wirklich.«

Die Männer warfen Therese einen abschätzigen Blick zu und schüttelten den Kopf. Die Großmutter tat Nore leid. Der Schal war heruntergerutscht und zeigte den Kropf in seiner vollen Größe. Ihre armseligen Schuhe, ihr Mantel, ihre Handtasche passten nicht in die Stadt, so wie die Kleider der Mutter nicht ins Westend passten. Die Männer schauten mit Verachtung auf die Großmutter. Nore wünschte, sie ließen sie endlich in Ruhe.

Für die Rückfahrt erwischte Therese, ungeschickt wie sie in solchen Dingen war, die falsche Straßenbahn. Sie mussten an der Donnersberger Brücke aussteigen. Beim Blick über das Geländer auf die in der Sonne glänzenden Schienenstränge sagte sie: »Hier ist deine Urgroßmutter Marie hinuntergesprungen. Sie war lebensmüde. Manchmal denke ich, über unserer Familie liegt ein Fluch. Und heute habe ich gelogen, damit deine Mutter heiraten kann. Aber du, du sollst nie lügen.«

In der nächsten Woche kam Lieselotte erneut in die Trappentreu und erzählte atemlos und mit strahlenden Augen, dass sie vom Erbgesundheitsamt einbestellt worden war, wo ihr ein Arzt den Schädel vermessen hat. Er habe mit einem Zentimetermaß den Abstand von einem Ohr zum anderen, vom Kinn zum Mund, zur Nase und weiter zum Haaransatz, die Länge der Nase, die Breite zwischen den äußeren und inneren Augenwinkeln sowie den Umfang ihres Kopfes gemessen. Er habe auch Augen- und Haarfarbe notiert und ihre Körpergröße gemessen. Er sei sehr freundlich zu ihr gewesen, das habe sie ausschließlich Wolf zu verdanken, und am Ende habe er ihr bescheinigt, dass sie Arierin sei.

Und dann holte die Mutter ihre letzten Kleider aus dem Schrank, packte sie in einen Koffer und verschwand. Lieselotte wohnte nun in der Osserstraße beim berühmten Kammersänger Wolfgang Mayrhofer, wo im Juli 1941 unter der tatkräftigen Hilfe einer Hebamme die kleine Marta das Licht der Welt erblickte.

Nore war nun immer allein mit der Großmutter. Besonders am Abend bedeutete das schwarze Rollo Eingesperrtsein. Niemand wollte mehr am Abend auf die dunklen Straßen gehen. An solchen Abenden spielten sie oft Friseur. Therese setzte sich auf einen Stuhl, und Nore machte die Spange auf, die den Knoten der Großmutter zusammenhielt. Es war halblanges, graues, etwas fettiges Haar, das Nore mit einer Bürste bearbeitete.

»Ich hab so Kopfschmerzen«, sagte Therese, »hör nicht auf.« Nore machte ihr die aberwitzigsten Frisuren, Zöpfe, Schnecken und Hochfrisuren. Sie dachte: Schade, dass das Haar so grau und die Großmutter so alt ist, mit diesen Frisuren könnte sie sich sehen lassen.

Das Essen wurde knapp. Wenn sie zusammen einkaufen gingen, dann holte die Großmutter einen Zettel hervor, von dem der Verkäufer mit der Schere ein kleines Stückchen abschnitt. Dafür bekamen sie dann ein Stückchen Wurst oder Margarine oder Brot. Therese kaufte das Fleisch, das ihnen für eine Woche zustand, immer auf einmal ein und machte daraus Böflamott. Wenn es fertig war, konnten sie dem feinen Geruch nicht widerstehen und schlugen sich den Bauch voll. Für den Rest der Woche behalf Therese sich dann mit saurem Kartoffelgemüse. Saures Kartoffelgemüse mochte Nore lieber als Petersilienkartoffeln. Die Großmutter kochte auch oft Pfannenkuchensuppe oder Reiberdatschi. Oder es gab nur gekochte Kartoffeln mit Salz und einem Stückchen Margarine. Noch litten sie keinen Hunger.

Als Nore sieben war, begannen über der Stadt manchmal die Sirenen zu heulen. Mit dem Fliegeralarm begann jedes Mal das große Abenteuer. Sie wartete immer voller Ungeduld darauf. In dem gewöhnlich träge dahinschlummernden Haus entstand Bewegung. Das Stiegenhaus, zu anderen Zeiten ein Ort verstohlener Tratschereien, ächzte unter den Tritten der hastig Hinuntereilenden, von denen manche in der Aufregung ihre Wohnungstüren offen stehen ließen. Sie schleppten Koffer, Rucksäcke und Bündel mit sich, in denen sie ihre Habseligkeiten verpackt hatten.

Dann breitete sich Stille im Haus aus. Wie Tiere, die den Schutz der Erde suchen, verzogen sich die Leute in die Keller, wo sie dann bei Kerzenschein beisammensaßen, auch die miteinander Verfeindeten, aus Kannen Tee tranken und sich flüsternd Schauergeschichten von Bombenangriffen erzählten. Nore liebte diese Geschichten.

Der Amerikaner, sagten die Leute, habe Sprengbomben und der Engländer Brandbomben. Sprengbomben rissen alles in Stücke, während die Brandbomben im Speicher ein Feuer entfachten, das sich langsam, Stockwerk für Stockwerk, nach unten fraß.

Nore war jetzt groß genug, um alleine zum Spielen in den Hof zu gehen. Die Großmutter sagte, sie solle nicht mit den Hampe-Kindern vom Rückgebäude spielen, weil deren Vater gesessen habe. Der Weg in den Hof führte durchs Stiegenhaus – zweiundsechzig kleine Schritte über nachlässig gewischte Stufen, die linke Hand auf dem hölzernen Geländerlauf, vorbei an den blechernen Schubfächern unter den Fensterbrettern. Nore öffnete sie aus Neugier, so wie es die Großmutter und die Mutter früher getan hatten, und atmete den lange eingesperrten Geruch von Moder und Fäulnis, der dem Geruch des Hauses verwandt war.

Ein schmaler Weg zwischen dem Flügelbau und dem Zaun von Nummer 48 führte zu den blechernen Aschentonnen. Aus den Parterrefenstern des Flügelbaus roch es ekelhaft nach gekochtem Hundefutter. Der Lokführer Adolf Weber betrieb dort eine Boxerzucht. Manchmal kamen Leute mit Hündinnen zu ihm, um sie decken zu lassen. Herr Weber ging dann mit ihnen in die Waschküche.

»In der Waschküche geschehen unzüchtige Dinge«, sagte Therese. »Schau nicht zu!«

Das Fenster der Waschküche war das einzige Fenster, das nicht mit Betonsteinen zugedeckt war. Eines Tages nämlich waren Arbeiter gekommen und hatten vor alle Kellerfenster Betonklötze gehievt, um die Keller vor Einschlägen zu schützen. Herr

Weber hängte, wenn er mit den Hunden zugange war, eine graue Decke vor das Fenster. Auch an Tagen, an denen die Bewohner des Hauses sich in der Zinkbadewanne ein Bad genehmigten, war das Fenster verhängt.

Nore legte auf dem Boden des Hofes, der nichts weiter als gestampfter Bauschutt war, Seen aus Glasscherben und kleine Moosgärtchen an, in die sie Bäume aus Mauerlattich pflanzte. Kellerasseln waren ihre Kühe. Sie konnte nicht verstehen, weshalb ihre Mutter so auf das Haus schimpfte. Mittags warf ihr die Großmutter ein Stück Butterbrot herunter, dessen Papier sich bereits im Fallen auflöste.

Das Stückchen Himmel, das die Häuser überspannte, war klein und unendlich weit entfernt, wie durch ein Kaleidoskop gesehen. Es sah nicht anders aus als in Thereses und Lieselottes Kindheit. Trieben weiße Wolken über diesen Himmel, dann entstand der Eindruck, als würden sich die Häuser nach vorne beugen und in den Hof stürzen. Nore lief dann hilfesuchend die vielen Treppen zur Großmutter hoch und war kaum zu beruhigen. Oft aber war der Himmel grau und stank nach Gummi. Seit Kriegsbeginn arbeitete Metzeler auf Hochtouren. Hitler brauche Gummi für den Krieg, sagten die Leute.

Eines Tages rissen die Kinder von Nummer 48 ein Loch in den Zaun und fragten Nore, ob sie nicht zum Spielen kommen wolle. Nummer 48 war erst Ende der zwanziger Jahre entstanden und hieß noch immer »der Neubau«. Ihr neuer, ihr erster Freund hieß Franzi Bschorr und wohnte im ersten Stock. Er führte Nore, um Eindruck auf sie zu machen, durch die Wohnung und zeigte ihr Bad und Kühlschrank. Seine Eltern besaßen einen Obststand auf dem Münchner Viktualienmarkt und konnten sich eine Wohnung im Neubau leisten.

Mit Franzi und den übrigen Kindern spielte sie am liebsten Fliegeralarm. Jeder von ihnen hatte seinen kleinen Haushalt, seine Habseligkeiten und Schätze auf den vor den Kellerfenstern liegenden Betonsteinen ausgebreitet. Über brennenden Kerzenstummeln buken sie aus Mehl und Wasser kleine Pfannenkuchen. Sie spielten genervte Hausfrauen, deren Männer in den Krieg gezogen waren. Und plötzlich erklang aus einem dieser kleinen Münder ohrenbetäubendes Sirenengeheul. Sie rafften in Eile zusammen, was ihnen kostbar erschien, und stürmten unter »oh Gott, oh Gott!« in die Waschküche, in Sicherheit.

In der Waschküche zeigte Franzi ihnen ein Stück Seife, das auf dem Wasser schwimmen konnte. Sie wuschen sich alle damit die Hände. Die Seife fühlte sich seltsam leicht und luftig an. Franzi, der schon in die erste Klasse ging und buchstabieren konnte, deutete auf die Seife: »Da steht RIF, und woaßt, was des hoaßt? Des hoaßt reines jüdisches Fett.«

Die Luftangriffe auf die Stadt wurden heftiger. Auch das Westend wurde immer öfter das Ziel von Bomben. Im Keller der Trappentreustraße 46 vernahm man eines Nachts einen ohrenbetäubenden Krach und ein kurzes Beben, bei dem die brennende Kerze umfiel und es stockdunkel wurde.

Therese begann weinend das Vaterunser zu beten, andere folgten ihr. Sie konnten sich nichts anderes vorstellen, als dass das Haus über ihnen zerstört war und sie sich ihren Weg freibuddeln müssten. Nach der Entwarnung stellten sie voller Erleichterung fest, dass sie noch einmal davongekommen waren. Dafür war vom gegenüberliegenden Haus nur ein Trümmerhaufen übriggeblieben. Drei Häuser weiter brannte es. Trotz all des Schreckens ging vom Feuer eine beruhigende Wirkung aus, die den frierenden Menschen wohltat. Sie standen gaffend davor und rieben sich die Hände. Jeder war froh, dass es ihn nicht erwischt hatte. Nore weinte, sie wäre lieber in der Osserstraße bei der Mutter gewesen, denn in der Osserstraße gab es keinen Krieg.

In Nummer 46 waren fast alle Fensterscheiben zu Bruch gegangen. Es dauerte mehr als eine Woche, bis der Glaser sie geflickt hatte. Während dieser Zeit befestigte Therese mit Reißnägeln altes Packpapier in den leeren Rahmen, welches die Wohnung tagsüber in Dunkelheit hüllte. Nachts schliefen sie wegen der Kälte in ihren Kleidern. Ein paar Wochen lang wohnte die alte Frau Riedl von gegenüber, deren gesamte Habe unter dem Schutthaufen begraben lag, bei ihnen. Frau Riedl sagte, am meisten vermisse sie ihre Schmuckkassette, die sie leichtsinnigerweise nicht mit in den Keller genommen habe. Nore verbrachte von nun an jede freie Minute mit Franzi auf dem Schutthaufen, verbotenerweise, denn da stand ein Schild »Betreten verboten«. Mit zwei von Thereses blechernen Löffeln gruben sie nach dem Schmuck von Frau Riedl. Sie brachten nur Glasscherben und Dachziegel zutage.

Franzi sagte: »Wenn ma den Schmuck find'n, dann kriag'n ma an Finderlohn.«

Nores Vater entschwand für die nächsten fünf Jahre aus ihrem Leben in den Krieg. Vorbei war die Zeit der Ecknudeln und der scheuen Liebkosungen. Dafür kam jetzt regelmäßig eine Frau vom Jugendamt, um nach dem Rechten zu sehen. Am Tag zuvor raffte Therese sich immer zu einem Großputz auf, der auch die Enkelin mit einbezog. Sie schnitt ihr die Fingernägel und spülte ihr glattes, blondes Haar mit Essigwasser.

Nore war schwierig geworden. Sie folgte nicht und gab freche Antworten. Sie verlor ihre einzige Strickjacke im Hof. Sie kaute an den Fingernägeln. Sie schnitt in Thereses Schürze ein Loch. Die Großmutter sagte oft: »Du bist so schwierig wie deine Mutter. Wenn du so weitermachst, werde ich dich ins Kloster ›Zum guten Hirten‹ stecken.« Um ihren Erziehungsversuchen Nachdruck zu verleihen, versohlte sie Nores kleinen Hintern mit einem Kochlöffel.

Diese richtete sich unter dem Küchentisch ein sicheres Plätzchen ein, weil Therese, die sich nur ungern bückte, sie dort nicht erreichen konnte. Am Ende der hölzernen Leiste, auf der die Schublade lag, hatte sie stets einen Vorrat aus trockenem Brot, um in ihrem Exil nicht zu verhungern. Sie saß oft stundenlang da unten, und so wie vor vielen Jahren Georg an den Beinen von Adam und Marie die Lage erkundet hatte, so spähte jetzt Nore nach den Beinen der Großmutter, die ihr irgendwann zu verstehen gaben, dass die Luft wieder rein war.

An Nores achtem Geburtstag kam ein fremder Mann in einem Auto, um sie abzuholen und zu ihrer Mutter zu bringen. Er sagte zu Therese, er sei ein Freund von Wolf Mayrhofer. Sie fuhren durch die Innenstadt, wo der Krieg schon einiges verwüstet hatte, mehr jedenfalls als im Westend. An der Bahnhofsfassade las Nore »Räder müssen rollen für den Sieg«. In Bogenhausen war alles noch heil geblieben.

Die Villa in der Osserstraße hatte einen großen Garten mit hohen Bäumen und Johannisbeersträuchern, an denen reife Früchte hingen. Der Rasen war mit Gänseblümchen übersät. Auf Nore wartete das Geburtstagsgeschenk, eine Babypuppe in einem rosa Kleidchen, die, wenn man sie nach vorne kippte, »Mama« sagen konnte. Sie bekam den Namen Eva, weil Eva der schönste Name der Welt war.

In einem Laufställchen schlief ihre kleine Schwester Marta. Der fremde Mann verknipste einen Film, um sie schlafend, und einen zweiten, um sie auf dem Arm der Mutter zu verewigen. Nore pflückte aus Ratlosigkeit und Verzweiflung Gänseblümchen. Sie wollte nicht zuschauen, sie wollte diese Schwester, die im Begriff war, sich zu einer Riesin zu entwickeln, nicht sehen. Am Ende durfte sie sich mit einem Gänseblümchenstrauß neben einen Liegestuhl stellen, in dem die Mutter saß, und wurde auch einmal fotografiert.

Die Mutter zeigte ihr das Haus, in dem es ein Klavier und zwei Bäder und glänzende Möbel und viele Teppiche gab. Und ein Telefon. Und ein Kinderzimmer. Und ein Kindermädchen mit Haube. Es war alles so schön gepflegt, dass Nore kaum zu atmen wagte. Vor einem Foto blieb die Mutter stehen: »Das ist Wolf«, sagte sie.

Wolf hatte einen großen schwarzen Schlapphut auf und war geschminkt wie eine Frau. Die Mutter sagte, er sei für seine Rolle in »Carmen« geschminkt worden. Und wenn Nore größer sei, dann dürfe sie einmal mit ihr in die Oper gehen, um ihn singen zu hören. Die Stimme der Mutter zitterte etwas, als sie das sagte. Auch als sie dem Kindermädchen auftrug, Marta aus dem Garten ins Haus zu holen, spürte Nore diese Unsicherheit. Noch nie hatte sie ihre schöne, elegante Mutter so voller Unsicherheit erlebt. Zum Abschied weinte sie ein bisschen. Nore sah wieder die beiden Tränenbahnen auf den gepuderten Wangen.

»Du musst jetzt tapfer sein, meine Große«, sagte sie. »Wir werden uns eine Weile nicht mehr sehen.«

Der fremde Mann fuhr Nore am Abend wieder ins Westend zurück. Unterwegs übte er mit ihr Kopfrechnen. »Neun weg drei und eins weg fünf und vier ist wie viel?«

Die Antwort kam ohne Zögern: »Sechs.«

Sie wollte angeben mit ihren Rechenkünsten, in der Hoffnung, der Mann würde ihrer Mutter davon erzählen. Als er sie ablieferte, sagte er zur Großmutter: »Eine kluge Enkelin haben Sie da. Und hübsch wie ein Englein.«

Die Großmutter antwortete geschmeichelt. »Ein Englein, ja, aber nur wenn sie schläft. Nächste Woche verlässt sie mich. Evakuierung, Sie wissen schon.«

Nore begriff nichts und fragte auch nicht. Erst als die Großmutter ein paar Tage später ihre wenigen Anziehsachen weinend in einen Koffer packte und sie zusammen zum Busbahnhof fuhren, wurde ihr klar, dass sie Abschied nehmen musste – von der Großmutter, von dieser kaum vorhandenen Mutter, von der warmen Küche, in der trotz der Not immer etwas Essbares zu finden war, von ihrem Freund Franzi aus Nummer 48, von ihrer Schule und dem kleinen dunklen Hof mit dem Stückchen Himmel darüber.

Die Großmutter sagte dem Busfahrer, die Kleine würde in Ramsau aussteigen und von Frau Hauptlehrer Fuchs in Empfang genommen werden.

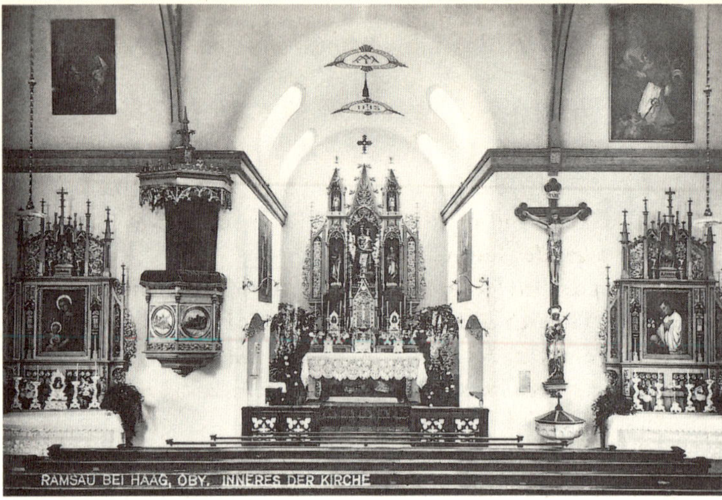
RAMSAU BEI HAAG, OBY. INNERES DER KIRCHE

ST. LORETTO 1943

Das Foto zeigt das reichgeschmückte Innere der Ramsauer Lorettokirche. Auf der Rückseite ist mit vorbildlicher Handschrift folgender Text geschrieben:

»Mein Lieber! Heute grüßt Dich deine Heimatkirche, in der wir tägl. für Euch beten. Ihr müsst das kurz abmachen, aber Ihr vergesst es nicht. Bei Euch heißt es kurz und gut! Bleibet nur stets in Gottes Gnade u. erwecket oft Reue und Leid! Dann werdet Ihr reich beim lb. Gott!

Er möge Euch beschützen an Seele und Leib! Und Euch bald glücklich heimführen. Maria segne Euch, wie Euch oft segnet Euer Seelsorger Huber.«

Die Unterschrift von Pfarrer Huber weicht von der Handschrift des Textes ab. Fleißige Frauen der Gemeinde haben diese Karten in Serie geschrieben, der Seelsorger hat sie lediglich signiert.

Diese eine Karte ist allerdings nicht zu einem Soldaten an der Front gelangt, zu dessen Erbauung sie geschrieben worden war, sie landete bei den Schätzen der kleinen Nore, die sie damals mit sich herumtrug – Andachtsbildchen, Fleißbillets, Steine, gepresste Blumen und Granatsplitter.

Vom ersten Augenblick an fühlte Nore, dass sie nicht zur Ramsauer Gemeinde gehörte. So wagte sie nicht, ihre Fingerspitzen in Weihwasser zu tauchen und sich zu bekreuzigen, wie die anderen es taten. Dieses Weihwasser in dem kleinen, muschelförmigen Marmorbecken neben der Eingangstür war ausschließlich den Katholischen vorbehalten. Sie war nicht nur jüdisch und vaterlos, sondern auch evangelisch. Sie war die einzige Evangelische im Dorf. Wenn sie den Gottesdienst besuchte, zusammen mit der Lehrersfamilie Fuchs, dann befand sie sich auf unvertrautem Boden. Dabei war sie überwältigt von dem, was die Augen zu sehen, die Nase zu riechen und die Ohren zu hören bekamen.

Die prunkvollen Gewänder des Expositus Huber und seiner Ministranten kündeten von der Pracht des Himmelreichs, welches zu sehen denen vergönnt war, die auf dem Pfad der Tugend wandelten. Der Gesang des Chors, bei dem Frau Hauptlehrer Fuchs als Alt zu hören war, holte den Gesang der Engel verheißungsvoll auf die Erde. Und der Weihrauch, den die Diener des Herrn in Richtung Gemeinde verteilten, indem sie ihre an langen Ketten hängenden goldenen Gefäße vor- und zurückschaukelten, was jedes Mal ein rasselndes Geräusch erzeugte, ein feierlichrasselndes Geräusch, dieser Weihrauch sollte in die finstersten Ecken dieser Welt eindringen, um sie von Sünde zu befreien.

Sie, Nore, war auch sündig. Bereits am dritten Tag nach ihrer Ankunft in Ramsau hatte sie sich in ein heilloses Lügengespinst verstrickt. Auf dem Küchenherd des Lehrerhauses hatte ein Topf mit Honig gestanden, und sie, hungrig nach Süßigkeiten, hatte ihren Finger hineingesteckt und davon gekostet. Immer wieder. Das hatte die Frau Hauptlehrer durchs Küchenfenster beobachtet, und sie zur Rede gestellt, aber sie, die Sünderin, behauptete, nichts vom Honig genommen zu haben. Daraufhin hatte die Frau Hauptlehrer zum Rohrstock gegriffen, den sie immer bei sich führte, auch um ihren unbotmäßigen Sohn Hansheinz bei Gelegenheit züchtigen zu können, und Nore den Hintern versohlt. Keine Macht der Welt hätte Nore dazu gebracht, die Tat einzugestehen, denn ihre Scham war größer als Furcht und Ehrlichkeit, und so hatte Frau Fuchs schließlich von ihr abgelassen und etwas von einer kleinen Bestie gemurmelt, die man im Auge behalten müsse.

Wenn Nore am Morgen in ihrer Schlafkammer die Augen aufschlug, fiel ihr Blick immer zuerst auf die Loretto-Kirche, dieses seltsame Bauwerk mit den zwei Türmen, das mit ihrer Vorstellung von Kirche nicht in Einklang zu bringen war. Denn es sah aus, als hätten zwei Baumeister ihre gegensätzlichen Vorstellungen von Kirchenbau auf Biegen und Brechen durchgesetzt. In Wahrheit war das einzig dem Umstand zuzuschreiben, dass der im 17. Jahrhundert erbauten Loretto-Kapelle in der Mitte des 19. Jahrhunderts ein Kirchenschiff mit offenem Glockturm hinzugefügt worden war.

Beim Anblick von St. Loretto wurde Nore jeden Morgen von neuem bewusst, dass sie eine Verlorene war und die Höllenstrafe erleiden würde, nicht nur wegen des gekosteten Honigs, sondern auch wegen Ungehorsams, Schwindelei und Unkeuschheit. Hatte nicht die Großmutter ihr mehrmals gesagt, wer nicht folge, komme in die Hölle?

Nore war, als der Bus nachts in Ramsau hielt, von Frau Hauptlehrer in Empfang genommen worden. Sofort fiel ihr die Stille auf, die so viel zuverlässiger war als die Stille des Münchner Westends, und sie roch durch diese zuverlässige Nachtstille den betörenden Duft des schlafenden Landes – Gerüche, die sie noch nicht einordnen konnte, denn wann hätte sie, das Stadtkind, das Kriegskind, je Kühe, Schweine oder Federvieh gerochen? Sie gingen dann in das Lehrerhaus, wo sie eine Schlafkammer zugewiesen bekam, aus der sie lange nach Mitternacht laut weinend entwich und, im Dunkeln herumirrend, nach ihrer Großmutter Therese suchte.

Neben der Kirche stand das einstöckige Gebäude der kleinen Schule. Sie hatte nur zwei Unterrichtsräume. Die dritte Klasse, die aus etwa fünfzig Kindern bestand, wurde im ersten Stock von Frau Hauptlehrer Fuchs unterrichtet. Die kleinen Holzbänke zeigten die aus Langeweile geborenen Hinterlassenschaften von ein paar Generationen armer Bauernkinder in Form von Schnitzereien, Tintenklecksen und mysteriösen Schriftzeichen. Jetzt waren die Tintenfässchen, die oberhalb der Schreibfläche in kleinen, verschließbaren Öffnungen steckten, ausgetrocknet, denn in der dritten Klasse schrieben sie aus Gründen der Papierersparnis noch auf Schiefertafeln. An den Tafeln baumelten feuchte Schwämme, mit denen alles Geschriebene gelöscht werden konnte. Manche der Kinder hatten keine Schwämme. Sie spuckten einfach auf die Tafel und rieben sie trocken. Die

Bauernkinder rochen nach Milch, würzigem Brot und Stallmist. Die Mädchen hatten lange Zöpfe mit Schleifen und die Burschen kurze, meistens blonde Schöpfe, die wie Stroh aussahen.

Nore hätte auch gerne Zöpfe gehabt, aber ihr Haar war zu kurz und zu dünn. Sie war die Jüngste in der Klasse und gab sich redlich Mühe, nicht noch einmal Bekanntschaft mit dem Rohrstock der Frau Lehrerin machen zu müssen. Die Schüler wurden nach ihren Leistungen gesetzt, und sie hatte das ganze Schuljahr den ersten Platz in der ersten Reihe inne.

Durchs Fenster schauten wieder die Türme von St. Loretto als mahnende Wächter über Gehorsam, Fleiß und Redlichkeit. Nore musste nicht an ihre Pflichten erinnert werden. Sie war eher scheu und wollte nicht durch Ungezogenheiten auffallen. Sie fand nicht sofort Freunde in der neuen Klasse, so sehr sie sich auch um das derbe Bayrisch bemühte, mit dem sich die anderen verständigten. Ihr einziger Spielkamerad war Hansheinz, das verwöhnte Einzelkind, das noch nicht so recht wusste, ob es sich über den familiären Zuwachs freuen oder ärgern sollte.

Nore richtete sich in der fremden Umgebung ein, so gut es eben ging. Sie war nicht glücklich, aber auch nicht unglücklich. Das Haus erschien ihr riesig und eine eigene Schlafkammer als ein einziger Luxus. Später, als erwachsene Frau, würde sie noch einmal nach Ramsau zurückkehren und sich wundern, wie armselig klein dieses Lehrerhäuschen doch war.

Es gab jeden Morgen in Milch eingebrocktes Brot. Auf der Milch zitterte eine Haut, die Nore zum Würgen reizte. Wenn sie nur an die Milchhaut dachte, verging ihr die Lust aufs Frühstück. Für die Schulpause strich die Frau Hauptlehrer ein Brot mit Marmelade. Am Sonntag machte das Hausmädchen Afra manchmal einen mit einer Kalbsniere gefüllten Rollbraten. Es gab immer grünen Salat aus dem kleinen Gärtchen, und wer das Herz auf dem Teller hatte, der durfte sich etwas wünschen.

Nore wünschte sich, die Zeit möge schneller vergehen.

Herr Hauptlehrer Fuchs hatte im langen Flur des Lehrerhauses ein Motorrad stehen, das er über den Krieg hinwegretten wollte. Denn, so flüsterte Hansheinz Nore ins Ohr, eigentlich hätte er es abliefern müssen.

»Räder müssen rollen für den Sieg«, sagte Hansheinz und schwang sich auf das Motorrad, das sich nicht von der Stelle bewegen ließ. Nore durfte auf dem Hintersitz Platz nehmen.

»Öööö m, ööööööm«, machte Hansheinz und drehte das Gas auf. Sie fuhren durch die Haustür ins Freie, ließen St. Loretto links liegen, verließen das Dorf und machten sich auf in Richtung Osten. Sie überholten die alten Holzvergaser, die den steilen Berg nach Thann-Matzbach hochkrochen. Er hupte mit der schwarzen Gummihupe, Kühe und Hunde sprangen entsetzt zur Seite, Bauern schimpften hinter ihnen her.

»Wir fahren gen Engeland und kämpfen für den Sieg«, schrie Hansheinz und hupte so lange, bis sein Vater erschien, ihm eine Ohrfeige gab und sagte, das Motorrad sei kein Spielzeug und sie sollten es gefälligst in Ruhe lassen.

Herr Hauptlehrer Fuchs begrüßte jeden, der ins Haus kam, mit »Heil Hitler«. Er aß sonntags mit einem kleinen Silberlöffel ein weiches Frühstücksei. Der Löffel hatte im Lauf der Zeit eine gelbe Farbe angenommen. Frau Hauptlehrer sagte, Eier esse man mit einem Hornlöffel, aber sie habe nur Silber im Haus. Das Silber lag in einem Besteckkasten aus dunkelblauem Samt in der Kredenz. Am Sonntag trug Frau Fuchs für den Kirchgang um den Hals einen Fuchs, der sich in den Schwanzansatz biss. Der Fuchs hatte Augen aus Glas und eine schwarze Schnauze aus Leder. Der buschige Schwanz hing der Frau Hauptlehrer fast bis zum Nabel. Nore fand sie furchterregend schön.

Das Plumpsklo lag am Ende des langen Flurs. Es hatte einen Holzsitz, in den ein großes rundes Loch gesägt war. In der Tiefe des dunklen Lochs schwirrten die Schmeißfliegen herum. Immer hatte Nore Angst, hinunterzufallen in das schlecht riechende Loch. Wenn sie Pipi machen musste, dann merkte sie erst, wie weit entfernt dieser dunkle Raum, wie kurz ihre Schritte waren. Manchmal ging dabei etwas ins Höschen. Hansheinz zog sie vor den anderen Kindern auf und sagte, sie rieche nach Biesel. Nore glaubte, dass es eine Art von Rache war, weil sie in der Schule auf dem ersten Platz und er in der drittletzten Bank saß.

Das fensterlose Plumpsklo mit dem neben dem Sitz aufgespießten Zeitungspapier wurde zu Nores Alptraum, zum Schrecken ihrer Kinderjahre, und sie erlebte im Traum immer wieder diesen mühsamen Lauf mit zu kurzen Beinen durch den Flur zur Klotür, die immer weiter weg rückte, je atemloser sie sie zu erreichen suchte.

Eines Tages kündigte die Mutter ihren Besuch an. Nore durfte sie an der Busstation abholen. Die Mutter hob sie hoch, drehte sich mit ihr einmal im Kreis, lachte auf ihre unsichere Art und sagte: »Meine Kleine, du riechst ja nach Kuhstall.«

Sie brachte ein Paar Sandalen aus Kunstleder mit, ein Bilderbuch und für die Puppe Eva ein geblümtes Kleidchen. Nore schlüpfte voller Neugier in die Schuhe. Ihre Füße waren nicht mehr an Schuhe gewöhnt, denn sie lief seit Monaten barfuß, wie die anderen Kinder auch.

Afra hatte für den Besuch ein Huhn gebraten und einen Gurkensalat gemacht. Lieselotte sagte bei Tisch, sie liebe das Landleben und sei froh, dass ihre Tochter in Ramsau Unterschlupf gefunden habe. München sei zu gefährlich für ein Kind geworden. Auch Marta sei nicht mehr in München. Plötzlich fing sie zu weinen an.

»Der Schuft hat mir das Kind weggenommen und zu seiner Schwester nach Österreich gebracht«, schluchzte sie. »Ja, meine Ehe mit dem Herrn Kammersänger ist am Ende«, sagte Lieselotte und schnäuzte sich in ein Taschentuch, das die Spuren ihres Lippenstifts trug. Das Leben sei hart für sie, obwohl sie wieder Arbeit gefunden habe im Modehaus Schober. Die Qualität der Stoffe würde immer schlechter, und die Leute würden wenig kaufen, weil sie andere Sorgen hätten. Nores Vater sei im Krieg. Sie lebe hauptsächlich von Kartoffeln und Magermilch. Der Kropf der Großmutter wachse ständig, aber Therese wolle sich nicht operieren lassen. Das Haus, in dem Therese wohne, nein, dieses schreckliche Haus im Westend mit den ordinären Menschen, nein, sie würde nie mehr dorthin zurückkehren und sei froh, dass sie jetzt ein Zimmer am Sendlinger Tor gefunden habe.

Zum Abschied schenkte sie Nore ein leeres Parfumfläschchen. Sobald Nore daran roch, konnte sie die Anwesenheit der Mutter heraufbeschwören, diese flüchtige Anwesenheit, das mit Brillantine glattgekämmte widerspenstige Haar und den grellrot geschminkten Mund.

Lieselottes Geschenke wurden heilige Gegenstände. Das Buch, das erste Buch, welches Nore besaß, war ihr größter Schatz. Ganze Nachmittage verbrachte sie damit im Wald und las mit glühenden Wangen die Geschichte von den Baumkindern, die die Baumschule am Waldrand besuchten, um von den alten Tannen unterrichtet zu werden. Sie grub Tännchen aus, pflanzte sie an anderer Stelle wieder ein und machte sich so ihre eigene kleine Schule.

Auf dem grünen Moosboden war es so friedlich! Niemand, der sie beim Spielen störte. Kein Hansheinz, der an ihr herumschnüffelte. Sie war gerne allein. Wenn sie allein war, brauchte sie sich mit niemandem zu vergleichen.

Am Fuße der gewaltigen Eichen legte sie ein kleines Gärtchen an, das sie mit einem Zaun aus abgebrochenen Zweigen umgab. Darin weideten Steinkühe, die in einer Hütte aus Baumrinde Unterschlupf fanden. Die sieben Zwerge lugten über den Zaun, das tapfere Schneiderlein jagte vorbei, verfolgt von einer wütenden Wildsau, und Rotkäppchen stellte im Gärtlein seinen Korb ab, in dem sich Kuchen und Wein befanden. Nore flüsterte Rotkäppchen ins Ohr, sie möge sich vor dem Wolf hüten, während dieser hungrig das Gärtlein umschlich.

Wenn am Abend die Glocken von St. Loretto zur Andacht läuteten, verließ Nore ihr Märchenreich und kehrte wieder zu den Menschen zurück, zu denen sie eigentlich nicht gehörte, denn sie war ja eine Evakuierte, ein Stadtkind ohne Vater und ohne Zöpfe.

Ab der vierten Klasse wurden die Dorfkinder im Kloster unterrichtet. Das auf einer Anhöhe stehende Kloster überragte den Ort wie eine gestrenge Gouvernante, vor deren Maßregelungen man nie sicher sein konnte. Auf das große, dem Dorf zugewandte Ziegeldach hatten Männer eines Tages ein weißes Kreuz gemalt, um das Gebäude vor Bombardierungen zu schützen. Obwohl die Alliierten kein ernsthaftes Interesse daran haben konnten, den weltvergessenen Ort zu zerstören, hatte doch eine einzelne Bombe mitten im Wald einen Krater gerissen. Der Feind, das war bekannt, warf auf dem Rückflug in die Heimat seinen Bombenballast ziellos irgendwo ab.

Das Kloster beherbergte in seinen hohen, kahlen Räumen das Kinderheim St. Josef. Nore ging mit Hansheinz jeden Morgen den schmalen Weg hoch, um als Tagesschülerin am Unterricht der Franziskanerinnen teilzunehmen. Die Schwestern waren in mächtige schwarze Gewänder gehüllt, die außer an Händen und Gesicht kein Stückchen Haut sehen ließen. Selbst die Stirn war noch durch die gestärkte weiße Haube abgedeckt. Hansheinz erzählte, die Köpfe der Schwestern seien kahlgeschoren. Auch beim Waschen würden die Schwestern sich nicht ausziehen, denn sie seien Bräute Christi und hätten Keuschheit gelobt.

Sie schrieben jetzt nicht mehr auf Schiefertafeln, sondern mit dem Federhalter in Hefte, deren Papier kriegsbedingt grob und faserig wie Löschpapier war. Wenn Nore nicht schnell genug schrieb, dann liefen die Tintenbuchstaben auseinander. Sie riss dann das ganze Blatt heraus und begann von neuem, denn sie wollte ihre Hefte sauber führen. Ihre Hefte wurden dünner und dünner und waren schnell vollgeschrieben. Immer wenn die Frau Hauptlehrer ein neues Heft kaufte, schimpfte sie über das viele Geld, das sie für das Stadtkind ausgeben müsse.

Nore blickte jetzt, wenn sie träumerisch durchs Fenster sah, nicht mehr auf St. Loretto, sondern über weite Felder, deren Farben mit den Jahreszeiten wechselten. Sie sah das erste zarte Grün des Getreides und sein allmähliches Reifen zu purem Gold. Den ganzen Sommer beobachtete sie die gemächlich auf den Wiesen grasenden Kühe – braune, unbewegliche Punkte auf einem grünen Teppich, der die wahnwitzigsten Falten schlug.

Sie sah die Kartoffeläcker, von denen im Herbst zarter Rauch aufstieg und die Gegend in einen spinnwebartigen Schleier hüllte. Im Winter erst wurden die Hügel deutlich, die das Bild der Gegend bestimmten, sanfte weiße Wellen, die sich gegenseitig an bescheidener Höhe zu übertrumpfen suchten.

Nicht selten musste die Lehrerin sie ermahnen: »Was ist, Nore, träumst du schon wieder?«

Auch hier, im Kloster, fand sie nur langsam Anschluss. Als ihre Mitschülerinnen in weißen Kleidern zur Kommunion gingen, mit weißen Schleifen an den Zöpfen und sagenhaft geschmückten weißen Kerzen, fühlte sie sich in ihrem karierten Schottenkleidchen wie eine Aussätzige. In der Religionsstunde sagte der Expositus, die Evangelischen seien vom rechten Glauben abgekommen, und schaute seine Gastschülerin mitleidsvoll an. Da sie nicht zur Beichte gingen, müssten sie Opfer bringen. Opfer, Opfer und nochmals Opfer. Nore fand am Nachmittag im Klostergarten ein goldenes Ringlein, das sie gerne behalten hätte. Aber eingedenk der seelsorgerischen Worte schenkte sie es einer Klassenkameradin, die es unverzüglich an ihren Finger steckte. Sooft Nore ihr Opfergeschenk am Finger der Anderen sah, überkam sie tiefes Bedauern. Nicht einmal bedankt hatte das Mädchen sich.

Im Handarbeitsunterricht strickten sie jetzt graue Socken für die Soldaten an der Front. Zwei rechts, zwei links, ganze zwölf Zentimeter hoch. Dann kam ein unerhört kompliziertes Machwerk: die Ferse. Als dritte Stufe nur noch rechte Maschen bis zur sich verjüngenden Fußspitze. Nores Hände schwitzten, wenn sie diese Socken strickte, und manchmal, wenn sie sich verstrickte, musste sie ein Stück auftrennen. Die ganze Klasse strickte im Takt zum Kommando von Schwester Martha Maria: »Masche durchstechen, Faden holen, Faden durchziehen, Masche abheben.« Schwester Martha Maria sprach immer von »unseren Feldgrauen«.

Nores Nachbarin flüsterte ihr ins Ohr, die Russen würden die deutschen Mädchen vergewaltigen. Nore ahnte Schlimmes hinter dem Wort und tröstete sich damit, dass sie sich immer noch im Wald verstecken könne.

Als die Socken nach vielen Wochen endlich fertig waren, durften sie ihren Namen und Adresse auf einen kleinen Zettel schreiben und hineinschieben. In einem großen Paket wurden sie an die Front geschickt. Die Mädchen warteten lange vergeblich auf Feldpost. Am Ende meinte Schwester Martha Maria, die Soldaten könnten womöglich den Heldentod gestorben sein. Nore sah einen Moment lang ihre grauen, mit Mühe gestrickten, vom Schweiß verfilzten Socken mitsamt dem Feldgrauen in fremder Erde liegen.

Eines Nachts hatte Hansheinz sie aus dem Bett geholt und war mit ihr heimlich auf den Speicher gestiegen. Durch ein Dachfenster sahen sie am Horizont einen rötlichen Schein.

»Minka brennt«, sagte er.

Sie blickten lange schweigend in die von einem beständigen Glühen gesäumte Nacht. Nore dachte an Therese und Lieselotte, die jetzt vielleicht auch verbrannten, die eine in der Trappentreustraße, die andere am Sendlinger Tor. Sie war verwundert, dass ihre Neugier auf diese seltsame Nacht, welche sich von den gewöhnlich stockdunklen Ramsauer Nächten unterschied, alle anderen Gedanken, alle Sorgen, alle Ängste, in den Hintergrund drängte.

Kurze Zeit später kam von der Mutter ein Päckchen mit einem Brief. Nore konnte die steile, störrische Handschrift nicht lesen und gab ihn der Frau Hauptlehrerin. Sie erfuhr, dass in das Haus am Sendlinger Tor eine Brandbombe eingeschlagen und es der Mutter mit Hilfe eines Zahnarztes gelungen sei, ihre Möbel für einen Tag zu retten und auf dem Sendlinger Torplatz abzustellen. Sie habe dann, nachdem Löscharbeiten verhindern konnten, dass das Haus ganz abbrannte, ihre Möbel im Parterre unterstellen dürfen. In der darauffolgenden Nacht aber sei das Haus erneut getroffen worden, und dieses Mal sei all ihr Hab und Gut verbrannt. Sie habe wieder in die Trappentreustraße ziehen müssen.

Das Päckchen enthielt ein Kleid, einen Sommertraum von einem Kleid aus geblümter Seide, offensichtlich aus einem von Lieselottes eleganten Vorkriegskleidern geschneidert. Es hatte statt der Ärmel kurze Volants, die wie zierliche Flügel über Nores magere Schultern fielen.

Als sie so am Morgen im Kloster erschien, fuhr die Schwester Oberin sie bereits auf der Treppe an: »Zieh das sofort aus, du Wildsau!«

Der Krieg rückte ständig näher. Es kamen immer mehr Menschen ins Dorf, denen das Leben in der Stadt zu gefährlich wurde. In der Schule bekamen sie eine Neue, Tochter eines Münchner Arztes und evangelisch wie Nore. Sie trug den hinreißend schönen Namen Angelika. Angelika durfte zum Essen kein Wasser trinken, weil das ungesund war. Nore wollte nun zum Essen auch kein Wasser mehr trinken. Als Zeichen ihrer Freundschaft überließ sie Angelika leihweise ihre Puppe Eva. Endlich hatte sie eine Freundin, die für jeden Spaß zu haben war. Sie tobten mit den Bauernkindern durchs Dorf, immer auf der Suche nach Abenteuern – nach Kalbsfrühgeburten auf dem Misthaufen, nach Backöfen, aus denen ihnen der Duft frischen Brotes in die Nase stieg, nach gutherzigen Bäuerinnen, die ihnen Schmalzgebackenes oder gestöckelte Milch spendierten. Sie stöberten in den Scheunen nach verlorenen Eiern und drückten ihre Nasen an die Fenster der »Post«, wo die Männer beim Bier saßen, denn Bier gab es noch, trotz der immer schlechter werdenden Versorgung. Sie spielten Verstecken in den Heumanderln oder Fangen oder »Kaiser wie viel Schritte darf ich gehn?« oder »Ochs am Berg« oder »Ist die schwarze Köchin da?«.

Noch spielte sich der Krieg hinter dem Horizont ab, sie spürten nichts von einer Bedrohung. Die Toten, die sie sahen, waren keine Kriegsopfer, sondern verhutzelte Alte, die in den Guten Stuben der Bauernhäuser oder im Leichenhaus von St. Loretto aufgebahrt waren. Die Jungen wollten Kampfflieger oder Panzerfahrer sein, aber ihre Flüge waren nichts weiter als tollkühne Sprünge von der Tenne ins Heu, das über ihnen zusammenschlug wie eine Woge aus störrischen Halmen, Duft und Staub, und ihre Panzer waren Sägeböcke, die in den hintersten Ecken der Holzlegen standen und sich nicht von der Stelle bewegten.

Nore erzählte ihrer Freundin, die Russen würden Frauen vergewaltigen. Sie sollten sich besser ein Versteck im Wald suchen. Auch Angelika konnte nicht sagen, was das Wort bedeutete, und fragte ihren Vater. Dann durfte sie nicht mehr mit Nore spielen wegen dieses schlimmen Wortes. Das war kurz bevor Angelika an Diphtherie erkrankte und ins Krankenhaus nach Haag musste. Die Puppe Eva nahm sie mit. Nore bekam sie erst zwei Wochen später wieder zurück. Eva roch seltsam, und die Frau Hauptlehrer meinte, die Puppe sei desinfiziert worden.

Das Essen wurde knapper, ohne dass sie wirklich Not gelitten hätten. Es gab immer noch das unvergleichlich duftende Brot aus der kleinen Dorfbäckerei, es gab Eier, Milch und Kartoffeln und an Kirchweih sogar eine Gans. Afra machte aus den Innereien und dem langen Hals ein Gansjung, eine dunkelbraune, unappetitlich aussehende Angelegenheit, die Nore nicht essen mochte. Die Frau Hauptlehrer sagte, in der Stadt wären die Kinder froh, wenn sie eine solche Köstlichkeit zu essen bekämen, und Nore sei eine heikle Person, der es noch viel zu gut gehe. Die Bauern brachten Schmalzgebackenes und Geräuchertes ins Lehrerhaus und hofften, ihre Kinder würden dann bessere Noten bekommen.

Eines Tages wurde eine Klosterschwester von der Polizei abgeholt und kam nicht wieder. Hinter vorgehaltener Hand wurde geflüstert, sie habe in der achten Klasse etwas über die Nationalsozialisten gesagt.

Was waren die Nationalsozialisten? Nore wusste es nicht genau. In der Schule hatten sie einmal »Die Fahne hoch« singen und dabei den rechten Arm ausgestreckt halten müssen. Sie war müde geworden und hatte ihren Arm sinken lassen, was ihr eine Strafaufgabe eingebracht hatte. Die Nationalsozialisten waren jedenfalls Männer in braunen Uniformen und schwarz polierten Stiefeln. Die beiden Bibelforscherinnen in Nummer 46 waren von solchen Männern abgeholt worden und nicht mehr zurückgekommen.

Im April 1945 trafen auch Lieselotte und Therese mit einem der letzten Linienbusse in Ramsau ein. Therese zitterte am ganzen Leib, weil der Bus von Tieffliegern verfolgt worden war. Sie sagte, die Amerikaner stünden kurz vor München, um die inzwischen arg zerbombte Stadt in Besitz zu nehmen. Sie hatte ein paar Habseligkeiten in einen weißen Plumeaubezug gepackt, den sie nach Bäuerinnenart über der Schulter trug. Lieselotte sagte, sie besitze nur noch das, was im Koffer war, und sie hätte es lieber gesehen, Nummer 46 wäre abgebrannt und nicht das Haus am Sendlinger Tor, wo sie ihre schönen Möbel aus der Ehe mit dem Kammersänger stehen hatte. Sie schwor, nie mehr in die Trappentreu zurückzukehren, sondern sofort nach dem Krieg eine neue Wohnung zu suchen.

Thereses Haar war schütter geworden, sie trug es immer noch als Dutt im Nacken. Der Dutt war ein optischer Kontrapunkt zu ihrem Kropf, der in den vergangenen vier Jahren gewachsen war und mittlerweile die Größe einer Apfelsine erreicht hatte.

Frau Hauptlehrer richtete für die Angekommenen ein kleines Zimmer ein und gab ihnen zu essen. Herr Hauptlehrer Fuchs grub nach ein paar Tagen im Garten ein Loch und versenkte eine Büste, die im Wohnzimmer auf der Kredenz gestanden hatte.

Und dann kam eines Tages ein Radfahrer aus Haag, fuhr zickzack durchs Dorf und rief: »Sie kommen, sie kommen.«

Die Bauern ließen vor ihren Fenstern weiße Leintücher baumeln. Das ganze Dorf war wie für eine Fronleichnamsprozession geschmückt. Im Lehrerhaus schoben sie einen schweren Eichenschrank vor die Haustür, in der Hoffnung, die Amerikaner am Betreten des Hauses zu hindern. Aber die Amerikaner kamen grinsend durch die Hintertür und schenkten Nore ein kleines Päckchen, dessen Inschrift sie mühsam buchstabierte – »Wrigley's Spearmint Gum«.

Sie steckte das längliche Etwas in den Mund und verspürte alsbald einen sehr süßen, verführerischen Geschmack. Je mehr sie darauf herumkaute, desto mehr verlor der Gummi seinen Geschmack. Viele der Amerikaner hatten diesen Gummi im Mund. Sie waren freundlich zu den Dorfkindern. Die Leute sagten, sie seien froh, dass die Amerikaner und nicht diese unzivilisierten Russen nach Ramsau gekommen seien.

Im Dorf kurvten nun olivfarbene Fahrzeuge herum, denn die Soldaten gingen kaum einen Schritt zu Fuß. Lieselotte spazierte mit einem Fotoapparat vor dem Lehrerhaus auf und ab. Sofort kam ein Amerikaner und beschlagnahmte ihn. Die Hauptlehrerin sagte zu ihrem Mann: »Wie kann man nur so dumm sein? Sie hat es aus purer Angeberei gemacht.«

Lieselotte brach in Tränen aus und sagte, diese Agfa gehöre nicht ihr, sei nur geliehen, und wie sollte sie sie nun zurückgeben? Aber der Soldat verstand sie nicht. Er schob seinen Kaugummi von einer Backe in die andere und lachte. Er quartierte sich und ein paar Kameraden im Lehrerhaus ein.

Am Abend sah Nore, wie der Soldat ihre Mutter hinter der Holzlege küsste, und am nächsten Morgen hing auch die Agfa wieder um ihren Hals.

Im Juni brachen sie auf, um die fünfundfünfzig Kilometer bis nach München zu Fuß zu gehen. Es fuhren keine Busse mehr. Ab und zu wurden sie von einem Radfahrer überholt. Therese trug wieder ihren Plumeaubezug über der Schulter, Lieselotte schleppte den Koffer mit ihren Klamotten, und Nore hatte ihren Schulranzen auf dem Rücken und die Puppe Eva im Arm. Kurz vor Haag begegnete ihnen ein Mann, der aus München kam. Er erzählte, er habe für die Strecke zwölf Stunden gebraucht. Therese sagte: »Das schaffe ich nicht in einem Stück.«

Sie kamen nur langsam voran. In immer kürzeren Abständen mussten sie ihretwegen eine Pause einlegen. Es war heiß. Sie gingen im Schatten der Alleebäume und wurden von Menschen überholt, die schneller waren. Alles strebte der Stadt zu. Sinkenbach, Strassmaier und Maitenbeth hießen die kleinen Dörfer, die sie passierten.

Therese hatte dicke Beine, über ihre Stirn rann der Schweiß. Sie sagte: »Lasst mich hier sitzen, geht alleine weiter. Ich kann nicht mehr.«

Wenn ein Bauernhaus in der Nähe lag, musste Nore mit einem Marmeladenglas hingehen und um einen Löffel Fett bitten. Es bedurfte vieler Worte, sogar Drohungen, um Nore dazu zu überreden. Am Ende sah sie ein, dass die Großmutter nur mit diesem Fetttopf nach München zu locken sein würde. Das Töpfchen füllte sich allmählich mit den verschiedensten Fetten, mit dem blassen Schweinefett, dem körnigen, goldgelben Butterschmalz, mit Rinderfett und Butter. Manchmal bekam Nore auch ein Stück Brot oder ein Ei geschenkt. Dann setzten sie sich unter einen Baum und schmierten in Ermangelung eines Messers mit dem Finger das Fett aufs Brot. Zweimal übernachteten sie in einer Scheune, zusammen mit anderen Weggefährten. Eine gesprengte Brücke bei Anzing zwang sie zu einem längeren Umweg. Die Bauern erzählten, ein Radfahrer sei in der Dunkelheit in den Abgrund gestürzt. Von Neufahrn bis Parsdorf nahm sie ein Ochsenkarren mit.

Sie kamen im Osten der Stadt an und durchquerten unter Mühen ihre Mitte in Richtung Westend. Da ihre Füße wundgelaufen waren, gingen sie barfuß, immer darauf bedacht, den herumliegenden Glasscherben auszuweichen. Die Menschen, die ihnen begegneten, liefen umher wie verstörte Hühner auf der Suche nach Futter. Nore begriff, dass die Stadt in ihrer Abwesenheit aufs grausamste misshandelt worden war. Sie erinnerte sich an den brennenden nächtlichen Horizont, den sie vom Dachfenster in Ramsau aus gesehen hatte.

Das Innere der Stadt war nach außen gekehrt, ja, sie schien durch die Offenlegung ihrer Innereien entehrt. An den noch stehenden Wänden der zerbombten Häuser sah Nore geblümte Schlafzimmertapeten und grüne Ölsockel. Bisweilen hingen noch Gardinen an den Fenstern und Waschbecken an gekachelten Wänden. An manchen Eingangstüren hingen handgeschriebene Zettel: »Off limits! Achtung baufällig. Betreten verboten!«

Auf den Straßen lag der Schutt, und vereinzelt bemühten sich ausgezehrt wirkende Männer, ihn mit Schaufeln zu beseitigen.

In der Kaufingerstraße setzten sie sich an den Straßenrand und kratzten den Schmalztopf leer. Therese meinte, hier in der Nähe habe sie vor langer Zeit im Schuhsalon Mandelstamm gearbeitet, aber bei all dem Schutt könne sie nicht mehr erkennen, wo das Haus gestanden habe. Der Herr Mandelstamm sei Jude gewesen, ein feiner Herr, der sie einmal zu einer Autofahrt eingeladen habe.

»Ich weiß nicht, was an den Gerüchten über die Juden wahr ist«, sagte Therese und blickte sich vorsichtig um, so als könnte ihr dieser Satz zum Verhängnis werden. »Man sagt, viele seien vergast worden.«

»Mir kann jetzt jedenfalls nichts mehr passieren«, sinnierte Lieselotte. »Und bald hole ich Marta zurück.«

Sie erreichten das Westend bei Anbruch der Dunkelheit. Die Straßen waren menschenleer und ohne Beleuchtung. Hier schien der Krieg weniger gewütet zu haben. Nore war noch hellwach. Morgen würde sie sofort zu Franzi gehen und ihn fragen, ob er den Schmuck von Frau Riedl inzwischen gefunden habe.

Dann gelangten sie in die Trappentreustraße und gingen in die Nummer 46. Im Treppenhaus stieg ihnen der altbekannte modrige Geruch in die Nase. Die Elektrizität funktionierte nicht, sie tasteten sich mühsam in den zweiten Stock hoch. Therese atmete laut und stieß zwischen den Zähnen hervor: »Dieser Kropf bringt mich noch um.«

Da war sie wieder, die kleine Wohnung, die Höhle, der Bau, das Reich von Nores ersten Schritten.

Die Mutter sagte: »Ich wollte nie mehr hierherkommen, und wo bin ich jetzt gelandet?«

Therese zündete eine Kerze an und setzte sich, noch immer laut schnaufend, auf einen Stuhl.

»Wir haben nichts anderes.«

MARTA, GENANNT SENTA 1946

Die beiden Mädchen halten sich an der Hand, wenn sie über den mit einem roten Teppich belegten Laufsteg gehen. Das Münchner Haus der Kunst ist ein ungewöhnlicher Ort, um eine Modenschau zu veranstalten. Als wollte man Hitlers Geist aus diesem Gebäude, das er vor nicht einmal zehn Jahren mit einer Rede und der Ausstellung »Entartete Kunst« eröffnet hatte, durch etwas ganz und gar Unpolitisches vertreiben. Als wollte man die Stadt von ihren Sünden reinigen, indem man ihre Bürger neu einkleidet. Aber die Kleider waren nicht für die hungernden und frierenden Bürger der Stadt, sondern für den Export bestimmt. München besann sich auf seine Tradition als Modestadt und wollte der Welt zeigen, dass man aus amerikanischen Wolldecken Mäntel und aus Fallschirmseide Kleider nähen konnte, trotz allem.

»Halt den Kopf hoch und lächle«, hat die Frau, die ihre Mutter zu sein behauptet, vor dem Auftritt zu Senta gesagt. Senta will nicht lächeln. Ihr ist das ganze Getue lästig. Die vielen Menschen, das neue Kleid, das nicht ihr eigenes ist, der fremde große Saal. Sie fühlt sich nicht wohl in dieser pludrigen Unterhose, die unter dem Kleid hervorschaut. Die Schneiderin hinter dem Vorhang hat gesagt, man müsse die Unterhose sehen, das würde »dantschig« ausschauen. Die Mutter hat ihr recht gegeben und gesagt, Senta solle die Unterhose ja nicht hochziehen.

Das fremde Mädchen zu ihrer Rechten muss ihre Unterhose nicht zeigen, weil sie schon neun ist. Deren Kleid hat eine Taille, während ihr Kleid ein verdammtes Hängekleidchen ist, wie es kleine Kinder tragen. Aber sie ist kein kleines Kind mehr, bald wird sie fünf.

Die Kleider sind aus weißer Fallschirmseide geschneidert und mit hellblauer Stickerei verziert. Die Mutter verwendet in

Bezug auf diese Stickereien den seltsamen Ausdruck »gesmokt«. Alles ist seltsam hier. Senta ist froh, dass das große Mädchen sie an der Hand hält.

Vor dem Auftritt wurden die Haare der beiden Mädchen mit einer Brennschere aufgeputzt. Die Ältere bekam eine Tolle. Sentas Haar war eigentlich glatt, und nun hat sie Locken wie die Mutter. Sie müssen den Laufsteg dreimal auf- und abgehen, während die Zuschauer sie lächelnd mit den Augen begleiten. Es sind keine Kinder im Saal, denen die beiden gesmokten Kleider passen könnten. Die Kinder waren natürlich zu Hause geblieben. Vielleicht werden die Erwachsenen ihnen diese weißen Kleidchen kaufen.

Hinter dem Vorhang warten fremde Frauen auf ihren Auftritt. Die Mutter ist auch schon ein paar Mal über den Laufsteg gegangen. Sie war in einen bunten Trachtenrock und einen handgestrickten Wollspencer gekleidet. Sie war auch in eine Lederhose geschlüpft, worauf das Publikum gelacht und geklatscht hat. Am Schluss hat sie einen aus einer Wolldecke geschneiderten Wintermantel getragen.

Die Mutter ist nie zufrieden mit ihrer kleinen Tochter Senta. Sie sagt: »Mach nicht so ein muffiges Gesicht!« Aber wenn die Leute am Schluss klatschen, dann küsst sie Senta auf die Wange und sagt: »Prima, meine Kleine!«

Der Andrang zu diesen Modeschauen ist so groß, dass die hinteren Reihen bisweilen stehen müssen. Nicht selten besuchen auch amerikanische Soldaten die Veranstaltungen. Die Amerikaner haben mit Verwunderung festgestellt, dass Hitler-Deutschland neben Bestien auch schöne Frauen hervorgebracht hat.

Senta war erst seit ein paar Monaten wieder in München. Getauft war sie auf den Namen Marta. Ihr Vater hatte damals den Sebastiano in Eugen d'Alberts »Tiefland« gesungen und sie nach der unglückseligen, von Männern missbrauchten, aber am Ende siegreichen Heldin benannt. Sie selbst hatte nur noch eine vage Erinnerung an diesen Namen. Denn ihrer Tante Ottilie in Steyr, einer überzeugten Nationalsozialistin, war er nicht nordisch genug gewesen. Sie hatte Marta kurzerhand in Senta umbenannt, jene nicht minder unglückliche Person aus dem »Fliegenden Holländer«, die sich am Ende aus Treue zu dem geheimnisvollen Seemann ins Meer stürzt.

Als der Krieg zu Ende war, war die fremde Mutter gekommen, um sie zurückzuholen. Sie hatte ihr Kind hochgenommen und unter Tränen abgeküsst.

»Marta, mein Kind«, sagte sie immer wieder.

»Aber ich bin doch Senta!« entgegnete diese.

Frau Meineke, in deren Bauernhaus Senta die letzten Kriegsmonate verbracht hatte, fragte: »Ja wissen Sie denn nicht, dass sie jetzt Senta heißt?«

Die Mutter erschrak, als hätte sie einen großen Fehler begangen. Sie wirkte verschüchtert. »Senta?« fragte sie. Und bei Senta war es dann geblieben.

Senta wollte nicht mit ihr gehen, sondern lieber bei Frau Meineke bleiben. Aber Frau Meineke sagte, sie kehre nach Wien zurück und Senta gehöre zu ihrer Mutter.

Damit wurde in Sentas Leben eine neue Seite aufgeschlagen, die vierte, und alles, was geschehen war, verblasste und schwand dahin, bis nur noch einzelne Ereignisse ihres Kinderlebens aus dem diffusen Vergessensbrei aufragten und sie daran erinnerten, dass ihr Leben fernab jeder Normalität verlaufen war.

Wenn es dem menschlichen Gehirn möglich wäre, alles minutiös in Schubladen zu speichern, so hätte Sentas oder vielmehr Martas erste Schublade ein gnadenloses Schweigen enthalten. Denn kaum dass sie auf der Welt war und in ihrem aus Weiden geflochtenen Stubenwagen lag, hörte der Kammersänger auf, mit seiner Frau zu sprechen. Lieselotte war bereits seine dritte Frau, und es erging ihr nicht anders als den beiden Vorgängerinnen: er wurde ihrer rasch überdrüssig. Er hatte sie, das wurde ihr immer mehr bewusst, einzig aus Mitleid geheiratet. Er wollte sie vor den Nachstellungen der Nazis bewahren. Als das Kind geboren war, betrachtete er seine Aufgabe als erfüllt. Er liebte sie nicht mehr.

Wenn Senta-Marta sich erinnern könnte, so sähe sie zwischen den weißen Tüllvorhängen ihres Stubenwagens das Gesicht ihrer Mutter auftauchen, dessen gepuderte Wangen von zwei Tränenbahnen durchfurcht waren. Die Mutter weinte fast lautlos. Sie hatte Angst, ihr Kummer könnte gehört werden. Dann gab es noch ein Kindermädchen namens Paula, das seine Arbeit voller Ingrimm verrichtete. Wollte der Kammersänger mit seiner Frau kommunizieren, was selten genug vorkam, dann wandte er sich an das Kindermädchen. Paula missbrauchte ihre Rolle als Botin. Sie ließ wichtige Partituren verschwinden, die der Kammersänger zum Üben brauchte, und schwor, die gnädige Frau habe sie im Kachelofen verbrannt. Umgekehrt machte sie die Hausherrin auf Lippenstiftspuren am Hemd ihres Mannes aufmerksam, die sie vorher dort angebracht hat. Sie konnte das ihr anvertraute, an einem Milchekzem leidende Kind, das ihre Nachtruhe störte, nicht ausstehen. Was sie wollte, war ein eigenes Kind, und natürlich sollte dieses Kind von ihrem Brotgeber sein.

Die einzigen Töne, die manchmal zu Marta drangen, waren die Stimmübungen ihres Vaters aus dem Parterre, begleitet von einzelnen Klavierakkorden: »Aaaaaahhh, eeeeehhh, lilaluleilau.«

Die Villa war modern eingerichtet, es fehlte an nichts. Die Möbel stammten aus den Vereinigten Werkstätten, die trotz des Krieges noch produzierten – helle sachliche, mit kunstgewerblichen Stoffen ausgestattete Schreinerarbeiten, darunter, als besondere Augenweide, ein Tisch mit einer Platte aus Spiegelquadraten.

Lieselotte, die arme, unglückliche Lieselotte, die sich ein Leben lang den Luxus herbeigesehnt hatte, erstarrte in dieser ungewohnten Umgebung zu einem lautlos klagenden Fremdkörper. Sie hatte nichts zu tun. Es gab eine Putzfrau, die das morgendliche Abspülen und die Wäsche erledigte. Das provozierend arisch aussehende Kindermädchen versorgte ihr Kind. Lieselotte wurde den Verdacht nicht los, ihr Mann wolle, nachdem er auf sie bereits im Bett und als Gesprächspartnerin verzichtete, sie nun auch noch im Haushalt überflüssig machen.

Wenn sie ihre kleine Tochter in den Arm nahm, so glaubte sie, etwas Verbotenes zu tun. Das Kind glich ihm. Es würde sich, das war jetzt schon zu erkennen, zu einer großwüchsigen Person entwickeln. Es hatte die gleichen grauen Augen, die hochmütig wirkenden Brauen, eine fleischige, nicht eben zierliche Nase und diese aufgeworfenen Lippen, die unentwegt Nahrung zu fordern schienen. Es zeigte vor allem eine wilde Entschlossenheit, kritisch und fordernd durchs Leben zu gehen.

Eines Nachts kroch Lieselotte aus der Einsamkeit ihres Doppelbettes heraus, riss mit dem Mut der Verzweifelten die Tür zum Zimmer des Kindermädchens auf und fand sich in ihren Ahnungen bestätigt. Was sie sah, erklärte vieles. Es erklärte vor allem die zunehmende Überheblichkeit ihrer Angestellten, die sich mehr und mehr als Herrin aufgeführt hatte.

Der Kammersänger verlor kein Wort über den Vorfall, der die Angelegenheit in seinen Augen endlich zurechtrückte. Die Herrschaftsverhältnisse änderten sich. Hatte Lieselotte sich bisher mit der Rolle einer funktionslosen, ja geradezu überflüssigen Ehefrau zufriedengeben müssen, so wurde sie jetzt mehr oder weniger zur Dienstbotin degradiert. Das Kindermädchen wollte nicht mehr Kindermädchen sein, sondern gnädige Frau.

So standen die Dinge, als Marta gelernt hatte, auf ihren kleinen Beinchen durchs Haus zu tapsen. Auf der Treppe nahm sie vorsichtig eine Stufe nach der anderen. Sie schleppte einen Brummkreisel mit sich. Im Wohnzimmer stand ein schwarzes Klavier, an dem ein großer Mann, ihr Vater, saß und in die Tasten griff. Auf dem Klavier stand ein seltsamer Gegenstand, eine Art schwarzes Dreieck mit einem hin- und herschwenkenden Zeiger, der den Takt vorgab, »ticktackticktack«.

Der Mann sang mit lauter Stimme Melodien, die Marta langweilten. Sie wollte lieber ihren Brummkreisel summen hören. Wenn das Brummen zu laut wurde, drehte sich der Mann ungeduldig um, hob sie hoch und trug sie in ihr Zimmer im ersten Stock. Nur ungern schaute der Mann sie an, das fühlte Marta.

Aber er hatte einen Geruch an sich, den Marta gerne roch und der ihr sagte, dass er zu ihrer kleinen Welt gehörte. Der Geruch kam aus einer Flasche im Bad, an der ein Gummibällchen hing. Die Mutter hatte sie einmal zum Spaß damit besprüht.

Marta verlor Paulas blondes, mürrisches Gesicht aus den Augen. Stattdessen wurde sie von zwei unsicheren Armen hochgenommen, gefüttert und herumgetragen. Die Mutter hatte vor lauter Angst, etwas falsch zu machen, zwei linke Hände. Sie stellte sich an, als ob sie noch nie ein Kind versorgt hätte. Sie ließ den Milchbrei anbrennen und fütterte entweder zu heiß oder zu kalt. Sie wurde auch rasch ungeduldig, und wenn Marta schrie, weil sie die missglückte Nahrung nicht essen wollte, dann ging die Mutter mit ihr in die Wäschekammer und hielt ihr den Mund zu. Niemand sollte hören, wie unglücklich das Kind und wie unbeholfen sie selbst war.

Die Situation dieser vier unter einem Dach lebenden Personen wurde unerträglich. Lieselotte ließ keine Gelegenheit aus, ihrem Mann ihr verheultes Gesicht zu zeigen – an der Haustür, wenn sie vom Spaziergang zurückkehrte, auf der Treppe, in der Küche.

»Das Kind«, schrie Lieselotte mit sich überschlagender Stimme, »es ist unser gemeinsames Kind, es braucht seine Eltern.«

»Das Gericht wird entscheiden, wo Marta bleibt«, sagte der Kammersänger, und es klang wie das Finale einer dramatischen Oper. Er hatte sie in der Hand, das wurde ihr plötzlich klar. Wenn sie ginge, würde sie ihr Kind verlieren, wenn sie bliebe, so würde sie langsam verrückt werden. Sie beschloss, für ein paar Tage zu Therese zu ziehen, um ihn auf die Probe zu stellen. Vielleicht würde er sie vermissen. Ja, durch ihr Fortgehen musste ihm deutlich werden, was er an ihr verloren hatte.

Als sie nach vier Tagen zurückkehrte, war das Schloss an der Haustür ausgewechselt. Sie klingelte zaghaft, aber niemand öffnete. An einem der Vorhänge im ersten Stock glaubte sie eine Bewegung wahrzunehmen. Am Abend überreichte ihr Therese einen Brief, der am Nachmittag gekommen war. Lieselotte erkannte auf dem Umschlag sofort die markanten Schriftzüge ihres Mannes, die um einiges größer und entschlossener waren als auf ehemaligen Liebesbriefen. Er teilte ihr in ein paar Zeilen mit, dass er die Scheidung eingereicht habe und das Sorgerecht für Marta beanspruche. Sollte sie etwas dagegen unternehmen, so würde er dem Gericht mitteilen, wie es um ihre Abstammung bestellt sei, sie wisse, was das für sie bedeute. Im Übrigen würde dann auch ihre Mutter Therese wegen Meineids ins Gefängnis wandern.

Marta wurde nun wieder vom Kindermädchen Paula versorgt, das die Arbeit, nachdem sie bereits die Freuden einer Hausherrin genossen hatte, in liebloser Hast verrichtete. Paula haderte mit ihrer Rolle um so mehr, als ihr Arbeitgeber nun oft ganze Nächte wegblieb und sie an seiner Wäsche Spuren entdeckte, die nicht von ihrer eigenen Intrigenhand stammten. Eines Abends packte sie ihren Koffer, legte einen wütenden Brief auf das gemeinsame Bett und überließ Marta ihrem Schicksal.

Der Kammersänger fand, als er von einer Vorstellung zurückkam, seine Tochter brüllend vor Einsamkeit in ihrem Bettchen. Er wusste nichts von Kinderbedürfnissen und auch nichts von Kindererziehung. Er hatte auch keine Lust, sich damit zu beschäftigen. Er hatte genug Probleme am Hals, wegen der zunehmenden Bombenangriffe waren die abendlichen Vorstellungen im Prinzregententheater gefährdet.

Er schickte ein Telegramm an die Verwaltung der Bayerischen Staatsoper und sagte die Vorstellung von »Simone Boccanegra« wegen Unpässlichkeit ab.

Es war Martas letzter Tag in der Villa und für lange Zeit der letzte Tag mit ihrem Vater. Er packte sie, die unentwegt schrie, in eine Decke und bestieg einen Zug, der ihn nach Oberösterreich zu seiner Schwester Ottilie brachte.

Marta, die von nun an Senta genannt wurde, würde, wenn sie ihre zweite Erinnerungsschublade aufziehen könnte, in das etwas strenge Gesicht einer Frau blicken, die ihr glattes, dunkelblondes Haar straff zurückgekämmt und in einem voluminösen Knoten befestigt trug. Die Frau nahm Senta prüfend in Augenschein, denn sie hielt das Kind ihres Lieblingsbruders im Arm. Neben ihr tauchten noch fünf weitere Köpfe auf, deren Augenpaare den neuen Gast teils neugierig, teils misstrauisch musterten.

Die Frau sah sich als Muttertier einer großen Herde von Kindern, die sie dem Führer als ihren Beitrag zu einer makellosen germanischen Rasse eines Tages vorführen wollte. Dieses Kind mit seinen grauen Augen und dem dunklen Haarflaum, Erbe einer Mutter aus zwielichtigen Verhältnissen, passt nicht so recht zum Idealbild, das der Führer von einem deutschen Mädchen hat, dachte Tante Tilly. Andererseits war sie die Tochter ihres berühmten Bruders, der unverschuldet in Not geraten war.

Tante Tilly konnte nach einer Fehlgeburt keine Kinder mehr bekommen und gab ihrem Mann Hubert die Schuld an dieser Entwicklung, die in ihren Augen das Ende ihres Frauenlebens bedeutete. Denn in einem Haushalt strenger Rohköstler war Onkel Hubert der einzige Fleischesser. Er untergrub damit nicht nur die Moral und ruinierte seine Gesundheit, sondern er hatte mit seiner abweichlerischen Lebensweise auch einen vergifteten Samen in ihren Leib gepflanzt. Vier Kinder hatte sie ihrem Mann geschenkt, schöne, gut gewachsene und selbstverständlich blonde Kinder: Arnold, Dieter, Ortrud und Imma. Die jüngste Tochter Imma war nur zwei Monate älter als Senta. Noch blieb sie von der Rohkost verschont, denn sie durfte dreimal am Tag an der Mutterbrust saugen. Die Kinder liefen alle barfuß, im Sommer sowieso, aber auch im Winter im Haus. Nach dem samstäglichen Bad bekam jedes Kind zur Abhärtung einen Kübel kalten Wassers übergeschüttet. Tante Tilly hackte im Winter ein Loch ins Eis des Gartenteichs und stieg nackt hinein. Abhärtung, Körperertüchtigung und ungekochte Nahrung waren ihr oberstes Gebot.

Nachdem Senta, auf Onkel Huberts Schoß sitzend, das erste Mal ein Stückchen von einer panierten Fleischwurst gekostet hatte, entwickelte sie sich zu einer hartnäckigen Verweigerin der Rohkost, indem sie die ihr eingeflößten geriebenen Karotten, Kohlrabi oder Salatblätter einfach seitlich aus dem Mund laufen ließ und, mit dem Finger auf Onkel Huberts Teller zeigend, »Ich will Fleisch!« schrie. Dieser, entzückt darüber, familiäre Verstärkung für die in seinen Augen berechtigte Forderung eines Mannes nach Fleischkost zu erfahren, und nicht zuletzt, um seiner Frau eins auszuwischen, zuckte nun jedes Mal, wenn er Sentas offenes Mäulchen sah, die Schulter und sagte, indem er ihr einen Bissen zuschob: »Der Klügere gibt nach.«

Die beiden wurden vom Ess- ins Wohnzimmer verbannt, damit die restliche Familie nicht den Anblick dieser Fleischorgien ertragen musste. Tante Tilly servierte mit einem Gesicht voller Verachtung die Platte mit den von ihr ebenfalls unter Verachtung zubereiteten »toten Tieren«, wie sie sich ausdrückte, und sagte jedes Mal, bevor sie die Tür wieder hinter sich zuzog: »Der Mohr hat seine Schuldigkeit getan, der Mohr kann gehen.«

Mit der Zeit wurden die Fleischportionen kleiner. Onkel Hubert als Professor an der Technischen Hochschule bekam zwar, wenn es auf die Prüfungen zuging, ab und zu ein Huhn zugesteckt, aber auch in Steyr unterlag die Lebensmittelverteilung einem System, das keine Völlerei mehr zuließ.

Eines Tages fischte Onkel Hubert in Ermangelung anderer Proteine aus dem Zimmeraquarium ein totes, mit dem Bauch nach oben schwimmendes Goldfischchen und briet es in etwas zerlassener Margarine in einer Pfanne. Es war der größte Fisch von allen, aber leider doch nur ein Goldfisch mit wenig Fleisch auf den Gräten. Trotzdem bekam Senta von dem knusprig gebratenen Fischlein einen Bissen ab. Nach dem Verzehr des Fisches redete Tante Tilly mit Onkel Hubert eine Woche lang kein Wort mehr.

Senta liebte Onkel Hubert, weil er sie mit Nahrung versorgte. Sie fasste nach seinem langen Bart und versuchte ihn auszureißen. Aus seinem Mund ragte ein weißes Etwas mit einem glühenden Ende. Wenn sie danach greifen wollte, sagte Onkel

Hubert »neineinein«, holte das Etwas aus dem Mund und blies ihr Rauch ins Gesicht. Er konnte auch hinten an seinem Hals eine Murmel hineinschieben und vorne am Mund wieder herausholen.

Der singende Mann am Klavier war Senta bereits fremd geworden, auch Paula und die Mutter vermisste sie kaum mehr. Sie konnte nicht ahnen, dass die Mutter zweimal im Sommer des Jahres 1944 hinter der den Garten säumenden Hecke aus Ribiselbüschen stand. Sie hatte Angst, dass man sie entdecken könnte, denn sie war verbotenerweise gekommen und fuhr auch eine Stunde später wieder nach München zurück. Wenn sie je versuchen sollte, mit Senta in Kontakt zu treten, hatte der Kammersänger gesagt, dann würde er sie an die Behörden verraten.

Jeden Abend spielten die Kinder im Wohnzimmer Theater. Tante Tilly spannte eine Schnur von einer Wand zur anderen und hängte eine Decke als Vorhang darüber. Dann setzte sie sich erwartungsvoll auf einen Stuhl. Sie war die einzige Zuschauerin. Dornröschen. Schneewittchen. König Drosselbart. Senta wollte immer die Prinzessin sein.

»Sie geht nicht, sondern sie schreitet«, sagte Tante Tilly voller Entzücken. »Das kommt nicht von der Mutter, sondern von unserer Familie. Unsere Familie hat was Besonderes.«

Und sie erzählte zum wiederholten Mal die Geschichte von ihrem Großvater, Sentas Urgroßvater, der als Säugling von einer unbekannten Person auf den Stufen des Bürgermeisteramtes in Mödling ausgesetzt worden sei. Die Handschrift auf dem Begleitschreiben, man möge sich des Kindes annehmen, und die feine Spitzenwäsche ließen vermuten, es habe sich um eine Adelsperson, womöglich eine vom kaiserlichen Hof, gehandelt. Der kinderlose Bürgermeister und seine wesentlich jüngere Frau hätten dann den Knaben adoptiert und ihm eine gute Erziehung angedeihen lassen. Auf seinem Totenbett habe der Bürgermeister seiner Frau das Versprechen abgenommen, den inzwischen Zwanzigjährigen zu ehelichen. Wenige Tage nach der Hochzeit jedoch erschoss sich der junge Mann vor den Augen seiner

Adoptivmutter und jetzigen Gemahlin, nicht ohne ihr vorher beigewohnt und einen Sohn gezeugt zu haben.

»Ich fühle blaues Blut in meinen Adern fließen«, pflegte Tante Tilly zu sagen und schritt in ihren wallenden Gewändern mit hocherhobenem Kopf umher, als habe sie nur ein böser Fluch in dieses mittelmäßige Steyr verbannt, als sei ihr Platz in Wirklichkeit am Kaiserlichen Hof, den es leider nicht mehr gab.

Senta fürchtete die Frau mit den wallenden Kleidern und dem dichten blonden Haar, das den einen Tag zu einem Knoten gebunden und den anderen zu Zöpfen geflochten um den Kopf gelegt war. Wenn die Frau am Klavier saß und ihre Finger über die Tasten gleiten ließ, wogten die Töne durchs Haus, ähnlich ihren am Boden entlangstreifenden Kleidern. Dann fluchte Onkel Hubert in seinem angrenzenden Arbeitszimmer, weil er nicht arbeiten konnte. Wenn Onkel Hubert sich schreiend die Ohren zuhielt, spielte Tante Tilly noch lauter. Onkel Hubert nahm dann das lange weiße Stück aus dem Mund und blies als Antwort grauen Rauch ins Klavierzimmer, weil Tante Tilly das nicht ausstehen konnte. Die beiden sprachen kaum miteinander, und wenn sie ihr Schweigen brachen, dann schrien sie sich an. Tante Tilly schrie immer lauter als Onkel Hubert. Am lautesten aber schrien die vier Kinder, damit sie ihre Eltern nicht hören mussten.

Senta konnte sich in diesem Lärm nur behaupten, indem sie sich am allerlautesten gebärdete, wobei ihr die vom Vater vererbte kräftige Stimme hilfreich war. Abgesehen von ihrem Verlangen nach Hausmannskost, wollte sie als erste auf die Schaukel, als erste »Hoppehoppereiter« machen und als letzte ins Bett. Sie war bereits jetzt einen halben Kopf größer als ihre Kusine Imma. Die machte durch Kampfgeist wett, was ihr an Größe und Kraft fehlte. Sie kratzte, biss und zwickte. Es schien so, als wollte sie sich durch Bisse in Sentas Wangen, Arme oder Beine das holen, was ihr bei der täglichen Nahrung vorenthalten wurde: Fleisch. Jedenfalls fand man an Sentas Körper mehrere Abdrücke von Immas acht Schneidezähnen. Ortrud und die beiden Brüder waren altersmäßig zu weit entfernt von den beiden Kleinen, als dass sie sich an dem Geplänkel beteiligt hätten. Die Brüder spielten Schach, und Ortrud übte, in ein schwarzes Trikot gesteckt, vor dem Spiegel Spitzentanz.

Senta war drei Jahre alt, als ihr Vater zu Besuch kam. Mit Tante Tilly war sie zum Bahnhof gegangen, um ihn abzuholen. Tante Tilly küsste ihren Bruder stürmisch. »Wolf, mein herzallerliebster Wolf!« rief sie immer wieder.

»Das ist dein berühmter Papa«, sagte sie stolz. »Gib ihm die Hand!«

Senta spürte, wie sich eine große Pranke um ihre Hand schloss. Sie verstand das alles nicht und machte ein muffiges Gesicht. Sie wollte keinen neuen Papa, sie hatte Onkel Hubert.

»Sei gefälligst ein bisschen freundlicher«, schalt Tante Tilly.

»Wie geht es mit ihr?« fragte der fremde Mann.

»Eigensinnig ist sie«, flüsterte Tante Tilly, aber Senta hatte es gehört.

Zur Feier des Tages hatte Tante Tilly einen Kalbsnierenbraten aufgetischt. Die Fleischesser durften ausnahmsweise mit im Speisezimmer sitzen, weil der Gast auch ein Fleischesser war. Senta schaute zu, wie er sich zwei dicke Scheiben von dem Braten abschnitt und mit gewaltigem Appetit verschlang. Senta bekam auch ein kleines Stückchen. Am liebsten aß sie die Nieren aus dem Inneren des Bratens. Aber die waren für Onkel Hubert und den Gast. Zum ersten Mal schaute der Vater sie richtig an, verwundert und belustigt zugleich.

»Du isst ja auch Fleisch, mein Kind. Hast dich in dieser Familie von Grasfressern durchgesetzt, wie?« Seine Stimme tönte wie eine dunkle Glocke. »Bist eben doch meine Tochter!«

»Hast du Nachrichten von ihrer Mutter?« fragte Onkel Hubert leise.

Der Gast schwieg.

»Wolf, ich habe dich etwas gefragt.«

»Bitte erwähne sie nicht. Für mich ist sie gestorben.«

»Für das Kind ist es nicht einfach, so ohne Eltern.«

»Dafür hat sie euch. Ihr seid jetzt ihre Familie.«

Senta fühlte, sie sprachen von ihr. Allmählich tauchte auch wieder eine Erinnerung an den Vater auf, an den klavierspielenden Vater, an das Ticktack des schwarzen Dreiecks. Der Mann neben ihr roch wie der Mann von damals. Aber die Mutter? Sie wusste nicht, wovon sie sprachen. Tante Tilly war nicht ihre Mutter, ihre Mutter war gestorben, hatte der Vater gesagt.

Plötzlich warf Senta ihren Teller um, die Soße schwappte übers Tischtuch, Kartoffeln und Fleisch flogen durch die Luft, ein Glas zerbrach. Senta machte sich steif wie ein Brett und rutschte, mit einer kleinen Gabel in der Hand, von ihrem Stuhl unter den Tisch, wo sie zwischen den Beinen der Familie liegen blieb und allen Ermahnungen und Drohungen zum Trotz nicht aufstehen wollte.

»Du siehst«, sagte Tante Tilly, während sie Senta hochzog und mit Nachdruck wieder auf ihren Stuhl setzte, »eigensinnig und jähzornig.«

Als der Vater wieder abgereist war, fielen zum wiederholten Male Bomben auf Steyr. Sie galten den Autofabriken, aber sie trafen auch einige Wohngebiete. Sentas Bettchen wackelte, ein Bild fiel von der Wand, und im Geschirrschrank klirrten die Gläser. Die Familie beschloss, die Stadt zu verlassen und sich aufs Land zu begeben. Es gab da eine Verwandte in Breitenau, die sie aufnehmen wollte. Allerdings sei nicht genügend Platz da, um auch Senta unterzubringen, sagte Tante Tilly.

Eines Tages kam ein Auto und brachte Senta mitsamt einem kleinen Köfferchen nach Maria Elend in die Karawanken. Sie kannte den Mann nicht, der das Auto fuhr. Er sprach nicht mit ihr. Sie musste das Köpfchen recken, um etwas von der Landschaft zu sehen. Berge tauchten auf, weidende Kühe und ab und zu ein Flüsschen, das den Weg begleitete und sich dann wieder davonschwang. So fuhren sie stundenlang schweigend dahin.

Irgendwann begann der fremde Mann mit der Nase zu schnuppern, wendete den Kopf zu ihr und fragte: »Du wirst doch net in d' Hos'n g'wischlt ham?«

Er griff mit der Hand unter ihren Po, zog sie wieder heraus und roch daran.

»Pfui Deixl«, sagte er und hielt an. »Jetzt hast mir den ganzen Sitz versoacht.«

Er durchwühlte ihr Gepäck nach einem frischen Höschen, fand aber keines. Schließlich holte er aus dem Kofferraum eine alte Decke und setzte Senta drauf. Sie konnte jetzt besser aus dem Fenster schauen. Die Berge wurden höher und höher, die Wälder reichten nicht mehr bis zu den Gipfeln. Nacktes Gestein wurde sichtbar, das von der untergehenden Sonne rosarot eingefärbt war. Das Höschen trocknete noch lange nicht, so dass Senta Beine und Pobacken zusammenpresste. Sie hatte Hunger und lutschte an ihrem Daumen.

»Host an Hunger?« fragte sie der Mann.

Ohne anzuhalten griff er in seinen Rucksack und zog eine trockene Schmalznudel heraus. Sie hatte die Nudel erst halb aufgegessen, als ihr Köpfchen zur Seite sank und sie einschlief.

Der Himmel war ein Sternenmeer, als sie von den Armen des fremden Mannes in ein Haus getragen wurde. Es war ein altes Haus, oberhalb von Maria Elend gelegen, mit dunklen Balken und wenig Licht, aber sie fühlte sich sofort gut aufgenommen. Es roch nach frischem Brot und Milch.

Jetzt würde sich ihre dritte Erinnerungsschublade füllen.

Der Mann flüsterte einer der beiden Frauen, die sich über sie beugten, etwas ins Ohr.

»Das macht nichts«, lachte die Frau. »Wir werden sie baden.«

Am nächsten Morgen inspizierte Senta an der Hand von Frau Meineke das Haus. Es war ein altes Bauernhaus, das diese zusammen mit ihrer Magd Emerenz bewohnte. Frau Meineke hatte ein Holzbein, deshalb mussten sie langsam gehen. Der Holzfuß machte auf dem Holzboden »klack-klack-klack«.

Normalerweise wohne sie in Wien, plauderte Frau Meineke mehr für sich dahin, aber nachdem Österreich sich mit diesem Schurken Hitler eingelassen habe, sei sie in die Karawanken gezogen. Hier müssten sie wenigstens keine Not leiden.

An der Wand der Wohnstube sah Senta das Foto eines Mannes hängen. Oder war es gar kein Mann? Sein Gesicht war von weißen Locken eingerahmt, und hinten schien sein Haar zu einem Zopf gebunden zu sein. Irgendwie kam ihr der Mann bekannt vor. Sie stand eine Weile daumenlutschend davor.

»Das ist dein Vater in ›Figaros Hochzeit‹«, sagte Frau Meineke. »Ich bin eine glühende Verehrerin von ihm.«

Das Haus hatte wunderliche Räume mit kleinen Fenstern, in die kaum Tageslicht drang. Die Möbel waren bemalt mit bunten Blumen, die verstohlen aus dem Dunkel leuchteten. Es gab ein Spinnrad und einen Webstuhl, an dem Frau Meineke Fleckerlteppiche webte. Am Abend zündete Emerenz die Petroleumlampen an, die das Haus in ein warmes Licht tauchten. Im Boden der Küchenkammer war ein quadratisches Loch mit einer kleinen Schiebetür eingelassen, durch das man in die Küche schauen konnte. Wenn Senta ein Auge an das Loch presste, sah sie Emerenz auf dem Küchenherd sitzen. Dort saß sie gern, wenn sie nichts zu tun hatte. Am Nachmittag, wenn sie das Essgeschirr abgewaschen hatte, war der Herd nur noch lauwarm, und die ewig frierende Emerenz konnte sich darauf ihren Hintern wärmen.

Auf der Herdplatte stand auch ein Topf mit saurer Milch, die allmählich zu Käse wurde. Im Bratrohr lagen Tannenzapfen und plusterten sich auf. Emerenz brauchte sie zum Anheizen. Der Rauch zog durch die Küche und dann zum Schornstein, wo eine kohlrabenschwarze Speckseite hing. Einmal fiel durch den Schornstein ein winziger Strahl Sonnenlicht auf die Emerenz. Da wusste Senta, dass Emerenz eine Hexe war und nachts auf dem Besen durch den Schornstein davonritt. Nachts schien ein runder Mond in Sentas kleine Kammer. Es war ein weiter Weg zum Mond, den die Emerenz zurücklegen musste. Deshalb war sie am Morgen immer so grantig.

Emerenz nahm Senta jeden Morgen an der Hand und ging mit ihr in den Stall, um die Braune zu melken. Einmal, als der Eimer fast voll mit Milch war, stieß die Kuh ihn mit ihrem Hinterhuf um. Die Emerenz sagte: »Mistigs Luada«, und gab der Kuh einen Klaps auf den Hintern. Dann schöpften sie Wasser aus einem ausgehöhlten Baumstamm vor dem Haus, in den Tag und Nacht ein schmaler Wasserstrahl rann. Das Wasser war sehr kalt. Emerenz sagte, sie habe von der Kälte Rheuma bekommen, und zeigte Senta ihre verkrüppelten Hände.

Manchmal gab es zum Frühstück ein Mehlmus. Dazu schüttete sie Mehl in die kochende Milch, rührte so lange auf dem Feuer, bis ein Brei entstand, und gab am Ende Butter und Zucker in eine Kuhle.

Die Butter machte Emerenz selber. Einmal in der Woche stand sie vor einem mit Milch gefüllten hölzernen Fass und schlug die Milch so lange, bis sie dick war. Senta durfte dann die Buttermilch trinken, in der kleine Klümpchen schwammen. Auch das Brot buk Emerenz, kleine runde Fladen, die wochenlang hielten und so hart wurden, dass man sie in die Milch tauchen musste, um sie essen zu können.

Am Abend nahm Emerenz Senta auf den Schoß und erzählte ihr von den Saligen Fräulein, die im Holderloch wohnen und die Tränen auffangen, welche die Menschen um ihre Toten weinen. Die Tränen schütten sie dann in den Berglersee. Und wenn der See voll ist, dann geht er über die Ufer und überschwemmt Maria Elend. Oder sie erzählte vom zwieseligen Kaschpers, der vier Augen hat, so groß wie Wagenräder, und den Goldschatz im Bärental bewacht. Senta saß dann am Daumen lutschend da und hörte atemlos zu.

Frau Meineke sprach manchmal vom Vater. »Heute ist ein Brief von deinem Vater gekommen. Er fragt, ob du brav bist.«

Im Februar 1945 lag so viel Schnee ums Haus herum, dass man im Parterre nicht mehr aus den Fenstern schauen konnte. Das Wasser im Hofbrunnen war gefroren. Da, wo sonst ein Strahl plätscherte, hing jetzt ein langer Bart aus Eis. Emerenz holte in einem Eimer Schnee in die Küche und ließ ihn auf dem Herd schmelzen. Frau Meineke sagte: »Es ist Zeit, dass dieser Krieg aufhört.«

Sie saß meistens in der warmen Wohnstube, das Ohr ganz nahe am Radio, und drehte so lange, bis aus dem Gewirr von Musik, Krächzen und Brummen eine menschliche Stimme ertönte, die Nachrichten vom Krieg meldete. Einmal holte sie Senta herbei und sagte: »Hör gut zu, Prinzesschen, da singt dein Vater.« Und verträumt fügte sie hinzu: »Den Evangelimann.«

Senta lauschte der bekannt-unbekannten Stimme, die verwaschen, wie von zögernden Wellen getragen, an ihr Ohr drang. »Selig sind, die Verfolgung leiden«, sang der Vater. Kinderstimmen wiederholten die Melodie, aber die Kinder sangen falsch, und der Vater musste es ihnen ein paar Mal vorsingen, bis sie es begriffen.

Eines Morgens in diesem schrecklichen Winter kam die Emerenz nicht zur Arbeit, sondern blieb in ihrem Bett liegen. Frau Meineke ging mit Senta in die Gesindekammer, um nach ihr zu schauen. Die Stirn der Kranken war heiß und das Haar, das spärliche graue Haar verschwitzt.

Die Emerenz stand auch am nächsten Tag nicht auf.

Frau Meineke musste nun die Kuh selber melken. Ihr Holzbein blieb im Mist stecken. Es gab nur Milch und Brot zu essen, und als Frau Meineke an einem Abend die Petroleumlampe anzünden wollte, fiel sie ihr herunter. Im ganzen Haus roch es nach Petroleum. »Wir müssen einen Arzt holen«, sagte sie.

Aber wie sollten sie einen Arzt holen? Sie konnten die Haustür nicht aufmachen, so hoch lag der Schnee. Frau Meineke ging in den ersten Stock und schrie so lange um Hilfe, bis ein Nachbar sie hörte. Die Nachbarn schaufelten den Weg bis zum Haus frei, und dann kam auf einem Schlitten auch der Arzt aus Freistritz.

»Sie hat eine Lungenentzündung«, sagte er. »Es steht nicht gut um sie.«

Senta schlich wie eine Katze um die Tür von der Emerenz herum. Durchs Schüsselloch sah sie den grauen Haarschopf und die immer spitzer werdende Nase. Wenn sie stirbt, dachte Senta, dann schütten die Saligen Fräulein die Tränen von Frau Meineke, die die Emerenz so lieb hat, in den See. Er könnte überlaufen und Maria Elend überschwemmen. Deshalb betete Senta zum lieben Gott, dass die Emerenz nicht sterben möge.

Frau Meineke bekam nun vom Bürgermeister einen russischen Kriegsgefangenen zugewiesen, der die kleine Landwirtschaft versorgen sollte. An dem Tag, an dem Wassily kam, starb die Emerenz. Im Haus fingen die Petroleumlampen zu flackern an. Frau Meineke sagte, das sei, weil die Seele von der Emerenz im Haus herumfliege und keinen Ausschlupf finde.

Wassilys erste Aufgabe war es, für die Tote einen Sarg zu zimmern und sie hineinzubetten. Rechts und links vom Sarg stellten sie Kerzen auf.

Die Emerenz war ganz gelb im Gesicht, auch die Hände, die verkrüppelten armen Hände, die sie zum Gebet gefaltet hatte, waren gelb. Die Nachbarn drängten sich in der Stube, um einen letzten Blick auf diese gelbe Tote aus dem Bärental zu werfen. Sie sagten, die Emerenz sei eine gute Haut gewesen, ein armes Weib, so allein auf der Welt, keinen Mann und keine Kinder. Und immer nur Arbeit, ein Leben lang.

»Jaja«, sagten die Nachbarn, »in Gottes Namen.« Sie bekreuzigten sich und bekamen von Frau Meineke ein Glas Schnaps ausgeschenkt, bevor sie wieder gingen.

Nach drei Tagen wurde der Sarg abgeholt und zum Friedhof in Maria Elend gebracht. Der Wassily musste die Matratze der Emerenz auf dem Hof verbrennen. Er tat sich schwer mit dem Tragen, in der Matratze klimperte es, weil die Verstorbene dort ihr Geld versteckt hatte. Frau Meineke weinte, als sie die Münzen herausholte, den Lohn für viele Jahre. Sie sagte, die Emerenz sei immer sparsam gewesen und hätte bestimmt nichts dagegen, wenn sie das Geld dem Pfarrer für die Armen gäbe.

Der Wassily blieb nicht lange im Haus, denn keine drei Monate später, als die Tage bereits länger geworden waren, sprang die Frau Meineke mit ihrem Holzbein vom Radio auf und schrie:

»Der Krieg ist aus. Der Krieg ist aus.«

NORE 1948

Schneidermeisterin Gerda Hildebrand hat für die Konfirmandin Nore einen von Lieselottes Glockenröcken gewendet und so lange gestückelt, bis ein schmales Festkleidchen mit falschem Saum daraus wurde. »Was für ein Glück, dass das Kind so dünn ist!« sagte sie.

Nore hatte auf einem viereckigen Ausschnitt bestanden. Da es keine Spitzen zu kaufen gab, hat Therese die Bordüre von einem Kopfkissen abgetrennt und mit groben Stichen an den Ausschnitt geheftet. Nicht auf dem Foto zu sehen sind die in Perlonstrümpfen steckenden langen Beine. Diese mit Hilfe von Strapsen befestigten Strümpfe, mütterliche Leihgabe für einen Tag, sind für stämmigere Beine gedacht. Ihre an der Wadenseite befindlichen dunklen Nähte haben die Tendenz, an dünnen Beinen nach innen zu rutschen. Von Zeit zu Zeit muss Nore die Knie aneinander reiben, um die Nähte wieder ins Lot zu bringen.

Perlonstrümpfe sind eine hauchzarte, in Deutschland gerade erst aufgetauchte Kostbarkeit. Die amerikanischen Besatzungssoldaten fangen sich mit solchen Strümpfen deutsche Liebchen ein. Lieselotte hat die Strümpfe von Mike Cody bekommen. Ein kleiner dunkler Knoten am rechten Strumpf verrät, dass dieser bereits eine Laufmasche gehabt hat und von einer Laufmaschenfängerin repariert worden ist.

»Pass auf, dass das nicht noch einmal passiert«, hat die Mutter gesagt.

Auch die schwarzen Schuhe, Größe 41, stammen von der Mutter. Da Nores Füße kleiner sind, musste sie die Spitzen mit zwei kleinen Taschentüchern ausstopfen.

Der Fotograf Werner Noris, dessen Atelier im Künstlerhof Neuhausen Mutter und Tochter aufgesucht haben, hat das Mädchen auf einen Hocker gesetzt, ihm ein Gesangbuch in die

Hand gedrückt und gesagt, es solle so tun, als ob es darin lesen würde. Damit das Haar nicht ins Gesicht fällt, hat die Mutter es mit einer Klammer befestigt. Sie legt Wert darauf, dass man die hohe Stirn des Mädchens sieht, aber Nore hasst diese Stirn, und noch mehr hasst sie diese brave Klammer. Sie hadert auch mit ihrem Schnittlauchhaar. Die Frisur ist nicht das geworden, was sie sich vorgestellt hat, obwohl Großmutter Therese eine Stunde lang mit der Brennschere zugange war. Sie hat die Brennschere ins Feuer gehalten, dann die Temperatur kurz an einem Zeitungsblatt überprüft, bevor sie schließlich Nores Haar, Strähne für Strähne, aufgewickelt hat. War die einem Storchenschnabel gleichende Schere zu heiß, dann durchzog der Geruch angesengten Haars die Küche. Die Konfirmandin war darüber nicht unglücklich, bedeutete es doch, dass diese Locken besonders lange ihre Form behielten, im Gegensatz zu den anderen, die sich bereits nach ein paar Stunden wieder in ihrer langweiligen, verhassten Schnittlauchglätte zeigen würden. Nore hätte gern das dunkle, lockige Haar ihrer Mutter besessen, die es nicht nötig hatte, nach einer Brennschere zu greifen.

Auch in anderer Hinsicht war das junge Mädchen mit seinem Aussehen unzufrieden. Die Nase war zu klein, eine Stupsnase im wahrsten Sinne des Wortes, die Lippen zu voll, die Augen zu kurzsichtig, ein Wunder, dass sie noch ohne Brille zurechtkam, und die ganze Gestalt zu lang und zu dünn. Als Zweitgrößte in der Klasse gehörte sie zu den Schülerinnen, die sich als Erste übers Pferd schwingen oder an den Ringen baumeln mussten, nicht selten zum Gaudium der restlichen Klasse. Wenn sie für etwas völlig ungeeignet war, dann war es das Geräteturnen. Die Turnstunden wurden ihr zu einer solchen Qual, dass sie sie oft mit Hilfe einer gefälschten Unterschrift ihrer Mutter schwänzte.

Als die Großmutter davon erfuhr, sagte sie, sie habe es immer gewusst: Das Madonnengesicht könne nicht darüber hinwegtäuschen, dass Nore es faustdick hinter den Ohren habe.

Das Silberkreuz, das das Mädchen an einem Kettchen um den Hals trägt, sollte ein Zeichen dafür sein, dass sie diese Konfirmation ernst nahm, zumindest gab sie sich Mühe, der ganzen Zeremonie Ernsthaftigkeit abzugewinnen. Vorbei waren die Zeiten, in denen sie lieber katholisch gewesen wäre. Ein Jahr lang hatte sie den Konfirmandenunterricht besucht, Psalmen auswendig gelernt, keinen Sonntagsgottesdienst ausgelassen und am Ende mit den anderen in der Stephanuskirche gestanden und die segnende Hand des Pastors auf ihrem Haupt gespürt.

»Ich bin das Licht der Welt, wer mir nachfolgt, wird nicht wandeln in der Finsternis, sondern wird das Licht des Lebens haben.«

Der Spruch erschien ihr als gutes Omen. Alles, was in letzter Zeit an Sprüchen zu ihr drang, sei es in der Schule, sei es in der Kirche, bezog sie auf ihre heimliche Liebe, einen achtzehnjährigen Jungen namens Alexander, der ihr jeden Sonntag auf der Empore gegenübersaß, dort, wo die Jungen zu sitzen hatten, und so tat, als würde er der Predigt des Pfarrers lauschen. In Wahrheit, das konnte Nore durch verstohlene Blicke feststellen, schweiften seine Augen immer wieder von der Kanzel zur Mädchenempore und blieben an ihrem Gesicht hängen, was ihr jedes Mal Schauer des Entzückens über den Rücken jagte. In solchen Momenten musste sie sich eingestehen, dass sie nur seinetwegen in die Kirche ging – eine Tatsache, die sie als verzeihliche Sünde empfand. Mit zum sonntäglichen Zeremoniell gehörte die anschließende gemächliche Verfolgungsjagd durch die Wendl-Dietrich-Straße, bei der Alexander sich in gebührendem Abstand an ihre Fersen heftete, in Begleitung eines Freundes, während sie, Nore, sich ebenfalls Verstärkung durch eine Freundin herbeigeholt hatte. Der Abstand blieb immer derselbe, nie kam es zu einer Annäherung, nie zu einem Gespräch, und doch waren diese Sonntage absoluter Höhepunkt der Woche.

Und nun dieser Konfirmationsspruch! Mit dem Licht konnte nur sie gemeint sein und mit dem Nachwandler dieser sagenhaft blonde Alexander mit der griechischen Nase.

Das Atelier des Herrn Noris im Künstlerhof war von jener Kahlheit, welche die Nachkriegszeit einem Fotografen aufzwang.

Von Fellteppichen und Federboas hatten die Ateliers längst Abschied genommen, und auch die Fächerpalmentapeten entsprachen nicht mehr dem Stil der Zeit. Um dem Foto einen Anflug von Festlichkeit zu verleihen, hat Noris vor dem Hintergrund einer weißen Leinwand einen blühenden Forsythienzweig aufgestellt, der wie eine segnende Hand über dem Kopf der Konfirmandin schwebt.

Für seine Arbeit wollte Noris in Naturalien entlohnt werden. Die Reichsmark war nichts mehr wert, wohl aber die drei Salzheringe, die Lieselotte bei einem Schwarzhändler in der Möhlstraße gegen fünf Zigaretten Lucky Strike eingetauscht hatte.

Dem jungen Mädchen knurrte, während es im Schein der Lampe sitzen musste, der Magen. Außer der Oblate und dem Schlückchen Wein, Leib und Blut Christi, hatte es noch nichts zu essen bekommen. Der Hunger war ihr zu einem ständigen Begleiter geworden. Nicht Hunger nach Brot oder Kartoffeln, der täglichen Nahrung, die den Magen einige Zeit zufriedenstellte, sondern das Verlangen nach bestimmten Köstlichkeiten, an die sie nur noch eine vage Erinnerung hatte und von denen in manchen Geschäften noch die Reklamebilder aus der Vorkriegszeit zeugten: Esst mehr Joghurt. Esst Obst und ihr bleibt gesund. Oder die dampfende Schokolade, die der Sarottimohr in einer Tasse vor sich her trägt. Solche Wunderdinge gab es schon lange nicht mehr.

Zum Mittagessen gingen sie ins »Hirscheck«. Auf der Speisekarte stand ein Gericht, für das von der Lebensmittelbezugskarte nur eine Kartoffelmarke abgeschnitten werden musste. Hinter den drei Worten »Klöß mit Soß« verbarg sich eine schlichte Mahlzeit aus zwei Kartoffelknödeln, die mit einer braunen Sauce übergossen waren, deren Geschmack, obwohl sie mit Sicherheit nie mit Fleisch in Berührung gekommen war, von ferne an eine Schweinsbratensauce erinnerte.

Das »Hirscheck«, eine Münchner Wirtschaft, die den Krieg überlebt hatte, lag nur ein paar Schritte entfernt von der Zweieinhalbzimmerwohnung, die jetzt ihr Zuhause war.

Prinzessin Senta war 1945, inzwischen vierjährig, zu ihnen gestoßen und hatte den Dreifrauenhaushalt um eine weitere weibliche Person vermehrt. Jetzt saß sie pausbäckig an Nores Konfirmationstafel und mampfte mit dem Appetit einer jungen Löwin Klöß mit Soß.

Sie hatten diese Wohnung in der Aldrianstraße, die im Vergleich zur Trappentreustraße geradezu eine Luxuswohnung war, schon bald nach Kriegsende zugewiesen bekommen. Nore erinnerte sich noch genau an den Tag. Sie war, da noch keine Straßenbahnen fuhren, mit ihrer Mutter zu Fuß in die Stadt gegangen, vorbei an zerbombten Häusern und riesigen Schutthaufen, in denen Frauen nach heilen Ziegelsteinen gruben, die sie vom anhaftenden Mörtel freiklopften. Lieselotte sagte wieder einmal, unter dem Schutt lägen mit Sicherheit noch Leichen. Sie schleppte in einem Kunstlederkoffer eine gestohlene grüne Steppdecke mit sich.

Am Oberwiesenfeld betraten sie aus Neugier eine Baracke, die von Obdachlosen überquoll. Die Menschen saßen oder lagen auf Holzpritschen, neben sich ein Bündel Habseligkeiten und eine von diesen grauen Wolldecken, welche die Amis an Bedürftige verteilten. Manche von ihnen waren kahl geschoren und viele bis aufs Skelett abgemagert. Es stank nach Not und Verzweiflung, mehr als sonstwo in der Stadt. Ein alter Mann wiegte seinen Oberkörper hin und her und sang mit brüchiger Stimme: »Du kehrest mir wieder, eh das Jahr ist vorbei.«

Nore kannte das Lied. Die Großmutter hatte es oft gesungen, mit derselben traurigen Stimme, mit der der Alte sang. Ihre Mutter sagte, das Lied sei aus »Peer Gynt«, und diese unglücklichen Menschen seien befreite Häftlinge aus dem KZ Dachau.

Als der Mann geendet hatte, war sie zu ihm getreten und hatte gesagt: »Ich bin eine von euch.«

Nore hatte das Gefühl, dass der Mann ihrer Mutter nicht glaubte, denn sie sah gepflegt aus und war wie immer gut gekleidet. Selbst in dieser Zeit heilloser Verwirrung hatte sie nicht versäumt, sich die Lippen zu schminken und die Fingernägel zu lackieren. Ganz im Gegensatz zu den Frauen in der Baracke. Auf einmal schienen sich alle Blicke auf ihre rotgeschminkte Mutter zu richten und zu fragen: Wo bist du all die Jahre gewesen?

Sie gingen die Schwere-Reiter-Straße in Richtung Stadt. Die Mutter stellte den Koffer mit der gestohlenen Decke von Zeit zu Zeit ab und sagte: »Früher, da gab es noch Kavaliere.«

Sie tat Nore leid, weil sie sich so abschleppen musste, aber schließlich war sie nichts anderes als eine Diebin. Nie würde Nore unter dieser Steppdecke schlafen wollen. Die Mutter sagte: »Ich mache alles nur für euch.«

Auf dem provisorisch eingerichteten Wohnungsamt fragte die Mutter nach einer Wohnung. Sie sei Halbjüdin und habe genug durchgemacht. Der Beamte fragte, wo er die Wohnung hernehmen solle, jetzt, da halb München in Schutt und Asche liege. Da öffnete Lieselotte ihren Koffer und legte die grüne Steppdecke auf den Schreibtisch des Beamten. Der schüttelte den Kopf und sagte, sie solle die Decke wieder einpacken. Er wolle schauen, was sich machen ließe.

Sie bekamen eine neue Wohnung, in der Aldrianstraße, eine moderne Wohnung mit Parkettboden, Klo, Bad und einem echten Balkon, in der vorher ein Nazi gewohnt hatte. Sie lag ebenfalls im Münchner Westen, in Neuhausen, und die Mutter sagte von nun an, wenn sie nach der Adresse gefragt wurde, sie wohne in Nymphenburg. Nymphenburg war eine wirklich feine Gegend. In Neuhausen wohnten ›Kleine Leute‹, was der Mutter nicht so gefiel, aber es war immer noch besser als das Westend. Vom Balkon aus konnte man in die Grünanlage schauen, auf der die Bewohner begonnen hatten, Gemüse, Beeren und Tabak anzubauen.

Und dann war diese verzogene Senta zu ihnen gestoßen, die ihr, Nore, das Herz von Großmutter Therese raubte. Das Herz der Mutter hatte Nore nie besessen. Senta brachte den Duft ihres österreichischen Exils ins Haus und überdies den Namen ihres Vaters, des Kammersängers, der bereits wieder im Prinzregententheater in seinen alten Rollen glänzte.

Senta war durch und durch österreichische Prinzessin mit unstillbarem Appetit auf Süßspeisen. Sie sprach einen seltsamen Dialekt, den Nore nachäffte, um Senta niederzumachen. Wörter, die sie noch nie gehört hatte: Schlagobers, Jause, Blunz'n, Ribisl. Sie war pummelig, trotz des herrschenden Hungers, und konnte auf den Fußspitzen tanzen, weil sie ein halbes Jahr lang Ballettunterricht gehabt hatte. Diese Senta war überdies mit einem Koffer feinster Kleider angereist, wahren Sonntagskleidern in den schönsten Farben und Mustern, wie Nore sie nie besessen hatte. Angetan mit einem dieser Kleider, drehte sie auf den Fußspitzen langsam ihre Pirouetten und sang: »Ach Laura Lauralett. Ich tanz so gern Ballett.«

Mit dieser pummeligen, verfressenen vierjährigen Senta hatte ihre Mutter dann begonnen, als Mannequin bei Modeschauen im Haus der Kunst aufzutreten.

»New look« hieß die Mode, die Lieselotte mit anderen gut gewachsenen Frauen auf dem Laufsteg vorführte. Wer konnte sich »New look« leisten? Kaum jemand. Ihre Mutter bekam von Zeit zu Zeit als Entlohnung ein Kleid und hatte bald einen ganzen Schrank davon. Nore fragte ihre Englischlehrerin, was die Worte bedeuteten. Fräulein Heslenfeld schaute sie überrascht an und antwortete: »Neuer Blick.« Das ergebe aber keinen Sinn. Wo um Gottes willen sie diesen Unsinn aufgeschnappt habe.

Während der Modenschauen saß Nore mit Mordgedanken in der Garderobe ihrer Mutter und sah zu, wie Prinzessin Senta für den Laufsteg herausgeputzt wurde. Himmelblau. Rosarot. Sanftgelb. Schneeweiß. Gesmokt. Bestickt. Gerafft. Eine Tolle im Haar. Lackschühchen an den Ballerinafüßen. Nore in ihrem Aschenputtelgewand hätte auch gern mitgemacht, aber alle sagten, sie sei schon zu alt. Senta sei noch dantschig, sie, Nore, nicht.

Wenn Senta mit ihrer Mutter vor den Vorhang trat, ertönten Rufe des Entzückens und am Ende donnernder Applaus. Er prasselte wie Hagel auf Nores darbende Seele nieder. Am Ende jeder Modenschau gingen die Mannequins in Abendkleidern über den Laufsteg, während Senta hinterherstolperte und Blumen streute. Das war der absolute Höhepunkt. Die Begeisterung der Zuschauer kannte keine Grenzen. Nore saß derweil in der Garderobe und probierte heimlich die Modelle ihrer Mutter an. Groß genug war sie, aber in der Taille flatterten die Kleider wie an einer Vogelscheuche. Schließlich nahm Nore eine Schere und schnitt eines von Sentas Kleidern in hundert Stücke. Von diesem Tag an durfte sie nicht mehr dabeisein, wenn Senta als Star bei »New look« auftrat und beinahe nach jeder Vorführung ihre ohnehin schon überwältigende Garderobe um ein neues Kleidchen bereichern durfte.

Nach einer dieser Vorführungen lernte Lieselotte den GI Cody kennen. Er fuhr in einem offenen Jeep an ihr und Senta vorbei, als sie zu Fuß durch die Nymphenburger Straße nach Hause gingen. Die Mutter sang »Ich möchte so gerne und weiß nicht was!« und wackelte dabei mit den Hüften. Die Keilabsätze ihrer Bastschuhe machten sie noch einmal acht Zentimeter größer. Natürlich erregte ihre feuerrote Kostümjacke schon von weitem die Aufmerksamkeit dieses auf Weibersuche herumfahrenden Mike Cody.

Die Mutter wusste genau, was sie wollte. Sie wollte nur das Eine. Dieser Cody konnte ihr das Eine geben. Sie stiegen zu dritt in den Jeep und wunderten sich, wie schnell man zu Hause war, wenn man nicht zu Fuß gehen musste.

Von nun an hielt der Jeep fast jeden Tag vor dem Haus und holte die Mutter ab. Nore hörte, wie im Treppenhaus eine Frau zu ihrer Nachbarin sagte: »Die deutschen Soldaten haben den Amis sechs Jahre lang Widerstand geleistet und die deutschen Frauen nicht einmal sechs Tage.«

Da wusste sie, dass die Frauen über ihre Mutter redeten, und schämte sich zu Tode.

Wenn die Mutter zurückkam, war ihre Umhängetasche voll mit Zigaretten, Hershey's Schokolade, Kaffee, Corned Beef und Kaugummi. Sie sagte: »Ich mache alles nur für euch.«

Einmal brachte sie Ausschnitte einer amerikanischen Illustrierten mit und zeigte sie der Nachbarin. Nore wollte sie auch sehen, aber die Mutter sagte, die Bilder seien nichts für Kinder, und versteckte sie. Die Mutter versteckte auch die wenigen Lebensmittel, die sie auf Bezugsmarken bekamen, damit ihre Familie nicht alles auf einmal aufaß. Margarine lag manchmal im Wäscheschrank, Mehl hinter Büchern im Regal. Und natürlich versteckte sie auch die Schokolade. Nore setzte Senta als Spürhund bei der Suche ein. Senta mit ihrem unstillbaren Appetit konnte noch das kleinste Krümelchen Zucker finden.

Senta fand auch die Illustriertenbilder unter dem Küchenlinoleum. Es waren die Köpfe toter Männer zu sehen, wahre Säcke von Köpfen, aufgedunsen und mit hervorquellenden Augen. Sie hatten nichts gemeinsam mit den friedlichen Toten, die Nore in den Guten Stuben der Bauernhäuser von Ramsau gesehen hatte. Um die Hälse waren Stricke geschlungen, Nore ahnte, dass die Männer an diesen Stricken gestorben waren. Wer waren sie? Unter den vielen unbekannten englischen Wörtern las sie Jodl, Keitel und Göring. Plötzlich erinnerte sie sich, dass dieser Göring ihre Mutter einmal mit Pfeilen durchbohrt hatte.

Die Amerikaner waren die absoluten Herrscher über die Stadt. Sie legten die Füße auf den Tisch, wälzten Wrigley's Spearmint Gum von einer Backe in die andere und ließen überall diese stinkenden Pariser liegen. Weil sie die Sieger waren und als solche über ungeahnte Güter verfügten, hatte jedermann Respekt vor ihnen, auch Therese, die den schon angegrauten Gast mit Zuvorkommenheit empfing. Nore hatte das undeutliche Gefühl, dass die Unterwürfigkeit ihrer Großmutter diesem Mike Cody gegenüber nicht angemessen war. Sie schrieb mit Kinderschrift »Gift« auf die Whiskyflasche, aber Mike lachte sich kaputt, weil er unter Gift etwas anderes verstand als sie.

Die Mütter von Nores Klassenkameradinnen besserten die karge Nachkriegskost auf, indem sie die khakifarbenen Soldatenhemden wuschen und bügelten. Für ihre Arbeit bekamen sie neben Schokolade, Nescafé und anderen Lebensmitteln eine duftende Kernseife, deren Rest sie behalten durften. Drei senkrechte Bügelfalten am Rücken der Hemden waren den Wäscherinnen vorgeschrieben. Nore fragte ihre Mutter, ob sie nicht auch solche Hemden waschen könnten, sie oder Therese, aber Lieselotte antwortete, sie hätten schon genug zu tun mit ihr und Senta, und außerdem verstünden sie sich nicht aufs Bügeln dieser drei Falten. Da wusste Nore, dass die Mutter lieber ein Ami-Flitscherl war, als dass sie sich mit der Wäsche abgemüht hätte.

Nore litt zu dieser Zeit nicht nur an Hunger und sonstigem Kummer, sondern auch an Läusen und Krätze. »Wer weiß, wo du dir die eingefangen hast«, sagte die Großmutter. »In unserer Familie hat es noch nie Läuse und Krätze gegeben. Wer weiß, wo du dich herumtreibst.«

Sie zog sich dann ihr Kleid aus und klemmte Nores Kopf zwischen ihre Knie wie in einen Schraubstock, um das Schnittlauchhaar mit einem Staubkamm zu bearbeiten. Nore sah, wie die kleinen grauen Tiere auf den schwarzen Stoff des Unterrocks fielen und sich unverzüglich davonmachen wollten. Wenn Therese die Läuse zwischen ihren Daumennägeln zerquetschte, gab es einen kleinen Knall.

Als die Läuse ausgerottet waren, blieb immer noch die Krätze, die am meisten zwischen ihren Fingern wütete. Nore schüttelte sich vor Ekel, als sie erfuhr, dass sich unter ihrer Haut Milben tummelten. Ihre Finger waren blutig gekratzt, als ihre Mutter von Mike Cody ein Medikament bekam, das wie Butterschmalz aussah und durchdringend nach Mottenkugeln roch. Damit war die Krätze innerhalb von ein paar Tagen besiegt.

Sie lernte in der Schule Englisch und musste zwischen ihrer Mutter und dem Ami übersetzen, so gut es eben ging. Er sagte, dass er ihre Mutter heiraten wolle und sie alle nach Amerika gehen würden. In Amerika würde sie nicht mehr arbeiten müssen, weil er als Hairdresser gut verdiene. Er schnitt auch einmal Nores Haar in der Küche. Dabei erzählte er, dass er in Amerika die Deceased frisiere. Nore fragte ihre Englischlehrerin, was das Wort bedeute. Als Lieselotte erfuhr, dass Mike Cody Leichenfriseur war, erschrak sie über alle Maßen und wollte nichts mehr von ihm wissen.

Der Fluss überirdischer Güter aus den PX Stores, den Einkaufsmärkten der amerikanischen Militärstützpunkte, versiegte. Zum Abendessen gab es wieder kalte Kartoffeln und Pfefferminztee vom Vortag. Einmal, es war im Herbst 1947, fuhr Nore mit der Nachbarin ins Mühlthal und klaubte einen Tag lang Bucheckern in eine Tüte. Sie benötigten mehrere Stunden, um die winzigen Nüsse aus den Hülsen zu befreien. Therese machte daraus einen Kuchen. Sie mahlte die Nüsse in der Kaffeemühle, gab zwei Esslöffel Mehl, vier Esslöffel Rübensirup, Eipulver und ein wenig Wasser dazu, füllte den Teig in eine Kastenform und buk ihn im Gasofen.

Streichhölzer waren Mangelware, Kohlen und Holz sowieso. Nore wühlte mit Senta in den Aschentonnen der Amerikaner nach Schlacke, die immer noch ein wenig Glut hergab. Gas war rationiert, ein Zähler im Keller überwachte den Verbrauch. Im Winter 1947/48 litten sie so an der Kälte, dass Lieselotte in den Keller ging, die Glasscheibe des Zählers einschlug und die Uhr auf Null zurückdrehte. Um nicht als Täterin entlarvt zu werden, schlug sie auch bei den Zählern der übrigen Hausbewohner die Scheiben ein. Den ganzen Tag brannten nun die Gasflammen des Backrohrs und heizten die Küche. Die Mutter sagte: »Ich mache alles nur für euch.«

Sie war nicht nur eine Diebin und Lügnerin, sondern auch noch eine Betrügerin. Immer wenn es an der Haustür klingelte, hatte Nore Angst, es könnte die Polizei sein.

Um diese Zeit besann sich Therese auf ihr amouröses Abenteuer im Jahr 1915. Sie kramte aus ihrer Schatulle, in der sie die auf Platt geschriebenen Briefe ihres Bruders Georg aufbewahrte, einen kleinen Zettel mit einer Adresse hervor und sagte zu Nore: »Du lernst jetzt doch Englisch in der Schule. Schreib deinem Großvater in New York. Vielleicht versteht er kein Deutsch mehr. Schreib dem Halunken, dass wir Hunger haben. Alle bekommen Care-Pakete, nur wir nicht. Schreib ihm das.«

Nore sah auf das vergilbte, fleckige Papier mit der verwirrenden Adresse – 210 W 94 St Manhattan. Ihr Herz begann wild zu klopfen, als sie an diesen ihr fremden Großvater schrieb. Sie musste, um die richtigen Worte zu finden, Fräulein Heslenfelds Hilfe in Anspruch nehmen.

»Dear Mister Jandorf! My name is Eleonore, I am 13 years old. I am your granddaughter. My grandmother Therese and my mother Liesclotte are going well. But we all are hungry. Please help!!«

Mehr fiel ihr im Moment nicht ein. Es war schwierig, an einen Unbekannten zu schreiben, der noch dazu eine so seltsame Adresse besaß.

Wochenlang wartete sie auf Antwort, auf ein Paket oder einen Luftpostbrief. Wenn der Briefträger die Treppe hochkam, wurde sie fiebrig vor Aufregung. Es war nicht nur die Aussicht auf eines dieser mirakulösen Pakete, welche die Angelegenheit so spannend machte. Es könnte ja ein Lebenszeichen von jenseits des Ozeans kommen, aus jenem Wunderland Amerika, von dem man sich die unglaublichsten Geschichten erzählte. Und dann hätte sie einen Verwandten in Amerika. Niemand aus ihrer Klasse hatte einen amerikanischen Großvater, sie malte sich schon die neidischen Gesichter ihrer Kameradinnen aus.

Allein, sie wartete vergeblich. Therese sagte: »Er wird wohl gestorben sein, dieser Gauner. Alt genug wäre er.«

»Wie alt?« fragte Nore.

Während die Großmutter nachrechnete, malte sich Nore die Gestalt der jungen Therese aus, damals, als sie noch faltenlos und dunkelhaarig war. Als sie mit dem Mann das Eine machte, hatte sie auch noch nicht diesen enormen Kropf. Therese erzählte immer, sie sei sehr schön gewesen, schlank und abgehärtet. Sie habe sich bei offenem Fenster im Winter mit kaltem Wasser gewaschen.

Nore glaubte ihr kein Wort, denn solange sie sich erinnern konnte, hatte die Großmutter gefroren. Vielleicht war auch die Geschichte mit dem amerikanischen Großvater ein Schwindel.

»Sechsundsiebzig«, sagte Therese. »Der Schweinehund dürfte jetzt sechsundsiebzig Jahre alt sein.«

Als der Hunger kein Ende nahm, erwachte Therese aus ihrer Lethargie und wurde auf wunderbare Weise zur »Organisatorin« der Familie. Niemand hätte ihr das zugetraut.

Ihr armseliger Haushalt bot nichts, was sie zum Tausch hätten anbieten können. Therese durchkämmte die Nachbarschaft nach entbehrlichen, leicht transportierbaren Gegenständen, wobei ihr zweifellos die Berliner Lehrzeit bei Morgenthau zugute kam. Bei der Aussicht, endlich wieder etwas Vernünftiges zwischen die Zähne zu bekommen, trennten sich die Leute schweren Herzens von Bettwäsche, Tischwäsche, Tafelsilber, Kleidung und Schmuck. Therese erbat sich ein Viertel an Provision. Sie fuhr mit zwei vollgepackten Taschen in die Holledau, wo die Bauern nicht unter Hunger litten und sich gerne Bürgerliches aus der Stadt leisteten. Vermutlich erfüllte es sie auch mit Schadenfreude, dass die stolzen Städter sich jetzt aufs Hausieren verlegten. Auf diese Tagesausflüge nahm Therese, um Mitleid zu erregen, immer ihre Enkelin Nore mit, dieses blasse, hoch aufgeschossene, magere Kind, das ein lebendes Beispiel für den in der Stadt herrschenden Hunger hergab.

Sie fuhren mit der Straßenbahn bis zur Münchner Freiheit, wo am Morgen die mit Holzgas betriebenen kleinen Lastwagen hielten, um Hamsterer aufzunehmen, mit deren Beförderung sie sich ein Zubrot verdienten. Die Hamsterer kletterten mit ihren schweren Taschen und Rucksäcken über eine Leiter auf die Ladeflächen der Fahrzeuge.

Sie fuhren dann etwa eine Stunde lang auf dem Holzvergaser über die Autobahn, auf der kaum andere Fahrzeuge zu sehen waren. Bei der Ausfahrt Schweitenkirchen hielt der Laster an. Therese hatte dieses Schweitenkirchen als Hamster-Paradies entdeckt. Es gab nun keine Leiter mehr, auf der sie herunterklettern konnten. Immer mussten ein paar starke Männer aussteigen und die springende Therese mit ausgebreiteten Armen in Empfang nehmen. Nore sah das angstverzerrte Gesicht und zitterte um ihre Großmutter, die ihr uralt erschien. Gleichzeitig genoss sie die Komik dieser Prozedur: Therese, das schwere

Erdentier, segelte mit aufgelöstem Haar und flatternden Röcken durch die Luft und landete mit ihrem voluminösen Busen an der Brust junger Männer.

Es kam manchmal vor, dass an der Ausfahrt die Polizei stand. An solchen Tagen hielt der Laster ein paar hundert Meter weiter auf der Autobahn, von wo aus es keine Straße gab, auf der sie das Dorf Schweitenkirchen hätten erreichen können. Sie stapften dann mit ihrem Gepäck über Wiesen und Äcker, und Nore wunderte sich, woher die Großmutter, die sie immer nur müde, weinend und an Kopfschmerzen leidend erlebt hatte, plötzlich die Kraft nahm.

In Schweitenkirchen gingen sie von Hof zu Hof und boten ihre Ware feil. Obwohl sie etwas anzubieten hatten, wurden sie auf vielen Höfen wie Bettler behandelt. Nicht selten schlug man ihnen die Tür vor der Nase zu. Die Bauern wussten genau, welche Schätze sie in ihren Speisekammern besaßen. Sie drehten Thereses Paradekopfkissen hin und her, zogen den Damast prüfend zwischen Daumen und Zeigefinger durch und sagten am Ende, sie besäßen genug Bettwäsche.

»Schau dir nur das arme, unschuldige Kind an«, sagte Therese dann gewöhnlich. »Es ist so dünn, dass es im Schatten eines Baumstamms schlafen könnte.«

Manchmal bekam Nore dann ein Schälchen gestöckelte Milch und eine Scheibe Brot vorgesetzt. Das waren die absoluten Höhepunkte des Hamstertages. Sie sagte »Vergelt's Gott«, hob die dicke gelbe Rahmschicht mit dem Löffel ab und aß dazu das schwarze Brot, bei dem die Zähne auf kleine Kartoffelstückchen stießen. Es schmeckte so überwältigend gut, dass Nore wünschte, das Schälchen möge wie im Märchen nie leer werden und das Brot nie zu Ende gehen.

Im Laufe des Tages füllten sich ihre Taschen mit Butter, Geräuchertem, Brot und Eiern, die Therese einzeln in Zeitungspapier wickelte und in einem Karton verstaute. An manchen Tagen, wenn sie Pech hatten und die Bauern schlecht gelaunt waren, bekamen sie so gut wie nichts los. Je mehr sich der Tag zum Abend neigte, desto mehr musste Therese in ihren Forderungen nachgeben. Dann konnte es vorkommen, dass sie ein schönes Seidennachthemd gegen fünf Eier eintauschte.

»Das wird uns Frau Meinzinger nie glauben«, sagte sie. »Nur fünf Eier für ihr Nachthemd.«

Einmal liefen Therese und Nore, noch bevor es dämmrig wurde, mit ihrem schweren Gepäck über die staubige, von Schlaglöchern durchsetzte Landstraße zur Autobahn zurück. An den Rändern wuchsen Steinnelken und Wegwarten, und aus den Getreidefeldern leuchteten blaue Kornblumen und roter Mohn. Über ihnen zogen Lerchen ihre abendlichen Kreise. Weil ihr die Taschen zu schwer wurden, setzte die Großmutter sie ab, holte Geräuchertes und Brot heraus, schnitt ein Stück davon ab und sagte: »Jetzt ist es nicht mehr so schwer.«

So brachte Therese die Familie ein halbes Jahr lang über die Runden, aber dann verstauchte sie sich bei einem Sprung vom Lastwagen den Fuß und wollte nicht mehr fahren. Auch hatten die Nachbarn immer weniger zum Tauschen und die Bauern allmählich genug der städtischen Güter. Ein letztes Mal fuhr Nore mit ihrer Mutter nach Schweitenkirchen. Sie merkte sofort, dass die Mutter nichts vom Hamstern verstand. Sie hatten einen alten Lodenmantel des Kammersängers dabei, den niemand haben wollte, zumindest nicht für das, was die Mutter dafür verlangte. Da sie den Mantel nicht wieder mit nach Hause nehmen wollten, tauschten sie ihn gegen einen Laib Brot, von dem sie die Hälfte bereits auf dem Rückweg verschlangen. Zuhause schimpfte Therese die Mutter aus und sagte, sie sei zu nichts zu gebrauchen.

Zum Zeitpunkt von Nores Konfirmation war die Mutter mit einem Niederbayern namens Hörhammer liiert, der nach Kriegsende seinen Beruf als Viehhändler gegen den eines Schwarzhändlers getauscht hatte und, anders als die meisten Männer in dieser Zeit, einen stattlichen Bauch vor sich hertrug. Auf dem Gabentisch fand sich deshalb neben einer Büchse Ölsardinen, Geschenk ihrer Patentante Ernie, und sechs Eiern eine ganze Seite gesalzenen Schweinespecks.

Auch der Schwarzhändler wollte die Mutter heiraten. Lieselotte sagte zu Nore, sie könne ihm nicht zwei Kinder auf einmal zumuten, deshalb müsse Nore vorläufig so tun, als sei sie ihre jüngere Schwester. Schließlich sei sie ja nur neunzehn Jahre jünger und käme ohne weiteres als kleine Schwester in Betracht. Nach und nach würde sie, Lieselotte, dann ihren Verehrer über die wahren Verhältnisse aufklären.

Am Abend der Konfirmation gingen sie mit diesem Hörhammer ins Prinzregententheater, das im Krieg nahezu unversehrt geblieben war.

Natürlich hatte die Mutter aus purer Angeberei den »Don Giovanni« ausgesucht, in dem der Kammersänger die Hauptrolle sang. Ihr Begleiter sollte wissen, dass sie eine brillante Vergangenheit hatte und ein niederbayrischer Viehhändler eigentlich unter ihrem Niveau war.

Nore sagte in der Pause ein paarmal aus Versehen »Mama« und merkte zu ihrem Kummer, dass der Begleiter zunehmend misstrauisch wurde. Sie wollte ihrer Mutter die Partie nicht verderben, aber das »Mama« war eine alte, nicht leicht abstellbare Gewohnheit. Und sie war so verwirrt: zum ersten Mal in der Oper und Sentas Vater auf der Bühne! Wie hatte ihre Mutter sich das vorgestellt? Lieselotte log weiter das Blaue vom Himmel herunter. Die kleine Schwester sage nur deshalb »Mama« zu ihr, weil sie für Nore seit vielen Jahren die Mutterstelle einnehme. Ihre Mutter sei nämlich früh verstorben. Oh weh, dachte Nore, was wird sie erzählen, wenn der Mann die Großmutter kennenlernt?

Ganze Scharen von Frauen warteten nach der Vorstellung vor dem Bühneneingang des Kammersängers. Nore sah ihrer Mutter an, dass sie sich am liebsten zu den Autogrammjägerinnen gesellt hätte. Sie konnte anscheinend noch immer nicht begreifen, dass ihre große Liebe dahin war.

Der Abend endete damit, dass Herr Hörhammer sich kühl verabschiedete. Er ließ nie wieder von sich hören, und die Mutter musste wieder einen Großteil ihrer Zeit damit verbringen, nach einem Mann Ausschau zu halten.

Lieselotte geriet an den Schöngeist Frank Frese, der in ihr, die kaum je ein Buch las, seine Muse sah. Er gab, noch ehe der deutsche Buchmarkt wieder erblühte, schmale Literaturbändchen heraus, in denen Meisternovellen bekannter Autoren zu lesen waren. Sie flatterten ins Haus wie Botschaften aus einer versunkenen Welt. In ihnen war nichts zu spüren von Hunger, Kälte und verlorenem Krieg, zumindest nichts von ihrem Hunger, ihrer Kälte und ihrem Krieg. Nore verschlang wahllos alles, was »Stimmen der Völker« druckte – Daudet, Balzac, Tolstoi und Tschechow. Wenn sie nicht gerade von Alexander träumte, dann träumte sie von den Buchhelden, die ihm allesamt glichen.

In der siebten Klasse des Gymnasiums lasen sie mit verteilten Rollen Grillparzer und Schiller. Dass Nore dabei meistens die weibliche Hauptrolle übertragen wurde, lag an ihrer Stimme und einer besonderen Begabung, dramatische Begebenheiten auf dramatische Weise darzustellen. Aber im Grunde interessierte sie sich weder für das tragische Schicksal von Maria Stuart, noch für die unglückliche Medea. Sie war durch und durch verdorben von den schlüpfrigen Geschichten aus »Stimmen der Völker« und den nicht minder schlüpfrigen Romanen, die sie mit sicherem Griff aus dem Bücherregal fischte, welches der Kammersänger nach der Scheidung ihrer Mutter, zusammen mit einem Klavier, überlassen hatte. Weder Lieselotte noch Therese ahnten, welch unmoralischer Zündstoff in diesen Büchern verborgen lag. Sie kümmerten sich nicht darum, was mit diesen Büchern geschah. Das Regal war, da es neben ihrer Schlafcouch stand, Nores Revier, in dem sie oft bis weit nach Mitternacht verbotenerweise wilderte.

Da der Kammersänger in jeder Beziehung ein Gourmet gewesen war, fanden sich in der kleinen Sammlung auch literarische Leckerbissen wie Lawrences »Lady Chatterley«, Mérimées »Seltsame Liebende« oder Schnitzlers »Reigen«, bei deren Lektüre die fast Dreizehnjährige all das erfuhr, was ihr Mutter und Großmutter vorenthielten.

Wenn sie als Folge ihres immensen und wahllosen Literaturhungers und der entsprechenden sprachlichen Schulung eine gute Deutschnote nach Hause brachte, dann schlug Therese die Hände über dem Kopf zusammen und sagte: »Unsere Kluge! Woher sie das nur hat?«

Anfang 1948 war auch Nores Vater aus der Kriegsgefangenschaft heimgekehrt und wohnte mit seiner Frau, der Handarbeitslehrerin, in einem putzigen Häuschen in Pasing. Er lebte vom Antiquitäten-Verkauf an die Amerikaner. In seinen Zimmern standen Vitrinen voller Wunderdinge: Zierliche Schäferinnen aus weißem Porzellan, Blumentässchen mit goldenem Henkel, silberne Tischglöckchen, Spieldosen, Figürchen aus Elfenbein und Pillendöschen mit bemaltem Emailledeckel.

Er führte Nore von einer Vitrine zur nächsten, schraubte alte Parfumflakons auf und hielt sie ihr unter die Nase, ließ Deckelchen aufspringen und Spieldosen erklingen. Er hatte unter jeden Gegenstand einen kleinen Zettel mit Jahreszahl und Herkunft geklebt. Nore wurde das Gefühl nicht los, dass der Vater alle diese schönen Dinge gerne selbst behalten hätte. Er sammelte schöne Dinge, so wie sie schöne Worte sammelte.

Nach dem Rundgang durchs Haus setzte er sich ans Klavier und spielte »Die Wut über den verlorenen Groschen«. Jedes Mal, wenn er danebengriff, zog er die Schultern hoch und schnaubte voller Ärger durch die Nase. Auch Nore hatte jetzt Klavierstunden und spielte dem Vater die Etüden von Burgmüller vor. Die Handarbeitslehrerin saß daneben und strickte Hüttenschuhe. Sie war freundlich zu Nore und erklärte ihr die Dezimalbrüche, die ihr zu Hause niemand erklären konnte, worauf sie in Mathe unerwartet eine Eins schrieb.

Eines Tages, als Nore wieder in das Pasinger Haus kam, war da auch ein kleines Mädchen. Der Vater nahm Nore beiseite und bat sie, ihn nicht mehr »Papa« zu nennen. Das »Papa« würde die kleine Vreneli in Verwirrung bringen. Ja, er habe das Mädchen adoptiert, weil seine Frau keine Kinder bekommen könne. Er sei jetzt Vrenelis Papa.

Seine Rede traf Nore völlig unvorbereitet. Sie sagte kein Wort, doch plötzlich fingen ihre Knie an zu zittern. Sie suchte Halt bei ihrem Vater, der sie sanft, aber entschieden von sich wies. Dann schenkte er ihr das Mokkatässchen mit dem Pfau, das sie immer lange und begehrlich betrachtet hatte. Wahrscheinlich war es der Wunsch der Handarbeitslehrerin gewesen, dass Nore jetzt »Onkel Otto« zu ihrem Vater sagen sollte.

Der Vater begleitete sie am Abend immer zur Straßenbahn. Seine Liebkosungen waren scheu, er wagte kaum, sie zu berühren, so als hätte sie noch immer die Krätze oder als stünde die Handarbeitslehrerin hinter ihm. Aber Nore war sich seiner Liebe sicher. Er war nur zu schwach, um sich gegen seine Frau durchzusetzen. Er war zu schwach, um seine Liebe zu zeigen. Er sagte immer »meine Frau« und hob bei jeder Gelegenheit ihre Tüchtigkeit hervor. Sie koche gut, halte Haus und Garten sauber und verdiene mit dem Stricken von Hüttenschuhen ein Zubrot.

Irgendwann um diese Zeit kam Georg aus Glinde zu Besuch nach München. Nore konnte sich kaum mehr an ihn und ihren Besuch in dem kleinen Häuschen erinnern, 1939, als der Krieg begann. Beim Aussteigen aus der Straßenbahn stürzte er und fiel auf das harte Pflaster. Damals legte man Leute mit einem Rippenbruch noch ins Krankenhaus. In einem 14-Betten-Saal der Barmherzigen Brüder lag Onkel Schorsch bleich, stumm und schwermütig. Nore hatte Angst vor diesem kranken Onkel, dem der Tod im Genick saß. Nach und nach brach alles zusammen, das Herz, die Lungen, die Nieren. Auf dem Klo standen Marmeladengläser mit dem Urin alter Männer – weiß, gelb, orange, rot, dunkelbraun. Nore ekelte sich vor alten Männern und vor Onkel Schorsch, vor diesem Geruch nach Pipi und Vergänglichkeit, vor dieser Sprache, die man Platt nannte. Sie sollte ihn besuchen, aber sie blieb immer nur zehn Minuten und floh dann in den Nymphenburger Schlosspark.

»Onkel Schorsch ist nach München zurückgekommen, um zu sterben«, sagte Therese in böser Vorahnung. »Er hat sich beklagt, dass du so herzlos zu ihm bist, du gottloses Geschöpf. Du bist schuld, wenn er stirbt.«

Bei seiner Beerdigung fühlte Nore sich weder schuldig, noch traurig. Außer Nore waren nur die Witwe, Tante Anna, die Großmutter und die Mutter gekommen, mit Senta natürlich, die noch nicht allein zu Hause bleiben konnte. Kinder hatten Georg und Anna keine.

Gleich im Anschluss ging Nore mit ihrer Freundin Karin in Alfred Hitchcocks »Die 39 Stufen«, der erst ab sechzehn Jahren freigegeben war. Um größer und älter auszusehen, waren die beiden dreizehnjährigen Mädchen in die Stöckelschuhe ihrer Mütter geschlüpft und hatten ihren dürftigen Oberweiten mit Hilfe von zusammengeknüllten Taschentüchern unter dem Pullover nachgeholfen.

Nores pubertäres Verhalten gab zunehmend Anlass zu Sorge. Jeden Abend klagte die Großmutter der Mutter ihr Leid und sagte, sie werde nicht mehr fertig mit dieser Nore.

Lieselotte sah darin einen Vorwurf und reagierte immer heftiger: »Was tut ihr mir da an? Was tut ihr mir alles an?«

Nores Lügen wurden immer unverfrorener, und sie brachte Schulverweise mit nach Hause. Sie schwänzte die Klavierstunde, klaute Kakteen aus dem Botanischen Garten und ließ eines Tages Sentas Lack-Ballerinas in der Aschentonne verschwinden.

Sie ging jetzt, da sie von Sentas Vater Freikarten geschickt bekam, öfter in die Oper. Er selbst betrat die Wohnung in der Aldrianstraße nie.

»Er kümmert sich nicht um sein Kind«, sagte Lieselotte verbittert.

Aber sie fand es gut, wenn Nore in die Oper ging und ihr hinterher erzählte, wie der Kammersänger gesungen hatte. Tiefland. Don Giovanni. Carmen. Simone Boccanegra. Nore ging nur seinetwegen hin, weil sie am nächsten Tag in der Schule mit ihm angeben konnte. Sie fand diese Opern in ihrem Ablauf einfach lächerlich. Da standen Personen, die eigentlich zornig oder traurig oder übermütig sein sollten, mitten auf der Bühne und konnten ihre Regungen nicht zeigen, weil sie singen mussten. Oder sie irrten singend im Raum herum, um eine Person zu suchen, die zwei Meter von ihnen entfernt stand. Sie fand auch, dass der Kammersänger mit seinem Bariton von jedem Tenor übertönt wurde. Aber er überragte mit seiner stattlichen Figur alle anderen, und wenn er nach der Vorstellung vor den Vorhang trat, verstärkte sich der Applaus, und Bravorufe waren zu hören.

Nore ging in der Pause hocherhobenen Kopfes umher und dachte: Wenn ihr wüsstet! Wenn ihr wüsstet, dass er mein Stiefvater ist. Sie trug ihr schwarzes Konfirmationskleidchen und hatte in der Tasche ein Opernglas, Leihgabe einer Nachbarin. Den ganzen Abend wartete sie auf den Moment, wo Er sie in der Schar der Anbeterinnen vor dem Bühnenausgang erkennen, sich einen Weg zu ihr bahnen und sie im Taxi nach Hause bringen würde. Sie saßen dann im Fond des Wagens, und sie atmete mit Hingabe den Geruch nach Schminke und Theaterstaub, der ihm immer noch anhaftete.

Eines Tages nutzte er die im Wagen herrschende Dunkelheit, um sie ungestüm an sich zu ziehen und zu küssen. Sie spürte seine Lippen am Hals und ihr langsames Entlangtasten am Kinn bis zum Mund. Sofort wusste sie, dass sie so etwas nicht wollte. Der Mund ihres Stiefvaters saugte sich an ihrem fest. Das Täschchen mit dem Opernglas fiel zu Boden. Der glatte Bezug der Sitze, das konnte sie mit ihrer herumirrenden Hand ertasten, war schadhaft. Unvermittelt glitt ihr Finger in ein Loch, das von einer brennenden Zigarette stammen mochte. Sie fühlte so etwas wie Rosshaar und wurde von einem vagen Gefühl des Ekels erfasst. Sie entwand sich dem Griff des Mannes, glitt zu Boden und murmelte etwas von dem Opernglas, das Schaden nehmen könnte. Er räusperte sich, um seine Verlegenheit zu überspielen, und rückte die Krawatte zurecht. Vor ihrem Haus angekommen, verabschiedete er sie kühl und nannte dem Fahrer seine Adresse. Das Taxi fuhr durch die Nacht davon.

Im Treppenhaus stiegen Tränen des Zorns und der Enttäuschung in ihr hoch. Er hatte etwas Verbotenes getan, und sie war die einzige Zeugin. Mit niemandem würde sie darüber reden können, weder mit ihrer Mutter, noch mit ihren Schulkameradinnen, die ihr überdies nicht glauben würden. Sie wollte ihn nicht verraten, ihn, den Kindsverderber, aber sie wollte ihn auch nicht mehr sehen.

Am nächsten Tag während des Geschichtsunterrichts schob ihr die Banknachbarin einen Zettel zu: »Der Alexander geht jetzt mit der Gerda.«

Nores Herz begann heftig zu schlagen. Das Wörtchen »jetzt« traf sie wie ein Pfeil. Es ließ zweierlei vermuten. Nachdem er vorher mit anderen Mädchen gegangen war, ging er »jetzt« mit Gerda. Oder: Er ging mit Gerda, weil ihm die Warterei auf sie, Nore, zu lang geworden war. Vielleicht machte er mit Gerda das Eine, weil Männer immer nur das Eine wollen. Sie selbst wollte das Eine erst machen, wenn sie verheiratet war.

In der Französischstunde schrieb sie gerade »Mon cahier est vert, ton cahier est rouge«, als ihre Aufmerksamkeit vom Text abgelenkt wurde und sich auf ihren Körper richtete. Verstohlen schob sie ihre rechte Hand durch den Rockbund zwischen die Beine und fühlte Blut. Ihre Finger waren rot von Blut. Sie wartete das Ende der Stunde ab und ging auf die Toilette. Die Unterhose, eine von Thereses zurechtgeschneiderten alten Wollhosen, war voller Blut. Ihr Rock hatte hinten einen großen Fleck. Sie schämte sich zu Tode. Obwohl sie wusste, dass so etwas einmal passieren würde, war sie doch völlig erschlagen von dieser Überrumpelung, die ihr Körper sich ausgedacht hatte. Sie stopfte sich zusammengeknülltes Zeitungspapier zwischen die Beine und ging in den Unterricht zurück.

Zuhause wusch sie, in der Badewanne stehend, das Blut von ihren Beinen. Sie sagte sich, dass sie von nun an einmal im Monat vom Turnen befreit sein würde. Das war ein schwacher Trost. Ansonsten hatte sie das Gefühl, in eine neue Epoche ihres Lebens eingetreten zu sein.

Die Vorzeichen standen schlecht. Die Mutter kaufte ihr in der Apotheke Binden. Sie war verlegen, noch verlegener als

Nore selbst. Sie lachte auf ihre etwas scheue Art und sagte: »Nun bist du kein Kind mehr. Nun kannst du selber Kinder bekommen. Lass dich bloß nicht mit Jungens ein. Wir haben schon genug Unglück im Haus.«

LIESELOTTE 1952

Die fünfunddreißigjährige Hochzeiterin kommt von der standesamtlichen Trauung am Münchner Mariahilfplatz. Sie hält sich hilfesuchend am Türrahmen des bereitstehenden grünen Mercedes 170 V fest. Mit den Aufnahmen des festlichen Tages hat der neben ihr stehende Bräutigam das Atelier Willy Müller in München-Waldperlach beauftragt. Dessen Stempel ist auf der Rückseite des Fotos zu sehen. Ebenfalls auf der Rückseite finden sich die mit Bleistift geschriebenen und später wieder ausradierten, aber noch gut lesbaren Worte: »Muttilein hat am 4. Juni das zweite Mal geheiratet. Es war eine große Überraschung.« Das ist Nores Schrift, diese sorgfältige, aufrechte Malerei von Buchstaben.

Die beiden Töchter waren nicht zu der Zeremonie eingeladen. Lieselotte befürchtete, die beiden Mädchen könnten für ihren zukünftigen Mann zuviel Aufregung bringen, könnten ihn am Ende noch von seinem Jawort abhalten. So fand die Trauung nur im Beisein der beiden Trauzeugen, eines Herrn von Gontard und einer Frau Dr. Finck, statt.

Lieselotte Mayrhofer, geborene Fassbender, heißt jetzt Frau von Bettenhausen. Sie trägt unter einem klassisch hellgrauen Flanellkostüm eine weiße Spitzenbluse und weiße hochhackige Pumps. Ihr Haar ist wie gewöhnlich mit Hilfe von Brillantine gebändigt. Eine glatte Rolle schwarzen Haars begrenzt die Stirn, und auf der ganzen Frisur sitzt eines dieser seltsamen Gebilde aus den fünfziger Jahren, weniger ein Hut als eine Brücke aus schwarzem Velours. An ihrem rechten Arm hängt eine schwarze Krokotasche, im Hochzeitsstrauß lassen bereits einige Rosen die Köpfchen hängen. Die Braut hat eine seltsame, in der Taille leicht gedrehte Körperhaltung, die für sie typisch ist und zu chronischen Rückenschmerzen führt. Aber ihr Gesicht zeigt ein strahlendes, völlig unverkrampftes, ja geradezu liebreizendes Lächeln.

Durch die Windschutzscheibe des Mercedes sieht man eine kleine, am Armaturenbrett montierte Autovase mit Almenrausch. Der Besitzer ist ein großer Naturfreund. Obwohl seine Wohnung mit kostbaren Antiquitäten eingerichtet ist, liebt er es im Auto rustikal, wovon auch die karierten Polsterbezüge zeugen.

Zwei Männer stehen zu ihrer Rechten. Zum einen der Chauffeur des Dr. von Bettenhausen, ein gewisser Herr Distler, der für diesen Tag seinen besten Anzug angezogen hat. Er hält seine Mütze devot in der rechten Hand, sein schütteres, zurückgekämmtes Haar ist zu sehen. Seine beginnende Kahlheit ist weniger auffallend als die des zweiundfünfzigjährigen Bräutigams, der bereits eine Halbglatze trägt, über welche sorgfältig einige Haarsträhnen gebürstet sind.

Herr Carl-Gustav von Bettenhausen, von seinen Freunden Charly genannt, trägt einen Stresemann mit weißem Hemd, Krawatte und Einstecktüchlein. Den Hut hält er mit beiden Händen. Seine Gesichtszüge wirken vornehm durchgeistigt. Er könnte seinem Aussehen nach Rektor einer Universität sein, wäre da nicht gleichzeitig eine gewisse Leichtlebigkeit zu erkennen. Er fühlt sich weniger seinem Beruf als zahlreichen Hobbys verpflichtet. Zu seinen Hobbys zählen eine umfangreiche historische Bibliothek, die Pflege des Andenkens an einen berühmten Dichtervorfahren, der gesellschaftliche Verkehr in ihm ebenbürtigen Kreisen, die Jagd und der Gesang. Tatsächlich hat er in jungen Jahren eine Gesangsausbildung absolviert und in Frankfurt sogar einmal den Lohengrin gesungen.

Nach dem Jura-Studium war ihm, Sohn einer angesehenen Familie, der Posten des Direktors einer großen Münchner Bank praktisch in den Schoß gefallen. Dieser Posten war nach und nach mit seinen Hobbys eine innige Verbindung eingegangen. So hingen in seinem Büro zwischen Hirschgeweihen und ausgestopften Auerhähnen auch Bilder seines Dichterahnen. Seine

Sekretärin verwaltete einen Karteikasten mit den Karten wichtiger Persönlichkeiten aus dem deutschen Adel, angefangen bei den einfachen »Vons«, über die Barone, die Grafen bis hin zum Hochadel. Er verbrachte viel Zeit damit, seine Kontakte mittels hartnäckiger Telefonate zu pflegen. Er war einer der ersten in München, der den Begriff »public relations« verwendete. Als Absolvent eines Humanistischen Gymnasiums war er des Englischen nicht mächtig und sagte »publik rileischns«.

Einige Kollegen aus der Bank betrachteten seine verspielten Aktivitäten nicht ohne Verärgerung. Vorsichtige Kritik scheiterte jedoch an der Strahlkraft und am Optimismus des Lebenskünstlers, oder sie prallte ab an einem Sack voller Anekdoten, aus dem er wie ein Zauberkünstler die irrwitzigsten Geschichten holte, um sein Gegenüber bei Laune zu halten. Er verabscheute Disharmonie, lief jeden Morgen durch den Englischen Garten und trank zwischen fünf und sechs seinen Dämmerschoppen, um den Tag friedlich ausklingen zu lassen.

Dass es der Verkäuferin Lieselotte gelang, einen zur Oberschicht zählenden Kavalier alter Schule – großzügig, humorvoll und treu – vor den Traualtar zu führen, muss als kleines Wunder gelten, das sich im vornehmen Modesalon Schulze in der Münchner Maximilianstraße abgespielt hat. Seit drei Jahren arbeitete Lieselotte dort als Verkäuferin, um ihre Familie schlecht und recht zu ernähren, wobei sie mit zehn Prozent Provision für jedes verkaufte Modell rechnen konnte.

Sie hatte schlechte Zeiten hinter sich, wechselnde Männerbekanntschaften, die zu nichts führten, finanzielle Not, Sorge um Thereses Gesundheit, beengte Wohnverhältnisse und Probleme mit ihren Töchtern, die nicht so gerieten, wie sie es sich gewünscht hatte. Dazu kam die zermürbende Aufgabe, verwöhnte Kundinnen zum Kauf irgendwelcher Kleider zu bewegen, die sie eigentlich nicht brauchten.

Eines Tages kam Dr. von Bettenhausen mit seiner Frau ins Geschäft. Er wollte ihr ein Versöhnungsgeschenk in Form eines Seidenkleids in Teerosenfarbe kaufen. Denn seine Frau Ada, die ihn seit Jahren mit seinem besten Freund betrog, wovon er viel zu spät erfahren hatte, wollte sich scheiden lassen. Endlose Verhandlungen hatten sich zwischen den Ehepartnern abgespielt, bevor Ada von Bettenhausen sich bereit erklärte, es noch einmal mit ihrem Mann zu versuchen. Deshalb das Versöhnungsgeschenk.

Während seine Frau in der Kabine in das teure Kleid schlüpfte, warf der Baron einen näheren Blick auf die Verkäuferin. Sie war der Antityp zu seiner Frau, die blond und deren Körper durchtrainiert war.

Die Verkäuferin erinnerte ihn an Prinzessin Rethy, die er einmal auf einer Jagdeinladung des Königs von Belgien in der Hinterriß kennengelernt hatte. In der Tat sah man Lieselotte nicht an, dass sie, wenn sie von der Arbeit nach Hause kam, erst einmal ihre halbwüchsigen Töchter zur Ordnung rufen und Besen und Spüllappen zur Hand nehmen musste. Sie war sorgfältig geschminkt und nach der neuesten Mode gekleidet, wofür sie gerne den Ausdruck »todschick« verwendete.

Herr von Bettenhausen konnte jedenfalls den Blick nicht von ihr wenden. Es war Lieselotte peinlich, so offensichtlich angestarrt zu werden, denn schließlich spazierte die Ehefrau im Teerosenfarbenen im Laden auf und ab und wollte das Urteil ihres Mannes hören.

Das Kleid konnte die Ehe nicht retten. Frau von Bettenhausen fuhr in ihrem ehebrecherischen Umgang fort. Charly von Bettenhausen war ratlos, aufgebracht und verzweifelt zugleich, und je verfahrener seine Situation wurde, desto öfter suchte er den Modesalon Fritz Schulze auf, der neben seiner prächtigen Kollektion von Damenkleidern auch sündhaft teure Krawatten führte. Fast wöchentlich kam Charly und kaufte eine Krawatte, wobei er sich bei der Auswahl viel Zeit ließ, um die Verkäuferin in Hinsicht auf diverse, ihm wichtig erscheinende Eigenschaften zu testen.

Er gehörte zu den Männern, die in den täglichen Dingen des Lebens nicht ohne Frau auskommen. Zwar hatten die Bettenhausens ein Dienstmädchen aus Niederbayern, aber diese aus bäuerlichem Milieu stammende Käthe verstand sich weder auf das morgendliche Bereitlegen einer zum Anzug passenden Krawatte, noch auf das geschmackvolle Arrangieren von Blumen, noch auf das Zubereiten von Tafelspitz mit grüner Sauce. Er brauchte eine Frau, die nicht nur repräsentative Aufgaben wahrnahm, sondern auch seinem Haushalt vorstand und, wenn nötig, korrigierend eingriff. Außerdem sollte sie ihn bei der Erziehung seines siebzehnjährigen Sohnes August unterstützen, der im Begriff war, zu verwildern. Ja, er sagte wirklich verwildern.

Und so kam es, dass er, als seine Scheidung vollzogen war, eine Art Blitzscheidung, denn Charly von Bettenhausen liebte es nicht, Unangenehmes auf die lange Bank zu schieben, so kam es also, dass er Lieselotte über den Schulzeschen Ladentisch hinweg fragte, ob sie seine Frau werden wolle. Sie hatte mit dieser Frage gerechnet, hatte sie sehnlichst erhofft, aber nun zierte sie sich und erbat sich Bedenkzeit. Sie könne ihre Arbeit nicht aufgeben, denn sie habe ihre Mutter und zwei halbwüchsige Kinder zu versorgen. Was soll aus den Kindern werden? Nore könne sie zur Not bei der Großmutter lassen, Senta sei jedoch in einem schwierigen Alter und bedürfe der mütterlichen Hand.

Natürlich schwang in ihren Reden die Hoffnung mit, ihr Verehrer und vielleicht zukünftiger Ehemann möge sie sofort und für immer von allen Sorgen befreien. Sie wollte nicht nur weg aus dem Kleine-Leute-Viertel. Sie war es leid, jeden Monat von neuem eine Art Haushaltsplan aufstellen zu müssen – Miete, Strom, Essen, Kleidung –, der spätestens am Zwanzigsten eines Monats überholt war, weil das Geld nicht länger reichte. Sie ernährten sich dann bis zum Monatsende von Quark, Kartoffeln und Marmeladebroten. Sie war es auch leid, für die von ihr gekauften Vorräte an Butter, Zucker, Käse und Wurst immer wieder neue Verstecke suchen zu müssen, den Wäscheschrank, die Besenkammer, das Bücherregal, um dann festzustellen, dass die Verstecke geplündert wurden von der ewig hungrigen Therese und den beiden mit den feinsten Spürnasen ausgestatteten Töchtern. Sie fand, sie habe endlich etwas Glück verdient.

Sie zog in eine Sechszimmerwohnung im vierten Stock eines um die Jahrhundertwende erbauten Hauses in der Widenmayerstraße. Der Blick aus dem Fenster fiel auf die Kronen der die Isar flankierenden hohen Bäume und den golden glänzenden Friedensengel. Um in den vierten Stock zu kommen, benutzte man einen knarrenden, aber zuverlässigen Aufzug. Käthe musste die Kohleneimer nicht vier Etagen hochtragen. Dafür waren alle zehn Tage die Böden fällig, schöne Parkettböden, die mit Stahlwolle abgezogen, eingewachst und mit einem Blocker poliert werden mussten.

Lieselotte hatte Senta in den neuen Haushalt mitgebracht und Nore zurückgelassen. »Später, wenn Charly sich an Senta gewöhnt hat, darfst du auch kommen«, hatte sie gesagt.

Senta wäre lieber in der Aldrianstraße in der alles andere als vornehmen Zweieinhalbzimmerwohnung geblieben, wo nicht Ordnung das Leben bestimmte, sondern eine von Großmutter Therese ausgehende einschläfernde, warmherzige Trägheit. Die Unzufriedenheit mit ihrer neuen Bleibe schlug sich in Sentas Gesicht nieder in Form einer immerwährenden, auf ihren neuen Stiefvater keine Rücksicht nehmenden Muffigkeit.

Nore hingegen hätte leidenschaftlich gern mit ihrer Schwester getauscht. Sie fühlte sich ausgestoßen, zurückgelassen, und das bereits zum zweiten Mal. Damals, als ihre Mutter den Kammersänger geheiratet hatte, hatte sie auch zurückbleiben müssen. Sie bildete sich ein, im Gegensatz zu Senta einen Sinn für das feine Leben zu haben, einen Sinn für all die schönen Gegenstände in Charlys Wohnung. Sie las die Werke von Charlys Dichtervorfahren und fand, dass sie schon allein deshalb ein Recht habe, am neuen Leben ihrer Mutter teilzunehmen.

Lieselotte trat in dieses neue Leben wie in ein Spiegelkabinett. Von allen Wänden blickten Augen auf sie, ihre eigenen und fremde, verborgene. Machte sie alles richtig? War ihr Erscheinungsbild einer Frau von Bettenhausen angemessen? War ihre

Kleidung nicht zu grell? Sie liebte grelle Farben, ihr Lippenstift und ihr Nagellack waren grellrot. Wie sollte sie sich am Telefon melden? Mit »Hallo«? Mit »von Bettenhausen« oder einfach nur »Bettenhausen«?

Welche Hausarbeit sollte sie verrichten und welche besser bleiben lassen? Einerseits wollte sie sich nützlich machen, andererseits vor dieser Käthe nicht das Gesicht verlieren. Von ihr fühlte sie sich am meisten beobachtet.

Mit dem Instinkt eines Menschen aus einfachen Verhältnissen hatte Käthe sehr bald die Schwächen ihrer neuen Herrin erkannt. Die Anordnungen aus ihrem Mund klangen halbherzig, so als könne sie selbst nicht so recht daran glauben, dass sie befolgt würden. Befehlen will von klein auf gelernt sein. Man muss in einer Atmosphäre aufgewachsen sein, in der Anweisungen ans Personal mit Selbstverständlichkeit ausgesprochen und befolgt werden. Diese Selbstverständlichkeit besaßen die Anweisungen der neuen Frau von Bettenhausen nicht. Käthe, die ein angeborenes Hüftleiden hatte und mühsam durchs Leben hinkte, reagierte auf Lieselottes Anweisungen mit einem »Sehr wohl, Frau Doktor«, aber die Art, wie sie dabei lächelte, ließ vermuten, dass sie sich insgeheim über die Hausfrau wunderte. Einmal wurde sie Zeugin, wie der Hausherr beim Frühstück zu seiner Gattin sagte, er bringe am Abend einen Gast mit, sie möge doch ein paar Canapés besorgen.

»Canapés?« hatte Lieselotte gefragt. »Aber wir haben doch genug Sitzplätze.«

Da hielt Käthe sich die Hand vor den Mund und humpelte mit versteinertem Gesicht aus dem Zimmer.

Die Währungsreform lag nun mehr als fünf Jahre zurück. Sie war wie ein warmer Regen über das Land gekommen. Noch konnten die Deutschen ihr Glück nicht so recht begreifen. Volle Läden, steigende Löhne, stabile Preise, ein Trend zur Vollbeschäftigung. Kühlschränke und automatische Waschmaschinen, Fernseher. Die Zahl der Autos verdoppelte sich innerhalb von drei Jahren auf fünf Millionen.

Eines Tages fand Lieselotte in einem Geheimfach des Schreibtischs ihres Mannes Schriftstücke, die deutlich machten, dass er zu denen gehörte, die 1933 Hitler zur Macht verholfen hatten. Vielleicht, so dachte sie, hat er deswegen eine Halbjüdin geheiratet, als eine Art Sühne. Nun wählte er die CSU, und Lieselotte tat es ihm aus Dankbarkeit gleich.

Sie brauchte jetzt nie mehr zu hungern. Am Morgen war der Frühstückstisch gedeckt. Es gab echten Kaffee, nicht diesen Feigenkaffee, den sie in der Aldrianstraße tranken, ein gekochtes Ei, Brötchen, Honig, Wurst und Käse. Sie konnte so viel essen, wie sie wollte und musste zum ersten Mal auf ihre Figur achten. Manchmal ließ sie sich von Charly zu ihrer Mutter fahren und brachte ihr gespickten Rehbraten oder Auerhahnpastete. Lieselotte war zu Tränen gerührt, wenn ihr Mann, ganz Kavalier alter Schule, der alten Therese zur Begrüßung die Hand küsste.

Wenn sie zu Partys eingeladen waren, was oft vorkam, dann glänzte sie durch eine überaus elegante Garderobe. Obwohl sie beim Essen sparte und am liebsten bei Kathra einkaufte, gab sie eine Menge Geld in Modesalons aus. Sie wusste, was sie Charly schuldig war. Wenn sie auch bei Gesprächen nicht mithalten konnte und sich lieber aufs Zuhören beschränkte, oder bestenfalls ab und zu eine höfliche Frage einwarf, so wollte sie doch auf ihre Art zum gesellschaftlichen Glanz ihres Mannes beitragen.

Bei Empfängen stand sie, in der leicht zitternden Hand ein Sektglas haltend, zwischen Nobelpreisträgern, Universitätsprofessoren, Wirtschaftsmagnaten und bekannten Künstlern.

Einmal fragte die Frau des Schweizer Konsuls: »Kann es sein, dass Sie früher bei Schulze in der Maximilianstraße verkauft haben?«

Charly kam seiner Frau zu Hilfe: »Ja, Hunderte haben sich von ihr in ein Kleid helfen lassen, ohne zu ahnen, dass ihnen eine Frau von altem ungarischer Adel gegenübersteht, nicht wahr, mein Schatz?«

Sie ging ein zweites Mal zur Schule, und diese Schule war erbarmungsloser als damals die Ridlerschule nahe der Trappentreustraße, die sie als Kind besucht hatte. Natürlich ließ es sich auf Dauer nicht verheimlichen, dass sie kein Französisch sprach, ja, dass sie nicht einmal eine Höhere Schule besucht hatte. Sie musste voller Wut und Enttäuschung erleben, wie in ihrer Gegenwart Französisch gesprochen wurde, um sie auszuschließen, wie sie vermutete. Oder wenn die Gäste mit Namen jonglierten, die ihr fremd waren. Als das Interesse an ihr nachließ, hatte sich Lieselotte einen Platz im Mittelfeld der Frauengesellschaft erkämpft, den sie mit der Bescheidenheit einer Hofdame ausfüllte.

Es gab Tage, an denen man ihr nichts recht machen konnte, Tage, an denen sie an keiner Person aus ihrem Bekanntenkreis ein gutes Haar ließ. Eine Art Zerstörungswut ließ sie die Welt in dunkle Farben tauchen und in Fetzen reißen. Sie sprach dann von der ungeheuren Vermassung der Menschheit, die keinen Platz für die Anständigen ließe, oder über die Hässlichkeit von Münchens Vorstädten. Einmal fuhren sie zufällig durch die Trappentreustraße, die sie Charly gegenüber aus Scham nie erwähnt hatte, und brach in Tränen aus: »Nein, was für eine furchtbare Gegend! Wie kann man hier nur wohnen! Welch entsetzliche Menschen müssen hier wohnen!« Charly saß ratlos neben ihr, verzweifelt darüber, dass er sie nicht aufzuheitern vermochte.

Aber diese Stimmungen verschwanden wie Wolken am Himmel, und am schnellsten verflogen sie in der Natur, in den Bergen. Sie fuhren beinahe jedes Wochenende in die Berge, übernachteten auf Hütten, schossen ein Gams oder einen Auerhahn, suchten die Gemütlichkeit in schummrigen Wirtsstuben, die noch ›echt‹ waren, und pflegten überhaupt das, was sie das einfache Leben nannten, bevor sie am Sonntagabend wieder in die Stadt zurückkehrten.

SENTA 1955

Ein drittes, ein letztes Konfirmationsbild. Die Mode hat sich wieder geändert, die Farbe ist geblieben. Fast alle Mädchen, die an diesem Festtag in das bedrückende Schwarz gekleidet werden, würden jetzt gerne mit ihren katholischen Freundinnen tauschen, die zur Kommunion wie geschmückte junge Bräute erscheinen dürfen.

Auch Senta trägt widerwillig ein schwarzes Cordsamtkleid mit Dreiviertelarm, dessen Oberteil mit vier weißen Perlmuttknöpfen verschlossen ist. Sie hat auf einem Pettycoat bestanden, der den Rock auf beschwingte Weise nach außen stellt. Die mit Perlonstrümpfen bekleideten Beine enden in schwarzen Ballerinaschuhen aus Wildleder. Die Füße sind riesig, bereits jetzt hat Senta die Schuhgröße ihrer Mutter. Pendants zu diesen Füßen sind die großen Hände, stets kalt und blau marmoriert. Senta hat versucht, ihre Hände fürs Foto hinter dem Rock zu verstecken, aber Charlys Leica war schneller.

Senta hat die Feier in der Kirche unbeteiligt über sich ergehen lassen, ebenso wie den ein langes Jahr währenden Konfirmationsunterricht. In der Familie ist nie gebetet worden, weder in ihrer jetzigen, noch bei Therese, noch bei Tante Ottilie. Weshalb sollte sie jetzt plötzlich auf fromm machen? Alles Theater. Immerhin betrachtet sie sich jetzt als einigermaßen erwachsen.

Charly hat gesagt: »Bitte schau nicht so muffig«, und Senta hat sich ein Lächeln abgerungen, ein grimmiges, beinahe diabolisch wirkendes Lächeln, das zu den schrägen Augen und den buschigen Augenbrauen passt. Die Frisur ist eine typische, von Lieselotte verpasste Frisur, die das schmale, längliche Gesicht ihrer Zweitgeborenen optisch verkürzen sollte.

Charly ist ein leidenschaftlicher Fotograf, der jedes Wochenende in den Bergen bildlich protokolliert. Er trägt die Filme zu

Foto Schwarz in der Amalienstraße, klebt die fertigen Bilder in Fotoalben und beschriftet sie aufs sorgfältigste.

An dem Tag, an dem Sentas Konfirmationsbild entstanden ist, hat Charly noch andere Aufnahmen gemacht, die die Konfirmandin später voller Wut zerfetzte und wegwarf. Denn irgendwie war es ihrer Schwester Nore gelungen, sich nicht nur auf jedes Bild zu schmuggeln, und immer in ihren aufreizenden Posen, sondern sich auch so aufzuführen, als sei in Wahrheit sie die Hauptperson des Tages. Sie trägt hochhackige Schuhe, einen betont engen grauen Rock und darüber einen ebenfalls engen langen Pulli, der bis unter den Hintern reicht. Sie reißt auf theatralische Weise ihre Augen auf und formt ihren großen Mund zu einem Kirschmündchen. Sie benimmt sich, findet Senta, wie eine Kokotte.

Nore hat einen Freund mitgebracht, eine Tanzstundeneroberung, einen ihr restlos verfallenen jungen Mann aus einer eher unbedeutenden österreichischen Adelsfamilie. Seitdem Nore die Tanzstunde besucht hat, hat sie einen von Lieselotte und Charly wohlgelittenen und nach Kräften unterstützten Adelstick. Sie trägt einen Verlobungsring am Finger, nicht etwa weil sie heiraten will, sondern weil sie es schick findet, verlobt zu sein.

Senta kann diesen Studenten der Betriebswirtschaft Harald nicht ausstehen. Sie fühlt, dass die Frauen für ihn erst ab siebzehn interessant werden, außerdem hat er ihr mehrmals zu verstehen gegeben, dass er sie für ein Botscherl, einen Tollpatsch, hält. Unverzeihlich. Sie weiß, dass sie mit Nore nicht mithalten kann, weder in Bezug auf Aussehen, noch Schlagfertigkeit, noch Gerissenheit. Nore muss keine Zahnspange tragen, sie geht aufs Gymnasium, während sie, Senta, im Herbst die Volksschule abschließen wird. Nore kann es sich leisten, ihren Verlobten bis aufs Blut zu quälen, weil sie an jedem Finger zehn Verehrer hat, die sofort für ihn einspringen würden. Nore ist eine Blutsaugerin, eine rücksichtslose Person, die nur ihre eigenen Interessen im Sinn hat. Sie ist kaltherzig, oberflächlich, geizig und unkameradschaftlich.

Der zweite junge Mann, der neben dem Verlobten anwesend ist, ist ihr Stiefbruder August. Es gab Fotos, auf denen Nore Arm in Arm mit beiden Männern spazieren geht, wobei ihre rechte Hüfte sich schamlos an Augusts Hüfte schmiegt. Auf einem anderen Bild lehnt sie an der Wand des Gasthauses »Zur Blauen Quelle«, ihr Gesicht keine fünf Zentimeter von Augusts Gesicht entfernt, ihr Blick begehrlich auf seinen Mund gerichtet. Schließlich ist Nore zwischen beiden Männern auf dem Gepäckträger des Mercedes zu sehen gewesen, sehr aufrecht, damit ihr Busen zur Geltung kommt. Alle diese Fotos hat Senta zerfetzt und in den Ofen geworfen, und am liebsten hätte sie die Hexe Nore gleich mitverbrannt.

Denn August gehörte ihr, Senta. Niemand wusste um das Geheimnis, das beide verband, am allerwenigsten Nore, die woanders wohnte und nicht mitbekam, wie August Nacht für Nacht in einer halsbrecherischen Aktion über den Balkon in Sentas Zimmer stieg und unter ihre Bettdecke schlüpfte. Senta verschloss dann kurz vorher ihr Zimmer, nahm ihre Zahnspange heraus und machte sich mit dem Deostift ihrer Mutter die Achselhöhlen frisch.

Sie war beinahe so groß wie August, aber ihre Glieder waren noch weich und tapsig wie die eines jungen Hündchens, ihre Brüste noch nicht voll entwickelt und ihre Schamhaare ein kurzer, unschuldiger Flaum. Neben der rechten Brust hatte sie ein Muttermal, weshalb sie August bat, das Licht nicht anzuschalten. Um die Eltern nicht zu wecken, machten sie so gut wie keinen Lärm. Durch die Dunkelheit roch sie den ihm ständig anhaftenden Geruch von Roth Händle, denn er war seit seinem vierzehnten Lebensjahr ein unverbesserlicher Raucher.

Seine Nähe elektrisierte sie jedes Mal von neuem. Sie konnte nicht genug bekommen von den Erkundungsfahrten seiner Hände und Lippen über ihren Körper. Sie gaben ihr all die Zärtlichkeit, die sie von jeher vermisst hatte. Mit dem Verhältnis zu ihm übte sie Rache an Vater, Mutter und allen, die sie vernachlässigt hatten. Sie dirigierte seine Finger zwischen ihre Beine an die Stelle, die nach Befriedigung verlangte, und massierte sein Glied, dessen Blut in ihren Händen pochte. So arbeiteten sie sich dem Höhepunkt ihrer Ekstase entgegen, bei dem sie ihm den Mund zuhielt, damit sein Schrei nicht die Eltern weckte. Seinen Samen fing sie mit Toilettenpapier auf, das sie heimlich entsorgte. Mehr gestattete sie ihm nicht, so sehr er sie auch darum bat, es einmal ›richtig‹ zu machen.

August war ein gutaussehender Blondschopf mit griechischem Profil, der die sportliche Figur seiner Mutter geerbt hatte. In seinem Zimmer standen mehrere Pokale für erste Preise bei Ski- und Tennismeisterschaften. Seine wahren Interessen gingen jedoch in eine andere Richtung. Er wollte Klatschreporter in Hollywood werden. Auf seinem Schreibtisch lagen Stöße von »Confidential« und anderen Zeitschriften, in denen Elsa Maxwell und Hedda Hopper über Skandale aus der amerikanischen Filmwelt berichteten. Dazu lief, kaum dass August aus der Schule kam, AFN. Er hätte sich aufs Abitur vorbereiten sollen, lag aber ganze Nachmittage rauchend auf dem Bett und hörte AFN. Da er sich im vergangenen Jahr fast ausschließlich von Fleisch und Eiern ernährt hatte, litt er an Vitaminmangel und musste Tabletten schlucken. Zwischen Zeige- und Mittelfinger seiner rechten Hand hatten die Roth Händle einen gelben Abdruck hinterlassen.

Senta liebte das Durcheinander in seinem Zimmer, die schlechte Luft, die aus dem Radio sprudelnde unverständliche Sprache und die von geschlechtlichen Fantasien aufgeladene Atmosphäre, die ihren Stiefbruder umgab. Sie saß stundenlang bei ihm und blätterte »Confidential« durch, das sie gleichfalls nicht verstand. Von Zeit zu Zeit riefen irgendwelche Mädchen an, meistens die Schwestern von Augusts Freunden. Der saß dann in Charlys Drehstuhl, die Füße auf dem Schreibtisch, und sprach, bisweilen in vertrauliches Gelächter ausbrechend, in einer Art Geheimsprache mit ihnen, wobei seine Zunge mit der Schnelligkeit einer züngelnden Schlange über seine Lippen fuhr.

Senta litt unter solchen Gesprächen, zeigten sie doch, dass sie nicht die Einzige war. An solchen Tagen versperrte sie ihre Balkontür, um ihn zu bestrafen. Wenn sie diese Zweifel befielen, dann geriet sie in die trostloseste Stimmung. Sie sagte sich, dass August sie überhaupt nicht liebte, sondern nur deshalb mit ihr diese unkeuschen Spiele trieb, weil sie Wand an Wand mit ihm schlief und leicht verfügbar war. Auch fragte sie sich, ob er nicht ihre Mutter treffen wollte, indem er sie, die minderjährige Tochter, verführte. Denn es war offensichtlich, dass er Lieselotte nicht schätzte, weder als Stiefmutter, noch als Frau. Er begegnete ihr mit übertriebener Freundlichkeit, hinter der sich wohldosierte Verachtung verbarg.

Eines Tages entdeckte Lieselotte eine Rolle Toilettenpapier unter Sentas Bett.

»Was soll das denn?«

»Ich habe Schnupfen«, erwiderte Senta.

»So? Davon merkt man aber nichts.«

Ein paar Tage später stellte sie sie erneut zur Rede.

»Dein Bett stinkt nach Zigaretten.«

»Ich habe mir erlaubt, eine von Augusts Zigaretten zu probieren«, antwortete Senta schnippisch.

Aber Lieselotte hatte Verdacht geschöpft. In der nächsten Nacht versuchte sie, Senta in flagranti zu ertappen, doch die Tür zu ihrem Zimmer war verschlossen.

»Sofort machst du auf!« schrie sie und hämmerte mit beiden Fäusten gegen die Tür.

Senta versuchte Zeit zu gewinnen, indem sie sich schlafend stellte und nur schwer zu erwachen schien.

»Was ist denn los?« stammelte sie.

»Du hast mich gut verstanden. Mach sofort die Tür auf.«

»Warum?«

In der Zeit, in der die scheinbar nur mühsam Erwachende zur Tür tapste, entfloh August ganz leise über den Balkon.

Sie dachten sich nun, um die Affäre zu verschleiern, neue Strategien aus. Bei Tisch mit den Eltern gaben sie ihre gegenseitige Abneigung zu erkennen. Sie zankten sich. August sagte: »Nimm erst deine Zahnspange heraus, wenn du mit mir redest.«

Senta erwiderte, er solle den Mund halten, sie könne seine gelben Zähne nicht mehr sehen.

Tagsüber gingen sie sich aus dem Weg, an den Wochenenden wollten sie nicht mehr mit in die Berge fahren. August gab vor, fürs Abitur lernen zu müssen, Senta hatte angeblich Verabredungen mit ihren Freundinnen. Aber sobald die Eltern aus dem Haus waren und Käthe ihren freien Tag nahm, ließen sie die Jalousien herunter und liefen nackt durch die Wohnung.

Senta hatte keinerlei Skrupel. Sie war ein sinnliches Mädchen, das leidenschaftlich gerne aß und liebte. Sie fand, dass sie im Leben zu kurz gekommen war, vom Moment ihrer Geburt an, und deshalb das verdient hatte, was sie unter Liebe verstand. Die Unzufriedenheit mit ihrer Lebenssituation glich derjenigen von August. Sie wollte bei der Großmutter leben und er bei seiner Mutter.

Wer hat mich je geliebt? fragte Senta sich.

Die Großmutter, ja, sie vielleicht.

Die Mutter? Für die Mutter war sie nur die Fortsetzung des unerfüllten, unglücklichen Verhältnisses zu Herrn Mayrhofer. Senta hatte ihm vor einer Weile geschrieben und ihn gebeten, ihr eine Ausbildung an der Kunstakademie zu bezahlen. Die Antwort war umgehend gekommen. Jetzt, da sie einen richtigen Vater in Person des Herrn Dr. von Bettenhausen habe, sehe er sich nicht mehr in der Pflicht. Er kündigte auch an, seine Unterhaltszahlungen mit Beendigung ihrer Schulzeit einzustellen. Lieselotte hatte den Brief gelesen und sich so aufgeregt, dass sie ein halbes Fläschchen Baldrian trank.

Nore kam jetzt häufiger in die Widenmayerstraße. Sie fuhr auch gerne mit den Eltern in die Berge. Senta vermutete, sie wollte ihrem Verlobten für ein Wochenende entfliehen. In den Bergen nahm sie auf Charlys Bitte widerwillig ihre Brille ab. Charly meinte, Brille und Berge vertrügen sich nicht.

August jedoch behauptete, die Brille stünde Nore gut, sie sehe wie eine sophisticated Lady aus.

Eines Tages überraschte Senta die beiden in der Bibliothek. Nore lehnte an Charlys historischer Bücherwand, hatte beide Arme um Augusts Hals geschlungen und küsste ihn. Oder er küsste sie. War ja auch egal. Sie trug einen blauen Rock mit weißen Segelschiffen und eine ausgeschnittene Rüschenbluse.

Senta knallte die Tür zu. Was sie gesehen hatte, brach ihr das Herz. Sie legte sich zitternd auf ihr Bett, ihr Körper war ein einziger stummer Schrei. Dann hörte sie die Wohnungstür zufallen, die beiden gingen anscheinend weg. Auch die Eltern waren ausgegangen, Käthe hörte in ihrem Zimmer Radio. Senta durchwühlte das Nachtkästchen ihrer Mutter und fand ein Röhrchen Luminal. Es enthielt noch zehn Tabletten. Lieselotte, die unter Schlaflosigkeit litt, nahm hin und wieder eine halbe Tablette.

Senta steckte das Medikament in ihre Manteltasche und lief die Treppen hinunter. Mit hastigen Schritten ging sie die Prinzregentenstraße stadteinwärts. Es war Freitagabend, der Verkehr flaute ab, die Stadt bereitete sich aufs Wochenende vor. Sie wusste nicht, weshalb sie dem Bahnhof zustrebte. Ihre Beine hatten das Kommando übernommen. Ihr Kopf war leergefegt vom Schmerz. An der Barer Straße bog sie links ab. Die Ladenbesitzer kehrten vor ihren Geschäften den Unrat des Tages fort, ein Obstkarren mit Kirschen wurde weggerollt.

Die Bahnhofshalle empfing sie wie ein Ort des Friedens. Reisende, nicht allzu viele, folgten den Gepäckträgern, die ihre Koffer auf Fahrgestelle geladen hatten. Ein Lautsprecher kündigte die Ankunft eines Zuges aus Lindau an. Der Zeiger der großen Wanduhr rückte auf halb sieben vor.

Senta setzte sich auf eine Bank und zog ihren Mantel enger um sich. Obwohl den ganzen Tag die Sonne geschienen hatte, wurde es allmählich kühl. Sie überlegte, wie das, was sie vorhatte, am besten zu bewerkstelligen sei. Hoffte sie nicht insgeheim, gerettet zu werden? Vielleicht. Auf jeden Fall wollte sie unter Menschen sein. Nach einer halben Stunde kam die Bahnpolizei und fragte nach ihrem Alter. Sie sei sechzehn Jahre alt und müsse eine Tante vom Zug abholen, schwindelte sie.

Ihr wurde klar, dass nun keine Zeit mehr zu verlieren war. Sie ging auf die Toilette, schüttete die Tabletten aus dem Röhrchen in die Hand und schluckte sie nacheinander mit Wasser hinunter. Würde sie ihre Bank noch erreichen, bevor die Wirkung einsetzte? Sie ging wie auf Watte, aber das konnte auch die Aufregung sein. Die Stimme aus dem Lautsprecher, welche die Reisende Elvira Flötzinger aufrief, den Informationsschalter aufzusuchen, kam jetzt wie aus einem hohlen Gefäß, der Sekundenzeiger auf der Bahnhofsuhr arbeitete im Zeitlupentempo, ihr Herz schlug langsam, wie eine ferne Trommel.

Die Bahnhofspolizei, die erst eine Stunde später wieder ihre Runde machte, fand sie auf der Seite liegend.

»He, Fräulein, geschlafen wird hier nicht«, sagte einer der Männer und wollte sie wachrütteln.

»Eine jugendliche Streunerin«, raunte er seinem Kollegen zu.

Sie versuchten vergeblich, Senta hochzuziehen und auf die Beine zu stellen.

»Die is ja total b'suffn«, stellte der andere fest.

Dann fanden sie das leere Röhrchen. Es war Senta aus der Hand geglitten und unter die Bank gerollt.

Da sie keine Papiere bei sich trug, konnten die Polizei und auch der diensthabende Arzt im Krankenhaus, in dem sie landete, niemanden benachrichtigen. Es wurde ihr der Magen ausgepumpt. »Luminal, natürlich, was sonst?« sagte der Arzt und machte seine Eintragungen. Das Mädchen war gut genährt und zeigte weder Zeichen von Misshandlungen, noch Verwahrlosung. Eine Nacht lang war sie die kleine Unbekannte auf der Intensivstation.

Lieselotte verbrachte eine schlaflose Nacht in Erwartung eines Geräusches, welches das Nachhausekommen ihrer Tochter anzeigen würde. Sie weckte August auf. Ob er etwas über Sentas Verbleib wisse. August schien etwas verlegen. Nein, er wisse nichts.

Sie hatte sich im Lauf der Jahre an Sentas Schwierigkeiten gewöhnt, an Schulschwänzerei, freche Antworten, extravagante Kleidung, unerlaubte Kinobesuche. Noch nie jedoch war sie eine ganze Nacht weggeblieben. Gegen Morgen wollte Lieselotte zu ihrem Schlafmittel greifen und geriet, als sie es nicht fand, in Panik.

Nacheinander rief sie alle Münchner Krankenhäuser an, sprach mit schlaftrunkenen Pförtnern, die anhand von Listen die Zugänge studierten und schlecht gelaunt Antwort gaben. Im Krankenhaus rechts der Isar hatte sie Erfolg. Ja, da liege ein junges Mädchen auf der Intensivstation, dessen Identität man bisher nicht habe feststellen können.

Sofort wusste sie, dass es sich nur um Senta handeln konnte. Das Krankenhaus war nicht weit von der Wohnung entfernt. So früh am Morgen schien es wie ausgestorben.

»Warum nur, warum hast du das getan?« fragte sie ihre Tochter. Als der Arzt sagte, die Patientin sei außer Gefahr, wurde sie fast ungehalten. »Weißt du, was du mir da antust, weißt du das überhaupt?«

Es fehlte nicht viel, und sie hätte Senta eine Ohrfeige gegeben.

»Haben wir nicht immer alles für dich getan? Mein Gott, du wirst doch nicht die Schwermut deiner Urgroßmutter geerbt haben. Oder war es Liebeskummer, so rede doch!«

Senta konnte nur unter großer Anstrengung ihre Gedanken sammeln. Eher soll mir die Zunge im Mund verfaulen, als dass ich ihr von August erzähle, dachte sie.

Eine Woche später, als sie sich erholt hatte, wollten die Eltern sie auf einen Wochenendausflug nach Thiersee mitnehmen. Als sie hörte, dass August mit von der Partie sein sollte, sträubte sie sich ein wenig. Aber dann fuhr sie doch mit. Sie saßen beide auf den Rücksitzen. August flüsterte ihr ins Ohr, sie solle das mit Nore vergessen, und dabei fuhr er sich blitzschnell mit der Zunge über die Lippen. In Wahrheit habe er immer nur sie geliebt. Er zog sie an sich.

Lügner, dachte Senta. In Wahrheit warst du immer hinter Nore her. Nur weil du sie nicht bekommen konntest, hast du dich mit mir eingelassen.

In diesem Moment drehte Lieselotte sich um und schrie August an: »Was machst du da? Ich hab's ja immer geahnt. Charly, halt sofort an!«

Charly trat auf die Bremse und stieg aus. Er zerrte August aus dem Wagen und ohrfeigte ihn. Obwohl von Natur aus friedfertig, fiel ihm, um die Ordnung wiederherzustellen, nur diese Strafe ein, die ihre Wirkung völlig verfehlte, denn August und Senta suchten das Weite, sie liefen einfach über die Felder davon.

Am Montag kehrten sie ausgehungert nach München zurück. Sie waren das Geld in der kleinen Pension in Fischbachau schuldig geblieben, der Name Bettenhausen war immer für einen Kredit gut. Charly bezahlte auf der Stelle, um das Problem schnell aus der Welt zu schaffen.

Er suchte für seinen Sohn umgehend nach einem Internat in der Schweiz. Senta blieb noch eine Weile in der Widenmayerstraße wohnen. Nach ihrer Konfirmation, die mit dem Abschluss der Volksschule zusammenfiel, fand Lieselotte, es sei besser, Sentas Erziehung in strengere Hände zu geben. Also setzten sie und Charly sich eines Tages in den grünen Mercedes und fuhren die heftig protestierende, von Zeit zu Zeit in Tränen ausbrechende Senta nach Steyr zurück, zu Onkel Hubert und Tante Tilly.

Über deren Haus schien die Zeit hinweggehuscht zu sein. Obwohl es keine kleinen Kinder mehr gab, hing noch eine Schaukel neben dem Sandkasten. Noch immer rauchte Onkel Hubert seine stinkenden Zigaretten und blies sie durchs Schlüsselloch in das Zimmer, in dem Tante Tilly Klavier spielte. Noch immer schritt sie in wallenden Gewändern durch die Räume.

Diesen Hitler, so sagte sie jetzt, habe sie von Anfang an durchschaut. Er sei ein Verbrecher gewesen, ein Prolet, ein Primitivling, der die halbe Welt ins Unglück gestürzt habe. Eine Schande, auch für sie als Österreicherin.

Senta sollte im Herbst eine Kunstschule besuchen und bekam Klavierstunden bei einem Fräulein Mersi in der Kaltmühlgasse. Wochenlang veruntreute sie das Geld, das ihr Tante Tilly für den Unterricht mitgegeben hatte. Sie kaufte sich dafür in einer Fleischhauerei Wurstsemmeln. Eines Tages flog der Schwindel auf. Tante Tilly sagte: »Wenn das nicht der Beginn einer kriminellen Karriere ist!«

Da war Senta gerade vierzehn Jahre alt.

Sie hat August erst mehr als zwanzig Jahre später bei der Trauerfeier aus Anlass von Charlys Ableben wiedergesehen. Da hatte sie ihre erste und er seine zweite Ehe hinter sich. Er lebte seit vielen Jahren in Amerika und war tatsächlich eine Art Klatschreporter geworden, nicht in Hollywood, sondern in New York, wo er in einer zweitrangigen Zeitung über die kleinen Skandale der eleganten Welt berichtete.

Sie standen nebeneinander in der kleinen Kapelle und hörten einem Streichquartett zu, das Schuberts »Der Tod und das Mädchen« spielte. Einmal ging August hinaus, und als er wiederkam, roch er nach Zigaretten. Senta wartete auf das alte Gefühl der Verzauberung aus der Kindheit.

Es wollte sich nicht so recht einstellen. Die Zeit hatte der Erinnerung die Süße geraubt, hatte Wichtigeres zuoberst angehäuft und die Vergangenheit in staubigen Fächern archiviert.

NORE 1958

Das Foto, das an Nores Hochzeitstag entstanden ist, wirkt ein wenig dunkel, ist aber kunstvoll ausgeleuchtet. Das schummrige Licht kommt von drei Wandleuchtern und einer brennenden Kerze auf einem runden Tischchen im Vordergrund, die das Hotelsilber erstrahlen lässt. Ein professioneller Fotograf, Freund der Familie, hat das junge Paar in Szene gesetzt.

In der Mitte des Bildes sitzt die Braut auf dem Schoß ihres frisch angetrauten Mannes Klaus Homberg, von dem nur die Hände zu sehen sind, mit denen er seine junge Frau an den Schultern umfasst, sehr feine Hände. Sein Gesicht ist in Dunkelheit getaucht und kaum erkennbar. Im Hintergrund des elegant wirkenden Raumes sind vier Personen der Hochzeitsgesellschaft zu sehen, von denen eine lächelnd ein Glas Sekt in der Hand hält. August ist gut gelaunt, obwohl ihn mit seinem neuen Schwager nicht ein Fünkchen Sympathie verbindet.

Es geht auf den Abend zu. Einige der etwa hundert Hochzeitsgäste, unter ihnen das Brautpaar, sind auf der Fahrt nach Feldafing mit ihren Autos im Schnee steckengeblieben, weshalb das Mittagessen, ein Vier-Gänge-Menü, bestehend aus Selleriecremesuppe, einem Chicoréesalat mit Nüssen und Orangenspalten, einem glacierten Kalbsbraten und einer gewaltigen Eistorte, um zwei Stunden verschoben werden musste, eine Zeit, die die Wartenden mit Aperitifs überbrückt haben. Zwischen dem jungen Paar hat es bereits eine ernsthafte Auseinandersetzung gegeben, weil der Bräutigam wegen zu schnellen Fahrens in einer Straßenkurve die Kontrolle über seinen VW verlor und in einer Schneewehe landete.

Nore trägt ein enges weißes Satinkleid mit eingewebtem Muster. Die Ärmel sind kurz, der Rock geschlitzt. Zum Kleid gehört ein dreiviertellanger Mantel aus dem gleichen Stoff, den sie ausgezogen hat, denn im Hotel Elisabeth herrscht eine angenehme Temperatur. Auf ihrem Kopf hat die Friseurin Schellmoser ein Kränzchen aus Rosenknospen ins Haar geflochten. Das lächelnde Gesicht ist mit einem verschämt anmutenden Ausdruck dem Fotografen zugewandt. Der Bräutigam hat ihr etwas ins Ohr geflüstert, das sie zum Lächeln gebracht hat.

Nore hatte ihren Mann auf einer Geburtstagsfeier kennengelernt, an der teilzunehmen August sie lange überreden musste. Bei den Gästen handelte sich um junge Leute aus ›gutklassigen‹ Kreisen, die sich von der Schule her kannten. Beim Betreten des großen Raumes, in dem das Fest stattfand, hatte sie einen sehr jungen Mann am Bücherregal stehen und scheinbar unbeeindruckt vom Trubel in einem Buch blättern sehen. Die Art, wie er es mit einer gewissen Andacht behandelte, fiel ihr auf. Der Buchrücken lag geschützt auf seiner linken Hand, während die rechte mit Bedacht die Seiten umblätterte. Es war offensichtlich, dass er den Band vor dem Auseinanderklaffen bewahren wollte. Noch nie hatte sie jemanden mit einer zärtlicheren Geste ein Buch halten sehen. Als er kurz aufschaute, begegneten sich ihre Blicke. Er schloss das Buch, stellte es ins Regal zurück und machte ein paar Schritte in ihre Richtung. Nore sah, dass er etwas von Sartre gelesen hatte.

»Wie würden Sie die Stimmung hier beschreiben?« fragte er unvermittelt.

Sie wusste sofort, dass nur eine beeindruckende Antwort ihn dazu bringen würde, sich weiter mit ihr zu beschäftigen.

Mit Blick auf August sagte sie nach kurzem Überlegen: »Eine Gesellschaft von Müßiggängern, die das Geld hat, sich unentwegt selbst zu zelebrieren, und durch Langeweile bestraft wird.«

Er schaute sie interessiert an. Sein Gesicht war sehr jungenhaft. Er wirkte auf eine faszinierende Weise frühreif, während sein Erscheinungsbild von kindlicher Reinheit war. Aus schmalen Schlitzen traf ein schlauer, sehr blauer Augenstrahl ihren Blick. Nore glaubte, eine ferne Ähnlichkeit, eine Art Verwandtschaft mit sich selbst zu erkennen. Wo hatte sie ihn schon einmal gesehen? In einem früheren Leben? Auf jeden Fall erschien er ihr wie ein Puzzleteil, nach dem sie lange gesucht hatte.

Er fragte sie nach ihrem Namen.

»Bettenhausen.«

»Komisch, August hat mir nie von Ihnen erzählt.«

»Sein Vater hat mich erst vor einem halben Jahr adoptiert.«

Sie drehte sich abrupt um und ging weg, weil sie seinen forschenden Blick nicht mehr ertragen konnte.

August packte sie im Vorbeigehen am Arm. »Wie war das Gespräch mit unserem jungen Dichter?« fragte er neugierig.

»Wieso Dichter?«

»Noch nie etwas von Klaus Homberg gehört? Noch nie von ›Die Schatten der Sonnenfinsternis‹ gehört?«

Sie kannte das Buch nicht, hatte aber darüber in der Zeitung gelesen. Vor ein paar Wochen konnte man keine Zeitung aufschlagen, ohne auf den Namen Klaus Homberg zu stoßen: Ein frühreifes Genie. Ein Wunderknabe. Ein Hoffnungsträger der deutschen Literatur. Das größte Talent seit Kriegsende. – Das Buch hatte sich inzwischen 9000-mal verkauft.

Nun wusste sie, weshalb er ihr so bekannt vorkam. Sie hatte sein Bild mehrmals in Zeitungen gesehen, und auch da war es ihr ergangen wie heute: Sein Gesicht war ihr vertraut erschienen wie das eines Verwandten.

Er hatte sich wieder seinem Sartre zugewandt, wobei seine Haltung ein völliges Desinteresse an der Party ausdrückte. Nore mischte sich unter die Geburtstagsgäste, von denen sie den einen oder anderen kannte. Ab und zu warf sie einen verstohlenen Blick auf Homberg, der sich lesend in einem Sessel niedergelassen hatte. Sie fand sein Benehmen unhöflich und fragte sich, weshalb er überhaupt gekommen war.

Als sie sich jedoch gegen Mitternacht verabschiedete, sah sie ihn inmitten eines Kreises von jungen Leuten, die ihm wie gebannt zuhörten. Er hatte dozierend einen Zeigefinger erhoben und zitierte irgendwelche Philosophen, offensichtlich sehr komisch, denn immer wieder brach schallendes Gelächter aus. Im

Vorübergehen hörte sie ihn sagen: »In angelsächsischen Ländern sehen die Huren so aus, als würden sie neben der Sünde gleich die Höllenstrafe mitliefern.«

Am nächsten Tag sagte Lieselotte: »Da hat ein gewisser Klaus Homberg für dich angerufen, ziemlich flegelhaft. Mein Gott, Kind, mit was für Menschen verkehrst du eigentlich?«

Er hatte eine Telefonnummer hinterlassen, die auf einen westlichen Villenvorort hinwies. Als sie am Abend anrief und ihren Namen nannte, hatte sie eine herrische Frauenstimme am Apparat, die unverblümt fragte, was sie von Klaus wolle. Nore stotterte etwas von einem erbetenen Rückruf.

Im Hintergrund hörte sie einen kurzen Disput, dann kam der junge Dichter ans Telefon. Er entschuldigte sich für die Indiskretion seiner Mutter. Eigentlich habe er ein Zimmer in Schwabing, sei nur für ein paar Tage bei seinen Eltern in Planegg, und in diesen Tagen versuche seine Mutter all das aus seinem Leben zu erfahren, was ihr gewöhnlich verborgen bliebe. Er fragte Nore, ob sie mit ihm einen Spaziergang im Schnee machen wolle, und sie verabredeten sich für den nächsten Tag.

Es war Dezember, ein Tag voll grauer, tief hängender Wolken, jederzeit bereit, die Stadt wieder mit einer Ladung Schnee einzudecken. Sie gingen die von Fichten gesäumten Wege des Forstenrieder Parks entlang.

Er erzählte, dass er an einem neuen Buch schreibe, der Geschichte eines Mannes, der durch ein gewöhnliches Tor tritt und sich in einem fremden Land befindet. »Es muss ein südliches Land sein, voll exotischer Schönheit, zahmer Tiere und wohlgestalteter Menschen, aber für den Mann wird dieser Paradiesgarten zu einem Alptraum. Seine Sprache wurzelt jenseits des Tores in einem anderen Leben, das immer mehr verblasst. Er ist unfähig, die neue Sprache zu erlernen, bewegt sich stumm unter den anderen, friedlich, und doch schlagen sie ihn eines Tages tot.«

Nore sagte, sie könne sich gut vorstellen, dass Sprachlosigkeit mit einem Verlust an Kraft und Ansehen einherginge. Im Übrigen höre sich die Geschichte wie ein böser Traum an.

Der junge Dichter, dessen makelloses Antlitz unter einer Fellmütze fast verschwand, bewarf sie mit einem Schneeball. Noch bevor sie sich rächen konnte, kam ein zweiter und traf sie am Hals. Der Schnee rieselte ihren Rücken hinab. Sie versuchte, sich auf eine Schneeballschlacht einzulassen, war aber den treffsicheren Bombardements ihres Gegenübers nicht gewachsen. Ein Ball traf sie mitten ins Gesicht, worauf sie zu weinen begann.

»Warum machst du das?« fragte sie schluchzend.

Er kam mit seinem Gesicht ganz nahe an das ihre, küsste sie und flüsterte: »Weil ich dich liebe.«

Als Klaus ein paar Wochen später bei Charly und Lieselotte um Nores Hand anhielt, warf Charly ihn hinaus. Der junge Freier hatte zu lange Haare und eine beginnende Neurodermitis im Gesicht. Er trug ein offenes Hemd und sprach ein linkes Soziologendeutsch.

»Ein Kommunist«, erboste sich Charly, als er die Tür hinter seinem Besucher mit Nachdruck geschlossen hatte. »Ich habe dir nicht meinen guten Namen gegeben, damit du einen Kommunisten heiratest.«

»Er hat eine adelige Mutter«, beharrte Nore eigensinnig.

»Und diese Adjustierung«, fuhr Charly unbeirrt fort. »Keine Krawatte, schmutzige Fingernägel, ausgefranste Hemdärmel.«

»Er ist ein Künstler, dem es nicht aufs Äußere ankommt. Du solltest einmal seinen Roman ›Im Schatten der Sonnenfinsternis‹ lesen. Einfach fantastisch.«

»Kind, liebst du ihn denn?« fragte Lieselotte.

»Ich weiß es nicht. Bei all den Schwierigkeiten weiß ich es nicht mehr.«

»Na also«, sagte Charly einigermaßen beruhigt.

Schließlich einigte man sich auf ein Probejahr, das einer Art Verbannung glich. Nore sollte zu einer befreundeten Familie nach England gehen und ihre Gefühle prüfen. Es würde nicht schaden, ihre Englischkenntnisse zu vertiefen, um ihrem Berufswunsch Stewardess ein Stück näher zu kommen. Insgeheim hofften die Eltern natürlich, sie würde in diesem Jahr den Kommunisten vergessen.

Der Plan erwies sich als wenig erfolgversprechend, denn bereits in Augsburg verließ Nore den Zug und stieg in das wartende Auto ihres Geliebten. Sie fuhren über Paris nach Kent. Der Anlasser des VW war defekt. Sie mussten fahren, fahren, fahren und bei kurzen Stopps den Motor laufen lassen. Nores Gastfamilie zeigte keine Verwunderung darüber, dass sie in Begleitung kam. Sie lud Klaus sogar ein, ein paar Tage zu bleiben. Selbstverständlich bekam er ein eigenes Zimmer. Trotzdem hatte Nore immerzu das Gefühl, etwas ganz und gar Unrechtes zu tun.

Als ihr Freund wieder in Deutschland war, flatterten Briefe ins Haus, zwei mindestens in der Woche, oft nur Brieffragmente, ein paar Sätze auf Papier, die abrupt abbrachen:

»Ach, Nore, worin mein eigentliches Manko liegt, wird vielleicht später deutlich werden. Bis heute sind die Kräfte so stark, dass sich mir ein Überblick nicht ergibt.«

Oder:

»Wartezeit auf Nore. Wartezeit nicht auf den Menschen, sondern auf die Zeit mit ihm. Und die bis jetzt nicht widerlegte Hoffnung, dass es möglich sein kann, ja, was denn? – mir geht es augenblicklich nur um das Glück schlechthin.«

Sie sammelte diese weißen Blätter wie etwas unendlich Kostbares und antwortete auf ihre leicht spöttische, zurückweisende Art. Dabei wurde ihr in der Einsamkeit des kleinen Ortes bewusst, wie sehr sie ihn liebte. Und dass es nie einen anderen Mann in ihrem Leben geben würde.

Er war nach Westberlin gezogen, um in Ruhe an seinem Buch »Das Tor der stummen Rede« schreiben zu können, schien aber nicht recht voranzukommen. Weil sie nicht bei ihm war. Er gab ihr die Schuld.

»Ich habe Heimweh nach Dir und Heimweh nach unserer Zukunft. Vielleicht gibt es eine Operation, die Dich aufweckt. Das Schönste in Dir schläft (und Deine Briefe sind ein Traum, wenn Du das weißt).«

Einmal in der Woche rief er sie an. Fairseat 217. Von Ostberlin aus zu telefonieren war billiger.

»Die taktischen Atomwaffen sind im Grunde nichts anderes als eine Weiterentwicklung der Artillerie, und es ist selbstverständlich, dass wir nicht darauf verzichten können«, säuselte er auf Adenauer-Kölsch durchs Telefon.

Nore hielt sich den Bauch vor Lachen, obwohl ihr nicht danach zumute war. In den englischen Wochenschauen tauchten immer wieder die Staubpilze der Atombombenversuche auf, obwohl diejenigen, die diesen Wahnsinn veranstalteten, um die Gefahren wissen mussten. Sie hatte Angst, im Regen spazieren zu gehen oder die Wäsche im Freien aufzuhängen.

Das Jahr verging quälend langsam. Aber sie war so glücklich wie nie zuvor in ihrem Leben. An den Nachmittagen ging sie mit Mark und Jonathan, den beiden Kindern ihrer Gastgeber, auf dem Pilgrims Way spazieren. Sie aßen Fallobst und flohen vor den Kreuzottern, die im hohen Gras dahinkrochen. Manchmal nahm sie den dreijährigen Mark auf den Arm und küsste ihn vor lauter Übermut. An den Wochenenden kamen junge Leute aus London zu Besuch, Künstlervolk. Sie tranken Aperitifs im Stehen und tanzten zu alten Schelllackplatten.

Nore war noch nicht auf dem Höhepunkt ihrer Blüte angelangt, eine zarte, leicht ermüdbare Pflanze. Kaum jemand hätte in Bezug auf ihr Aussehen den Ausdruck »schön« gebraucht. Sie wäre ihrer ebenmäßigen, keine hervorragende Charakteristik zeigenden Gesichtszüge wegen nicht sonderlich aufgefallen, hätte sie nicht Schlagfertigkeit und einen geradezu sarkastischen Humor besessen, mit dem sie nicht selten die Leute vor den Kopf stieß. Sie war nicht jedermanns Typ, aber wer sich einmal auf ihre unnahbare, leicht neurotisch wirkende Art eingelassen hatte, der konnte sich in sie verlieben. Die jungen Londoner machten ihr den Hof, obwohl sie nach diesem verheerenden Krieg gewöhnlich Abstand zu den Deutschen hielten.

Nore hatte in der Vergangenheit Verehrer gesammelt wie andere junge Mädchen Autogramme. Sie hatte sich küssen und die Brüste streicheln lassen. Wenn einer sie bedrängte, mehr wollte, dann machte sie Schluss. Sie wollte nichts von sich geben, am allerwenigsten Liebe. Bei den heimlichen Spielen im Auto oder im Treppenhaus hatte sie immer die Stimme ihrer Mutter im Ohr: »Lass dich bloß nicht mit Jungens ein. Wir haben schon genug Unglück im Haus.«

Das war jetzt anders. In ihrem Kopf war nur noch Platz für Klaus. Sie hatte mit ihm nackt im Bett gelegen. Sie hatten ihre Körper abgetastet, sich aber in vorehelicher Enthaltsamkeit geübt. Denn sie waren fest entschlossen, nach dem englischen Jahr zu heiraten. »Das schönste in Dir schläft«, hatte er geschrieben. Sie wusste nicht, wovon er sprach und bekam plötzlich Angst.

Bis zuletzt konnte sie nicht an diese Hochzeit glauben. Selbst als er ihr in einem Päckchen ein kleines Bündel zusammenhängender Blechringe schickte, um das Maß für einen Ehering zu erfahren, fürchtete sie, er könnte es sich noch anders überlegen.

Im Januar fuhr sie nach Deutschland zurück. Er stand am Bahnhof und war trotz der beißenden Kälte über alle Maßen fröhlich. Es wurde ihr bewusst, dass sie ihn kaum kannte. Das Jahr der Trennung hatte ein näheres Kennenlernen verhindert, seine jugendliche, auf leichten Füßen daherkommende Fröhlichkeit hatte sich in ihrem Gedächtnis jedoch eingenistet. In ihrer leiblichen Familie gab es keine fröhlichen Menschen, sie schmiegte sich an seine Fröhlichkeit wie an ein warmes Öfchen.

Charly und Lieselotte hatten sich inzwischen mit einer Hochzeit abgefunden. Eine Rolle dabei spielte, dass in ihren Kreisen das Buch »Im Schatten der Sonnenfinsternis« empfohlen wurde. Lieselotte sagte sogar ein paar Mal nicht ohne Stolz, dass es sich bei Klaus Homberg um den Freund ihrer Tochter handle. Sie hatten in der Zwischenzeit auch Klaus' Eltern kennengelernt, den Vater, der Jurist, und die Mutter, die Gesangslehrerin war, und sie als ›gutklassig‹ eingestuft. Kurz, die Aufregung hatte sich gelegt, die Hochzeitsvorbereitungen liefen. Charly bestellte das Menü und suchte für den Festtag seine Orden hervor.

Es wurde eine sehr repräsentative, kühle Hochzeit, eher eine Art Geschäftsessen, bei der die beiden Großfamilien Bettenhausen und Homberg Kontakt aufnehmen sollten, sich jedoch wegen divergierender Interessen fremd blieben. Großmutter Therese und Vater Ottokar waren nicht unter den Gästen. Therese wollte nicht – aus Scham, aus mangelnder Kraft und aus Furcht, sich in der feinen Gesellschaft nicht zurechtzufinden. Dabei war sie erst siebzig und noch gut auf den Beinen. Ottokar hatte in der Kirche als stummer Beobachter hinter einer Säule gestanden und war dann diskret verschwunden. Nore war es recht so. Sie schämte sich ihrer Verwandten, nichts mehr sollte sie an ihr früheres Leben erinnern. Aber am Abend weinte sie.

Klaus und sie bestiegen noch in derselben Nacht den Liegewagen nach London. Die Überfahrt von Ostende nach Dover gab ihnen einen Vorgeschmack auf die kommende Atlantiküberquerung. Die See lag wie ein fernes Mittelgebirge, eingehüllt in Schleier aufgewirbelten Wassers. Als die Aschenbecher von den Tischen rutschten, die Flügeltüren sich von selbst öffneten, zwei Männer der Länge nach hinschlugen und die Passagiere den Toiletten zueilten, und das war eine Stunde vor Dover, sagte Nore kreidebleich: »Ich glaube, ich kehre wieder um.«

Es war die Idee ihrer Schwiegermutter gewesen, sie auf diese viermonatige Reise zu schicken. Nore wurde den Verdacht nicht los, dass die Frau Gesangslehrerin, in deren Haus sie in Ermangelung einer Wohnung vorläufig wohnen sollten, sich eine Atempause gönnen wollte, bevor sie ihren extravaganten Sohn und die nicht sonderlich geschätzte Schwiegertochter bei sich aufnahm.

In Liverpool holte sie der norwegische Kapitän Johnson mit einem Blumenstrauß vom Bahnhof ab. Die »Karen Reed« lag noch im Trockendock. Klaus sagte in seiner unbekümmerten Art: »Ich freue mich auf einen kleinen Hurrikan.«

Entsetzt wehrte der Kapitän ab: »Sagen Sie das nicht, sagen Sie das nicht.« Die »Karen Reed« sollte unbeladen nach Philadelphia fahren und dort Mais aufnehmen.

Sie waren die einzigen Passagiere an Bord des 6000-Tonnen-Frachters und bekamen die sehr geräumige Kajüte des Eigentümers zugewiesen, der ein Bekannter von Klaus' Eltern war.

Die Reise, für die acht Tage eingeplant waren, dauerte drei Wochen. Die reich gedeckte Abendtafel mit verschiedenen Käsesorten, geräuchertem und eingelegtem Fisch, gesalzener Butter und frischem Weißbrot, die am ersten Abend ihre Magensäfte in Wallung gebracht hatte, wurde ihnen, je länger die Reise dauerte, zu einem Quell des Ekels. Nach ein paar Tagen nahm Nore nur noch das verkrüppelte Brot und Tee zu sich. Selbst Klaus, der sich einen Hurrikan gewünscht hatte, verging der Appetit. Die Windstärke lag beinahe täglich über neun. Die Ladebäume zeichneten Achter um Achter in den Himmel, manchmal hagelte es, einmal fuhr ein Blitz ins Schiff und auf den dafür vorgesehenen Wegen ins Meer. Sie kamen kaum voran, oft nur vier Kilometer in der Stunde, weil die Schiffsschraube sich wegen der tiefen Wellentäler im Leeren drehte.

Nore lag die meiste Zeit auf dem Bett und beobachtete, wie der blecherne Papierkorb von rechts nach links und wieder zurück rutschte. Klaus versuchte, an dem festgeschraubten Tisch zu schreiben, die Knie unter die Kante geklemmt. In den Schränken hüpften die Koffer hin und her.

Klaus versuchte, »Das Tor der stummen Rede« zu vollenden. Er hatte von seinem Verlag einen Vorschuss bekommen und fühlte sich zeitlich unter Druck. Alles, was er zu Papier brachte, taugte nichts, fand er. Nore hörte sein Hämmern auf der kleinen Maschine, das Herausziehen der Blätter und ihr Zerknüllen. Dazwischen lagen die vielen an Deck verbrachten Zigarettenpausen. Er trieb sich auf der Kapitänsbrücke herum, ließ sich den Sextanten erklären, befragte die Arbeiter im Maschinenraum oder suchte mit dem Fernglas das Meer ab, kurz, er versuchte immer wieder, seiner Arbeit zu entfliehen. Selbst wenn er an der Maschine saß, widmete er sich nicht seinem Buch. Schließlich bat er sie, ihn versuchsweise allein zu lassen und die Tür von außen abzusperren, um ihn zu disziplinieren.

Nore fragte sich, ob nicht vielleicht sie die Schuld trug an der Arbeitshemmung ihres Mannes. Ihre Klagen über Übelkeit, Sturm, Wasser, grauen Himmel und schlechtes Essen. Über die anzüglichen Witze am Kapitänstisch, die roten Flecken auf ihrem Körper, die sie für Flohstiche hielt, und die stickige Luft im Speisesaal. Die Reise, die eine Vergnügungsreise werden sollte, ihre Hochzeitsreise, wurde, je mehr Zeit verging, zu einem einzigen Ärgernis. Freilich hatte es auch ein oder zwei Tage gegeben, in denen der Sturm nachließ und die Sonne schien. Die Wellen hatten dann elastischen Bändern geglichen, die das Schiff in unglaublichem Tempo vorwärts zogen.

Nore hatte mit schlechtem Gewissen die Hochzeitsnacht wegen andauernder Übelkeit von einer Nacht auf die nächste verschoben. Sie hatte Angst. Obwohl sie nun eine verheiratete Frau war, war die Angst, etwas Ungehöriges zu tun, noch tief in ihr verwurzelt. Ihr Körper erschien ihr wie eine von der Schale befreite, hilflos zuckende Muschel, der eine Verletzung drohte. So hatte sie Klaus im Bett immer hartnäckig den Rücken zugedreht, in der Hoffnung, ihr Knochengerüst würde sie vor männlichem Angriff schützen. Von hinten hatte sie seine Begierde gespürt. Voller Dankbarkeit, dass es eine knabenhafte und keine brutal fordernde Männerbegierde war, hatte sie ihn gewähren lassen.

Eines Nachts sagte Klaus zu ihr: »Nun gut, du liebst mich also nicht. Was sollen wir tun? Willst du in Phili zurückfliegen?«

»Hörst du das Gebumper im Schiffsbauch?« fragte Nore und richtete sich auf.

»Vermutlich irgendwelche Reparaturen.«

Draußen war der Sturm nahezu abgeflaut. Das Schiff glitt still unter einem kugelrunden Vollmond dahin. Als hätte es nur dieser Stille und des durchs Bullauge blickenden Mondes bedurft, drehte Nore sich um, das erste Mal seit Tagen, und küsste ihn auf den Mund: »Ich liebe dich, wenn du den abgedroschenen Satz noch einmal hören willst.«

Am 12. März fuhr die »Karen Reed« in die Delaware-Bucht ein. Ein Arzt kam an Bord und schaute sich die Impfzeugnisse an. Die Mannschaft musste die Hosen herunterlassen, die Amerikaner hatten Angst vor eingeschleppten Geschlechtskrankheiten.

Philadelphia war die Stadt der hohlen Geräusche. In der wegen der eng beieinander stehenden Wolkenkratzer dämmrig wirkenden Market Street klang das Aufsetzen der Stöckelschuhe der Frauen auf dem Pflaster wie leiser Trommelschlag. Das Straßenbild war das einer gemischten Gesellschaft, für Deutsche völlig ungewohnt. »They are comin' and comin'«, hatte der Busfahrer, der sie vom Hafen zur Innenstadt fuhr, gesagt und damit nicht ohne Ingrimm die Schwarzen gemeint.

Klaus kaufte in einem Kaufhaus für neunzehn Cent einen Löffel, und sie aßen in einem Hinterhof Chili con carne aus der Büchse. Es stellte sich heraus, dass er über weniger Geld verfügte, als Nore sich in Unkenntnis der Honorare eines Schriftstellers ausgemalt hatte. Er ging, ganz gegen seine sonstigen unbürgerlichen Gewohnheiten, sparsam damit um. Tatsächlich reisten sie wie die Studenten, schliefen im YMCA, gingen viel zu Fuß und ernährten sich von Hamburgern.

Nore fand das romantisch. Sie war wie berauscht von der Neuen Welt und ihrem neuen Leben. Alles, was früher war, fiel von ihr ab wie ein nutzloses Gewand. Sie begann, sich für das zu interessieren, was Klaus interessierte, gewöhnte sich an, die Dinge aus seiner Sicht zu sehen, und manchmal ertappte sie sich dabei, wie sie seine Redewendungen gebrauchte.

Nach ein paar Tagen fuhren sie mit dem Greyhound-Bus weiter ins hektische, von den Anstrengungen der Reklame durchsetzte New York.

Sie fanden Quartier in einem heruntergekommenen Haus aus der Jahrhundertwende in der Nähe der Columbia-Universität, an der Klaus unter anderem Vorlesungen über moderne amerikanische Literatur besuchen wollte. Das Altora House mit seinen primitiv eingerichteten Zimmern, den Etagenbädern und den schmuddeligen Etagenküchen war fast ausschließlich von Studenten bewohnt. Klaus meinte, wegen der langen Seereise, bei der sie pro Tag zwanzig Mark für Verpflegung zu zahlen hatten, sei der Geldvorrat geschrumpft, und sie täten gut daran, sich eine Arbeit zu suchen, bei der sie wenigstens umsonst essen könnten. Geschickt, wie er in solchen Dingen war, fand er noch am selben Tag Jobs für sie beide im International House am Riverside Drive, einem gepflegten Wohnheim für Studenten. Gegen drei Mahlzeiten am Tag musste er Tabletts mit gebrauchtem Geschirr und Essensresten aus dem Geschirraufzug holen und in die riesige Spülmaschine einsortieren.

Er dachte sofort darüber nach, wie diese Arbeit durch geschickte Rationalisierungsmaßnahmen auf ein Minimum zu reduzieren sei, um nebenher die »New York Times« lesen zu können. Als es zum dritten Mal passierte, dass die Alarmglocke schrillte und ein Handwerker geholt werden musste, weil sich im Aufzug ein heilloser Stau gebildet hatte, verlor er den Job.

Nore hingegen, die zu einem gewissen Maß an Zuverlässigkeit fähig war, behielt ihren Job als Kassiererin. Es gab nur noch drei Mahlzeiten für eine Person, die sie sich unter den missbilligenden Blicken der Aufsichtsperson teilten. Klaus sagte, dass er in Deutschland genug Geld auf dem Konto besitze, um aus dieser Reise eine Luxusreise zu machen, aber er habe sich nun mal vorgenommen, mit wenig auszukommen. Dahinter verspürte Nore seine Angst vor der zukünftigen Verantwortung, die Angst eines Mannes ohne geregeltes Einkommen. Aber es machte ihr nichts aus, sich einzuschränken, sie war mit der Not aufgewachsen.

Irgendwann in diesen drei New Yorker Monaten fand sie einen Wochenendjob als Babysitterin bei einer jüdischen Familie in der Park Avenue und verdiente etwas Geld. Little Kaleb war kaum drei Wochen alt und lebte in einem Kinderzimmer, dessen Fensterritzen wegen der schlechten New Yorker Luft mit Klebeband abgedichtet waren. Die Eltern fuhren jedes Wochenende aufs Land, um sich zu erholen. Ihr Kind sahen sie nur selten. Nore wunderte sich, dass sie ihr, einer wildfremden Person, diesen Säugling anvertrauten. Das war Amerika. Mit dem verdienten Geld konnte sie im Supermarkt einkaufen und abends auf dem Gaskocher des Altora House kochen.

Manchmal ging sie mit Klaus zu den Vorlesungen. Einmal sprach Hubertus Prinz zu Löwenstein zum Thema »What German Youth thinks«. Es ging um die jüngsten antisemitischen Vorfälle in Deutschland.

Der Saal war voller zumeist älterer Besucher. Während des Vortrags des alten Herrn sparte Klaus nicht mit halblauten Bemerkungen, wie »Fieser Mistkerl«, »scheinheiliger Schönredner« und »pathetischer Lügner«. Bei der Diskussion meldete er sich zu Wort und sagte in scharfem Ton – die Stimme ganz vorn, Erbe der Gesangslehrerin –, er finde es ärgerlich, von einem Referenten dieses Alters vorgesetzt zu bekommen, was die deutsche Jugend denkt. Die antisemitischen Vorfälle seien vor der Welt peinlich, deshalb habe sie der Bundespräsident auch verurteilt. Aber solange es amtierende Politiker mit Nazivergangenheit wie diesen Globke gebe, werde der Antisemitismus wie eine Erbkrankheit weitergegeben. Im übrigen halte er das Ganze hier für eine PR-Veranstaltung für die verbrecherische Adenauer-Regierung.

Nore wäre am liebsten unter die Bank gekrochen. Andererseits war sie stolz auf Klaus' Zivilcourage.

Eine Weile herrschte Stille im Saal.

»Nun«, sagte der Prinz, »ich denke, wir sollten einen solchen Einwurf nicht weiter beachten«, und erteilte einem anderen Redner das Wort. Am Ende der Veranstaltung kamen mehrere Besucher auf Klaus zu und drückten ihm die Hand.

Klaus brachte nun oft Studenten, die er an der Uni kennengelernt hatte, mit ins Altora House: Mario Bick, Dan Leab, Rachel Gelobter, Edward Holland und andere. Sie saßen auf dem Boden, tranken Tee und diskutierten bis in die Nacht hinein, manchmal sogar auf Deutsch. Diese Juden, Kinder von Emigranten, schienen frei von Ressentiments gegenüber ihren jungen Gastgebern, die so gar nicht dem Bild entsprachen, das sie von Deutschen im Kopf hatten.

Klaus saß dozierend unter ihnen, den Finger erhoben, so wie Nore ihn am Abend ihres Kennenlernens erlebt hatte. Sie sprachen über Dahrendorfs Vorlesung »Social Change and Social Conflict«. Klaus fand, dass Dahrendorf die amerikanische Technik, stilvoll und in unverfänglichen Worten kritische Fragen abzuschneiden, bereits meisterhaft beherrsche, worauf er schallendes Gelächter erntete. Im Übrigen habe er wohl zu viel Marx gelesen. Dieser habe genial die Elemente der englischen industriellen und der französischen Revolution zusammengebracht. Gegenüber der gängigen Ansicht, die russische Revolution sei nicht vom Industrieproletariat ausgegangen, unterliege Dahrendorf einem Irrtum, wenn er behaupte, diese Revolution sei mit Marxschen Kategorien zu verstehen.

Nore saß unter den Studenten und verstand nur wenig. Sie merkte, wie Klaus, ohne es zu wollen, alle Aufmerksamkeit von ihr abzog und auf sich vereinte. Sie, die es gewohnt war, in männlicher Gesellschaft ein zumindest höfliches Maß an Zuwendung zu erfahren, begnügte sich jetzt damit, Tee zu kochen, Brötchen zu schmieren und Verständnis zu signalisieren.

Die Tage waren nicht frei von kleinen Streitereien. Wenn Klaus mit seinem Buch nicht vorankam, war er schlechter Laune. Dann genügte der kleinste Anlass, damit sie sich in die Haare gerieten. Einmal ging es um eine Avocado. Es war die erste Avocado ihres Lebens. Nore hatte sie schon in den Einkaufskorb des Supermarkts gelegt, als er sie wieder zurück trug. Er behauptete, sie würde ihr nicht schmecken. Sie wollte keinen Streit vor dem Verkaufspersonal, aber auf der Straße schrie sie ihn an: »Deine selbstherrlichen Entscheidungen passen mir nicht.«

Sie waren in der Bowery, am südlichen Ende von Manhattan und stritten sich etwa fünf Straßenblocks lang. Dann ließ Klaus sie stehen und bestieg einen Bus. Nore hatte keinen Pfennig Geld dabei und musste mit der Einkaufstasche etwa zehn Kilometer weit nach Hause gehen. In ihr Herz zogen Mordgedanken ein, die sich wieder verflüchtigten, als sie zu Hause einen reuigen Mann und eine reife Avocado vorfand.

Gegen Ende ihres Aufenthalts in Amerika brachte Klaus eines Tages einen Zettel mit nach Hause, auf dem er eine Adresse aus dem New Yorker Telefonbuch notiert hatte: Morris Jandorf und eine Straße im südlichen Manhattan.

»Ob er das sein könnte?« fragte er. »Morris ist ja das englische Wort für Moritz.«

»Eher unwahrscheinlich. Er müsste jetzt Mitte Achtzig sein.«

Trotzdem machten sie sich auf den Weg. Sie liefen kilometerweit den Broadway in Richtung Süden. Die Geschäfte wurden zusehends schäbiger. In einem Schaufenster sahen sie Spielkarten mit nackten Mädchen für 99 Cent. Im Hausflur von Nummer 1141 entdeckten sie das Firmenschild »Morris Jandorf«. Es war eines jener alten Häuser, die seit Jahrzehnten keinen Anstrich mehr bekommen hatten. Immerhin gab es einen Aufzug, der sie in den vierten Stock brachte. Die Tür öffnete sich zu einer Halle, in der es angenehm nach Leder roch. Stapel von Häuten lagen auf den Tischen, dazwischen, an anderen Tischen, hantierten Männer mit Zollstöcken und Messern. Der Boden war übersät mit Lederresten, die ein Bursche zusammenkehrte.

Ein Mann in brauner Arbeitsschürze trat auf sie zu und fragte nach ihren Wünschen. Nore brachte vor Aufregung kein Wort hervor, aber Klaus fragte, ob er Herrn Jandorf sprechen könne. Nach einer Minute kam ein hochgewachsener schlanker Mann Anfang Vierzig und fragte: »Yes please?«

Nore stotterte, dass sie auf der Suche nach einem Mister Moritz Jandorf seien, der bis 1929 in München gewohnt habe und nach Amerika emigriert sei.

»He's my father«, sagte der Mann. »Why do you want to see him?«

»Is he still alive?« fragte Nore.

»He is doing well.«

Es wurde ihr plötzlich bewusst, dass sie vor ihrem Onkel stand. Vielleicht war es einer der Zwillinge, von denen Therese erzählt hatte. Die Ähnlichkeit mit ihrer Mutter Lieselotte war frappierend. Nicht nur, dass er denselben Teint und dasselbe lockige schwarze Haar besaß, auch das unverbindliche Lächeln, das niemanden an sich herankommen ließ, kannte sie von Lieselotte zur Genüge.

Dieser Moritz Jandorf, sagte Nore, und dabei stockte ihr die Rede, müsse ihr Großvater sein. Ihre Großmutter habe 1916 ein Kind von ihm bekommen und ihn dann aus den Augen verloren.

Ja, er habe da mal was gehört, sagte Jandorf und lächelte verlegen. Der alte Herr sei jetzt sechsundachtzig Jahre alt, er könne ihnen seine Adresse geben.

Es wollten sich keine verwandtschaftlichen Gefühle einstellen, weder bei ihr, noch bei ihm. Er lud sie nicht einmal ein, sich zu setzen und eine Erfrischung zu sich zu nehmen.

Was hatte sie erwartet? Dass er sie umarmte und als Nichte willkommen hieß? Vielmehr verspürte sie auf seiner Seite ein leises Misstrauen. Vielleicht fürchtete er, sie könne irgendwann Erbansprüche stellen. Dabei wollte sie nur ihre Wurzeln ergründen, diese jüdische Herkunft, die sie von Zeit zu Zeit beschäftigte. Er gab ihnen einen Zettel, auf dem er Adresse und Telefonnummer seines Vaters vermerkt hatte, und verabschiedete sich.

Auf der Straße sagte Klaus mit Blick auf den Zettel: »Bronx, oh weh, keine gute Gegend.«

Sie hatten nicht mehr viele Tage zur Verfügung, am 1. Juni sollte die »Karen Reed« sie in Halifax wieder an Bord nehmen. Trotzdem beschlossen sie, Morris Jandorf aufzusuchen.

An einem Freitag setzten sie sich in die IRT-Subway-Linie, die in der Bronx einen Highway-Ableger hatte. Es war eine lustige Fahrt. Sie fuhren die gewagtesten Kurven, haarscharf an Hausecken vorbei, bergauf, bergab, und dabei immer auf einem wackeligen Gerüst in zehn Meter Höhe. Es bot sich eine wechselnde Aussicht auf Friedhöfe, elende Hinterhöfe und in die Fenster der bedrohlich nahen Häuser. Auf den Dächern stand ein dichtes Gewirr von Fernsehantennen.

Nore erzählte Klaus, was sie von Therese über diesen Großvater erfahren hatte. Es war alles andere als ein positives Bild, aber immerhin war es ein gutaussehender, wohlhabender Mann gewesen, den ihre Großmutter damals geliebt hatte. Als sie ausstiegen und durch die ärmlichen, ungepflegten Straßen gingen, in denen der Wind Papierfetzen vor sich hertrieb, sagte Klaus: »Die Bronx ist das Harlem des weißen Mannes. Erwarte dir nicht zu viel.«

Endlich standen sie vor dem Haus Kingsbridge Nummer 3052. Spätestens hier fielen von Nore alle Erwartungen ab, es mit einem wohlhabenden Großvater zu tun zu haben. Das Haus wirkte wie die meisten Häuser in der Straße heruntergekommen und sowohl von den Besitzern als auch von den Bewohnern aufgegeben. Im Eingang stand eine Reihe schmuddeliger Kinderwagen, aus einem Fenster erklang südamerikanische Musik. Die Klingel an Jandorfs Tür funktionierte nicht. Auf ihr Klopfen hin hörten sie schlurfende Schritte, und dann wurde die Tür von einem sehr alten Mann geöffnet, von dem Nore im ersten Moment nicht glauben wollte, dass es ihr Großvater sein könnte. Er war bucklig und runzlig wie eine dieser Rüben, die den Winter überlebt, aber an Saft verloren haben. Da sie sich telefonisch angemeldet hatten, als Studenten, die Interviews mit aus Deutschland emigrierten Juden führen wollten, brauchten sie keine langen Erklärungen zu liefern. Er bat sie in die kleine Küche, die Wohnung bestand offensichtlich nur aus Schlafzimmer und Küche.

Auf einmal fühlte Nore sich in die alte Welt der Trappentreustraße zurückversetzt. Sie saß auf einem durchgelegenen Sofa, vor sich einen ehemals weißen Tisch, dessen Farbe größtenteils abgeblättert war, und schaute auf ein altmodisches Küchenbuffet, das wie das Buffet von Thereses Küche mit Fotos bestückt war. Ein Kohleherd stand gegenüber der Fensterwand. Es war eine mehr als ärmliche Einrichtung.

Jandorf sprach noch leidlich Deutsch, Nore wechselte jedoch schnell ins Englische, da sie nicht wusste, ob sie ihn duzen oder siezen sollte. Sie sprachen zuerst über Allgemeines, über ihre Reise und die baldige Rückkehr, über seinen Sohn und die Lederfabrik. Geistig schien er voll auf der Höhe zu sein, aber sein körperlicher Zustand war so gebrechlich, dass sie nicht wagte, ihn auf Therese anzusprechen, aus Furcht, er könne vor Schreck oder Verlegenheit oder Unwillen wie Asche in sich zusammen sinken. Wusste er, ahnte er, dass sie seine Enkelin war? Hatte sein Sohn ihn vielleicht vorbereitet?

Er erzählte, er habe München im Jahr 1929 verlassen, nachdem er einmal Hitler bei einer Versammlung reden gehört hatte. Er habe damals alles Geld von der Bank abgeholt, in einen Sack gesteckt und für sich und seine Familie die Überfahrt gebucht.

Nore griff unter dem Tisch nach Klaus' Hand, um sich Mut zu holen, und fragte Jandorf, ob er sich an die Frau erinnere, die im Jahr 1916 eine Tochter geboren hat, seine Tochter.

Er antwortete auf Deutsch: »Ich erinnere mich dunkel, war sie nicht blond?«

»Kastanienbraun«, sagte Nore leicht verärgert.

»Und hieß sie nicht Marlene?«

»Therese. Und ihre Tochter heißt Lieselotte.«

Er sank noch mehr in sich zusammen und geriet ins Grübeln.

»Ich habe Ihnen in der Nachkriegszeit, als es uns schlecht ging, einen Brief geschrieben und um Hilfe gebeten. Aber Sie haben nie geantwortet. Vielleicht hatte ich nicht die richtige Adresse?«

Er sagte nur: »Ja.«

Dann fragte er: »Hat Ihnen Amerika gefallen? Ich bin zu alt, um noch zu reisen.«

Das Gespräch versickerte in einem längeren Schweigen. Sie hatten sich nichts mehr zu sagen und verabschiedeten sich.

Wieder auf der Straße legte Klaus, als er Nores Tränen sah, den Arm um sie und sagte: »Du musst das Ganze literarisch sehen. Der Mann ist nicht mehr von dieser Welt. Vielleicht schreibe ich einmal eine Geschichte über diese seltsame Begegnung.«

Zwei Tage später brachen sie nach Halifax auf, Klaus per Anhalter und Nore mit dem ganzen Gepäck per Bahn. Sie musste fünfmal umsteigen. Die »Karen Reed«, schwer beladen mit Mais, brauchte für die Rückreise nur acht Tage. Das Wetter war strahlend, es führte direkt in den europäischen Sommer.

36

SENTA 1964

Die einstige Pracht des hohen Holzportals ist längst dahin, dafür haben die salzige Luft, die oft drei Tage lang wehende Bora und nicht zuletzt der Holzwurm gesorgt. Die Kassetten zeigen mannigfaltige Schnitzereien. Der venezianische Löwe, der einen runden Ring im Maul trägt, mit dem Besucher sich bemerkbar machen konnten, zeugt von einer italienischen Vergangenheit. Tatsächlich hat die Insel in der nördlichen Adria früher zu Italien gehört.

Senta und Max Pfäfflin sind bereits den dritten Sommer mit Freunden auf Cres. Einer von ihnen hat das Foto vor dem hohen Holzportal geschossen. Senta sitzt mit umschlungenen Beinen auf der Steinstufe und schaut nach rechts, vorbei an einem an der Wand lehnenden barfüßigen Jungen, der sich grinsend ins Foto geschmuggelt hat. Seitdem ihr jemand gesagt hat, sie habe eine schöne Stirn, trägt Senta bunte Seidenschals, die die Stirn frei von Haaren halten. Sie ist sorgfältig geschminkt, anders als Nore, die seit ihrer Heirat Klaus zuliebe auf Wimperntusche und Lippenstift verzichtet. Auffällig sind die starken schwarzen Augenbrauen, die ebenso wie die Wimpern einen reizvollen Kontrast zu den hellgrauen Augen bilden.

Der V-förmige Ausschnitt des schwarzen Pullis lässt eine leichte Verdickung des Halses erkennen, weshalb Senta Jodtabletten schluckt, denn einen Kropf wie ihre Großmutter Therese möchte sie keinesfalls bekommen.

Abgesehen von diesem minimalen Makel hat Senta sich zu einer Schönheit entwickelt, was sie aber nicht weiß, weil niemand es ihr sagt, nicht einmal der Mann an ihrer Seite.

Max Pfäfflin trägt eine weiße Sporthose, die von einem schmalen schwarzen Gürtel zusammengehalten wird. Die Ärmel seines dunkelblauen Hemdes sind hochgekrempelt, das Eckchen eines weißen Unterhemdes schaut hervor. Seine Füße stecken in braunen Ledersandalen, die ihn manchmal, wenn auf dem Spazierweg Disteln wachsen, zur Verzweiflung bringen. Zwischen den Fingern der rechten Hand hält er die unvermeidliche Zigarette. Das Haar ist kurzgeschoren.

Das junge Paar schaut in entgegengesetzte Richtungen, der Mann nach links mit dem Blick eines Adlers, die Frau traurig. Es findet keine Berührung statt, das Bild wirkt gestellt und steril, wie für ein italienisches Modejournal aufgenommen.

Sie verbrachten den Urlaub in einem einsamen Steinhaus an einer stillen Bucht. Die vier kleinen Zimmer hätten ausgereicht, um auch noch die Freunde unterzubringen, aber die Eigenbrötlerin Senta wollte das nicht, und sie setzte sich durch.

Bis zum nächsten Dorf lief man eine halbe Stunde durch die mit wildem Fenchel, Thymian und Ginster bewachsene Macchia. Im Laden gab es Zwiebeln, Kohl, Tomaten, Kartoffeln und ein gummiartiges Weißbrot. Selten Fleisch. Es war ein aufregendes Abenteuer, sich einschränken, Holz sammeln und aus dem Ziehbrunnen Wasser holen zu müssen.

Senta quälte Max mit ihren Launen. Sie war die Nähe zu einem Mann nicht gewöhnt. Die nächtliche Nähe im Doppelbett, der sie manchmal entfloh, um im Nebenzimmer alleine schlafen zu können. Die vollen Aschenbecher, die auf dem Boden liegenden Unterhosen, der Schmutzrand am Waschbecken. »Bin ich eine Putzfrau?« schrie sie ihn an. »Räum deinen Dreck gefälligst alleine weg.«

Max nahm ihre Ausbrüche mit einer Engelsgeduld hin, nicht weil er der Friedlichere, sondern weil er von Natur aus phlegmatisch war. Streit würde ihn in seiner Ruhe stören und Kraft kosten, also setzte er sich lieber mit seiner Gitarre ans Meer und spielte Flamenco.

Max war ein Kind des Wassers. In Konstanz groß geworden, hatte er jede freie Minute am Bodensee verbracht und als Schüler einige Schwimmwettbewerbe gewonnen. Im Alter von vierzehn begann er, mit Pinzette und Klebstoff, kleine Schiffe in

Flaschen zu bauen. Die gleiche Geduld musste er jetzt bei seiner Geliebten anwenden. Er war eine seltsame Mischung aus Wurstigkeit und Zielstrebigkeit. Trotz seiner vielseitigen Interessen trieb er sein Maschinenbaustudium gewissenhaft voran. Senta fand Diplomingenieure langweilig. Sie hätte sich lieber einen Schriftsteller wie Klaus gewünscht, um den sie ihre Schwester manchmal beneidete. Sie hätte sich auch gewünscht, dass Max nicht alle ihre Launen so gleichmütig hinnahm, sondern dass er sie mit der gleichen Lautstärke anschreien, dass er sich als der Stärkere erweisen würde.

Die ersten Jahre waren die Ferien aufregender gewesen. Alles war neue Erfahrung, das gemeinsame Schwimmen im Meer, das Wettschwimmen zur gegenüberliegenden Insel, bei dem Max nur knapp gewann, denn Senta mit ihren langen Armen und Beinen war eine Wasserratte, die ihm in nichts nachstand. Sie brieten Fische auf offenem Feuer, malten Aquarelle und sangen zur Gitarre, Senta ziemlich unmelodisch, nichts verriet die Tochter eines bekannten Kammersängers. Max schrieb, in der Mittagshitze auf der Terrasse sitzend, Gedichte, die er im Ofen verbrannte. Nur eines ist durch Zufall noch erhalten:

Die bunten Gärten in Deinen Augen
ein Kinderlachen und viele Worte
schleppe ich mit mir
die Straßen entlang
weißer Jasmin im Frühling
gleicht der kurzen Süße Deiner Lippen

Es war kein coup de foudre, als sie sich im Fasching 1961 zum ersten Male begegneten. Die Feste der Münchner Akademie der Bildenden Künste waren berühmt wegen ihrer gewagten Kostüme und ihrer fantasievollen Buntheit. Der junge Max Pfäfflin fiel Senta dadurch auf, dass er in unscheinbares Grau gekleidet war und auf einer dicken Zigarre herumkaute. Senta hingegen trug ein enges schwarzes Trikot, in ihrem Haar steckte eine rote Rose. Von ihrem frühen Ballettunterricht waren ihr noch ein paar Schritte geläufig, die sie, scheinbar weltvergessen, am Rand der Tanzfläche ausführte. Max, der sie eine Weile betrachtete, fand sie eher komisch, denn ihre Bewegungen waren nicht die einer Ballerina, sie waren alles andere als graziös, sondern auf eine kindliche Weise trotzig. Dazu passte, dass sie manchmal mit dem Fuß aufstampfte, wenn ihr eine Pirouette nicht gelungen war. Er forderte sie zu einem Foxtrott auf, und es stellte sich heraus, dass sie im Schritt überhaupt nicht miteinander harmonierten. Sie traten sich gegenseitig auf die Füße. Jeder behauptete vom anderen unter Gelächter, er könne nicht tanzen.

Schließlich setzten sie sich an einen Tisch und bestellten zwei Gin Fizz. Senta erzählte, dass sie an dieser Akademie Keramik studiere, und fragte, warum er denn nicht wie die anderen kostümiert sei.

»Nicht kostümiert?« erwiderte Max. »Ich bin doch Bertolt Brecht.« Und er zitierte einen ganzen Absatz aus »Aufstieg und Fall der Stadt Mahagonny«.

Senta war beeindruckt. Natürlich dachte und sprach er ›links‹, wie die meisten Studenten damals, er war sogar Mitglied des Sozialistischen Deutschen Studentenbundes. Sie setzte ihr aufmerksamstes Gesicht auf. In Wahrheit hatte sie nur eine vage Vorstellung davon, was links bedeutete. Alles Politische war ihr fremd. Links bedeutete ihrem Gefühl nach das Gegenteil von dem, was Charly und ihre Mutter lebten. So gesehen, war sie auch links, denn sie wollte mit der Welt ihrer Eltern nichts zu tun haben.

Er halte sich für einen intellektuellen Aufsteiger, fuhr Max fort, denn sein früh verstorbener Vater sei lediglich Kontrolleur am Dampfersteg in Konstanz gewesen, und seine Mutter habe alles darangesetzt, um ihm, Max, das Abitur und das Studium zu ermöglichen.

Der Alkohol, die Musik und die Rauchschwaden, mit denen Max sie einhüllte, ließen Senta in einen eigenartigen Trancezustand geraten. Immer wenn sie die Augen schloss, glaubte sie den schwäbelnden Brecht zu hören, von dem sie zufällig wusste, dass er in Augsburg geboren war.

»Nicht das Bewusstsein bestimmt das Sein«, fuhr die Stimme fort, »sondern das seiner selbst nicht bewusste Leben, also das Sein als solches, bestimmt das Bewusstsein. Hallo, bitte nicht schlafen! Und so wird das Proletariat, das zu der Schmach, ein solches zu sein, noch die Unfähigkeit lieben lernt, etwas anderes zu wollen, eines Tages seiner selbst bewusst werden und damit dem zu sich selbst kommenden Weltgeist gehorchen.«

Als ihr Begleiter sie gegen Morgen nach Hause brachte und sie vor dem herrschaftlichen vierstöckigen Altbau in der Widenmayerstraße standen, stellte er mit spöttischer Stimme fest: »In diesem Bonzenhaus wohnst du also.«

»Ich wohne hier nur vorübergehend bei einer Tante«, schwindelte Senta, während Röte ihr Gesicht überflog. Einen Moment lang dachte sie daran, dass Charly auch diesen jungen Mann vor die Tür setzen würde, so wie er es mit ihrem Schwager Klaus getan hatte. Dieser hatte sich mit seinen Schwiegereltern auf eine Weise arrangiert, die wenig Gelegenheit für Kontakte zuließ, der Glückliche.

Senta schloss die Augen und wünschte sich, Bert Brecht würde sie küssen. Nicht, dass sie ihn sonderlich attraktiv fand. Es war vielmehr so, dass der Abend in ihren Augen ein solches Ende erforderlich machte. Max jedoch hauchte ihr nur die Andeutung eines Kusses auf die Wange und sagte, er sei gebunden. »Eine Jugendfreundin in Konstanz, du verstehst?«

Vier Wochen später wartete er am Ausgang der Akademie auf sie. Er habe sich von seiner Freundin getrennt, um für sie, Senta, frei zu sein.

Obwohl Senta viel an ihn gedacht hatte, wobei Sehnsucht gewiss eine Rolle spielte, und sie jetzt ein leises Triumphgefühl empfand, ihre Konkurrentin aus dem Feld geschlagen zu haben, fragte sie sich, wohin eine Beziehung mit diesem Schwaben führen würde. Um Klarheit zu schaffen, nahm sie ihn mit in ihr Zimmer in der Amalienstraße und schlief mit ihm.

Ihre Jungfernschaft hatte sie bereits zwei Jahre zuvor in Wien verloren. Damals, als sie noch an der dortigen Akademie studierte, lebte sie in Wohngemeinschaft mit einer finnischen Kollegin, die einen südamerikanischen Freund hatte. Beinahe jede Nacht wurde Senta, getrennt nur durch eine dünne Wand, Zeugin des Vergnügens, das beide offenbar aneinander hatten. Eines Tages fragte sie Tuliki, ob sie etwas dagegen habe, wenn der Südamerikaner sie von ihrer Jungfernschaft befreie. Tuliki lachte, nein, natürlich nicht, wenn es bei einem Mal bliebe, und steckte ihr einen Pariser zu.

Ein paar Tage später kam der Mann in ihr Zimmer, nackt, mit erigiertem Penis, und schmiss sie aufs Bett. Er nahm sich nicht viel Zeit, schließlich war es eine Art Job, ein Gefallen, den er ihr tat. Senta fand die Angelegenheit enttäuschend. Die Welt sah hinterher nicht anders aus. Immerhin war jetzt die Tür geöffnet für weitere Versuche.

Nach einer Weile hatte sie begonnen, auf Pariser zu verzichten und war auf die Methode Knaus-Ogino übergegangen, anhand derer sie mittels eines Spezialthermometers die fruchtbaren von den unfruchtbaren Tage unterscheiden konnte. Die Angst, trotz aller Vorsichtsmaßnahmen schwanger zu werden, ließ sie selten los, selten nur konnte sie die Gedanken daran ganz verdrängen und sich der Lust hingeben.

1960 drängte es Senta zurück nach München. Sie hatte von ihrem Professor glänzende Beurteilungen bekommen, nicht zuletzt wegen der gelungenen Farbkompositionen, der ausschweifenden Formen und der sich treu bleibenden Themen. Sie malte Frauen, die in Töpfen rührten, Wäsche aufhängten oder sich, in ein Unterhemd gekleidet, einen Zopf flochten. Sie malte Frauen im Café, die vor dampfenden Tassen saßen, und Frauen in der Badeanstalt. Alle diese Frauen waren voluminös und schienen auf göttliche Weise in sich zu ruhen. Die Farben waren Braun, Rot, Schwarz, Ocker und Orange mit kleinen Einsprengseln von blitzendem Grün oder himmlischem Blau, was wie ein kleines Bombardement von Edelsteinen anmutete. Die Bilder schienen ihren Ursprung in Thereses Person und ihrer Küche zu haben, in der Senta so gerne gesessen hatte und die sie eines Tages hatte verlassen müssen.

Als sie Max kennenlernte, hatte sie sich auf Keramik spezialisiert. Die Drehscheibe wurde ihr Erdball, der Ton ihre Schöpfungsgeschichte. Auch hier waren die Gefäße, die sie schuf, mächtig und erdfarben. Sie baute aus Ton dicke Marktweiber in Schürzen und üppige Frauen in Badekostümen.

Bereits ein Vierteljahr, nachdem sie Max kennengelernt hatte, zogen sie zusammen. Die Wohnung in der Amalienstraße bestand aus einem Zimmer, Küche und Bad. Ein Paravent trennte das Bett vom Schreibtisch, an dem Max bis spät in die Nacht arbeitete.

Max und Senta gingen sich beinahe vom ersten Tag an auf die Nerven. Senta war hin- und hergerissen zwischen dem Wunsch nach Nähe und dem nach Distanz. Ihr Gefühlsleben geriet völlig durcheinander. Sie war es nicht gewohnt, geliebt zu werden. Wurde die Liebe zu groß, wurde sie ihr lästig. Sie brach dann einen Streit vom Zaun, um Max wegschicken zu können. Dieser hatte wohlweislich seine alte Studentenbude behalten, wo er weiter an seinen Schiffen bastelte.

»Ich will dich nie mehr sehen«, rief Senta ihm gewöhnlich nach. Aber kaum war er entschwunden, begannen die Entzugserscheinungen. Sie fühlte sich schuldig und dürstete nach seiner Anwesenheit. Panik überfiel sie beim Gedanken, er könne sich einer anderen Frau zuwenden.

Zwar kam Max immer wieder zurück, aber die Beziehung leierte aus wie ein Gummiband, das zu oft strapaziert wird. Senta suchte in ihrer Ratlosigkeit einen Psychologen auf, der ihr erklärte, die Problematik liege in ihrer Kindheit begraben: der abwesende Vater, die abwesende Mutter und obendrein die vermisste Liebe. Durch das Wegschicken ihres Partners wolle sie sich immer wieder von neuem seiner Liebe versichern. Die Krankenkasse zahlte hundertsechzig Einzelstunden, und Senta sank auf einem blauen Sofa in ihre Kindheit zurück, vielmehr blieb sie vor dem Tor zu ihr stehen, denn sie konnte sich nur an wenig erinnern. Sie saß auf einem Berg erstarrter Gefühle.

Wenn sie Lieselotte befragte, erhielt sie zur Antwort: »Kind, lassen wir die Vergangenheit doch ruhen!«

Briefe an ihren Vater, der inzwischen zum fünften Mal geheiratet hatte, ließ dieser meistens unbeantwortet, und wenn er ihr antwortete, so las sie aus jeder Zeile die Sorge, sie könne ihm finanziell zur Last fallen. Nach Beendigung der Analyse träumte sie, sie spaziere auf den Trümmern des Hauses ihrer Kindheit.

Zu diesem Zeitpunkt hatte sie fünf Jahre mit Max zusammengelebt, und sie begann, sich nach einem Kind zu sehnen. Die äußeren Voraussetzungen waren günstig, denn Max' Mutter war gestorben und hatte ihm ein Häuschen mit 5000 qm Obstgarten hinterlassen. Vom Verkaufserlös erwarben sie ein Reihenhaus in Pasing, in dessen Keller Senta sich eine Werkstatt einrichtete.

Der Wunsch nach einem Kind wurde zur Obsession, er erfüllte sich aber lange nicht. Max meinte, sie sollten heiraten, um ihr Verhältnis zu legitimieren, und stieß auf Widerstand. Er musste Senta buchstäblich zum Standesamt schleifen. Der Akt vollzog sich ohne Angehörige im Juni 1966. »Liebe Mama, lieber Charly«, schrieb sie ein paar Tage später von der Insel Cres, »wir haben geheiratet.« Die Postkarte zeigte einen an einer Angel hängenden Fisch.

Auf dieser Reise nach Jugoslawien, der fünften, suchten sie vergebens nach der Romantik der ersten Jahre. Senta war sich bewusst, dass sie in Max nur noch einen Samenspender sah. So, wie man in der Dunkelheit allmählich zu sehen lernt, den Nachthimmel hinter den Fenstern, die Umrisse eines Tisches, die von der Decke hängende Lampe, die Uhr an der Wand, die ganzen, vom Tag her vertrauten Gegenstände, so entdeckte Senta an Max immer mehr die dunklen Eigenschaften. Sie ertappte ihn bei kleinen Lügen, ärgerte sich über seine Trägheit und Unzuverlässigkeit, die ihn davon abhielten, seine Diplomarbeit zu Ende zu schreiben. Dabei schien er immer guter Laune zu sein und um Ausreden nie verlegen.

Noch immer, wenn auch nicht mehr so häufig wie früher, hatte sie die Angewohnheit, ihn nach einem Streit wegzuschicken. Er hatte sich jedoch längst abgewöhnt, dann tatsächlich das Weite zu suchen, sondern ließ sich rauchend und lesend vor dem Haus nieder, anscheinend unbeeindruckt von ihren Launen.

Wieder zu Hause von der Hochzeitsreise, wollte sie die Ehe auflösen, als sie merkte, dass sie endlich schwanger geworden war. Die Freude über das Ereignis, das ehrfürchtige Staunen über die Veränderungen in ihrem Körper und die Vorbereitungen auf die Geburt und das Kind ließen sie milde werden. Sie dachte über Namen nach, häkelte Mützchen aus weißer Angorawolle und richtete ein Kinderzimmer ein.

Das Kind, das sie im April 1967 zur Welt brachte, war um vierzehn Tage übertragen. Senta war mit Wehen selber ins Krankenhaus gefahren, aber eine ahnungslose Hebamme hatte sie wieder nach Hause geschickt, es sei noch nicht so weit. Unterwegs verlor Senta das Fruchtwasser. Es war Nore, die sie umgehend wieder zurückbrachte und das Schlimmste verhinderte. Sie nannten den Jungen Felix. Er war ein zartes Geschöpf mit dem Gesicht eines Erwachsenen. Schon jetzt zeigte er das Adlerprofil seines Vaters.

Die Vorstellung, dass er die Ehe kitten könnte, erwies sich als völlig realitätsfremd. Felix war kein gemeinsames Kind, sondern von Anfang an ausschließlich Sentas Eigentum. Sie zog aus dem gemeinsamen Schlafzimmer ins Kinderzimmer, litt an einer Wochenbettdepression, magerte ab und konnte das Baby schon nach ein paar Tagen nicht mehr stillen. Der Morgen begann in der Regel mit einem Weinkrampf. Sie, die immer sorglos in den Tag hinein gelebt hatte, machte sich plötzlich quälende Gedanken um die Zukunft. Der Rest des kleinen Erbes schmolz dahin. Max bastelte noch immer an seiner Diplomarbeit herum, zumindest glaubte sie das, bis sie eines Nachts feststellen musste, dass sein Arbeitszimmer leer war und die Terrassentür offen stand. Als sie ihn am nächsten Morgen zur Rede stellte, sagte er, er habe wegen starker Kopfschmerzen einen Nachtspaziergang gemacht.

Er ging jetzt auch tagsüber öfter aus dem Haus. Auffallend oft packte er seinen Sohn in den Kinderwagen und fuhr ihn aus. Eines Tages schlich sie den beiden nach. Sie sah, wie Max sich in den verwilderten Garten eines verlotterten Anwesens begab, den Kinderwagen unter einen Baum stellte und eine heruntergekommene Lagerhalle betrat, in der zwei Männer arbeiteten. Das etwa fünfzehn Meter lange Gebilde, das Senta als Schiff identifizierte, wurde soeben mit einer Plastikschicht verkleidet. Selbst mit ungeschulten Augen konnte sie die stümperhafte Arbeit erkennen. Die beiden Männer begrüßten Max mit »Hallo«, und dieser legte sofort Hand an.

Zuerst war Senta nur verwundert, aber dann stieg maßlose Wut in ihr auf. Was war mit der Diplomarbeit? Warum suchte er sich keinen Job? Wo blieb sein Verantwortungsgefühl? Sie stürmte in die Halle, stieß dabei einen Farbkübel um und ließ ihrer Verbitterung lautstark freien Lauf.

Was sie denn wolle?, fragte Max seelenruhig. Ob sie ihm denn nicht die Freude gönne, an diesem Schiff zu basteln, jetzt, nachdem die Diplomarbeit abgegeben sei und er endlich Freiraum habe. Er würde sich in Bälde einen Job suchen und ein braver Spießbürger nach ihren Vorstellungen werden.

Sie sprachen den restlichen Sommer kaum ein Wort miteinander. Eines Tages im September verschwand er aus ihrem Leben. Sie ging in die alte Lagerhalle und fand sie leer. Nachbarn berichteten, am Vortag sei ein Spezialtransporter gekommen und habe das Schiff und die drei Männer mitgenommen.

Vier Wochen später erhielt sie einen Brief von den Kapverdischen Inseln: »Verzeih, Senta, meine Liebe zu Dir ist immer ins Leere gelaufen. Auch jetzt prallt meine Sehnsucht nach Dir wie an einem Eisblock ab. Das war auf die Dauer nicht mehr auszuhalten. Es ist uns hier der Mast gebrochen, wir haben ihn geflickt. Wir werden mit dem Passat zur Magellanstraße segeln und mit Neptuns Hilfe den Pazifik erreichen.«

Senta las das Papier wieder und wieder, während ihr Tränen der Sorge über die Wangen liefen. Da war es wieder, das Gefühl der Sehnsucht nach seiner Anwesenheit. Gleichzeitig wusste sie, er würde nicht, wie früher, nach ein paar Tagen zurückkehren.

Nach einem Jahr gab sie eine Vermisstenanzeige auf. Bei der Technischen Hochschule lag keine Diplomarbeit eines gewissen Max Pfäfflin vor. Sie hatte es immer geahnt. Hingegen erfuhr sie bei der Bank, dass er heimlich eine Hypothek auf das Haus aufgenommen hatte.

Jahre später wurde in Kreta die Leiche eines Mannes an Land gespült. Er trug eine Armbanduhr, die Senta als Max' Uhr erkannte. Auch fand sich in seiner Brieftasche ein verwaschener Ausweis, der zweifellos von Max stammte. Die Polizei zeigte ihr Fotos einer auf dem Bauch liegenden, an mehreren Stellen aufgerissenen Leiche. Senta zweifelte, ob es sich wirklich um ihren Mann handelte. Max war größer gewesen. Sie musste mit Felix zur Blutabnahme, die Aufschluss über eine verwandtschaftliche Übereinstimmung geben sollte. Das Ergebnis war negativ.

Zu diesem Zeitpunkt war Senta dreißig Jahre alt. Sie konnte die Hypotheken für das Reihenhaus nicht mehr abbezahlen und musste es mit Verlust verkaufen. Ihre Keramikwerkstatt warf nicht viel ab. Zu stolz, um ihre Eltern um Geld zu bitten, nahm sie eine Arbeit in einem kleinen Kunstverlag an. Wenn Felix sie fragte, weshalb er keinen Vater habe, antwortete sie: »Dein Vater, mein Schatz, lebt im Reich der Delphine.«

Auf seine Frage, wann er denn wieder nach Hause komme, erfand sie täglich neue Antworten.

Noch lange Zeit glaubte sie, wenn sie die Wohnung betrat, den Geruch von Max' Zigaretten wahrzunehmen. Das kam von seinen Anzügen, die immer noch im Schrank hingen. Etwas in ihr wollte nicht an seinen Tod glauben. Aber er kam nicht zurück. Erst zehn Jahre nach seinem Verschwinden wurde er von den Behörden offiziell für tot erklärt.

NORE 1965

Ein Frühlingstag im Atelier des Fotografen Wolf Behrend. Er soll für den Einband des neuen Buches von Klaus Homberg Aufnahmen machen. K. H. schreibend, K. H. lesend, in Gedanken an seinem Haarschopf zwirbelnd. Nore sitzt auf einem Hocker und blättert in Illustrierten. Das Kind Rouben haben sie nebenan auf das Doppelbett zum Schlafen gelegt. Aber Rouben schläft nicht. Er rutscht vom Bett herunter, und da er noch Mühe mit dem Gleichgewicht hat, hält er sich an einer neben dem Bett stehenden Tiffanylampe fest. Geklirr und ein lautstarkes Gebrüll künden von einem großen Unglück.

Als die Scherben aufgekehrt und die Tränen getrocknet sind, bittet Nore den Fotografen Behrend um eine Aufnahme, sie mit dem Kind, als Geschenk für die Großeltern.

Sie trägt ihr Haar kurz. Wenn sie zum Friseur geht, verlangt sie einen Audrey-Hepburn-Schnitt. So wie Audrey Hepburn möchte sie aussehen. Dabei hat sie es nicht nötig, wie irgendjemand auszusehen. Sie ist Nore, eine einmalige Person, und zweifellos hübsch. Das Problem ist, dass sie nicht an sich glaubt, dass sie immer im Schatten von K. H. steht.

Rouben, der auf den ersten Blick wie ein Mädchen aussieht, steckt in einem weißen Pulli. Er sitzt auf dem Arm seiner Mutter und stützt sich mit der rechten Hand an deren Brust ab. Die linke scheint mit einem Knopf an ihrer Hemdbluse zu spielen. Er ist ein wohlgenährter Junge mit vollen Backen, die noch von der durchgemachten Aufregung gerötet sind. Sein wacher Blick aus auffallend runden Augen ist nicht auf den Fotografen gerichtet, sondern auf die Tür im Hintergrund, hinter der sich Unheil in Form einer zerbrochenen Lampe verbirgt. Dünnes blondes Haar fällt über eine hohe Stirn. Der Übergang von der Stirn zur Nase zeugt von Energie und Durchsetzungskraft.

Nore und ihr Mann waren, als sie von der Hochzeitsreise zurückkamen, vorübergehend in das Haus der Schwiegereltern in Planegg gezogen. Sie hausten in zwei kleinen ineinander übergehenden Zimmern im Dachgeschoss, ohne Küche, aber mit einem Gemeinschaftsbad, das auch ein im Haus wohnender Schüler der Frau Gesangslehrerin benutzte. In dieser Zeit starb der Hausherr, Klaus' Vater, an einem Herzinfarkt. Nach seinem Tod zog die Witwe zum Schlafen ebenfalls ins zweite Stockwerk, in ein Zimmer, das Wand an Wand mit dem des jungen Paares lag. Obwohl sie den Tag über mit ihren Schülern beschäftigt war, zumeist jungen Leuten, fühlte sie sich einsam. Ihre ganze Haltung, ihre Reden, ja, ihre bloße Anwesenheit liefen auf einen Vorwurf hinaus: Ihr kümmert euch zu wenig um mich.

Es war die unglücklichste Zeit in Nores Leben. Sie fühlte sich wie eine Geisel, gefangen gehalten von einer Brigade widriger Umstände. Klaus war von permanenter Angst besessen, sein Erspartes könne zu Ende gehen, ohne dass neues Geld dazukäme. Deshalb lebten sie in diesem Provisorium, unglücklich, aber umsonst. Sie hatte von einem eigenen Hausstand geträumt, von Möbeln nach ihrem Geschmack, von Wänden, Vorhängen, Teppichen in ihren Lieblingsfarben, stattdessen wohnte sie in diesen engen Räumen, die mit ausgedienten Möbeln vom Speicher der Schwiegermutter ausgestattet waren. Der Blick auf die gigantischen Buchen vor dem Haus konnte sie nicht entschädigen. Auch nicht die Opernarien und Klaviertöne, die durchs Haus zu ihr drangen. Sie kochte auf einem im Schrank stehenden Elektrokocher, und wenn ihre Schwiegermutter bei der Heizung mit dem Koks sparte, musste sie zum Baden in das öffentliche Bad gehen.

Seit einiger Zeit gab Nore Nachhilfeunterricht in Englisch. Dazu musste sie ihre Schüler neuerdings zu Hause aufsuchen, denn die Schwiegermutter hatte Angst vor ansteckenden Krankheiten und wünschte keine Besucher im zweiten Stock.

Klaus floh das Haus seiner Mutter so oft wie möglich. Er hatte eine Baracke auf einem Waldgrundstück gemietet, um in

Ruhe schreiben zu können. Sein letztes Buch »Das Tor der stummen Rede« war von der Kritik wohlwollend aufgenommen worden, aber bei den Lesern schlecht angekommen. Ein »downer« hieß es allgemein, man habe von dem jungen Autor ein weniger problematisches Thema erwartet. Nun schrieb K. H. an einem Erzählband »Roundabout«. Mehrere Kannen schwarzen Tees und viele Äpfel genügten ihm als Nahrung.

Abends kam er nach Hause und aß gemeinsam mit Nore einen Eintopf, den sie in ihrem Kochschrank zubereitet hatte. Er las ihr dann vor, was er tagsüber geschrieben hatte. Der Radius seiner Fantasie übertraf den ihren bei weitem. Die Art und Weise, wie er mit den Worten umging, spielerisch und flügelleicht, faszinierte sie, wenngleich ihr manches zu verwirrend erschien. Sie konnte dann seinen Gedanken nicht folgen und sagte es ihm. Er jedoch war so überzeugt von seinen Texten, dass er auf jede Kritik missmutig reagierte. Sie gewöhnte sich an, alles, was er schrieb, auch gegen ihre Überzeugung für gut zu befinden, und tatsächlich, wenn sie später die Texte las, waren sie gereift wie alter guter Wein.

Nachdem sie im Lauf der ersten beiden Jahre zwei Fehlgeburten erlitten hatte, sollte die Schwangerschaft im dritten Ehejahr zwar problematisch, jedoch von Erfolg gekrönt sein. Sie musste viel liegen, im siebten Monat bekam sie Valiuminfusionen, um eine vorzeitige Geburt zu verhindern.

1962 gebar sie ein Mädchen, ein puttenähnliches Wesen mit dem schwarzen Lockenhaar seiner Großmutter Lieselotte und den dunkelblauen Augen aller Neugeborenen. Mutter und Kind waren noch keine vier Wochen zu Hause, und die Eltern hatten noch nicht entschieden zwischen den Namen Hannah, Klaus' Wahl, und Violetta, Nores Vorschlag, als das Kleine eines Nachmittags tot in seinem Stubenwagen lag.

Nore war nur kurz zum Einkaufen gefahren, keine zwanzig Minuten war sie abwesend, und als sie zurückkam und das Baby zum Stillen hochnehmen wollte, hielt sie ein lebloses, schlaffes und immer noch warmes Bündel in den Händen. Zitternd und einer Ohnmacht nahe, wählte sie die Nummer des Hausarztes, der sofort kam. Er versuchte es mit einer Mund-zu-Mund-Beatmung und sanfter Herzmassage, ohne dass sich Lebenszeichen gezeigt hätten. Nore flehte ihn an, einen Krankenwagen zu rufen, im Krankenhaus gebe es vielleicht noch Hoffnung. Der Arzt zuckte mit den Schultern und murmelte etwas von Plötzlichem Kindstod, einem noch ungeklärten Phänomen, das in Deutschland etwa tausend Mal im Jahr vorkomme. Aber er gab Nores Drängen nach und rief das Rote Kreuz.

Im Krankenwagen presste Nore das Baby an sich, um es zu wärmen, denn sie spürte, wie der kleine Körper immer mehr auskühlte. Sie landeten auf der Kinderstation und wurden weiterverwiesen zur Intensivstation. Nach einer kurzen Untersuchung schüttelten die Ärzte bedauernd den Kopf. Plötzlicher Kindstod. Weitgehend unerforscht, man vermutet neuerdings eine Apnoe als Ursache. Herzliches Beileid, gnädige Frau.

Nore fragte, ob sie das tote Kind mit nach Hause nehmen dürfe, um es aufzubahren. Auf der Heimfahrt im Taxi hielt sie die kleine, in eine Wolldecke eingewickelte Leiche im Arm. Mittlerweile war die Wärme gänzlich aus ihrem Körper entwichen.

Zuhause legte sie das tote Kind in sein Körbchen und stellte rechts und links auf dem Boden eine brennende Kerze auf. Bald darauf hörte sie Klaus' Schritte im Treppenhaus. Wie es seine Gewohnheit war, kündigte er sich durch eine ferne, muntere Begrüßung an: »Mein Schatz. Mein Liebling. Was macht unsere Kleine? Ich habe darüber nachgedacht. Hannah finde ich doch besser als Violetta …«

Mit den letzten Worten trat er ins Zimmer, sah die brennenden Kerzen und das verheulte Gesicht seiner Frau und hielt, wie um sich zum Schweigen zu bringen, voller Entsetzen die Hand vor den Mund.

Das Gefühl, schuld am Tod des ungetauften Mädchens zu sein, verließ Nore nicht mehr. Sie legte schwarze Kleidung an und zog sich von der Welt zurück. Ihre ohnehin überschlanke Gestalt schwand dahin, die Augen lagen tief in den Höhlen.

Sie ging schlaflos bis zur völligen Erschöpfung im Haus herum, vernachlässigte ihr Äußeres und den kleinen Haushalt und kündigte mehrmals an, dorthin zu gehen, wo ihr Kind jetzt war. Bei ihren nächtlichen Wanderungen sah sie ihre Urgroßmutter Marie neben sich gehen, von der Therese immer erzählt hatte. Sie sagte sich, dass sie wohl an derselben Krankheit leide und sich eines Tages in einen Abgrund stürzen werde. Klaus war völlig ratlos, er wagte nicht mehr, aus dem Haus zu gehen, seine Arbeit blieb liegen. Lieselotte kam, um nach ihrer Tocher zu schauen, sprach von einem Sanatorium und ging unverrichteter Dinge wieder nach Hause. Sie betrat das Haus der Gesangslehrerin nur ungern. Mit dem sicheren Gefühl der geborenen Aristokratin hatte diese rasch die Herkunft ihrer Co-Schwiegermutter durchschaut und hielt sie auf freundlicher Distanz.

Als der Hausarzt, der Nore bis dahin mit Eisen und Vitaminspritzen versorgt hatte, kapitulierte und sie in eine psychosomatische Klinik im Allgäu einwies, waren alle Beteiligten erleichtert, die Verantwortung los zu sein. Klaus setzte sie am Hauptbahnhof in den Zug. Bei ihrer Fahrt aus München sah sie in der Ferne die Rückseite der Trappentreu 46, die noch immer unverputzt war. Nore hatte gehört, dass das Haus abgerissen werden sollte. Sie fragte sich, wer wohl in ihrer alten Wohnung wohnte und ob es noch immer Kinder gab, die in der Küche schlafen mussten. Eine wilde Sehnsucht überfiel sie nach diesem Haus. Es tauchte nur kurz auf, dann war es verschwunden, wie eine Kulisse im Theater, und sie war sich plötzlich nicht mehr sicher, ob sie das Ganze nur geträumt, ob sie ihre Jugend in der Trappentreustraße nur geträumt hatte.

Es dauerte noch einmal ein halbes Jahr, bis sie mit Hilfe von Aponal und einer Psychotherapie von ihrem Wahn befreit war, schuld am Tod ihres Kindes zu sein. Jedoch war sie bei ihrer Entlassung davon überzeugt, dass das Schicksal sie dazu ausersehen hatte, kinderlos zu bleiben, und ließ sich ohne Wissen ihres Mannes ein neu auf den Markt gekommenes hormonales Kontrazeptivum verschreiben.

Sie bestand darauf, aus dem Unglückshaus auszuziehen, und sie mieteten, unter heftigem Protest der Frau Gesangslehrerin, eine kleine Altbauwohnung in Nymphenburg.

Im Jahr 1963 wurde sie wieder schwanger, durch eine Panne, wie sie bei Einnahme der Pille manchmal vorkommt. Dieses Mal war die Schwangerschaft komplikationslos, so als wollte die Natur Nore für die erlittenen Fehlgeburten entschädigen.

Rouben war ein kräftiger Junge, was sich vor allem in der Lautstärke seines Geschreis äußerte. Er war der ganze Stolz seines Vaters, der allerdings noch wenig mit ihm anfangen konnte und sich damit begnügte, ihm aus philosophischen Schriften vorzulesen. Nore nahm ihn an wie ein unverdientes Geschenk, beinahe ungläubig. Sie ließ ihn keinen Moment aus den Augen.

Sie hatten in der neuen Wohnung drei kleine Zimmer, eines davon belegte Klaus als Arbeitszimmer, aber es stellte sich bald heraus, dass ihn das Kindergeschrei beim Schreiben störte. Es gab kaum mehr eine ruhige Nacht. Im Bad stand nun eine Wickelkommode, auf dem Küchenherd kochten in einer Lauge die Windeln. Der Zigarettenrauch war schlecht fürs Kind, Nore war meistens unansprechbar, und abends konnten sie erst ausgehen, wenn ein Babysitter gefunden war. Zur Liebe war sie zu müde. Das ganze Leben war umgepolt und lief einzig darauf hinaus, die Bedürfnisse des Kindes zu befriedigen. Dieser Zustand wiederholte und verschlimmerte sich noch, als 1966 Miriam geboren wurde, ein mit Dermatitis geschlagenes zartes Baby.

Finanziell litten sie keine Not. Die Filmrechte von Klaus' Erstling waren verkauft worden und der Erzählband lief gut. Nores Freundin Claudia hatte ihr erzählt, sie betrüge ihren Mann mit einem seiner Kollegen von der Uni. Für Nore war das unvorstellbar. Sie waren eine Familie, nichts würde sie auseinanderbringen.

Freilich kam ihr Klaus manchmal wie ein Zugvogel mit gestutzten Flügeln vor. Ihm fiel ein bürgerliches Leben sehr viel schwerer als ihr, die sich ein Leben lang nach Bürgerlichkeit gesehnt hatte. Er, der leichtfüßige, fröhliche Reisende, der sich den Stoff für seine Bücher aus der Ferne holte, saß in einer Dreizimmerwohnung und blickte in einen dunklen Hinterhof. Er machte allerlei abstruse Vorschläge, zum Beispiel eine Übersiedlung nach Mexiko oder Kairo. Sie wehrte sich mit lautstarker Verzweiflung. Abenteuer bedeuteten Gefahr für die Kinder. Sie sei feige, warf er ihr vor. Er warf ihr auch vor, nichts für ihre geistige Hygiene zu tun.

»Ich habe einfach keine Zeit dafür«, gab Nore erbost zurück.

Er lag nun oft auf dem Sofa und starrte wortlos zur Decke. Sie merkte, wie bodenlos unglücklich er war.

Etwa zu dieser Zeit wurde er von der Evangelischen Akademie eingeladen, einen Kurs für kreatives Schreiben abzuhalten, vier Wochenenden am Stück. Am ersten Sonntagabend kam er völlig verändert zurück. Er war wieder der Mann, in den sie sich verliebt hatte, voll verrückter Ideen. Er packte sie um die Hüften und wirbelte sie im Zimmer herum. Sie fragte ihn, weshalb er so fröhlich sei, und er sagte: »Es war einfach nur schön.«

Wenige Tage später rief ein Fräulein Veidt an und verlangte ihn zu sprechen. Nore hörte mit halbem Ohr, wie Klaus ihr Ratschläge erteilte, Ratschläge in Sachen Literatur. Wehmütig erinnerte sie sich daran, dass auch sie einmal eine Leidenschaft für gute Bücher gehabt hatte. Wo war sie geblieben? In diesem Moment empfand sie eine brennende Eifersucht auf die Unbekannte am Telefon. Klaus erzählte später, sie sei die begabteste Teilnehmerin seines Kurses und habe ihn was fragen wollen.

Nach dem zweiten Wochenende häuften sich die Anrufe von Fräulein Veidt. Einmal traf Klaus sich mit ihr im Café. Sie sitze an einer längeren Erzählung und wolle seinen Rat einholen, sagte er. Nore schöpfte keinen Verdacht. Immerhin hatte Klaus am Morgen noch zu ihr gesagt: »Als ich dich von unten auf dem Balkon Wäsche aufhängen sah, da wusste ich, wie sehr ich dich liebe.«

Am dritten Wochenende war sein Auto in Reparatur. Kein Problem, sagte er, Fräulein Veidt nimmt mich mit. Nore kam gerade mit den Kindern vom Einkaufen zurück, als Fräulein Veidt für Klaus die Wagentür öffnete. Etwas verlegen stellte er die beiden Frauen einander vor. Nore glaubte, in etwa eine

Doppelgängerin zu sehen. Sie, Nore, abzüglich fünf Jahre, abzüglich drei Kinder, davon eines verstorben, abzüglich ein halbes Jahr bodenloser Kummer, nicht zu vergessen rissige Hände, Kreuzschmerzen und Attraktionsverlust durch acht Jahre Ehe. Die Schönheit von Fräulein Veidt hingegen war unverbraucht und gepaart mit einer guten Portion Selbstbewusstsein. Sie stürzte sich mit dem Ruf »Ist der süß« auf Rouben und wollte ihn auf den Arm nehmen. Rouben hielt nichts von diesem Überfall und strampelte so lange, bis er wieder auf dem Boden stand. Dann fuhren die beiden los. Noch ein Wochenende, dachte Nore, dann ist der ganze Spuk vorbei.

Als sie eines Morgens ohne Klaus an ihrer Seite erwachte, rief sie einige Freunde an und erkundigte sich sogar bei der Polizei nach nächtlichen Unfällen, bis sie schließlich an einen Bekannten geriet, mit dem Klaus sich bisweilen zum Schachspielen traf. Seine Antwort »Haben Sie es einmal bei Fräulein Veidt versucht?« ließ sie vor Scham verstummen.

Sie suchte aus dem Telefonbuch die Adresse heraus und machte auf der Fahrt zu Roubens Kindergarten einen Umweg. Richtig, da stand sein staubiger Renault. Die weißen Vorhänge hinter den Fenstern des Apartments in der Tengstraße waren zugezogen, wahrscheinlich schlief das Paar noch. Nore hatte angehalten und blickte so lange zum ersten Stock hinauf, bis einige Autos hinter ihr zu hupen begannen.

Klaus kam erst am Nachmittag nach Hause. Er erfand einige fadenscheinige Ausflüchte, und als Nore zu verstehen gab, dass er sich nicht zu bemühen brauche, sie wisse alles, sagte er: »Wenn du glaubst, ich liebe sie, dann irrst du dich. Und ich werde auch nicht bei ihr wohnen.«

Zehn Tage später packte Klaus einen Teil seiner Sachen ein.

»Es gibt kein richtiges Leben im falschen«, sagte er.

In den ersten Wochen danach nahm Nore, um sich zu quälen, auf der Fahrt zum Kindergarten immer den Weg über die Tengstraße, und immer sah sie den roten Renault an der gleichen Stelle stehen, und immer waren die Vorhänge zugezogen, so als würden die beiden die Wohnung nie verlassen. Die Eifersucht ließ Nore den ganzen Tag nicht mehr los. Noch verschwieg sie alles vor den Kindern. Der Papi ist auf Reisen. Auch ihre Eltern weihte sie nicht ein, sie fürchtete ihre Häme: »Wir haben dich vor ihm gewarnt.« Nur Senta wusste Bescheid, Nore konnte sich auf ihre Verschwiegenheit verlassen.

Im ersten Jahr kam er nur zu den Geburtstagen. Nore merkte, wie unwohl er sich in der Wohnung fühlte. Der Vergleich mit einem zu klein gewordenen Anzug ging ihr durch den Sinn. Er zahlte zuverlässig Unterhalt, sprach nie von Scheidung und versuchte im Übrigen, wie es so seine Art war, aus der ganzen Angelegenheit eine Farce zu machen.

Im zweiten Jahr saß Nore einmal in einer Kinovorstellung zufällig hinter Fräulein Veidt und überlegte fünfundvierzig Minuten lang, wie sie sie unauffällig ermorden könnte. Fräulein Veidt saß aufrecht vor ihr, und Nore bemerkte mit Genugtuung Haare an ihrem Mantel, die auf Haarausfall schließen ließen. Ein starker Parfumgeruch ging von ihr aus. Bei dem Gedanken, dass Klaus täglich von diesem Geruch umgeben war, wurde ihr übel, sie musste das Kino verlassen.

Im dritten Jahr war die Affäre mit Fräulein Veidt weitgehend beendet. Klaus hatte einen Roman geschrieben, der auf Anhieb zu einem Bestseller wurde. »Schlaf in den Augen von Soho«. Es war die Geschichte eines jungen Paares, das aus Liebe heiratet und doch scheitert, es war die Geschichte ihrer Ehe. Nore las zwischen den Zeilen geheime Liebeserklärungen, die nur ihr gelten konnten. Ihre Hoffnung, Klaus könnte zur Familie zurückkommen, erfüllte sich jedoch nicht. Er glich einem jungen Pferd, das aus seinem Stall ausgebrochen war und die Freiheit entdeckt hatte. Seine Reisen führten nach Südamerika, Australien und Japan, von wo er den Kindern bunte Karten schickte.

Nore, die etwas nachholen zu müssen glaubte, nahm sich einige Liebhaber, die sich aber mit Klaus nicht vergleichen ließen. Sie musste sich eingestehen, dass sie nur ihn liebte und ihr Leben ausweglos verfahren war.

LEERE BANK 1968

Die Bänke säumen seit langer Zeit den Kanal, vielleicht seit seiner Entstehung im 18. Jahrhundert. Damals waren sie noch aus Stein, später stellte man Holzbänke auf, die auf Steinsockeln ruhen. Von Zeit zu Zeit, wenn Regen, Schnee und Frost das Holz haben brüchig werden lassen, werden die Bretter erneuert. Man hat einen schönen Blick zu den weitläufigen Gebäuden des Nymphenburger Schlosses, die hochmütig über ihr Territorium wachen.

Es war Thereses Lieblingsbank. Manchmal saß sie auf ihr im grauen Staubmantel, das schwarze Hütchen mit einem Anflug von Schleier über der Stirn und den ebenfalls schwarzen Regenschirm neben sich auf der Bank.

Im Herbst, bei der Bachauskehr verliert der Kanal seinen majestätischen Anblick und zeigt schamlos sein mit Algen, Flaschen und Plastiktüten verschmutztes Bett, um bald darauf, im Winter, zu einer verlockenden Eisfläche zu werden, auf der die Münchner Schlittschuh laufen, tanzen oder Eisstock schießen. Im Frühjahr, wenn sich die Linden belauben und ihren feinen Duft übers Wasser hauchen, kommt wieder die Zeit der alten Menschen, die sich an der Sonne von ihrer Winterstarre erholen. Sie haben in ihren Taschen Brot mitgebracht, um die Schwäne und Enten zu füttern und sich damit die Zeit zu vertreiben, von der sie mehr als genug haben.

Therese ist achtzig Jahre alt und lebt allein in ihrer Wohnung. Niemand aus der Familie hat ihr angeboten, sie bei sich aufzunehmen. Sie hätte ohnehin dankend abgelehnt. Den Weg von der Aldrianstraße zum Kanal schafft sie nur mit drei Pausen, der letzten und längsten am Wittelsbacherrondell. Ihr Gang ist noch immer majestätisch, ihre Füße stecken in guten Schuhen, noch immer legt sie wert auf gute Schuhe.

Sie meint, sie habe schon zu lange gelebt. Seit fünf Jahren wartet sie auf den Tod. Im Winter bleibt sie wegen des Glatteises lieber zu Hause. Sie möchte zwar sterben, aber nicht sich das Bein brechen. Der Tod kommt nur schrittweise: Asthma, Herzschwäche, grauer Star, endlose Erschöpfung.

Zwei Jahre zuvor war sie im Krankenhaus, wo sie ihr den Kropf entfernen wollten. In der Nacht war sie heimlich geflohen. Seit dieser Zeit hatte sie ständig an Gewicht verloren, so lange, bis nichts mehr von der alten Therese zu erkennen war, bis sie wie ein spindeldürres altes Frauchen aussah. Ihr dünner gewordenes Haar war noch immer zu einem kleinen Dutt geformt, an ihrer Brille fehlte ein Bügel und ihre Altweiberröcke waren so zipfelig, dass gelegentlich die Bleyle-Unterhosen zu sehen waren, die sie trug, um ihre diversen Blasenentzündungen zu kurieren.

Die Nächte der Alten sind kurz, die Tage lang. Gemessen an dieser Länge, wird der Radius, in dem sie sich bewegen, immer enger. Noch hatte das Fernsehen sich nicht so durchgesetzt, dass es auch Einzug in die Sozialwohnungen gehalten hätte. Am Morgen trank Therese ihren Kaffee, in den sie zwei Semmeln tunkte. Die Bäckerei war gleich um die Ecke und belieferte das Haus.

Daneben las sie in der Zeitung. Es gab seit zwei Jahren eine Große Koalition aus Schwarz und Rot. Therese hielt alle Politiker für machtbesessene, geldgierige Ganoven. Besonders misstraute sie diesem Kiesinger, in dem sie obendrein einen Pharisäer sah. Er glich, fand sie, Wilhelm Buschs Pater Filuzius. Obwohl sie die Politiker voller Argwohn verfolgte, ging sie zur Wahl und wählte aus Tradition die in ihren Augen einzig mögliche Partei, die Arbeiterpartei, die Sozialdemokraten.

Es gab auch hin und wieder Fotos von randalierenden Studenten. Sie verstand nicht so recht, was die jungen Leute wollten. Es ging ihnen doch gut. Sie hätten zwei Kriege erleben müssen, dann wüssten sie, was Not bedeutete. Niemand in diesem Land brauchte mehr zu hungern. Was also wollten diese

Unruhestifter? Nores Mann Klaus war als Rädelsführer einer randalierenden Gruppe verhaftet und einen Tag ins Gefängnis gesteckt worden. Therese hatte sein Bild in der Zeitung gesehen und sich geschämt. Diese verrückte Zeit gab ihr immer mehr das Gefühl, nicht mehr dazuzugehören. Deshalb wollte sie am liebsten sterben.

Einmal im Monat standen die Zeugen Jehovas vor der Tür. Sie war zu gutmütig, um sie abzuweisen. Sie hatte gelesen, dass sie in der NS-Zeit ihres Glaubens wegen zu Tausenden in die Konzentrationslager gegangen waren. Das beeindruckte sie. Und so lag auf dem Küchentisch auch immer ein »Wachtturm« mit der Ankündigung des Jüngsten Tages, an dem die Gerechten in den Himmel wandern und die Sünder zur Hölle.

Nach dem Frühstück goss sie die Geranien auf dem Balkon und fütterte die Tauben. Eine der Tauben war ihr Liebling, eine freche, weiße, der sie den Namen Blanche gegeben hat. Nore hatte gesagt, dass blanche französisch sei und weiß bedeute. Blanche war so zahm, dass sie sogar in die Küche kam.

Seit die Enkelinnen fort waren, und das war schon lange so, war es immer aufgeräumt bei Therese. Sie machte sich selbst keine Arbeit mehr. In der Küche stand noch eine hölzerne Anrichte aus den Vereinigten Werkstätten, die eigentlich dem Herrn Kammersänger gehörte. Therese fürchtete, er könne sie eines Tages abholen. Senta sagte, er habe zum fünften Mal geheiratet und bekomme nur noch kleine Rollen an der Wiener Volksoper. So ging die Zeit dahin. Seitdem Nore in Amerika war und Jandorf getroffen hatte, musste sie wieder öfter an ihn denken. Ein alter Mann, hatte Nore gesagt, nicht mehr von dieser Welt. Wahrscheinlich war er inzwischen gestorben. Der Tod löschte alle Verbitterung, alle Enttäuschung. Nach ihm hatte es in ihrem Leben keinen Mann mehr gegeben, wenn man von diesem unfeinen Herrn Jehle absieht, der sie, wie sich nachträglich herausstellte, um Geld betrogen hatte.

Ihr Leben war nicht so verlaufen, wie sie es sich gewünscht hatte. Man sprach jetzt viel über Psychologie. Die Wurzeln eines jeden Lebens, Scheitern oder Gelingen, Harmonie oder seelische Krankheit, lägen in der Kindheit. Wenn sie an ihre Kindheit dachte, sah sie immer diesen rabiaten Vater. Trug wirklich er die Schuld an ihrem Scheitern?

Mit der Armut hätte sie sich abgefunden, hätte da nicht immer wieder das Bild des Wohlstands wie eine Verlockung ihr vor Augen gestanden. Reich war sie nie geworden, aber sie litt keine Not mehr. Lieselotte überwies jeden Monat Miete und Stromgebühr. Sie, Therese, ging sparsam mit dem Strom um, ließ kein unnötiges Licht brennen und kochte auf einem Kohleherd. Im Klo brannte noch immer die blaue Birne aus der Trappentreustraße und erinnerte sie an die Kriegszeit. Die Birne wurde ihr allmählich unheimlich, denn sie brannte, wenn auch selten, seit über zwanzig Jahren. Es war, als wollte sie daran erinnern, dass man des Friedens nie sicher sein kann.

Wenn Therese die Blumen gegossen und die Tauben gefüttert hatte, begann die Ödnis des Tages, die zu überwinden ihr zunehmend schwerfiel. Sie nahm ihre Einkaufstasche, um langsam ihre Besorgungen zu machen. Lieselotte ließ ihr für die Woche siebzig Mark da, zehn für jeden Tag. Sie war eine gute Tochter. Ein Leben lang hatte Therese sie missachtet, Lieselotte hatte sich nie dafür gerächt.

Seitdem Therese so mager geworden war, bemühte sie sich, gegen den Gewichtsverlust anzuessen. Sie wollte zwar sterben, aber nicht verhungern. Noch immer kochte sie für zwei Tage im Voraus und aß alles sofort auf: Böflamott, Schweinernes mit Sauerkraut oder Fleischpflanzl mit Wirsing. Sie konnte sich von ihrer ersten Lebenserfahrung, der des Hungers, nicht mehr lösen, ja, es schien, als würde diese Erfahrung im Alter wieder lebendiger werden.

Manchmal nahm sie, nach einer kleinen Mittagsruhe noch immer müde, die Straßenbahn ins Westend und stieg, um Luft ringend, in der Trappentreu 46 die Treppen hoch. Von all den Bewohnern kannte sie nur noch die Witwe Kieser im dritten Stock, auch sie eine Vergessene.

Das Haus war mehr denn je heruntergekommen. Es schien auf ein zweifelhaftes Ende zuzutreiben. Die Witwe Kieser erzählte, es gebe Pläne, den ganzen Block abzureißen und moderne Wohnungen zu bauen. Das Ganze ziehe sich hin und sie hoffe, es geschehe erst nach ihrem Tod.

Die beiden alten Frauen saßen zusammen und ließen vergangene Zeiten aufleben. Ihrem Verständnis nach waren es gute Zeiten, verglichen mit den gegenwärtigen, wo es mit der Moral bergab ging und die Frauen Röcke trugen, die weit oberhalb des Knies endeten, wo Männer und Weiber in Kommunen zusammenlebten, alles durcheinander, und Kinder kriegten, ohne verheiratet zu sein, nicht aus Not, sondern aus reiner Absicht, die armen Kinder.

Wenn Therese sich dann wieder verabschiedete und die Treppen in Nummer 46 hinabstieg, dann legte sie heimlich das Ohr an die Tür ihrer ehemaligen Wohnung, an der jetzt der Name Fried stand, einfach so auf Papier geschrieben, als eine Art Provisorium. Kein Laut drang hervor, und einen Moment lang bildete Therese sich ein, alles Leben sei mit ihrem Auszug vor über zwanzig Jahren aus dieser Behausung entwichen.

An lauen Sommerabenden saß sie dann auf ihrem Balkon und lauschte dem Kinderlärm auf der Straße. Nore hatte als Jugendliche immer auf der Brüstung gesessen und die Beine nach außen baumeln lassen, man muss sich das vorstellen, im zweiten Stock, wenn das Kind hinuntergefallen wäre! Alle Bitten, alle Befehle, alle Drohungen halfen nichts. Nore war starrköpfig und vorsichtig zugleich – es ist ihr nie etwas passiert.

Am schlimmsten waren die Nächte. Um genug Luft zu bekommen, saß Therese aufrecht im Bett. Von Schlaf konnte keine Rede sein. Die große Standuhr in der Wohnung über ihr schickte alle Viertelstunden die Töne von Big Ben herunter.

Sie hatte sich immer gewünscht, eines Morgens nicht mehr aufzuwachen. Daraus konnte nichts werden, solange ihr der Schlaf versagt blieb. Lieselotte hatte ein Telefon installieren lassen und mit großer Schrift einige Notfallnummern dazugeschrieben. Aber Therese hatte kein Vertrauen zu den Ärzten. Man wußte nie, an wen man geriet.

Ab und zu kamen die Enkelinnen zu Besuch, Senta öfter als Nore. Senta war ihr Liebling, laut, heftig, kritisch. Sie hatte es schwer, der Mann war abgehauen, hatte sie mit dem kleinen Felix sitzenlassen. Niemand wusste, wo der Gauner steckte. Senta empfand das offenbar als große Schande, als Herabsetzung, denn sie sprach nie darüber.

Im vergangenen Jahr, als Felix noch im Kinderwagen lag, war Therese öfter mit ihm spazieren gefahren, den Kanal entlang. Aber sobald er laufen konnte, wollte er weder im Kinderwagen sitzen, noch an ihrer Hand gehen, vielmehr rannte er immer davon. Die Kinder haben keinen Respekt mehr vor den Erwachsenen, wer weiß, wohin das noch führen wird.

Nore befand sich in einer Art Dauerstress. Zwei Kinder waren zu viel für die zarte Person. Auch ihr Mann hatte sich auf und davon gemacht. Jetzt war Rouben vier und Miriam zwei Jahre alt. Warum Nore und ihr Mann ihnen diese jüdischen Namen geben mussten! Nore hetzte von einem Termin zum nächsten. Kindergarten, Orffsches Schulwerk, Vorsorgeuntersuchung, Malschule. Wenn sie zu Besuch kam, was selten genug geschah, hatte sie nur wenig Zeit. Therese fühlte deutlich, dass die Kinder nur eine Ausrede waren. Nore wollte mit ihrer Vergangenheit nichts mehr zu tun haben, es war schmerzlich für sie, mit ihrer Vergangenheit konfrontiert zu werden. Zur Vergangenheit gehörte auch die Großmutter. Nore hatte sich verändert, sie hing hilflos zwischen zwei Welten. Das zeigte sich auch an ihrem Äußeren. So blass und mager wie jetzt war sie noch nie.

Am besten schien noch Lieselotte mit ihrer Rolle zurechtzukommen, obwohl auch sie durch das Treppenhaus hetzte, rauf und runter, damit niemand ihren Persianermantel sah oder die Krokohandtasche.

An dem Tag, an dem sie zum letzten Mal einen Spaziergang zu ihrer Lieblingsbank unter der alten Linde unternommen hatte, an diesem Tag hatte sie zum Frühstück einen Wecken frischen

Brotes gegessen. Gegessen war der falsche Ausdruck: hinuntergeschlungen. Das Brot war warm und weich, mit Kümmel gewürzt wie das Brot ihrer Kindheit. Es war unvernünftig, dieses frische Brot zu essen, das wusste sie, aber es erzeugte eine Art Sucht in ihr, so als könnte das Brot allen erlittenen Hunger wettmachen und allen zukünftigen Entbehrungen vorbeugen. Das Brot erinnerte sie auch an das Kriegsbrot, das ebenfalls weich und wässrig gewesen war, durchsetzt mit Kleie und Kartoffeln. Bereits damals hatte sie auf dem Weg nach Hause große Stücke von diesem Kriegsbrot abgerissen und in den Mund gestopft.

Die Schmerzen begannen, als sie die Bank erreicht hatte. Für Therese, die sich in medizinischen Dingen nicht auskannte, handelte es sich um simples Bauchweh, das vorübergehen würde. Hatte sie etwas Unrechtes gegessen? Die Schmerzen kamen in Abständen und erinnerten an Wehen. Sie hielt sich tapfer, obwohl ihr speiübel war. An der alten Linde erbrach sie einen undefinierbaren Brei aus Flüssigkeit und Mittagessen. Eine Frau blieb stehen: »Was ist los? Sie sind ja ganz grau im Gesicht.«

»Nichts, nichts«, stammelte die Kranke und sank wieder auf die Bank.

Einige Spaziergänger blieben stehen. »Vielleicht der Blinddarm«, sagte ein Mann. »Ich rufe die Ambulanz.«

»Nein, nein, keinen Arzt!« Therese umklammerte ihren Bauch mit beiden Händen und stöhnte. Ihr Einspruch war jedoch kraftlos und klang halbherzig.

Es war Freitagspätnachmittag, als ein Wagen des Roten Kreuzes kam, um sie ins Krankenhaus zu fahren. Therese wollte nicht einsteigen, sie sei gesund, habe nur ein wenig Bauchweh. Die Sanitäter fühlten den Puls und kontrollierten den Blutdruck. Der Bauch war steinhart und gebläht. Sie betteten die alte Frau auf eine Trage, ohne sich um ihren Protest zu kümmern, und fuhren ins nächste Krankenhaus. Dort war kein Bett frei, die Patienten lägen bereits auf den Gängen, sagte man ihnen. Therese brummelte auf ihrer Trage, ohne Nachthemd und Pantoffeln ginge sie in kein Krankenhaus.

Der Wagen fuhr drei Stunden lang durch München, von den Barmherzigen Brüdern zum Rotes-Kreuz-Krankenhaus, von der Chirurgischen Uniklinik zum Schwabinger Krankenhaus. Überall bekamen sie dieselbe Antwort: Kein Bett frei. Im Schwabinger Krankenhaus stellten die Sanitäter die Trage wild entschlossen vor die Tür der Aufnahme und sagten, sie könnten nicht die ganze Nacht mit einem Notfall herumkutschieren.

Da bekam Therese ein provisorisches Lager in einem Zwölf-Betten-Saal. Ein Arzt untersuchte sie flüchtig, denn es war bereits Feierabend, und meinte, es könne sich um einen Darmverschluss handeln.

Sie wurde am Samstagnachmittag von einem Notteam operiert und kam am Montag von der Intensivstation zurück in ihren Zwölf-Betten-Saal. Als der Stationsarzt die eiligst herbeigerufene Lieselotte in ihrem Modellmantel sah, bemühte er sich um ein Dreibettzimmer.

Dort lag Therese noch vier Tage lang und verlor mehr und mehr von ihrer leiblichen Gestalt. Sie glich nun einer dürren gelben Wurzel. Jetzt, wo der Tod ihr so nahe gekommen war, wollte sie ihn nicht mehr gehen lassen. Sie verweigerte jede Nahrung. Der Zwieback, den Nore ihr gebracht hatte, lag am nächsten Tag noch unberührt auf dem Nachttisch. Nore und Senta saßen jeden Tag an ihrem Bett. Die Kranke fixierte sie stumm. In diesem stummen Blick konnten sie alles Mögliche lesen: Überdruss, Enttäuschung, Vorwürfe und Erleichterung. Von Zeit zu Zeit rutschten ihr die grauen Pupillen weg, wie Murmeln, die in ein Loch fallen.

Als Lieselotte sie am Samstag, eine Woche nach der Operation, besuchen wollte, waren nur noch die zwei anderen Patientinnen im Zimmer. Die Schwestern hatten das Bett der Verstorbenen in die Totenkammer geschoben.

Ihr Herz hatte zu schlagen aufgehört, als niemand bei ihr war. Sie hatte, bescheiden, wie sie immer gewesen war, der Familie alle Mühe erspart, die Pflege, die Sorge, die Kosten für ein Altersheim.

Obwohl sie im Alter regelmäßig für eine Feuerbestattung eingezahlt hatte, wurde sie auf dem Waldfriedhof begraben. Ein kleines, bescheidenes Grab mit Immergrün und Wildrosen, um das sich bald niemand mehr kümmerte und das in den achtziger Jahren aufgelassen wurde.

LIESELOTTE 1976

Irgendwann fing Charlys Krankheit an. Er wollte es zuerst nicht wahrhaben, schaute immer wieder auf seine Hände und beruhigte eine Hand mit der anderen. Dass seine Mutter und seine Cousine an derselben Krankheit gelitten hatten, war ihm eine zusätzliche Belastung. Er wusste, es gab keine Hoffnung. Oder doch? Die Medizin hatte Fortschritte gemacht seit damals.

Die von ihm mit viel Liebe angelegten Fotoalben enden abrupt. Die letzte Aufnahme stammt vom August 1976, eine verblichene Farbaufnahme. Er steht neben Lieselotte auf einer Brücke, die über einen tosenden Wasserfall führt. Längst hat er das Autofahren aufgegeben, auch das Fotografieren hat der Chauffeur übernommen.

Lieselotte trägt ein ärmelloses Kleid von Missoni und modische Sandaletten. Keiner würde ihr die sechzig Jahre ansehen. Der Speckmantel, den manche Frauen in diesem Alter anlegen, blieb ihr erspart. Sie ist schlank, ihre Haut faltenlos und glatt. Ihr Haar ist nicht echt. Ihr echtes, von jeher störrisches Haar wurde um so störrischer, je grauer es wurde. Sie hasst dieses unansehnliche, widerspenstige Haar und greift, sobald sie das Haus verlässt, nach einer ihrer Perücken.

Charly hat, wie immer für diese Wochenendausflüge, Trachtenanzug und Trachtenhut angelegt. Die jeweilige Krawatte sucht ihm seine Frau aus. Er geht inzwischen am Stock, er stützt sich so schwer auf diesen Stock, dass an seinem Handrücken ein Bluterguss entstanden ist, der nicht mehr verschwindet.

Seine hilflose Haltung, das Stützen auf den Stock und das Brückengeländer verraten den Parkinson-Kranken. Das Wort darf in seiner Gegenwart nicht in den Mund genommen werden. Das Schicksal hat die Teile seines Körpers getroffen, die er am dringendsten gebraucht hätte, Hände und Beine. Wanderungen in die Berge sind kaum mehr möglich und die Jagd ist völlig ausgeschlossen.

Lieselotte, die sich an ihr feudales Leben gewöhnt hatte, an die vielen Einladungen, Konzertbesuche, Urlaube, an all die Kurzweil, die ihr Charly bot, musste nun die Rolle einer Krankenschwester übernehmen. Die Tragweite von Charlys Erkrankung wurde ihr erst nach und nach bewusst. Zuerst war da nur die Unsicherheit beim Zielen mit dem Jagdgewehr, dann fielen ihr die tapsigen Altmännerschritte auf, die Unsicherheit beim Gehen, sein Stolpern und seine rasche Ermüdbarkeit.

In der Vergangenheit war er auf Touren immer der Robustere gewesen. Sie hatten auf Berghütten übernachtet und einmal sogar, als sie den Abstieg nicht mehr fanden, auf einer Bergspitze im Freien. Auf Partys war er noch munter gewesen, wenn ihr die Augen bereits zufielen, kurz, sie hatte immer gedacht, wenn eine Krankheit ausbräche, dann zuerst bei ihr, denn sie wurde jeden Tag von neuen Beschwerden heimgesucht, die weder zu orten, noch zu benennen waren.

Zu Beginn seiner Krankheit hatte er, obwohl bereits pensioniert, noch für zwei Jahre einen Beraterposten bei seiner Bank innegehabt. Er durfte sein altes Büro samt Sekretärin und Chauffeur behalten. Jeden Morgen fuhr er zur Arbeit. Nach Ansicht seiner Kollegen, das wurde Lieselotte hinterbracht, war der Nutzen für die Bank gleich Null. Im Gegenteil, seine Telefonrechnungen erreichten astronomische Höhen. Angeblich hing er den ganzen Tag am Telefon und führte überflüssige und für seine Partner befremdliche Gespräche. Eines Tages rief bei Lieselotte mit vielen Entschuldigungen der Personalchef an und sagte, das Büro ihres Mannes werde dringend gebraucht, und ob sie ihn nicht dazu bringen könne, zu Hause zu arbeiten. Sein Vertrag laufe noch ein halbes Jahr und selbstverständlich auch sein Gehalt.

Lieselotte verstand, dass Charly durch seine Krankheit eine Belastung in der Bank geworden war. Sie versuchte ihn zu überzeugen, wieviel bequemer es für ihn sei, zu Hause zu arbeiten, wobei sie sich unter seiner Arbeit nichts vorstellen konnte. Er schien nicht verstanden zu haben, denn am nächsten Morgen stand er fertig angezogen am Fenster und hielt nach seinem Chauffeur Ausschau. Als dieser nicht kam, rief er ein Taxi. Lieselotte bestellte es heimlich wieder ab und verschloss die Wohnungstür. Das wiederholte sich mehrere Wochen lang, dann schien Charly seine Arbeit vergessen zu haben.

Er war nun ein Gefangener seiner Wohnung, die er mit seinen Trippelschritten ruhelos durchlief, von Zimmer zu Zimmer. Die Zeitung kam mit der Post. Während des Frühstücks, ihm gegenübersitzend, hörte Lieselotte das unentwegte rhythmische Rascheln des Papiers, und manchmal machte sie das ganz wahnsinnig. Er verschüttete den Kaffee, während er die Tasse zum Mund führte, der Käse auf dem Brot fiel zu Boden. Bald verzichtete sie darauf, ihm eine Krawatte umzubinden. Stattdessen trug er wie ein Kleinkind ein Frotteelätzchen.

Nach dem Frühstück öffnete er eine Flasche Sekt, das konnte er noch, und trank sie nach und nach leer, um das Zittern zu überlisten. Dann begannen seine Telefonate. Mit Befremden hörte Lieselotte, wen er da alles anrief, ehemalige Kollegen, den Prinzen X, die Gräfin Y, den Nobelpreisträger Z, den Vatikan, das Bayerische Staatsministerium und einige andere. Sie stellte sich vor, wie die Gesprächspartner am anderen Ende das Zittern in der Leitung hörten und hoffentlich Nachsicht mit dem kranken Mann hatten. Manchmal, wenn die Telefonate kein Ende nahmen, zog sie den Telefonstecker aus der Dose. Charly wunderte sich dann, dass seine Gespräche unterbrochen waren, aber er wäre nie auf die Idee gekommen, nach dem Fehler zu suchen.

Ansonsten versuchte Lieselotte, ihm das Leben zu Hause so angenehm wie möglich zu machen. Er sah immer gepflegt aus, bekam seine Lieblingsspeisen serviert, und wenn er sie darum bat, spielte sie ihm auf dem Flügel vor. Nachmittags gingen sie zusammen in den Anlagen vor dem Haus spazieren. Er hing schwer an ihrem Arm, sie wurde immer krummer von dieser

Last. Wenn ihnen Bekannte begegneten, wechselten sie ein paar Worte. Charly antwortete auf die Frage, wie es ihm gehe, immer mit »Sehr gut«.

Das gesellschaftliche Leben kam mehr oder minder zum Erliegen. Früher waren häufig Einladungen zu Cocktailpartys, Jagdessen oder anderen exklusiven Zusammenkünften gekommen. Allmählich starben die Leute weg oder wurden krank wie Charly. Zudem hatte sich sein Zustand herumgesprochen. Er war nicht mehr wie früher glanzvoller Mittelpunkt einer Gesellschaft, sondern eine Belastung, ein Invalide, dem man den Stuhl zurechtrücken und das Essen auf dem Teller schneiden musste.

So wurden die Abende für die beiden einsame Begegnungen mit der Welt des Fernsehens. Das Fernsehen holte die Politik ins Haus. Diese geriet nach Charlys Ansicht völlig aus den Fugen. Dass es jetzt eine linke Regierung gab, empfand er als Schande für Deutschland. Brandt war Bundeskanzler geworden, ein unfähiger Politiker in seinen Augen, der sich bei den Bolschewiken anbiederte. Charly schrieb in krakeliger Handschrift Leserbriefe an die »Süddeutsche Zeitung«, die nie gedruckt wurden.

»Kein Wunder bei diesem linken Blatt«, murmelte er vor sich hin.

Ihm konnte niemand etwas erzählen. Er hatte in zwei Kriegen gekämpft und am Aufbau dieser Republik mitgearbeitet. Wenn Lieselotte mit ihm zur Wahl ging, zeigte sie ihm, da er inzwischen auch schlecht sah, wo das Kreuz zu machen sei, natürlich bei der CSU.

Da es ihnen nicht an Geld mangelte, konnten sie weiterhin Reisen machen, wenn auch in kleinerem Stil als früher. In den Hotels kannte man sie seit vielen Jahren. Sie pflegten immer in denselben Hotels abzusteigen. Sie buchten dieselben Zimmer, saßen im Speisesaal am selben Tisch, tranken den gewohnten Wein und ließen sich bei ihren langsamen Spaziergängen auf derselben Bank nieder. Die alten Gewohnheiten verzögerten den Tod, sie gaben ihnen Sicherheit und das Gefühl, es könne ewig so weitergehen.

Später, als Charly auch noch inkontinent wurde, hatte Lieselotte stets ein Paket Windeln im Koffer. Er mochte sie nicht und legte sie heimlich wieder ab. Die Folgen waren feuchte Flecken auf Teppichen, Polstersesseln oder in Betten. Lieselotte schlug ihn deshalb einmal ins Gesicht. Er schaute sie fassungslos an und stotterte: »Du – du hast mich geschlagen?«

Je mehr die Krankheit fortschritt, desto überforderter fühlte sie sich. Es war, als müsste sie ein Kleinkind vor Unsinn und Unheil bewahren. Manchmal entwischte er ihr aus der Wohnung, nahm sich ein Taxi, holte Geld von der Bank, auch das konnte er noch, und gab alles an einem Nachmittag für sinnlose Geschenke aus.

Eines Nachts ertappte sie ihn in voller Montur, angetan mit seinen Orden, wie er gerade die Wohnung verlassen wollte. Er sei zum Geburtstag des Kaisers eingeladen. Die Zeiten schienen ihm völlig durcheinander zu geraten. Niemand, am allerwenigsten die Ärzte, konnten sagen, ob dies der unaufhaltsame Fortschritt der Krankheit oder eine Nebenwirkung der Menge hübsch aussehender bunter Pillen war, die er täglich einnehmen musste.

Lieselotte redete sich in Stunden der Verzweiflung ein, dass auf ihrem Leben ein Fluch liege. Wenn sie zurückblickte, dann sah sie nur Bilder voller Düsternis. Sie fühlte sich vom Leben ungerecht behandelt. Freilich gab es diese wundervollen Jahre mit Charly, für die sie jetzt jedoch bitter bezahlen musste.

Wohin sie blickte, lagen Familientrümmer. Sie hatte August geschrieben, dem Vater ginge es schlecht, er möge sich doch ein wenig um ihn kümmern, und August war auch tatsächlich einmal aufgetaucht, freundlich und flüchtig wie immer, hatte mit Charly eine Partie Schach gespielt und war dann nach Amerika gereist, wo er vor dem Vater sicher war.

Sentas Mann blieb verschollen und war für tot erklärt worden. Senta machte ein Geheimnis aus ihrem Liebesleben, ein Schwiegersohn war jedenfalls nicht in Sicht. Zum Glück waren sie und das Kind bescheiden und begnügten sich mit dem, was Sentas Keramikwerkstatt abwarf.

Was Nore betraf, die einstmals so kokette Person, so war sie eine gestresste Hausfrau mit Au-pair-Mädchen geworden, die nebenher Germanistik studierte. Klaus ließ sich nur selten bei ihr blicken, und Nore sprach wenig über ihren Mann. Sie schien sich mit ihrem Schicksal als verlassene Frau abgefunden zu haben.

Lieselotte hatte in einer Illustrierten ein Bild ihres Schwiegersohns gesehen, aufgenommen irgendwo in Indien. Eine Kurta schlotterte um seine mager gewordene Gestalt, er sah elend aus. Es war zu lesen, er schreibe an einem Theaterstück über Schankara, der als der größte Philosoph der Brahmanen gelte und im 8. Jahrhundert eine Lehre verkündet habe, wonach das Brahman, da es ewig ist, keine Teile hat und keiner Entfaltung unterliegt.

Manchmal kamen die Enkelkinder Rouben und Miriam zu Besuch. Nore schickte sie mit einem der roten Callcars, die zu verbilligten Tarifen in der Stadt herumfuhren. Rouben setzte sich sofort an Charlys Schreibtisch und malte Ritterheere und Burgen. Die Bilder strotzten vor Lanzen, Rüstungen und Blut. Miriam schleppte stets ein rotes Köfferchen mit sich, in das sie ihre Kostbarkeiten verpackt hatte. Die Kinder brachten Leben in die Wohnung. Charly zauberte Münzen herbei oder ließ seinen Daumen verschwinden.

Sie, Lieselotte, hatte sich ein Leben lang nach geordneten Verhältnissen gesehnt. Dazu gehörte eine heile Familie im altmodischen Sinn: Vater, Mutter und Kinder. Nun wuchsen diese Kinder wieder vaterlos auf. Es war bereits die dritte Generation. Sie konnte das alles nicht als Gottes Willen deuten. Ihr naiver Kinderglaube an Gott war längst verflogen. Zwar ging sie mit Charly noch jeden Sonntag in die Kirche, aber das geschah nur zum Totschlagen der Zeit. Charlys Religiosität orientierte sich ohnehin mehr am Baustil der Kirchen. Er bevorzugte den Barock und hielt den sinnlichen Eindruck, den die bunten, üppigen Formen auf ihn machten, für religiöse Ergriffenheit.

Es gab nicht wenige Menschen aus dem Bekanntenkreis, die Lieselotte rieten, ihren Mann in ein Pflegeheim zu geben. Sie könne das auf Dauer nicht durchhalten. Sie werde selbst krank werden, sie sehe schlecht aus, und Geld genug sei ja vorhanden. Es waren meistens Frauen, die ihre Partner bereits verloren hatten und, bar aller Lasten, ein schönes Leben führten.

Natürlich war der Gedanke für Lieselotte verlockend, so wie auch manchmal der Wunsch nach Charlys Tod auftauchte und die Vorstellung, dass dann alles einfacher für sie wäre. Doch sofort warf sich das Gebot der Nächstenliebe dazwischen, gefolgt von der Dankbarkeit, und sagte: Das darfst du nicht tun, das darfst du nicht einmal denken.

Mit fortschreitender Krankheit Charlys fühlte auch sie sich gesundheitlich angegriffen. Ihr kaputtes Kreuz ließ sie nachts kaum schlafen. Kurze, wirre Träume tauchten auf, brennende Häuser, bei denen alle Löschversuche vergeblich waren, Erdrutsche, Abgründe, immer dieselben Bilder der Zerstörung. Oft erschien auch die Trappentreu 46. Die erbärmlich kleine Wohnung war größer geworden, es gab ein Bad und im Treppenhaus einen Lift. Da merkte sie, dass das Haus renoviert und an Eigentümer verkauft worden war, und sie beschloss im Traum, sich um eine Wohnung zu bemühen.

Im Gegensatz zu Charly, der einen Arzt nach dem anderen aufsuchte, in der Hoffnung, es könne ihm geholfen werden, der immer neue Tabletten schluckte, der von Bad Gastein über Bad Wörishofen nach Baden-Baden fuhr, sträubte sie sich wie schon ihre Mutter Therese gegen ärztliche Untersuchungen und stellte lieber ihre eigenen Diagnosen: Wetterfühligkeit, Wanderniere, Angina pectoris, Rheuma, Bandscheibenvorfall, Migräne und Verlust des Geruchssinns. Senta und Nore konnten das Gejammer über ihre Krankheiten nicht mehr hören. Nore machte immer wieder Arzttermine für sie aus, die sie allesamt nicht wahrnahm. Es schien, als könne sie neben Charlys Erkrankung eine zweite Heimsuchung nicht ertragen. Am Morgen war ihr Gesicht von gelbgrauer Farbe. Sein kränkliches Aussehen verlor sich erst, wenn sie eine dicke Schicht Schminke aufgelegt hatte. Nore vermutete eine ernsthafte Erkrankung, aber sie fürchtete, durch Gewissheit das ohnehin wackelige Gebäude Lieselotte-Charly zum Einsturz zu bringen.

Im Jahr 1978 wurden die Ärzte, die Charly wegen seiner bis dahin gesunden Organe ein langes, wenn auch beeinträchtigtes Leben vorausgesagt hatten, skeptischer. Das Herz, Charlys tapferes Herz, wurde müde, die Leber zeigte Zeichen von Überlastung durch Sekt und Medikamente, die Muskeln versagten ihren Dienst und das arme Gehirn wusste in seiner grenzenlosen Verwirrung nicht mehr ein noch aus. In seiner Blase steckte ein Katheter mit Beutel, der von Zeit zu Zeit geleert werden musste.

Lieselotte brachte ihn ins Krankenhaus, und es war ihr, als könnte sie einen viel zu schweren Rucksack endlich abnehmen und in die Ecke stellen. Er war gut aufgehoben, sie saß von morgens bis abends an seinem Bett und las ihm vor. Nore und Senta kamen mit den Kindern. Alle erschraken über Charlys raschen Verfall. Wenn er überhaupt noch zu einem klaren Gedanken fähig war, so war es dieser: »Es ist genug.« Und damit gab er den Ärzten keine Chance mehr.

Charly wurde achtundsiebzig Jahre alt. Mit ihm starben in dieser Familie der Handkuss, die Courtoisie, das Singen zur Laute und das Erzählen Frankfurter Anekdoten. Es starb das Leben in Barockmöbeln, das bereits zur damaligen Zeit als überholt galt. Es starb die Großzügigkeit, mit der er seinen Stieftöchtern manchmal einen Hunderter zusteckte, einen ›Riesen‹, wie er ihn nannte, und es starb die ganze wechselvolle Zeit von 1900 bis 1978, von der er zu erzählen gewusst hatte. Zurück blieb eine große Leere in der großen Wohnung.

Lieselotte hielt sich nach Charlys Tod zunächst fast ausschließlich in der Küche auf, dem einzigen Raum, in dem sie ein wenig Geborgenheit fand. Nach einer sich länger hinziehenden Zeit der Trauer beschloss sie, unter Zureden der ihr noch verbliebenen Damen aus dem ehemaligen Bekanntenkreis, ihr Leben neu zu gestalten. Sie wusste, das wäre auch in Charlys Sinn gewesen. Sie besuchte die Damenrunden von Inner Wheel, die Ausstellungen der GEDOK und plante Reisen. Zu ihrer neuen

Lebensgestaltung gehörten auch längst fällige Arztbesuche. Lange hatte Nore sie nötigen müssen, und nur weil ihre Tochter sie begleitete, ließ sie sich endlich doch überreden.

Es fand sich etwas Blut im Urin, Untersuchungen folgten, die ihr Inneres offenlegten. Die Diagnose nahm sie erstaunlich gefasst auf. Es schien fast, als habe sie darauf gewartet. Endlich hatte sie die Bestätigung für eine Krankheit. Niemand konnte mehr sagen: Reiß dich doch zusammen, alles nur Einbildung, psychosomatische Störung. So ein Blasenkrebs könne zwar operiert werden, aber er habe die Tendenz wiederzukommen, sagte der Arzt.

Lieselotte, obwohl erst Mitte Sechzig, hatte von Anfang an keine Hoffnung, wieder gesund zu werden. Sie hatte weder Lust, noch Kraft zu kämpfen. Ein paar Jahre würden ihr genügen. Seitdem Therese tot war, seitdem die Generation vor ihr nicht mehr lebte, wusste sie, dass die Reihe nun an ihr war.

SENTA 1986

Senta am Strand von Long Island, ein pastellfarbenes, wie vom Wind bewegtes Foto, das entfernt an die berühmte Aufnahme erinnert, bei der Picasso einen riesigen Schirm über seine Geliebte Françoise Gilot hält, um sie vor der Sonne zu schützen.

Sentas Schirm, ein karierter Leihschirm der Strandverwaltung, wiegt schwer in ihren Händen. Ein kleiner Windstoß würde genügen, um ihn ihr zu entreißen. Es ist nicht allzu warm, sie trägt ein gepunktetes schwarzes Kleid. Ihr Haar ist etwas schütter geworden und nach hinten gekämmt. Es gibt Anzeichen dafür, dass sie früh ergrauen wird. Hingegen ist ihr Gesicht faltenlos und von jugendlicher Frische. Freundlich lächelt sie den Fotografen an.

Der weiße Sandstrand ist leer, jedoch sprechen die vielen Fußabdrücke von regem Leben an anderen, an wärmeren Tagen. Ein hellblauer Himmel liegt unter einem Daunenbett aus weißen Wolken. Kein Grün weit und breit. Fünf graue Gebäude mit mächtigen Kaminen im Hintergrund. Auf den ersten Blick könnten es Speicher sein, bei genauerem Hinsehen entpuppen sie sich als trostlose Wohnsilos. Zu ihren Füßen zieht sich eine Schnellstraße hin.

Der Fotograf ist ein achtunddreißigjähriger Amerikaner namens Truman Todd. Er hat Senta von Kalifornien nach New York begleitet, um ihr vor der Abreise nach Deutschland die Stadt zu zeigen. Gewöhnlich fotografiert er mit einer großformatigen, altmodischen und sehr kompliziert aussehenden 8×10 Deardorff. Für diese Aufnahme jedoch hat ihm Senta ihre eigene Kamera in die Hand gedrückt, denn sie möchte den Film in Deutschland entwickeln lassen.

Seit zwei Wochen ist der sieben Jahre jüngere Truman ihr Liebhaber. Kennengelernt haben sie sich anlässlich eines Stipendiums der Villa Los Flores in Kalifornien. Senta hatte sich von

Deutschland aus beworben und war angenommen worden. Ihr Sohn Felix hatte sein Abitur bestanden und behauptete, alleine zurechtzukommen. Endlich frei von der Mutter, endlich frei vom Sohn.

Drei Monate lang war der Fotograf Sentas Nachbar gewesen. Sie hatte ein helles Studio mit Kochnische zur Verfügung. Der Garten um die Villa war eine grüne Wildnis, in der üppige, obszön wirkende Blumenkelche sich durch schrille Farben bemerkbar machten. Senta änderte das Format ihrer Bilder und damit ihren Malstil. Sie nahm sich diese langstieligen Blüten zum Modell, malte sie in voller Größe auf einen langen, schmalen Karton und schrieb daneben in ihrer unverkennbaren steilen Handschrift Botschaften an die Nachwelt. Ein Bild nach dem anderen entstand.

Sie waren sechs Stipendiaten, außer ihr nur Amerikaner, zwei Schriftstellerinnen, zwei Maler und ihr Nachbar, der Fotograf, der sein verdunkeltes Studio nur selten verließ und häufig ein T-Shirt trug, auf das »Don't worry, be happy« gedruckt war.

Einmal begegneten sie sich im Garten. Er war noch ein Stück von ihr entfernt, als er sie unvermittelt anschrie: »Stop. Don't move.« Die Schlange, eine Klapperschlange, wie er ihr später sagte, lag etwa zwei Meter vor ihren Füßen eingerollt auf dem Weg. In ihrer Farbe unterschied sie sich kaum vom sandigen Untergrund. Senta blieb wie erstarrt stehen und beobachtete klopfenden Herzens, wie sich das Knäuel löste und das Tier lautlos davonschlich. Das war der Beginn ihrer Bekanntschaft.

Sie fragte sich, an wen er sie erinnerte. »Ähnliches an Unähnlichem wahrnehmen.« Dieser Satz ging ihr nicht mehr aus dem Kopf. Sein Gesicht wirkte gutmütig, beinahe schelmisch, aber sie wusste, dass der Ausdruck in solchen Gesichtern jäh umschlagen konnte.

Unter seinen Vorfahren musste es einmal einen Menschen weißer Hautfarbe gegeben haben, denn sein Haar, obwohl schwarz und kraus, war sehr lang, so wie es sonst bei Schwarzen nicht vorkommt. Er trug es zu Dreadlocks gezwirbelt und bis auf die Schultern hängend. Was zweifellos zu seiner interessanten Erscheinung beitrug, waren die runden Brillengläser, die ihm den Anschein eines Intellektuellen gaben.

Als sich einmal Gelegenheit bot, ihn länger von hinten zu betrachten, wusste Senta plötzlich, woran er sie erinnerte. Er war das männliche Gegenstück zu einer der voluminösen, erdfarbenen Frauen, die sie zu Beginn ihrer Tätigkeit als Keramikerin aus Ton geformt hatte. Er war ein Koloss. Sein Körper war massiv. Wegen einer ausgeprägten, aber gemütlich wirkenden Wampe waren seine bedruckten T-Shirts immer zu kurz, saßen seine Jeans immer zu tief. Vielleicht fühlte sie sich zu ihm hingezogen, weil er sie an ein männliches Muttertier erinnerte.

Sie saß nun öfter in seinem Atelier und beobachtete ihn beim Arbeiten. Er arrangierte skurrile Stillleben aus Blumen, Tiergerippen und weggeworfenen kleinen Objekten und fotografierte sie nach Art der frühen Fotografen, indem er unter einer schwarzen Decke verschwand. An den Wänden hing eine ganze Reihe bemerkenswerter Aktfotos von weißen Frauen.

Er erzählte, dass er aus Georgia stamme, am Amsel Adams Workshop in Carmel Fotografie studiert habe und in namhaften amerikanischen Galerien vertreten sei. Der Platinum Print sei seine Spezialität. In der Tat schien von seinen Schwarzweißfotos ein eigenartiger stiller Glanz auszugehen.

Er erzählte ihr auch, dass demnächst sein Scheidungstermin anstehe und er eine weiße Geliebte habe. Dabei wies er auf ein Aktfoto, auf dem eine Frau sich über ein Brückengeländer beugte und nur ihren herzförmigen Hintern zeigte. Bei diesem Anblick verspürte Senta einen Anflug von Eifersucht.

Sie fragte ihre Nachbarinnen Lory und Tabea, die den ganzen Tag auf ihre Schreibmaschinen einhämmerten, ob sie etwas mit diesem Truman anfangen solle.

»For heaven's sake no!« Die beiden wehrten entsetzt ab. »It's another world, baby.«

Trotzdem verbrachte Senta die letzten beiden Wochen vor ihrer Abreise jede Nacht mit ihm. Es geschah aus sexueller Neugier und Einsamkeit. Es geschah auch im Bewusstsein, sich in einem fernen Land, also in einem Ausnahmezustand zu befinden. Außerdem wollte sie vor sich selbst keinesfalls als Rassistin dastehen, die nur deshalb mit einem Mann nichts anfing, weil er schwarz war.

Sie genoss ihr Alter, ihre fünfundvierzig Jahre, die das Risiko einer Schwangerschaft so gut wie ausschlossen. Er hatte, das merkte sie sofort, Erfahrung mit Frauen. Sie wunderte sich, wie leicht der Satz »I love you« über seine Lippen kam. Das klang nach Routine und amerikanischem Kitschkino. Und doch waren es auch diese fremde Sprache, die geflüsterten englischen Worte, die sie in Ekstase versetzten.

Zurück in Deutschland, wurde sie mit Briefen und Anrufen bombardiert. Er sei nun geschieden, auch die Affäre gehöre der Vergangenheit an. Er wünsche sich nichts sehnlicher, als mit ihr, Senta, in seinem Haus in Georgia zu leben.

Wen auch immer Senta um Rat fragte, der riet ihr dringend von diesem Experiment ab. »Wenn du eine Enttäuschung brauchst, dann tu's«, meinte Nore. »Aber sag um Gottes willen nicht unserer Mutter, dass es ein Schwarzer ist.«

Lieselottes Zustand verschlimmerte sich langsam, aber stetig. Sie lag nun immer öfter mit Schmerzen im Bett, doch ein zäher, unbeugsamer Wille ließ sie aufstehen, sich sorgfältig schminken und kleiden und mit ihren Dämchen zum Essen in die Stadt gehen. Sie war nicht begeistert, als sie von Sentas Plänen hörte.

Ein Fotograf? Hat er denn genug Geld, um dich zu ernähren, Kind? Geschieden, sagst du? Wo lebt er denn? In Georgia? Ist das nicht in den Südstaaten, wo die Neger sind?

»Neger sagt man nicht mehr, Lotte.«

»Versprich mir, dass es kein Neger ist.«

Senta zögerte einen Augenblick. »Ich verspreche es.«

Als sie ein paar Wochen später in Georgia ankam und das Taxi sie vor Trumans Haus ablud, konnte sie ihre Enttäuschung kaum verbergen. Sie befand sich in einem Schwarzen-Ghetto. Das hätte sie nicht weiter gestört, sie liebte das Abenteuer, das

Experiment, wenn die kleine Stadt Sparta nicht so trostlos auf sie gewirkt hätte. Trumans Haus war sichtlich verkommen. Seine Frau hatte den größten Teil der Möbel mitgenommen und ihm praktisch nur ein großes Wasserbett gelassen, auf dem sie sich nach einer kurzen Begrüßungszeremonie aus Verlegenheit liebten.

Das Haus war ein reparaturbedürftiges Holzhaus in einer Reihe reparaturbedürftiger, auf Pfählen stehender Holzhäuser, die alle eine windschiefe Veranda besaßen, auf denen sich das Leben abspielte. Dazwischen waren Wohnwagen geparkt, in denen vermutlich ganze Familien lebten. Senta glaubte plötzlich, sich in einem Film zu befinden. Ein Geruch nach Holzfeuer durchzog die Straße, es ging auf den Abend zu, aus den offenen Fenstern dröhnte Radiomusik. Herrenlose Hunde wühlten in Abfallhaufen, und auf den Veranden schaukelten alte Männer in ihren Schaukelstühlen zum Takt der Musik.

Als erstes räumte sie auf und putzte die verlotterte Küche, in der es von Kakerlaken wimmelte. Eine einstmals vorhandene Waschmaschine hatte die Ehemalige ebenfalls mitgenommen. Truman fuhr mit Senta zu seiner Tante Joyce, die eine Constructa besaß.

Tante Joyce hatte Truman und seine sechs Geschwister aufgezogen. Die Mutter, eine hoffnungslose Alkoholikerin, hatte sieben Kinder von sieben verschiedenen Männern. Sie lebte völlig verwahrlost in einer Sozialwohnung. Truman war das vierte Kind, einer seiner Brüder saß wegen einer Messerstecherei im Knast, ein anderer war beim Militär. Auch Trumans Vater war Alkoholiker. Das alles erfuhr Senta auf der Fahrt zu Tante Joyce. Sie fragte sich voller Entsetzen, in welche Welt sie geraten war. Nur nicht den Boden unter den Füßen verlieren, redete sie sich gut zu. Schließlich ist aus Truman etwas geworden, schließlich geht mich seine Familie nichts an.

Die Tante trug pinkfarbene Leggings, die ihre untere Leibesfülle vor dem völligen Auseinanderlaufen bewahrten. Ihre schmutzigen Füße steckten in Plastiksandalen, die ihrem Gang eine unendliche Trägheit verliehen. Sie hatte rotlackierte Fingernägel und Modeschmuck an Hals und Armen. Ihr Haar war künstlich geglättet und stand wie ein Federbusch vom Kopf ab.

Mit im Haus lebten zwei aus einer sehr frühen Beziehung stammende Söhne von Truman, von denen Senta jetzt erst erfuhr, und sein zweijähriges Enkelkind. Der Vater nahm seine drei Nachkommen kaum zur Kenntnis, so wie auch diese ihn wie einen Fremden behandelten. Zu Senta waren alle sehr freundlich. Die Tante sagte, sie könne jederzeit zum Waschen kommen. Senta sah in dieser Tante die einzige verantwortungsbewusste Person der Familie. Ohne sie würden alle wie in einem Sumpf untergehen.

Auch dieses Haus hätte eine Generalüberholung dringend nötig gehabt. Jedoch schien sich niemand an dem Chaos, am Dreck, an der allgemeinen Desorganisation zu stören.

Senta fühlte sich mit ihrer weißen Hautfarbe und ihrer Aufmachung wie ein Eindringling. Sie schwankte zwischen dem Wunsch, dazuzugehören, Trumans wegen, und dem Bedürfnis, den Ort so schnell wie möglich wieder zu verlassen.

An den folgenden Tagen versuchte sie zu malen. Die Straßen der kleinen Stadt zeigten das eine oder andere interessante, wenn auch trostlose Motiv, aber sie wagte es nicht, sich als weiße Frau mit ihrem Zeichenblock niederzulassen, um eines der windschiefen Häuser zu skizzieren.

Truman hatte ihr die Schlüssel seines alten Fords ausgehändigt und sie ermuntert, sich die Gegend anzuschauen. Er selbst verließ das Haus nur selten. Senta ahnte, dass es ihm peinlich war, mit einer weißen Frau gesehen zu werden. Sie fuhr mit dem schweren alten Wagen durch Spartas staubige Straßen, auf denen ihr manchmal ein Auto begegnete, nie jedoch ein Fahrrad oder ein Fußgänger.

Sie fuhr unter dem Highway in die Viertel der Weißen, wo eine andere Trostlosigkeit herrschte: sterile, im Wesentlichen aus Rasen bestehende Vorgärten, weißgestrichene Häuser, aus deren Fenstern die Rechtschaffenheit glotzte, und breite, einsame Straßen, vor denen der allgegenwärtige Staub nicht haltgemacht hatte. Über der kleinen Stadt brütete Tag und Nacht eine unbarmherzige, klebrige Hitze, die das Leben von Tier und Mensch, auch Sentas Leben, beinahe zum Erliegen brachte.

Erst gegen Abend stiegen die Bewohner von Sparta in ihre Autos und fuhren in die Supermärkte zum Einkaufen. Das war die Zeit, in der auch Truman sich mit Senta sehen ließ. Es war, als bedürfe es dazu der Dämmerung oder der Nacht.

Die Supermärkte hielten einen Überfluss an Waren bereit, den Senta, die sich hauptsächlich vegetarisch ernährte, als ungesund empfand. Tatsächlich sahen die Menschen, Schwarze wie Weiße, die Berge von Lebensmitteln auf ihre Einkaufswagen luden, überwiegend dick und ungesund aus.

Truman hatte das Kochen übernommen, er kochte sehr gut. Die Zubereitung des Abendessens war, abgesehen von der im Bett verbrachten Zeit, eine der wenigen Gelegenheiten, bei denen sie zusammen etwas unternahmen. Senta schnipselte das Gemüse, das er im Wok dünstete. Sie aßen im Stehen, denn noch immer fehlte es an Stühlen. Im Hinterhof hatte Senta zwei völlig verhungerte Dobermänner entdeckt, Trumans Hunde, denen sie die Reste brachte. Sie stellte ihn wegen des verwahrlosten Zustands der Tiere zur Rede, aber er schien sie nicht zu verstehen. Er schien überhaupt vieles nicht zu verstehen. Ihren Widerwillen gegen den vom Morgen bis in die Nacht laufenden Fernseher, ihre Verwunderung darüber, dass er keinen Kontakt mit seinen Kindern und dem Enkelchen haben wollte, ihre Klagen über seine Passivität, seine Verschlossenheit, die ewig verdunkelten Räume und den elenden Zustand seines Hauses.

»Mit dir zu schlafen genügt mir auf Dauer nicht«, sagte sie. »Mir fehlt hier etwas. Nenn es ruhig Kultur.«

Nach solchen Ausbrüchen hätte sie sich am liebsten die Zunge abgebissen, denn es war ihr klar, dass das, was sie unter Kultur verstand, hier nicht zu finden war. Sie wusste auch, dass er wieder tagelang nicht mit ihr sprechen würde, und das waren die schlimmsten Tage.

Er fotografierte kaum noch, saß stundenlang im verdunkelten Zimmer und spielte auf seiner japanischen Shakuhachi-Flöte.

Manchmal kam jemand ins Haus, seine ehemalige Frau, und benutzte die Toilette. Sie hatte noch einen Schlüssel. Senta wechselte nie ein Wort mit ihr, es schien jedoch, als würde ihr die andere ein geheimes Signal, einen teilnahmsvollen Blick zuschicken.

Es gab erträgliche und unerträgliche Tage. Tage, an denen sie sich vorwarf, alle Männer in ihrem bisherigen Leben falsch behandelt zu haben, zu kritisch und anspruchsvoll gewesen zu sein. Sie gab sich dann mit Truman besondere Mühe. Sie malte sich seine desolate Kindheit aus und seine missglückten Beziehungen zu Frauen. Sein Gefühlsleben ist verkümmert, sagte sie sich voller Bedauern. Du musst es durch Liebe reifen lassen. Ihre guten Vorsätze hielten meistens nicht länger als zwei Tage, dann war ihre Geduld am Ende.

Nach vier Monaten eröffnete sie ihm, dass sie nach Deutschland zurückkehren wolle. Sie sagte nicht, wie unerträglich ihr das Leben in Sparta geworden war, sie war froh, Lieselottes Krankheit als Grund angeben zu können. Um ihn versöhnlich zu stimmen, lud sie ihn ein, sie in München zu besuchen. Ihre Geschichte war noch nicht beendet, noch glaubte sie, ihn zu lieben, noch wollte sie ihm und sich selbst eine Chance geben, auf der anderen Seite des Globus, dort, wo sie zu Hause war.

Lieselotte lag nun auf Dauer in einer Münchner Privatklinik. Nore kam sie regelmäßig besuchen, um sie im Rollstuhl durch Bogenhausen zu fahren. Vor der einen oder anderen Villa bat die Kranke, anzuhalten, sie wolle schauen, ob der Soundso noch hier wohne.

Als Senta ihre Mutter zum ersten Mal wiedersah, schwärmte sie, um sie nicht zu belasten, von ihrer Zeit in Amerika. Noch immer verschwieg sie Trumans Hautfarbe. Ja, er werde nach München kommen, und dann stehe einem Kennenlernen nichts mehr im Wege.

Bereits einen Monat später stand er mit sechs Umzugskartons vor ihrer Tür. Von einem kurzen Besuch konnte keine Rede mehr sein. Er hatte sein Auto verkauft und das Haus vermietet, er hatte vor zu bleiben.

Sie fuhren zusammen nach Amsterdam, Berlin und Weimar. Im KZ Buchenwald fotografierte er sie nackt vor einem Verbrennungsofen. Es war das einzige Aktfoto, das er von Senta machte. Er sagte, er fühle sich in Deutschland wohl. Keine Diskriminierung, keine schiefen Blicke. Es gebe hier viele schräge Typen, da falle er nicht weiter auf.

Senta hatte gehofft, ihn für das Goethehaus oder die Berliner Museen begeistern zu können, aber er zeigte kein Interesse, sondern verbrachte die meiste Zeit in den Hotelzimmern und spielte auf seiner Shakuhachi. Das einzige, was ihn zu interessieren schien, war ihr Körper. Nachts fanden sie zueinander wie in vergangenen Zeiten. Nichts hatte sich geändert seit Sparta. Der Kulturschock, auf den sie insgeheim gehofft hatte, war nicht eingetreten. Sie fragte sich, wie lange die Beziehung noch halten würde. Ihr körperliches Verlangen war wie ein rinnendes Fass. Eines Tages würde es leer sein, ausgetrocknet durch die Gewohnheit.

Als sie nach München zurückkamen, gab es keinen Grund mehr, Lieselotte den amerikanischen Freund vorzuenthalten. Senta hatte sie vorbereitet.

»Ein Schwarzer.«

»Ich hab's geahnt.«

»Aber sehr interessant aussehend.«

»Die Schwarzen sollen doch stinken.«

»Bist du etwa Rassistin, Lotte?«

Die Patientin war zu schwach, um zu protestieren. Sie hatte wegen ihrer Schmerzen eine satte Dosis Morphium erhalten. Als sie Truman schließlich zu Gesicht bekam, war sie nahezu euphorisch. Aus unerfindlichen Gründen war er ihr auf Anhieb sympathisch. Vielleicht, weil er so ganz anders aussah als die schwarzen Soldaten der amerikanischen Besatzung.

Tatsächlich wirkte er auf alle sympathisch, die ihn kennenlernten. Die Krankenschwestern strahlten, wenn er auftauchte, sich an Lieselottes Bett setzte und auf seiner Flöte spielte. Es war ein seltsames, kontrastreiches Bild, sie, die blasse Frau, die jeden Tag weniger auf die Waage brachte, und er, der hünenhafte schwarze Mann mit den filzigen Dreadlocks.

Senta hatte ihm erzählt, es sei in Deutschland üblich, bei den Eltern um die Hand der Tochter anzuhalten. Er wollte sie heiraten und schrieb mit schöner Handschrift einen Brief an Lieselotte, den Senta abfing. Sie war inzwischen zu lebenserfahren, um nicht zu erkennen, dass Eheschließungen aus purer Ratlosigkeit zum Scheitern verurteilt waren. Sie hielt sie für eine amerikanische Unsitte. Man heiratet im Vertrauen darauf, alles würde anders, würde besser. Aber nichts wird anders, geschweige denn besser, und nach einiger Zeit lässt man sich wieder scheiden. Dieses Spiel wollte sie nicht mitmachen.

Eine Woche später kam, nicht unerwartet, Lieselottes Ende. Senta war gerade aus dem Zimmer gegangen, um sich am Getränkeautomaten eine Cola zu holen. Truman saß unbeweglich im Krankenzimmer, den Blick auf die Patientin gerichtet, wie ein dunkler Wächter am Eingang zur Unterwelt. Sie wurde unruhig, fuchtelte mit Armen und Beinen herum und fiel dann leblos zusammen. Er sprang auf, umarmte sie und sagte mehrmals: »Oh no, don't do that, please stay here!«

Sein Haar fiel über ihr Gesicht. Es war vielleicht das Letzte, was sie spürte, er war vielleicht das Letzte, was sie sah, der schwarze Mann Truman Todd aus Sparta in Georgia.

Senta lebte noch ein halbes Jahr mit ihm zusammen, dann trennten sie sich endgültig. Er zog mit seiner Flöte weiter nach Japan, wo sie seine Spur verlor.

NORE 2005

Der Strand, an dem sie entlanggeht, ist beinahe menschenleer. Die Küste von Tansania hat den Anschluss an den Tourismus noch nicht gefunden. Es ist Mittagszeit, der blaue Himmel mit seinen ruhenden Wolken kündet von großer Hitze. Und doch weht ein leichter Wind, eine Brise nur, die Nores um die Hüften geschlungene Kanga bläht. Um diese Zeit ist Ebbe. Um zu schwimmen, müsste man ein paar hundert Meter durch das seichte, lauwarme Wasser waten. Man sagt, man könnte bei Ebbe von Bagamoyo bis Sansibar gehen, gäbe es da nicht eine Stelle, wo der Meeresboden urplötzlich auf sechzehn Meter Tiefe absinkt.

Die Dhaus der Fischer liegen auf dem Trockenen, wie überdimensionale Kraken, die ihre Beine hilflos in die Luft strecken. Erst am späten Nachmittag, wenn die Flut das bleierne Meer wieder ans Ufer wälzt, werden die Fischer sich auf den Weg machen. Die Fische, die die Männer fangen, sind meistens eine kleine Sardinenart, ab und zu ist ein großer Red Snapper darunter, der in Stücke geschnitten wird, keiner will es sich hier erlauben, einen so großen Fisch alleine zu verzehren. Die Frauen werden die Fische, bevor sie sie schuppen, im Sand wälzen, das erleichtert angeblich die Arbeit.

Nore, mittlerweile siebzig, geht barfuß. Von Zeit zu Zeit, wenn die Hitze unter ihren Sohlen unerträglich wird, weicht sie ins Wasser aus. Der Rucksack ist nicht schwer, nur ein Paar Sandalen befindet sich in ihm, aber sie wollen in Bagamoyo ein paar Früchte kaufen, Bananen, Mangos und Ananas, um sie in ihrer Lodge zu essen. Ein paar Tage später wird man sie davor warnen, am Strand entlangzugehen. Überfälle kämen am helllichten Tag vor, und selbst wenn Augenzeugen in der Nähe seien, werde keiner einen Finger rühren, um den Überfallenen zu Hilfe zu eilen.

Das Bild ist eine Momentaufnahme aus einer DVC-Kassette, die Klaus mit seinem Sony Camcorder belichtet hat.

Klaus Homberg? Ja, eines Tages war er zu Nore zurückgekehrt, nach vielen Jahren unermüdlicher Wanderschaft rund um den Globus, in denen zuletzt sogar die gelegentlichen Postkarten seltener geworden waren. Dann, vor fünfzehn Jahren war er plötzlich wieder aufgetaucht.

An einem sonnigen Montagmorgen, als sie zur Arbeit ging, sie war nach Abschluss ihres Germanistikstudiums Lektorin in einem Verlag geworden, erschien er auf der gegenüberliegenden Straßenseite.

Er musste sie zufällig vom Fenster seiner Wohnung aus gesehen haben und in Eile hinter ihr hergelaufen sein, denn er trug noch einen Bademantel und hatte ein weinrotes Handtuch um den Hals geschlungen. Sein Haar war feucht, und seine Füße steckten in Straßenschuhen, deren Schnürsenkel auf dem Boden schleiften.

»Hallo, gnädige Frau«, rief er von der anderen Straßenseite herüber. »Kennen Sie mich nicht mehr? Schade!«

Die Gehsteige waren voller Menschen, die zur Arbeit eilten. Manche blieben stehen und schüttelten missbilligend den Kopf. Klaus schien das nicht zu stören.

»Sind Sie nicht mit mir verheiratet? Hallo, gnädige Frau, hören Sie mich?«

Einige der Passanten begannen zu lachen. Nore flüchtete sich aus lauter Verlegenheit in ein Café, in dem einige Frühstücksgäste saßen. Das letzte, was sie sah, waren Klaus' blaue Augen, die wie ein Bannstrahl von der anderen Seite herüberblitzten. Sie musste sich davor hüten, wieder diesem blauen Charme zu erliegen. Er überquerte die Straße und betrat ebenfalls das Café. Sofort kam der Manager und bat ihn, den Raum zu verlassen, schließlich sei das hier keine Badeanstalt.

»Verstehen Sie doch«, erklärte Klaus, »das ist meine Frau, und ich will sie zurückgewinnen. Von all den falschen Frauen in meinem Leben ist sie die einzig richtige gewesen.«

»Das interessiert mich nicht die Bohne«, antwortete der Manager. »Verschwinden Sie, oder ich rufe die Polizei.«

Da mischte sich ein junger Mann vom Nebentisch ein, er fühle sich wie im Theater, ob das eine Art Improvisationstheater sei. Ihn würde interessieren, ob der Mann im Bademantel eine offenbar störrische Frau herumkriegen könne. Ja, meinten ein paar andere, der Bademantel würde sie nicht stören, und man solle die beiden doch weitermachen lassen.

Nore wurde puterrot. Sie stand auf und sagte, sie würde es vorziehen, das Gespräch zu Hause fortzusetzen. Sie schwänzte die Arbeit und kochte für Klaus eine Kanne Tee. Das war in den Augen so mancher Freunde ein großer Fehler, denn bereits ein paar Tage später zog er mit all seinem Krempel wieder bei ihr ein. Nach wochenlangen Gesprächen errichteten sie auf den Ruinen ihres Lebens ein neues, halbwegs sicheres Gebäude. Es war keine feste Burg, doch stabiler als das Luftschloss ihrer Jugend. Sie beschlossen, mit Würde dem Alter entgegenzugehen.

Vom Strand aus waren die wehrhaften Gebäude aus der deutschen Kolonialzeit zu sehen mit ihren Türmen und Schießscharten. Das vergangene Jahrhundert und die Salzluft hatten an ihnen genagt, niemand schien je Reparaturen vorgenommen zu haben, weshalb auch, es war eine demütigende Zeit für das Land gewesen. Aber auch die noch älteren arabischen Häuser mit ihren prachtvollen, aus Holz geschnitzten Eingangstüren waren dem Verfall preisgegeben.

Jahrhundertelang war der Ort Endstation der großen Sklavenkarawanen aus dem Inneren Afrikas gewesen. »Begrab dein Herz im Sand« soll die Übersetzung von Bagamoyo heißen, denn mit der Ankunft war jede Flucht unmöglich geworden. Während der deutschen Kolonialzeit war Bagamoyo vorübergehend Regierungssitz und wurde während des Ersten Weltkrieges von den Engländern vom Meer aus beschossen. Das Blut zahlloser Menschen hatte den Boden getränkt, die Toten waren hinabgesunken ins Reich düsterer Erinnerungen. Eine Tafel an einem

Holzpfosten gemahnte an die Stelle, an der die Deutschen aufmüpfige Afrikaner gehenkt hatten.

Neben dem ehemaligen deutschen Zollamt befanden sich unter einem Geflecht aus Mangrovenstämmen und Strohdächern mehrere in die unebene Erde eingelassene offene Feuerstellen. Aus riesigen Töpfen wurde Pilaw oder Ugali serviert. Das Ganze verstand sich als Restaurant, aber Nore nannte es spontan »Höllenküche«. Sie hatten schon ein paar Mal hier gegessen, Reis, Fisch und eine scharfe rote Soße, unter den desinteressierten Blicken der anderen Gäste und den gierigen Augen der Zuschauer. Sie hatten auch einen jungen Mann, der etwas Deutsch sprach, eingeladen. Das Hungerproblem, dessen waren sie sich bewusst, war nicht zu lösen, indem man einen jungen Mann zum Essen einlud. Sie waren die einzigen Weißen. Klaus nahm sein Minidisk heraus und beschrieb die Stimmung. Er sagte, er hätte gern ein Handy, mit dem er unauffällig fotografieren könnte, doch werde er mit dem Kauf noch etwas warten, bis solche Geräte zu erschwinglichen Preisen zu haben seien.

Nore hörte ihn leise diktieren. Er hatte einen Auftrag von GEO, über den geschichtsträchtigen Ort zu berichten. Klaus' Bücher waren längst nicht mehr gefragt, aber sein Name war noch immer in den Köpfen mancher Leser, es war ein Name, der für Qualität bürgte, vor allem, wenn es um die Berichterstattung aus fernen Ländern ging.

»... ein junger Mann putzt mit Hingabe den Holztisch, auf dem die Fische gelegen haben. Die Pflege, die man dem ›Restaurant‹ angedeihen lässt, verträgt sich schlecht mit den Halden von Plastikmüll, die sich dort ausbreiten, wo kein Mensch mehr Verantwortung fühlt ...«

»... herumlungernde junge Männer ohne Arbeit. Zwei Verkäufer von Ebenholz-Schnitzereien, die sich wie Kletten an uns hängen. Gibt es wirklich keine andere Arbeit? Angesichts des desolaten Zustandes des Ortes möchte man meinen, es fehlt nicht an Arbeit, sondern an Interesse. Die überwiegend moslemische Bevölkerung ist nicht gerade bekannt für ihren Fleiß ...«

Oh weh, das werden sie ihm streichen, dachte Nore. Sie ging hinter ihm her, sie stapften über einen Teppich aus blauen und weißen leeren Plastikbeuteln, die früher einmal Trinkwasser enthalten hatten. Schulkinder holten sich von den Mangobäumen mit Hilfe dicker Holzknüppel Früchte herunter. Klaus ging trotz der starken Sonne barhäuptig, weil er seine Mütze wieder einmal verlegt hatte. Nicht zum ersten Mal nahm sie die grauen Fäden in seinem Haar wahr. Sie fragte sich, weshalb sie diesen schwierigen, eigensinnigen, maßlos unordentlichen und extravaganten Mann immer noch liebte. Hatte er sie nicht verletzt? Hatte er sich nicht aus der Verantwortung gestohlen? Sie hätte ihm das nie verzeihen können, wäre ihr Gedächtnis nicht so schlecht gewesen. Sie hatte es einfach vergessen.

»Bagamoyo war nie ein Aschenputtel«, hörte sie ihn unterm Gehen diktieren, »sondern die zweite Königstochter, die sich die Zehen abgehackt hat, um in den Schuh zu passen. Nun trauert sie um die entgangene Chance und suhlt sich in ihrem Schmerz.«

Die sandigen Straßen waren voller Schlaglöcher. An der ehemaligen Kaiserstraße, dort, wo die alten Häuser etwas näher beieinanderstanden, konnte man noch etwas vom stadtplanerischen Konzept der Deutschen erkennen, nämlich Ordnung zu bringen in das heillose Wirrwarr afrikanischer Hütten.

In der Zeit, als die Deutschen dem Sultan von Sansibar ein breites Terrain abhandelten, zogen Adam und Marie im Münchner Westend von einer feuchten Wohnung in die nächste. Georg wurde geboren, Therese und die kleine Emma, die an zu wenig Milch und zu viel Feuchtigkeit starb. Vielleicht las Adam in den »Münchner Neuesten Nachrichten« von den unvorstellbaren Schätzen in den neuen deutschen Ländereien, von Ebenholz, Elfenbein, Kaffee, Tee und Kakao. Vielleicht unterhielt er sich mit den Kollegen von der Modellschreinerei über die Negerweiber, die nackt herumliefen oder mit einem Bastrock bekleidet, unter dem sie nichts anhatten, über ihre mit Asche eingeriebenen Leiber und ihre mit Elfenbeinspießen durchbohrten Lippen und Ohren.

Und als der Erste Weltkrieg wütete und wie ein Flugfeuer auch die Kolonien ergriff, als der General von Lettow-Vorbeck mit seinen zahlenmäßig unterlegenen Truppen lange Zeit in mörderischer Hitze einer englischen Übermacht trotzte, wobei mehr und mehr Soldaten auf dem ›Feld der Ehre‹ liegen blieben, da wurde Lieselotte geboren, und zu ihren ersten Erinnerungen gehörten der Hunger und die schneidende Kälte, die der Winter in die Stadt brachte.

Mitten im Ort borgte sich Klaus zwei Fahrräder, nicht von einem Fahrradverleih, den gab es in Bagamoyo nicht, sondern von zwei Watchmen, die die Polizeistation bewachten. Auf diesen altmodischen Vehikeln fuhren sie zum etwas außerhalb gelegenen deutschen Friedhof. Oft, wenn sie in Sandlöchern landeten und das Gleichgewicht zu verlieren drohten, mussten sie absteigen und ein Stück schieben. Erst mit den Fahrrädern wurde ihnen der schlechte Straßenzustand so richtig bewusst. Und wieder lungerten diese untätigen jungen Männer herum und schauten ihnen mit unbeweglichen Gesichtern zu.

Die Gräber waren mit groben Betonplatten bedeckt, die einstmals den Sinn hatten, die Verstorbenen vor Grabräubern oder wilden Tieren zu schützen. Nach so vielen Jahren der Ruhe sahen sie aus, als wollten sie die Auferstehung der Toten in alle Ewigkeit unterbinden. Unkraut wucherte aus den Ritzen. Nore setzte sich auf eine der Platten, während Klaus, immer noch mit dem Minidisk in der Hand, die Namen auf den schräg aufgestellten Tafeln an den Kopfenden der Gräber studierte. Sie waren so stümperhaft eingesetzt, dass man zwar das Geburts-, aber nicht das Sterbedatum ablesen konnte. Auf jeden Fall waren die meisten der hier Bestatteten Kriegsopfer, in fremder Erde begraben, nicht wie Livingstone, dessen einbalsamierten Leichnam treue Diener zweitausend Kilometer durch den afrikanischen Busch bis Bagamoyo getragen hatten, von wo aus er nach England verschifft und begraben wurde.

Nore war es, als throne sie, die Lebende, auf einem Totenreich. Unter ihr nicht nur diese fremden Soldaten, die ihr Leben ganz umsonst geopfert hatten, denn das deutsche Kolonialreich konnte nicht gehalten werden, sondern auch all die Toten, mit denen ihr eigenes Leben verwoben war.

Marie, die schwermütige Marie, deren Selbstmord alle Generationen nach ihr verstört hat, und Adam, der zuletzt versucht hat, die Versäumnisse an seinen Kindern Georg und Therese an seiner Enkelin wiedergutzumachen. Und Moritz Jandorf, der dem Hitlerreich entkam und in seiner armseligen Wohnung in der Bronx dreiundneunzig Jahre alt wurde. Therese, die eine menschliche Enttäuschung zum Anlass nahm, sich vom Leben zurückzuziehen und in Lethargie zu verfallen. Wie dieser unsagbar verlotterte und traurige Ort Bagamoyo.

Und Charly, unter dessen Großzügigkeit und Güte die Familie zu Wohlstand und Ansehen gelangt war, wofür Nore ihm ein Leben lang danken wird, und Lieselotte, die oftmals gedemütigte Frau, die das Glücklichsein nie gelernt hat. Das Urnengrab der beiden ist die einzige noch bestehende Ruhestätte der Familie. Letztes Jahr wurde sie geöffnet, Augusts Asche gesellte sich dazu. Obwohl er sich zu Lebzeiten weder mit dem Vater, noch mit der Stiefmutter vertragen hat, musste er sich jetzt einen kleinen Raum mit ihnen teilen. Und Klaus' Mutter, die Gesangslehrerin, die gerade noch ein »So helft mir doch!« flüstern konnte, bevor ihr ein Blutgerinnsel ein lebenswichtiges Gefäß verschloss. Ottokar, ihr Vater, starb an Erschöpfung, nachdem er zehn Runden in seinem Swimmingpool gedreht hatte. Nore ging zu seiner Beerdigung auf einen Friedhof, dessen Namen sie vergessen hat. Dort sah sie unter lauter fremden Menschen seine Frau, die Handarbeitslehrerin, ein letztes Mal. Nore fühlte sich nicht zugehörig. Im Stillen murmelte sie, zur Witwe gewandt: »Nun kannst du auch deine Eifersucht auf mich begraben.«

Einer der Ebenholz-Verkäufer war ihnen bis auf den Friedhof gefolgt. Um ihn wieder loszuwerden, kaufte sie ihm einen Armreif aus Ebenholz ab. Ein zweiter kam und sagte, er habe seit zwei Tagen nichts mehr gegessen. Die Preise seiner Schnitzereien waren für europäische Verhältnisse lachhaft, aber sie brauchte nichts. Das war der Vorteil und gleichzeitig die traurige Einsicht des Alters: Man will keine Andenken mehr aufstellen. Sie gab ihm ein paar Münzen, die in der Tasche seiner ausgefransten Hose verschwanden.

Was ist von meiner Familie übriggeblieben, fragte sich Nore. Diese Familie, die nie eine richtige Familie gewesen ist, an der immer etwas gefehlt hat, so wie an einem schlecht konstruierten Haus etwa ein Balken fehlen kann, diese Familie war dank mehrerer Generationen von Frauen nie zusammengebrochen. Immer waren es die Frauen, welche die Balken ersetzt und die Häuser vor dem Einsturz bewahrt haben. Nie mehr hat der Hunger in den Mägen gewütet wie im vorletzten Jahrhundert, nie wieder musste einer eine Wohnung trockenwohnen.

Senta mit ihren vierundsechzig Jahren schritt noch immer mit dem majestätischen Gang von Tante Tilly durchs Leben. Sie lebte in einer Zweizimmerwohnung, schrieb Gedichte, die manchmal veröffentlicht wurden, und malte Bilder, die sie nur selten verkaufen konnte. Ihrer Armut zum Trotz hatte sie ihre Haltung bewahrt. In Sentas unruhigem Kopf hatte sich Friede ausgebreitet, gepaart mit höheren Einsichten. Sie war auf missionarische Art fromm geworden, versäumte keine Sonntagsmesse und verbrachte ihren Urlaub meistens in Klöstern.

Ihr Sohn Felix hat, nachdem er zweimal abgewiesen worden war, die Filmhochschule absolviert und mit seiner Abschlussarbeit einen Preis gewonnen. Es war eine gelungene Montage von erschossen zu Boden gehenden Personen aus Hollywoodfilmen. Jetzt schlug er sich als Dokumentarfilmer mit Sentas gelegentlichen Unterstützung durchs Leben. So wiederholte sich in seinem Leben das, was ihm seine Mutter vorgelebt hatte: ein von Vergeblichkeit und Entbehrung gezeichnetes Künstlerdasein.

Was sie, Nore, betraf, so schwelte in ihrem Herzen eine nicht erlöschende Glut mit Namen Rouben. Von Zeit zu Zeit trug man ihr Nachrichten über ihn zu, dann loderte Feuer auf und drohte sein Bild zu verschlingen. Die letzte Nachricht war aus Berlin gekommen. Er lebte in einer elenden Wohnung in Spandau. Wovon? Nachdem er gerichtlich zu Unterhaltszahlungen für seinen Sohn verurteilt worden war, schickte er regelmäßig Geld. Nore wurde den Verdacht nicht los, dass es aus Drogengeschäften stammte.

Immerzu hatte sie das Gefühl, bei seiner Erziehung versagt zu haben. Es war die Zeit, in der Klaus die Familie verlassen hatte. Damals zog Rouben mit einer Gang bekiffter Sprayer durch München und besprühte Hauswände, Straßenbahnen und Züge. Einmal kam die Polizei in die Wohnung, ohne etwas zu finden. Sie, Nore, hatte in aller Eile die Sprühdosen unter ihrer Bettdecke versteckt.

Nach dem Abitur heiratete er gegen den Rat seiner Eltern seine Mitschülerin Vera und wurde Vater eines Sohnes, den sie Konstantin nannten. Zu dieser Zeit hatte das Marihuana bereits verheerende Schäden in seinem Gehirn angerichtet. Mehrmals versteckte er sich in einem Loch im Wald, weil er den Weltuntergang erwartete. Zum Arzt wollte er nicht gehen, aus Furcht, man könnte ihm dort einen Chip einpflanzen und ihn damit manipulieren. Die Kinderehe ging auseinander. Rouben driftete immer weiter von einem normalen Leben ab. Das letzte Mal, als Nore ihn sah, wühlte er, unbehelligt vom Personal, in einer Abfalltonne von McDonald's herum und holte sich Essensreste heraus. Er trug einen langen schwarzen Kapuzenmantel, der nur eine spitze Nase und lange, dünne Finger sehen ließ, deren Nägel rot lackiert waren. In dieser Aufmachung glich er einer Krähe, die auf einem abgeernteten Feld nach Nahrung sucht.

Geblieben waren ihr Miriam, ihre Tochter, und Konstantin, ihr Enkelkind. Miriam war einen geradlinigen Weg gegangen. Nach dem Abitur hatte sie ein Jahr als Austauschstudentin in Israel verbracht, hatte Medizin studiert, war zum jüdischen Glauben übergetreten und arbeitete seit zehn Jahren als Chirurgin in Tel Aviv. Sollten das die Achtelgene des alten Jandorf gewesen sein, dachte Nore manchmal belustigt. Obwohl sie sich nur selten sahen, betrachtete sie Miriam als das einzige geglückte Werk ihres Lebens.

Konstantin lebte noch bei seiner Mutter Vera, die wieder geheiratet hatte. Er glich dem jungen Klaus, seinem Großvater, und entsprechend innig war auch die Bindung zwischen den beiden. Wie nicht anders zu erwarten, war auch er literarisch interessiert und hatte sich an der Uni für Germanistik und Philosophie eingeschrieben.

Beinahe übergangslos war die Nacht hereingebrochen. Klaus und Nore gingen langsam zurück. Über ihnen spannte sich wie das dunkle Samttuch eines Juweliers der überwältigend schöne afrikanische Nachthimmel mit einer Silbermünze von Mond und scheinbar achtlos hingeworfenen Diamanten. Bisweilen durchfuhren Sternschnuppen diesen stillen Himmel, eilige Lichtboten mit verschlüsselten Botschaften. Und dazwischen hingen weiße, grell beschienene Schönwetterwolken, die sich in der Tageszeit geirrt zu haben schienen. Der Gedanke an diesen riesigen, unbeirrbar funktionierenden Kosmos machte sie schwindlig. Die dunklen Gewänder ihrer Ahnen waren längst zu Staub zerfallen, die dunklen Geschichten im Archiv der großen Stille eingeordnet. Die Zeit war weitergeeilt ohne Rücksicht auf Säumige.

Das Meer lag glitzernd im Dunkel und schwappte leise gegen den Sand. Die beiden Watchmen hatten Feuer gemacht, um die Moskitos zu vertreiben. Während Klaus in die Lodge zurückging, legte Nore sich in den immer noch warmen Sand. Welch ein harmonisches Bild, dachte sie. Verschließe dich nicht vor der Harmonie. Sie ist ein seltener Gast in unserem Leben.

Hin und wieder war sie in die Trappentreustraße gegangen, aus Neugier, und das Haus ist immer gleich geblieben, mit den gleichen Gerüchen und Geräuschen, bis eines Tages die ganze Straße aufgerissen und der Block niedergemacht worden war. Kein Stein lag mehr auf dem anderen. Neue Häuser entstanden, mit viel Metall und Glas. Aber da das Westend noch immer ein Arbeiterviertel war, zogen wieder Arbeiter ein, zumeist Arbeiter mit ausländischen Namen. Statt des Hinterhofs erstreckte sich eine grüne Wiese bis zum Zaun, hinter dem kein Brachland mehr lag, sondern neues Baugebiet.

Beim Herumschlendern stieß sie auf ein Stück unverputzter Mauer, die stehengeblieben war, aus Versehen oder Absicht. Es war dieselbe schäbige Mauer, vor der Ottokar ihre Mutter abgelichtet hatte, mit ihr, Nore, auf dem Arm, damals im Jahr 1935. In diesem Moment hätte sie aufschreien wollen vor Freude, blieb aber stumm. Denn dieses Stück Mauer bedeutete nichts. Erinnerung, die niemand mit ihr teilte.